苏曼殊与
中国文学现代
转型研究

SUMANSHU YU ZHONGGUO WENXUE
XIANDAI ZHUANXING YANJIU

黄轶◎著

中国出版集团 东方出版中心

目 录

绪 论
史学剪裁与写作缘起

19 世纪末到 20 世纪初,中国思想文化界急剧变动的态势用"狂飙猛进"来形容可能最为恰切,异帮新知新观的传入与本土传统的交锋,本土传统在自身演进的过程中所产生的裂变与重组,使清末民初一代知识分子的宇宙观、社会观、生命观在潮起潮落中跌宕,新的人格理想的建构面临着转型期的各种困惑,新的文人群落和文艺变局也便在矛盾纠葛中酝酿萌生。苏曼殊(1884.9—1918.5)短暂的一生适逢其时。在 20 世纪文学史、佛教史、绘画史上,苏曼殊的名字似乎富有炫惑的魅力——他的"断鸿零雁"的生涯、"披发长歌"的壮怀、"白马投荒"的执着、"以情证道"的虚妄、"沿门拖钵"的苦行、"行云流水"的浪漫、"冥鸿物外"的放达、"此志落拓"的抱憾……对于一拨又一拨文人永远是"剪不断、理还乱"的千千结;他的"言辞孤愤"的杂论、"灵月镜中"的诗格、"哀感顽艳"的说部、"事辞相称"的译作、"自创新宗"的绘事……对于一代又一代学子永远有解读不尽的召唤力。很多学者对这个在文学史上习惯归入近代的文学家做过较深入研究且有著文立说,如早期的章太炎、柳亚子、柳无忌、杨鸿烈、张定璜、周作人、郁达夫、陈独秀、陈子展等;近期的任访秋、裴效维、马以君、李欧梵、陈平原、宋益乔、邵迎武等;在日本以及中国的香港和台湾地区,也有不少学者做过或正在做着苏曼殊研究,如增田涉、饭塚郎、梁锡华、慕容羽军等,这是一支强健的队伍。

　　苏曼殊驾鹤西去是在五四文学革命方兴未艾的 1918 年 5 月,这场文学革命的主将陈独秀与苏曼殊有过很深的交往,1916 年苏曼殊的小说《碎簪记》就发表在改组后的《新青年》上,是这本张扬新思想新文学的刊物的第一篇创作小说。鲁迅、周作人等也都曾经与苏曼殊有过或深或浅的文学因缘,刘半农更是把苏曼殊当作西方浪漫主义诗歌翻译和研究的前辈向其问教。在苏曼殊圆寂之后,刘半农有《悼曼殊》等诗八首、沈尹默有《读子谷遗稿感题》等诗词八首、刘大白有《十七年十二月十六日访曼殊塔》诗四首,抒哀悼之情,表仰慕之意,尤其赞叹曼殊上人孤洁高标的人格魅力。具有浪漫情怀的新文学作家大都并不是因为信佛才崇仰这位诗僧,他们喜欢浸润在苏曼殊诗文作品中那种凄清艳丽的情绪,喜欢那种"个人性"的歌哭所弥漫的忧伤情调。如当时被鲁迅称作"中国最为杰出的抒情诗人"[1]的冯至,他对苏曼殊同情、钦佩、喜爱之至,于苏曼殊示寂五周年纪念之日作《沾泥残絮》,称赞苏曼殊的诗"不即不离,全以真诚的态度,写燕婉的幽怀,不染轻薄的气息,不落香奁的窠臼,最是抒情诗中上乘的作品",他把苏曼殊遗诗当作自己"最好的朋友"[2]。田汉曾把苏曼殊与法国 19 世纪最伟大的抒情诗人魏尔伦等人相提并论,称许他们同是绝代愁人,"才能同作这样绝代伤心的愁句"[3]。

　　但是,读者、作家欣赏归欣赏,冷静旁观的文学史家对苏曼殊的取舍一直很尴尬。20 世纪 20 年代,梁启超作了《清代学术概论》;胡适在《申报》五十年纪念增刊上发表《五十年来中国之文学》,对于晚清诗人推崇的只有郑珍和金和,后来胡先骕在《评胡适〈五十年来中

---

[1] 鲁迅:《中国新文学大系·小说二集·导言》,《鲁迅全集》第 6 卷,第 242 页,人民文学出版社 1981 年版。

[2] 冯至:《沾泥残絮》,《苏曼殊全集》(五),上海北新书局 1947 年版。

[3] 田汉:《苏曼殊与可怜的侣离雁》,柳亚子编:《苏曼殊全集》,上海北新书局 1947 年版,中国书店 1985 年影印本。

国之文学〉》中加进了高心夔、江湜等人,而苏曼殊始终没有一个位置。这些史类论著的发表成为一批新文学作家追怀苏曼殊的导火索,在他们看来为半个世纪中国文学立传的文章,不应该没有新文学阵营无论在人格精神上或是在文艺理想上都引为同仁的苏曼殊。那时正当五四的帷幕刚刚降下,具有浪漫气质的新文学作家似乎还没来得及反思这场如火如荼的新文化运动可能存在的盲目性因素,面对着资产阶级上升时期的人文精神与强大的封建人文语境之间巨大的落差所造成的阻抑,曾经希望把民族和国家搁在自己肩膀上的激昂澎湃的热血冷却下来,受挫的苍凉感骤然降临,鲁迅所谓"文学文学,是最不中用的,没有力量的人讲的",其中的况味值得揣摩。于是,有人才开始了对"文学"之为"文学"的思考。

实际上在20世纪初,当梁启超首倡的新文学功利观把文学的政治历史功能推向极致的同时,非功利的文学观也开始了探寻铸造新的艺术特质和审美品格的步伐。正如后世学者所辨析的:"作为构成新文学历史的重要维度,两方面在对立互补中共同承担并完成着新文学的创造与发展。"[①]但是长期以来,学术界以历史价值、工具理性的单向度诉求评价20世纪中国文学,把古与今、进步与落后的"二元对立"的思维模式视为文学研究的基本模式甚至唯一模式,忽略了文化—文学中多重价值范畴和多种文学形态的实际存在,文学研究从结构形态到话语方式笼罩着"整体叙事"的元话语性质,意识形态叙述形成的线型结构造成了诸多"盲点"。

不被看好又常被提起似乎是历来相信"因缘"的苏曼殊一份不尽的人间因缘。所谓"成也萧何败也萧何",在以"革命"为主线或以"政治"为轴心的文学史上,苏曼殊总是一个无法无视的角色;而在肯

---

① 孔范今主编:《二十世纪中国文学史》(上编),第172~173页,山东文艺出版社1997年版。

定其"爱国"、"革命"、"民族主义"的同时,单单薄薄地挂在那里,还要有一个结结实实的批判尾巴,例如北京大学 1955 年所编的《中国小说史稿》认为,苏曼殊"在小说中竭力追求'悲惨',有时故意制造辛酸,欣赏极为颓废伤感的情绪,影响很坏。从艺术上看,苏曼殊的小说结局往往是公式化的,人物大都没有个性。但由于作者很有文学修养,又善于捕捉人物的心理变化,写景状物也细致入微,这就使作品具有很大麻醉性。苏曼殊的作品对'鸳鸯蝴蝶'派文学有较大影响,作用是反动、消极的"。① 这套文字并非完全没有道理,不过它从思想意义上全盘否定了苏曼殊的作品,而且"殃及池鱼"地连他好的文学修养,以及在小说叙事现代转型过程中富有创辟性价值的"心理描写"和"写景状物"都成了故意害人的"麻醉剂",倒也未必公允。

　　"现代性"作为 20 世纪文化的元话语,操纵了 20 世纪末的文化反思和文化批评。"现代性的历史就是社会存在与其文化之间紧张的历史。现代存在迫使它的文化站在自己的对立面。这种不和谐恰恰正是现代性所需要的和谐"。② 20 世纪的总体框架也就是现代性的无边视域,现代性的多元价值也就决定了现代性认识的多重视角。现代性既有着哈贝马斯所说的"自我确证"的内在要求,也有着通过不断的自我质疑、自我批判以达到自我更生的力量、冲动和可能③。对"现代性"话语本身的追问和反思日益成为我们这个时代最主要的主题。20 世纪 80 年代末以来,伴随着中国文化界对于现代性反思的逐渐深入,文学批评界对于以往过于激进的文化姿态和意识形态话

---

① 北京大学中文系一九五五级《中国小说史稿》编辑委员会编:《中国小说史稿》,第 405 页,人民文学出版社 1973 年版。
② [英]齐格蒙特·鲍曼(Zygmunt Bauman):*Modernity and Ambivalence*,第 10 页,Cambridge:Polity Press,1991 年版。
③ [德]哈贝马斯:《现代性的时代意识及其自我确证的要求》,载《学术思想评论》1998 年第 3 期。

语模式开始进行重新思考,文学史研究提出"回到现场、触摸历史"的努力方向,其目的在于发掘那些被我们既往的文学史所忽略或曲解但具有丰富生命力的资源,这些资源是文学历史"实在"存在的因素,是触及历史症结和文学脉络的关节点,但正因其"关节"位置所自然蕴含的"历史感"和"现实感"分量,它们曾经被疏忽了或者相反——被挥霍了。苏曼殊无疑就是这类资源中的一部分。苏曼殊对于中国文学从古典形态向近现代形态转换的创辟作用也就在此时开始引起一些研究者的重视,如李欧梵在《中国现代作家的浪漫一代》、杨义在《中国现代小说史》、陈平原在《二十世纪中国小说史》中都充分肯定了苏曼殊文学作品这一方面的价值。在这些研究的推动下,苏曼殊"新文学前驱者"的定位似乎已经成为越来越多人的共识,他的文学作品是中国文学现代转型之初较为典型和优秀的文本,突出反映了辛亥革命前后中国企望有所作为的知识分子的心路历程:欲望启蒙,追随革命,以及其间的诸多悖论性苦恼与抉择。苏曼殊曾被称为中国古典文学殿军时代的"末代文人",那么从中国文化和文学现代转型的研究视野来看,他却是 20 世纪文学的创辟者之一——从"末代文人"到"创世文人"这个视角的转换呈现给了我们壮丽的景观。

当然,以上只是从比较宽泛的研究而言。其实,新时期以来的每位研究者都试图对苏曼殊这样一位清末民初特立独行的"奇人奇才"的思想、创作和文化交流作出自己的把握和理解,而系统精审地对其文艺成就作出评价、特别是对其在中国文学"现代性"转换中的作用作出细致而恰当定位的著述至今还付之阙如,对苏曼殊文学深层次的个性化、主体性研究还很缺乏。究其原因,即近世"以科学为术,合理为神,功利为鹄"的文学史观和"方法论"做派至今在中国很有市场,细分起来有以下几点:

第一,意识形态化的批评观以政治审美、道德审美代替艺术审美。长期以来中国大陆和中国台湾 20 世纪文学研究界对"革命"一面的强调,导致对苏曼殊所谓的"虚无主义"与"颓废主义"的批判;而以道德主义的批判来代替文学批评在中国文学批评史上由来已久,"道德救世"的批评模式弥久而常兴。第二,长期以来以"启蒙"和"革命"为鹄的的新文学对通俗文学的拒斥和对其价值的偏狭理解。苏曼殊小说《断鸿零雁记》一直被称为"鸳鸯蝴蝶派"小说的鼻祖,周作人认苏曼殊为鸳鸯蝴蝶派的"大师"①,这些评价本来不含贬抑。而新文学阵营对鸳鸯蝴蝶派或者说对都市通俗文学的批判自然也把苏曼殊扫进了所谓的"末流"。第三,白话文学的思维模式严重干扰了对苏曼殊文学价值的公允评价。五四新文学以白话文为中国文学唯一正宗的"活文学",其他文学都是"死文学",胡适更把白话文学视为千百年来中国文学唯一的目的地,"一千年来,白话的文学,一线相传,始终没有断绝。……近五年的文学革命,……老老实实地宣告古文学是已死的文学,他们老老实实地宣言'死文字'不能产生'活文学',他们老老实实地主张现在和将来的文学都非白话不可"②。语言的白话化应该说确实是中国文化现代化过程中一件划时代的壮举,一定意义上讲,语言形式的变革是标举五四新文化运动成就的重大例证之一。不关涉文本的精神内涵,只视白话文学为唯一有理由存在的文学,这种武断的思维模式影响了几代学者,苏曼殊的文言创作自然也被打进了"死文学"。所以,苏曼殊至今在文学史上的定位仍然陷于两难境地:文学研究的历史理性、语言理性信仰所造成的对于通俗文学价值内涵的遮蔽,从"政治"小说到"辛亥革命"小说再到"鸳鸯蝴蝶派"小说过渡性现代转型的两个支脉即通俗文学和新文学(包括强调历史价值和审美价值的两种文学方向),两

---

① 周作人:《答芸深先生》,见柳亚子编:《苏曼殊全集》(五),第 126 ~ 129 页。
② 胡适:《五十年中国文学的变迁大势》,见胡适、周作人《论中国近世文学》,第 5 页,海南出版社 1994 年版。

套评价体系始终没有引起学界的充分理解和足够重视,对通俗文学一概而论的拒斥立场不能廓清文学家苏曼殊到底留给后世的是什么;一元论价值体系所造成的对于新文学发生的传统源流的遮蔽,对苏曼殊古典性或民族性的强调和批判也不能厘清苏曼殊小说的审美价值和对五四浪漫主义文学的开启作用。以前的文学史强调的是他作为20世纪第一个革命文学社团南社诗人"革命"的一面,批评其小说表现的"消极遁世"和"浪漫风格",而现在更多的边缘性研究则纠缠于其"宗教情结"、"凡尘留恋"、"身世困惑"、"情感挫折"等。即便是倡导"雅俗"双翼的"俗文学"学派,对苏曼殊也存在有误读。

当前中国文学史观念的整合与转型研究意味着破除长久形成的狭隘、封闭的"二元对立"的文学史观、确立文学研究的现代理性精神,从而在新的历史视野中建构现代文学史的新结构、新形态。文化作为一种表意实践,通过符号及其意义的传递构成社会意识形态和价值观念,表意实践的转换是艺术的功能从传统社会向现代社会转变过程中出现的除了风格和主题外另一个深刻的变化,审美现代性正体现了这种转换。审美现代性作为现代社会中审美关系的反映、产物,与现代性存在多元一体的关系:审美现代性是现代性的产儿,即现代性孕生审美现代性;审美现代性是现代性的叛逆和批判者;审美现代性是现代性的重建者和超越者,这一辩证立场使得审美现代性这个命题富于思想的张力和开放的空间。这一审美转换具体体现在审美态度上,审美态度在东西方表现着不同的思路和方法。在西方,注重思考审美理论的纯粹性和形而上学性,在东方常常表现为审美态度和艺术人生的相互转化,强调其形而下的一面。"三界革命"(诗界革命、文界革命、小说界革命)时期的梁启超及五四人的现代性主题往往以日常生活的批判和深层文化启蒙为对象,暴露传统日常生活模式的惯性和日常主题的沉沦性,忧切远远大于审美,治病疗伤的主题先行从根本上妨碍了文学现代性纯粹的审美进程,而与其同时,王国维和苏曼殊分别在理论上和文学实践上开启了中国文学现代化的另一条思路。现代知识分子运用西方美学观念与美学思想梳理传统美学和美育教育并付诸创作实践,无疑预示了审美思想转变的到来。正因为现代性的开放性、多元性结构,更因为中国现代性发展的迟滞,我这里所理解的中国文学审美的现代实现与西方审美现代性所强调的"反现代性"美学意识形态既有一致,又有出入。美学的现代化作为文学现代性追求的一元,既有对启蒙现代性的超越,又强调两者的互动互补,或者可以说中国的审美现代转化跟社会学意义上的关联更少,而是把属于感性美学的艺术立场、对历史功利观念的疏离所形成的个人化的抒情性和写意性,以及文学作为现代知识分子"个人价值"的实现和自我的道德肯认、对抗平庸世俗和以文化的姿态参与中国现代精神缔造及其对抗中呈现的悲剧精神和美学风范,作为现代文学审美追求的主要内涵。从这一层面来说,在所有的美学形态中,美学的再生形态在中国现代美学中最富有原创性并最具有思想史意义,这一"再生"是进步意义上的。

　　1904 年,王国维在《教育丛书》刊发《〈红楼梦〉评论》一文,正值梁启超诸人倡导小说界革命。王国维从叔本华的"欲望说"和"痛苦说"出发,认为个体人生、群体社会、民族国家,这一切都是"欲生之心"的产物,生活的本质是无时不在的欲望。但因为欲望的本质是无法满足的,人必须超越生活的欲望,在纯粹的审美境界中获得精神的升华和满足,"故美术之为物,欲者不观,观者不欲;而艺术之美所以优于自然之美者,全存于使人易忘物我之关系也"①。随后,王国维写了《古雅之在美学上之位置》,从解决欲望出发,提出了"超功利"

---

① 王国维:《王国维评论》,见《王国维文学美学论著集》,北岳文艺出版社 1987 年版。

的"形式之美"。他把美的形式分为两种,第一种形式是客观对象本身所具有的纯粹形式的和谐美,第二种形式即为古雅,是创作过程中的形式化的结果,将主体感悟的第一种形式形式化为客观物态。王国维提出"实践之方面,则以古雅之能力能由修养得之,故可为美育普及之津梁。虽中智以下之人,不能创造优美及宏壮之物者,亦得由修养而有古雅之创造力;……故古雅之价值,自美学上观之,诚不能及优美及宏壮,然自其教育众庶之效言之,则虽谓其范围较大,成效较著可也"。这里,王国维倡导了"审美人生论"。与梁启超以文学作为启蒙工具而达到开启民智不同,王国维的文艺观较多地脱离了政治而偏向审美,他的美学理想描画的理想人格是个体的生命伦理而不是社会的政治伦理。由此我们看到,美学思想的现代性转换以个体性和主体性为内核,它是审美—艺术现代性的总称,它既代表审美体验上的现代性,也代表艺术表现上的现代性。在现代性的诸方面,审美的现代转换是非实用或非功利的,但这种非实用属于"不用之用","夫文章者,国民精神之所寄也。精神而盛,文章固即以发皇;精神而衰,文章亦足以补救,故文章虽非实用,而有远功者也"①。"非实用"恰恰指向了现代性的核心——中国人对民族与自身的感受性体验及其艺术表现。相对于梁启超启蒙现代追求的呐喊,王国维的声音似乎是微弱的,其实他并不是孤军作战,与王国维理论出笼的同时,苏曼殊开始了他在创作实践中现代性意义上文学审美的追求,这正是本书的核心论题。苏曼殊的凸显"提示了重新清理20世纪,特别是世纪初文学与思想的必要性"②。

苏曼殊最初征服读者的当然是他真诚的人品和文品。"真诚"在某点上意味着非常个人化的叙述,因为真诚本身就是"个人"的,所以

① 周作人:《论文章之意义暨其使命及中国近时论文之失》,载《河南》杂志第4号(1908年5月)、第5号(1908年6月)。
② 程文超:《1903:前夜的涌动》,第147页,山东教育出版社1998年版。

真诚的叙事有时甚至仅仅就是自己的,但这并不妨碍文学的力量与价值。恰恰相反,真正有力量、有价值的文学作品往往就是这种非常个人化的真诚的文字,正如郁达夫在谈到新文化运动的意义及其对文学的作用时曾发表过的见解:"五四运动的最大的成功,第一要算'个人'的发现。从前的人,是为君而存在,为道而存在,为父母而存在的,现在的人才晓得为自我而存在了。……若是没有我,则社会、国家、宗族哪里会有?"①当逐渐走出感性的抚摩,进而通过对苏曼殊作品细致的阅读进入一种理性的把握,笔者分明看到了他在中国文学现代转型史上作为一个过渡者的意义。风花雪月的苏曼殊不应该是苏曼殊的主体特征,诗僧、情僧、画僧、革命僧的苏曼殊或者是某些论者哗众的喧嚣,或者是特意指认了他的某个侧面,以稍显单薄的艺术的、审美的姿态参与文化历时性建构的文学家苏曼殊才真正代表苏曼殊流传于世的理由,他以他的文字呈现了他对文艺观念和生命个体的审美立场,成为"个人的发现"的新文学的源泉。自此而言,五四浪漫主义思潮中个人主义的泛滥,那过分的病态和虚情的审美趋向,苏曼殊也自然是不能免责的。

　　正是基于这样的认识,本书以当今学界公认的 20 世纪文学整体研究为理论基础之一,试图打通近现代文学研究的条块分割状况,把苏曼殊放在 20 世纪初社会历史背景、文化思潮、文学观念、哲学流派下进行考察,运用文化背景分析、文本互涉分析、比较分析、风格分析等,并参以适当的考辨,来构筑文化史上堪称"个案"的苏曼殊作为一个自觉的文学家的全貌,尝试对苏曼殊无论艺术上或是精神上的丰富性、多元性作出更为合理的阐释,从宏阔的视角对苏曼殊的创作和翻译进行归纳,尽力还原和探索作为文艺家的苏曼殊在 20 世纪初中国文学审美形态从古典向现代转型过程

---

① 郁达夫:《中国新文学大系·散文二集》导言,上海良友图书印刷公司 1935 年版。

中的文学影响,并对其重要的文学史价值提出理论批评,通过苏曼殊的文学精神——文学作为"情感个人"的言说,呈现那个过渡时代的学问饥荒、信仰危机以及国家伦理与个人伦理之间的张力,从而推演 20 世纪初中国知识分子在从传统士人向现代知识分子过渡过程中文化身份的宿命承担。

第一章
解读之津：文化冲突中的审美人生

　　20 世纪 80 年代末期以来，大陆、台湾以及香港出现了一大批苏曼殊传记或评传类作品，日本和美国也有几个版本，例如李蔚的《苏曼殊评传》（社会科学文献出版社 1990 年版）、邵盈午的《苏曼殊传》（团结出版社 1998 年版）、王长元的《沉沦的菩提——苏曼殊传》（长春出版社 1995 年版）、香港朱少璋的《燕子山僧传》（获益出版事业有限公司 1997 年版）、［美］柳无忌的《苏曼殊传》（1972 年英文版，北京三联书店 1992 年版中译本），等等。这些著作各从不同的侧面对苏曼殊短暂而复杂的一生进行了有益的梳理，无疑为后来者的苏曼殊学术研究在资料准备以及认知角度上提供了参照。通过对苏曼殊文学文本以及书信的详细解读，我认识到要真正厘清苏曼殊在各种矛盾纠葛中的身份与思想本相，这里需要对其生涯作重新清理。

第一节　身份言说：生平
交游与文化参与

一、童年岁月（1884.9—1896.3）

　　苏曼殊出生于日本繁华富庶的商埠横滨，名戩，号子谷，小名三郎,后改名元瑛、玄瑛。在他十几年的文艺生涯中,用过大量的别名和笔名,有博经、曼、英、雪蝶、雪、飞锡、宗之助、糖僧、燕影、燕子山僧、燕、阿瑛等 51 个名号。①

关于苏曼殊的身世血统问题,对其著作收集、整理和研究作出卓著贡献的柳亚子曾根据曼殊亲手交予的署名日僧"飞锡"的《〈潮音〉跋》和曼殊带有自传性的小说《断鸿零雁记》,推断曼殊为日本人,"父宗郎,不详其姓。母河合氏,以中华民国纪元前二十八年甲申,生玄瑛于江户。玄瑛生数月而父殁,母子茕茕靡所依。会粤人香山苏某商于日本,因归焉"。② 1939 年,柳亚子根据新的材料写成《苏曼殊传略》,认为苏曼殊乃苏杰生和一叫"若子"的日本下女所出,但产后不到 3 个月,她就跑回老家去了,苏杰生之日妾河合氏便把曼殊抚养起来。③ 之后,苏曼殊研究史上另一个重要人物罗孝明根据和苏曼殊同父异母妹妹苏惠姗的通信,④苏曼殊的身份问题才大白于世:苏曼殊是一个中日混血儿,父亲苏杰生,广东省香山县(即中山县,现归珠海市)人。苏杰生在 1862 年 18 岁时为承继父业到日经营苏杭匹头,后来在横滨英商茶行担任买办,性格豪爽侠义,往来于中日之间,交游甚广;深谙经商罗业的玄机,生意顺畅,故家资一度颇为殷丰。他在赴日前娶有正室黄氏。当时居日华侨不管是否从故籍携带妻妾,

---

① 马以君:《苏曼殊年谱》,见马以君编:《苏曼殊文集》,第 783 页,花城出版社 1991 年版。

② 柳亚子:《苏玄瑛新传》,见柳亚子编:《苏曼殊全集》(一),第 1 页,中国书店 1985 年影印本。

③ 柳亚子:《苏曼殊传略》,见柳无忌编:《苏曼殊研究》,上海人民出版社 1987 年版。

④ 柳无忌编:《苏曼殊研究》录苏惠姗《亡兄苏曼殊的身世——致罗孝明先生长函》(原载台湾 1978 年第 2 期《传记文学》)信:"不数月,若子即产生曼殊。暂依外祖父母居住,抚养三年。三母陈氏生二姊惠龄已三岁,三姊惠芳两岁,四姊惠芬已一岁,到这时嫡母及三庶母俱见连年生女,未得男孩,深为感叹。先父因见状,趁此机缘揭晓已有亲生子藏于外室。"关于苏曼殊亲生父母都是日本人一说收入 1928 至 1929 年北新书局《曼殊全集》,柳亚子引为一大遗憾,后推翻前论,做《苏曼殊传略》和《重订苏曼殊年谱》,载 1933 年《普及本曼殊全集》。而"北新本"误导至今犹在,如对苏曼殊诗多有喜爱并给予极高评价的谢冕先生《1898:百年忧患》中(第 150 页)仍引旧说,认为苏是日本后裔。

多与日妇同居,如果感情融洽,形同配偶。苏杰生也未能免俗,娶有日妾河合仙,后来又纳中国人大、小陈氏为妾。河合仙之妹、18 岁的河合若子曾经到姐姐家帮忙家政,苏杰生爱恋其年轻貌美、天性纯真,与之私通。若子生下曼殊 3 个月,一因身份窘迫,又迫于父母催促返乡和大陈氏常做河东狮吼而离开苏杰生,把嗷嗷待哺的孩子交由河合仙抚养,各方对此隐而不谈。苏曼殊幼年时期,跟随义母河合仙以及外祖父母生活在横滨和东京,基本上那是他一生中最幸福的时光。他不知就里,一直视河合仙为生身母亲,一生对其怀有深厚的情感和深切的思念,不过这种中外混血的身份和被生身父母遗弃的因缘也前定了苏曼殊成人后在文化血统和生理血统之间的双重挣扎。

　　苏杰生 1888 年终于打破种种顾虑,公开认领了苏曼殊,将其由外祖父所起的日本名字“宗之助”改为“亚戬”。归属一个大家族的开始便也埋下了使他短短 35 年人生孤旅任飘零的种子。1889 年,苏曼殊随同黄氏回到广东老家,开始一段极度压抑和痛苦的童年岁月,这在他的心灵背景上留下了最为深重的阴影。苏曼殊 7 岁进入简氏大宗祠乡塾从清末举子苏若泉开蒙,直到 13 岁。刚回广东,曼殊曾过了一段相对妥帖的日子,但隔膜的父亲、生身的母亲和情深的养母均居住在日本,族人中种种关于他身世的猜测已时有谣传。3 年后,苏杰生因生意失利返归故里,把两个中国妾带回广东,河合姐妹并未相跟,这给一直盼望见到母亲的苏曼殊悲惨一击。当时苏家因贪图虚名,毫无节制地捐款受封,渐呈败象。苏杰生在生活的网织中并没有给予这个苏家三郎多少可贵的亲子之情,而大陈氏从来就没有停止过在家族中散播针对这个不幸孩童的流言,促成家族成员对其强烈歧视。1896 年,身患热病的苏曼殊被以“预其不治”为名,拖进柴房待毙,多亏有族人怜其孤苦,悉心照顾,使其免于一死。而观其漂泊流离、困窘寂寥的终生,其不死,幸,亦是不幸。

苏曼殊在《断鸿零雁记》中曾经借乳母之口道说自己早年这段遭遇境况："吾（三郎之乳母）既见摈之后，彼（三郎之婶婶）即诡言夫人（三郎之生母）已葬鱼腹，故亲友邻舍，咸目尔为无母之儿，弗之闻问。"在中山市"流水淙淙白鹤港"度过的寄人篱下的六个春秋，艰难的生存体验不可磨灭地留驻于曼殊的记忆库存中，对他一生的整个生存状态、独特的个性禀赋、遭际命运和心路历程，具有决定性的作用。它铸成了苏曼殊忧郁敏感自卑中含带强烈自尊、自闭自恋自怜中夹杂自戕自欺愤世嫉俗的性情，飘零、感伤、主情、任运成为他的思维方式甚至人生审美方式，再加上以后诸种国族与人生失望，使苏曼殊终其一生无论在现实中还是在作品中都企图寻找和幻化、纪实与虚构个人情感上"根"的依托。

二、求学与革命时期（1896.3—1903 年底）

1896 年，苏曼殊终于结束了梦魇一般的生活，随同姑母到上海投奔经营旧业的父亲，自此，这个飘零人便和这个东方大都市结下了深缘。父亲将他送到了一所教会学校，西班牙籍的英文教授罗弼·庄湘博士像慈父一样关爱曼殊，而且帮助他打下了比较坚实的英文功底，为他以后的翻译、编辑和教书事业打下了基础。苏曼殊以后出版译诗集《文学因缘》《拜伦诗选》《潮音》，在南京江南陆军小学、祇洹精舍等校馆任英文教习都得益于此。但当时曼殊的日子并不好过，1897 年苏杰生和大陈氏先后回老家，将曼殊托付别人，过冬物只留下一床棉胎。此地一别，也成了曼殊与父亲的永诀。

日本明治维新，特别是甲午一役后，经济和军事力量迅猛飞进，如日中天。中国"天朝王国"的自尊旋被这个小小岛国所轰毁，对待日本的认识不变，留学日本蔚为风潮。1898 年初春，曼殊随表兄林紫垣赴日本横滨求学，在离开日本十年之后又重回出生地。苏曼殊先后进入三所学校，接受比较正规的现代教育。首先是大同学校。大同学校由旅居横滨的华侨创办,康有为为该校题词,康的四名学生包括梁启超等都出任教员。学校以"国耻未雪,民生多艰,每饭不忘,勖哉小子"十六字为标语口号,"学生受此兴奋教育之熏陶,咸具救国思想"。① 曼殊最初"性质鲁钝,文理欠通,绝未显其头角。该校于文学上只间采用《昭明文选》之论文书启为课本,于诗赋词章概未讲授,以故出身该校鲜有以文学见称者"②。但是曼殊很快取得巨大进步,且在绘画方面颇具天才,1901 年年仅 18 岁即在该校助教美术,且被梁启超作为优秀生选入夜间中文班深造。苏曼殊在充满儒学思想和爱国主义氛围的大同学校受到了最初的民族精神的感染,这应该说是他以后产生"救世"思想并付诸行动的一个直接契机。在大同另外一件事情是在 1900 年,曼殊爱读《红楼梦》,又加上感叹身世飘零,恰遇协助办理表嫂丧事,产生禅念,潜回广东流浪至梁启超老家新会县崖山慧龙寺投赞初大师剃度,之后旋回日本。③

　　戊戌变法失败后,这场政治运动的余波颇盛于中国留日群体,一些社团首领在大同学校发动了学潮。大同危机发生后,即 1902 年毕业前夕,苏曼殊转入早稻田大学高等预科中国留学生部。此间费用只有林紫垣每月供应十元,捉襟见肘,只能住最简陋的学生公寓,时以白饭为食,夜不燃灯。曼殊恃才傲物,物质上的拮据实际上困扰了他终身。在他成名后,有钱时他大肆挥霍,无钱时当掉衣服,竟"穷至无裤"④,在他信件中常常有向朋友借款的文字。这年经冯自由介

---

① 冯自由:《革命逸史》(初集),第 50～51 页,中华书局 1981 年版。
② 冯自由:《革命逸史》(初集),第 168 页,中华书局 1981 年版。
③ 关于苏曼殊出家的时间和地点众说纷纭,有以下六种说法较有代表性:一、"遭陈少白冷遇"说,裴效维坚持此论;二、陈少白"安排秘密任务、导演出家"说,罗建业主张此论;三、因"苦闷而出家"说,柳亚子提出此论;四、"对革命失望"说。以上四论均认为苏曼殊在 1903 年到香港后产生出世之念,遂而出家。五、"特殊身世、早岁剃度说",不少文学史著作如任访秋《中国近代文学史》等持此议;六、本书观点参照马以君编:《苏曼殊年谱》,见《苏曼殊文集》第 791 页,花城出版社 1991 年版。
④ 苏曼殊:《杂记》,见马以君编:《苏曼殊文集》,第 462 页,花城出版社 1991 年版。

绍，苏曼殊加入了揭橥民族主义的"青年会"。青年会是近代中国留日学生第一个革命组织，提倡"排满"和"反帝"，以唤起民众的民族自觉。

苏曼殊"嗣加入青年会，渐与各省豪俊游，于是文思大进，一日千里"①。与苏曼殊关系密切者就有孙中山、章太炎、刘师培、陈独秀、陈少白、梁启超、鲁迅、黄侃、章士钊、黄兴、黄节、杨仁山、李叔同、柳亚子、黄宾虹等，这些都是 20 世纪思想史、文化史上有重要影响的人物。柳亚子在《重订苏曼殊年表》中载：1902 年"冬，加盟于青年会，始识秦效鲁（毓鎏），叶清漪（澜），陈仲甫（由己）诸人"。认识陈独秀可以说是苏曼殊加入青年会最大的收获，当时陈独秀在成城学校学习，苏曼殊在早稻田大学学习。他们的性格特征和处事方式迥然相异：一个率真任性、愁绪满怀，时而游弋于世间，时而冥鸿于世外；一个执拗倔强、时有偏激，终身执着于现实，屡遭顿挫而不悔。但在苏曼殊短暂的生涯中，年长四岁的陈独秀可谓他的良师兼益友，指导他作诗译文，帮助他走上了文学之路，他在《〈文学因缘〉自序》中称陈独秀为"畏友仲子"。

1903 年 3 月，陈独秀遭遣返国，辗转到当时中国的文化中心上海与章士钊、张继等共同创办号称"苏报第二"的《国民日日报》。陈独秀被逐回国给留日学生很大震动，苏曼殊也在这年春季转入振武（成城）学校改习陆军。苏曼殊在该校与刘三成为至交，现存曼殊 171 封信有 53 封是寄给刘三的。是时，俄国进兵我国东三省，中国留日学生闻之大愤，组成"拒俄义勇队"，后改组为"军国民教育会"，苏曼殊也签下了自己的名字。此后的苏曼殊进入人生旅居地最繁多、思想上最活跃、交游上最广泛、创作上最丰富的时期，他灿烂的生命激情在风雨如磐的黑夜迸发出绚美的光彩。曼殊对政治活动的热情令林

---

① 冯自由：《革命逸史》（初集），第 166 页，中华书局 1981 年版。

紫垣忧虑和不满,软硬兼施把苏曼殊送上了返回中国的"博爱丸"号轮船。航行中,曼殊回味 20 年人生中的百般屈辱,怀着无限怅恨给林紫垣发出了"前途茫茫,无所归依,有志难伸,弗如一死"的伪"遗书"。这个弃儿从此宣告了与苏氏家族的决绝,成了一个真正意义的无根人。

苏曼殊回到满目疮痍的祖国,继续自己救世和自救的悲壮行旅。他先以教育自立,回国后立即协助朋友组织创办吴中公学社。1903年 9 月,当他得知陈独秀等在办《国民日日报》,就来到上海任英文翻译。苏曼殊现存最早的诗作《以诗并画留别汤国顿》(二首)10 月 7日即以苏非非为笔名发表在《国民日日报》附张《黑暗世界》上。这一阶段的苏曼殊是最激进昂扬的,他在组诗中以誓不帝秦的鲁仲连和勇刺秦王的荆轲自况,表达反抗外侵和推翻清廷的豪情。随后他又刊出了斥责不关心国事民瘼、"把自己的祖宗不要,以别人之祖宗为祖宗"者的《呜呼广东人》和鼓吹无政府主义暗杀活动的《女杰郭耳缦》以及文学翻译《惨世界》。曼殊从此如鱼得水,开始了自己的文学生涯。12 月初,《国民日日报》因内讧而停刊,苏曼殊与同住的陈独秀、章士钊、何梅士不辞而别,沿长江西上,到长沙几所学堂任教。年底,苏曼殊造访香港《中国日报》社陈少白。风流儒雅、性格狂狷的陈少白虽年纪尚在四十左右,但在革命派中是唯一可以和孙中山称兄道弟的元老。当曼殊来访时,他和维新派论战正酣,情怀抑郁,自然对曼殊有所慢待;恰值上海"涉外公堂"对"苏报案"作出判决,对章太炎、邹容"拟科以永远监禁之罪",连日来诸多不顺一齐涌荡起心头的感伤,苏曼殊难奈英雄无用武之地的寂寥,悄悄潜回内地,虚托赵氏子在一破庙拜一老僧为师,拣得一故去师兄之度牒,从此以"博经"为法名,自号"曼殊"。但是对于艰辛异常的行脚化缘,曼殊确实难以忍受,重新回到了香港《中国日报》社。作为革命志士,他一旦受挫就意兴阑珊,未能克尽匹夫之责;作为剃度僧人,此时他愿力不坚，不堪僧家生活之苦，自责自怨时常涌上心头。也就是此时，压抑难耐的苏曼殊听到近来保皇颇勤的康有为即将离港，志士的热血又灼热了曼殊的胸怀，他向陈少白借取手枪欲以行刺，但遭到了拒绝。苏曼殊一腔热血顿时冰封，他开始对民族复兴和自我实现有了新的见解，革命救国的梦想幻灭了，一个西行求法的念头在他心中越来越清晰和迫近。

三、艺术生命蓬勃期（1904 初春—1913.8）

1904 年初春，苏曼殊第一次效法历史上的高僧大德法显、玄奘，只身万里做白马投荒客，劳劳行脚沿蜀身毒道到达暹罗、锡兰、马来西亚、越南等地。冯自由考察曼殊之用力于诗及古文辞，当在加入青年会以后，"迨遁迹佛门，益旁通佛典，思想玄妙，迥非吴下阿蒙之比矣。其文字始见于上海国民日日报，寻而诗文并茂，名满天下"①。不少后来者均以 1903 年为曼殊人生的转捩点。1903 年确实是曼殊人生中重要的一个年头，这一年他行动、思想、交游上变局非常大，而且开始步上文坛。1904 年远游是苏曼殊思想初成和艺术生命的转折点。在日本求学期间的苏曼殊是热心地追随民族革命，出家为僧是其感情上、生活上遭遇难以排解的忧虑时的权宜之计，或者说是向佛天性，甚至可以说是思想并不成熟时的义气之举；在文艺创作上，1903 年的作品，无论是诗文还是小说翻译以至画作，都是一些急就之章，烈火奔流地表达了他激进的民族意识和革命激情。而进入 1904 年，他在心理选择上初步告别狂飙突进的"革命时代"，真正郑重地为自我寻求人生定位，在个人理想的设计上开始自觉地向佛学研究和文艺创作转型，济世拯道的热切愿望并没有减弱，但其国族关怀的方式已经从"披发长歌览大荒"的侠义行动转向相对沉静稳健的文化改

---

① 冯自由：《苏曼殊之真面目》，见《革命逸史》（初集），第 168 页。

造和创新。这次远游对苏曼殊以后的佛学和文学造诣影响甚巨，在驻锡暹罗龙莲寺期间，他交遇暹罗著名佛学家、该寺住持乔悉磨长老，长老"意思深远，殷殷以梵学相勉"。① 从此，苏曼殊真正开始究心梵学、研读佛典，其带有强烈禅佛色彩的浪漫感伤、主观性灵的文艺美学风格逐渐形成，并很快以诗人、画家和佛学家而立世和名世。

成年后的苏曼殊应该说一直试图以出世的情怀做着入世的文章，大乘佛教"菩萨行"的救世观念、现代型知识分子对生命个体价值尊严的追求，使他积极用世、勇猛精进又淡泊利禄、孤傲狷介。在这大约10个年头，他任教的学校除了1903年苏州的吴中公学、唐加巷小学外，先后还有湖南实业学堂（1905）、南京陆军小学（1905）、长沙明德学堂（1906）、芜湖皖江中学（1906）、安徽公学（1906）、南京祇洹精舍（1908）、爪哇喏班中华学校（1909—1912）。以民主革命和启蒙宣传论，1907年在《民报》增刊《天讨》上发表主题为"反清排满"的五幅绘画，与章太炎、陈独秀、刘师培、陶冶公和日人幸德秋水、印人钵逻罕（或译为波逻罕）发起成立旨在"反抗帝国主义，期使亚洲已失主权之民族，各得独立"的"亚洲和亲会"；为秋瑾诗词集撰序；1908年，在留日学生同盟会河南分会机关刊物《河南》上发表意欲激发中原人民民族热情的四幅画作；翻译大量西方浪漫主义诗歌；1912年主《太平洋报》笔政、加入文学社团"南社"；1913年8月，发表《释曼殊代十方法侣宣言》即俗称《讨袁宣言》。佛学方面他愿力庄严，除了1904年他到南洋诸地游历、学习梵文，1907年初，他"顾汉土梵文作法，久无专书"②，在东京埋头著译《梵文典》；1908年，苏曼殊应杨仁山邀请前往南京祇洹精舍出任金陵梵文学堂英文教员，亲聆杨老讲经，成为佛学界名重一时的人物。同时，随着他佛学上造诣的逐日深

①② 苏曼殊：《〈梵文典〉自序》，见柳亚子编：《苏曼殊全集》（一），第119页。

厚，他在文学艺术上的才华不可遏制地显现出来，创作了大量名噪文坛、盛传不衰的诗歌、绘画、翻译、笔记及序跋，其最受称誉的是《本事诗》和《吴门九》。其中非常重要的两项事业是其对西方浪漫主义诗歌的译介和小说《断鸿零雁记》的发表，奠定了他的文学家地位。1907 年，当时在文坛还没有什么影响的鲁迅在日本东京筹措出版文艺杂志《新生》，曾邀请已经声名鹊起的苏曼殊作为同仁。

　　辛亥革命使苏曼殊的思想经历了很大波折，但针对他的艺术而言，真正大的变局却在其后。1911 年 12 月，身在爪哇的他听到武昌起义的消息兴奋不已，在给朋友的信中写道："迩者振大汉之天声，想两君都在剑影光中，抵掌而谈。不惠远适异国，惟有神驰左右耳。""'壮士横刀看草檄，美人挟瑟请题诗。'遥知亚子此时乐也。"[①]当苏曼殊"检燕尾乌衣典去，北旋汉土"，孙中山已经辞去大总统之职，袁世凯出任临时大总统，章太炎北上事功。疏懒无趣，流连于山光水色、杯酒歌妓之间，1912 年以前的苏曼殊不是没有，就在前边两封豪情满怀、狂歌走马风格的信中，他仍然表达了"遄归故国邓尉山，容我力行正照"，"与……南社诸公，痛饮十日，然后向千山万山之外听风望月，亦足以稍慰飘零。亚子亦有世外之思否耶？"而归国后这一阶段，苏曼殊更是游冶欢场。对于章太炎"兴致不浅"的冷嘲热讽和"不慧性过疏懒，安敢厕身世间法"的辩述，[②]是曼殊一贯的人格立场和立身之道，他是希望以"我佛慈悲"的救世观来看待这次改朝换代的，"何党何会"只不过是实现匡扶人心世道的"方便法门"。4 月，苏曼殊加入了南社，并应邀入聘《太平洋报》主笔，1913 年他创作了 25 首诗作、6 幅绘画，与其创造力最旺盛的 1909 年相当。

---

① 苏曼殊：1911 年 12 月 18 日《致柳亚子、马君武》《致柳亚子》，见《苏曼殊全集》（一）。
② 苏曼殊：1912 年上海《答萧公书》，见《苏曼殊全集》（一），第 241 页。

四、艺术生命的沉落(1913.9—1918.5)

真正使苏曼殊走向彻底心灰意懒的并不是南北议和,而是二次革命的失败。1913 年 7 月孙中山发起二次革命,8 月苏曼殊发表《释曼殊代十方法侣宣言》(世称《讨袁宣言》),剑拔弩张地申斥袁氏一年来"擅操屠刀,杀人如草"的罪行,并且声言自己虽托身世外,言善习静,"亦将起而裼尔之魄"!但 9 月 1 日二次革命即宣告败北,苏曼殊遭通缉走避西湖。自此后,主客观各因素,苏曼殊艺术才情渐渐委顿,除创作了 5 部篇制较短、与前写的《断鸿零雁记》风格颇同的写情小说外,诗文绘事都日益荒疏了,富有强烈个性色彩的浪漫主义诗歌翻译也再无续篇。

苏曼殊一直徘徊于佛门与红尘之间,集僧冰情火于一炉,在出世与入世的矛盾中搏击挣扎是他留给后人的基本印象。即便是积极进取的人生阶段,他也是集禅僧、文士、酒徒、烟鬼、狎客等于一身,常常身披袈裟沉溺青楼酒肆,也常常西装革履诵经说禅。对于亲情,他认为"范滂有母终须养,张俭飘零岂是归";对于爱情,他"总是有情抛不了,袈裟赢得泪痕粗";对于世情,他"极目神州余子尽,袈裟和泪伏碑前",但是他又时常企图"越此情天,离诸恐怖",渴望像一般佛徒一样"忏尽情禅空色相,琵琶湖畔枕经眠"。多重人格纠结缠绕着多愁善感的苏曼殊,使他总是无法安神平心,感叹"浊世昌披,非速引去,有呕血死"①。因此,他对于自己的身体不加珍惜,经常大吃花酒、狂吞冰饮、猛嚼糖果肉食以自戕;又因天生赢弱,经常病痛缠身,不断出现"肝跳症、生疮、脑病、洞泻"等各类杂症,这反过来又加剧了他对世事的厌倦。民初评论家王德钟对此曾作过一番精彩分析:

---

① 苏曼殊:1908 年 5 月 7 日《与刘三书》,见《苏曼殊全集》(一),第 206 页。

美人香草，岂真文士之寓言；醇酒妇人，大抵英雄之末路。盖雄心欲耗，聊慷慨乎丝奋肉飞；而壮志难灰，或嘆喈乎酒栏灯闹。玉唾壶击碎春灯，汗流浃背；铁绰板歌残夜月，泣下沾襟。壮士穷途，几点血泪，无处可挥，不得已而寓之舞衫歌扇间耳。[1]

至岁尾，苏曼殊患下严重的肠疾，以后多数时间在日本休养，但"江山信美非吾土"[2]，有时他回上海、苏杭游历。这段时间他和新文学界有不少交往。1915年，陈独秀与章士钊在上海创办《甲寅》杂志，曼殊著小说《绛纱记》和《焚剑记》连载其上。1916年，《青年杂志》改为《新青年》，在第二卷一至六号上，刊有一则相同的《通告》，特意指出"更名为《新青年》且得当代名流之助……允许关于青年文字，皆由本志发表。嗣后内容，当较前尤有精彩。此不独本志之私幸，亦读者诸君文字之缘也"，苏曼殊与胡适并列"名流"之列。第三号、第四号上即连载了该杂志创刊以来第一篇创作小说苏曼殊的《碎簪记》，接着在第五号上胡适发表了著名的《文学改良刍议》。作为后来五四运动掌舵者之一的陈独秀与苏曼殊的诗词唱答以及陈对苏诗艺文心的看重，无疑给苏曼殊极为良好的影响和促进，苏曼殊后来被新文学界所接受除了其文学价值因素，与陈独秀的推介也洵非无关。1918年5月2日，文章风流海内外的一代名僧苏曼殊"鬓丝禅榻寻常死"，临终遗言："但念东岛老母，一切有情，都无挂碍。"友人无限感喟地哀挽其"千秋绝笔真成绝"[3]，而就是在这个5月，鲁迅标志着中国现代白话体小说诞生的《狂人日记》在《新青年》第四卷第五

① 王德钟：《与柳亚子书》，柳亚子、高旭、陈去病、胡朴安等编：《南社丛刻》第14集，扬州：江苏广陵古籍刻印社1996年版。
② 苏曼殊：1913年12月京都《与叶楚伧书》，见《苏曼殊全集》（一），第275页。
③ 柳亚子：《戊午五月哭曼殊》，见《苏曼殊全集》（五），第324页。

号刊出。在南社发起人陈去病张罗下,孙中山"赙赠千金",徐忏慧慨然割让西湖孤山片地;1924 年 6 月,在苏曼殊灵柩寄存上海广肇山庄六年后,终于遗体登穴。

现在,曼殊墓、塔已下落不明,在原墓址上有一石碑,碑文比较客观地总结了曼殊的一生,对其文学创作及翻译成就多有强调:

> 苏曼殊(1884—1918),原名玄瑛,广东中山县人。曾留学日本,回国后任教师、编辑等职,擅诗文、小说,精通多国语言,法国雨果的《悲惨世界》首先由他翻译到中国,后在惠州长寿寺出家为僧,法号曼殊。他一生浪迹天涯,颠沛清贫,因病早逝于沪。柳亚子等集资建曼殊塔于此处,1964 年迁墓鸡笼山。

第二节　思想再论:启蒙尝试与佛禅肯认间的审美抉择

苏曼殊不是一个简单平面的人物:作为一个敢于率十万法侣发出"讨袁"狮吼的革命者,作为一个"总是有情抛不了"的情僧,作为一个"故国伤心只泪流"的爱国诗人,作为一个自创新宗、日月迟暮还渴盼到意大利学习美术的画家,作为一个天纵诗情、以绮丽的文笔感染了无数青年、无论臧否都无法割舍的小说家,作为一个诗酒风流的名士才子和任性自由的知识分子,他有着多重矛盾心态。他和 20 世纪初的太多思潮都有着千丝万缕的联系,而任何既定的模式都套不住他。正是由于苏曼殊思想的多维性,才产生了各种阐释的可能和空间。

一种是意识形态话语体系对其革命家身份的认同。大部分南社成员及其后代和不少近代文学研究领域的学者都认为苏曼殊的一生是积极进取的，批评其脱离人民大众，他们旨在强调"南社"作为第一个革命文学社团的意义与历史价值的同构性，反驳对曼殊作"颓废的文人"的指责。柳亚子曾说："曼殊的正统思想，可以分几方面讲：关于种族方面，他的民族观念，是十分热烈的。……关于政治及社会方面，他也非常急进。……关于宗教方面，他是很看不起耶教徒的。"①马以君认为："苏曼殊的各种行动，都围绕着爱国主义这一核心去展开的"，"苏曼殊是一个相当清醒的现实主义革命家和文艺家。"②裴效维说："苏曼殊的主导思想是与当时资产阶级革命运动相一致的，并始终自觉地为这个革命服务的"，"苏曼殊不仅在革命思想方面与其他革命党人相伯仲，而且弱点方面也有共同点，即由于蔑视人民大众，因而显得软弱无力"。③曾经有论者为1903年苏曼殊从日本突然回中国剃度找到一个消除疑点的理由，即对苏曼殊的行为强加一种儒家式的道德释义：苏曼殊对于民族革命和家庭都是既忠且孝的个体，他企图以和尚身份掩盖革命者的身份，既可全己，也可全家。

　　也有学者在启蒙主义话语框架下认为苏曼殊是在中西文化融合中最终成为文化落伍者的，这方面的代表著述是1990年百花文艺出版社出版的邵迎武的《苏曼殊新论》。邵氏从现代心理学出发，通过对作为诗僧、斗士、凡人、情僧的苏曼殊的剖析，理性地分析了身处中西文化冲突中的苏曼殊人格的复杂性、多面性；强调其既不能在感情上与西方文化融为一体，又不情愿重新审视传统文化；认为在"历史"唤醒了苏曼殊的生存意识时，并没有唤醒他的哲学意识和文化意识，传统的思维模式和宗教思想的钳制下，"曼殊无力在中西文化的剧烈

---

① 柳亚子：《苏和尚杂谈》，见《苏曼殊全集》（五），第134页，中国书店1985年影印本。
② 马以君编：《苏曼殊文集》，第50页，花城出版社1991年版。
③ 裴效维：《苏曼殊研究中的几个问题》，见时萌主编：《中国近代文学研究集》，中国文联出版公司1986年版。

冲突中作出符合历史走向的选择"。该书以五四启蒙主义的立场为价值坐标,把苏曼殊与梁启超、鲁迅等政治启蒙或文化启蒙的代表性人物相比较,指出苏曼殊"缺乏一种从历史和理性的高度对中西文化进行整体把握的自觉意志,缺乏一种'将彼浮来'为我所用的主体意识,所以始终不能在两种文化冲突中达到理性认知的心态平衡","承担起过渡时代所赋予的除旧布新和自我启蒙的双重任务"。①

黄永健用稳健的立论和缜密的论证,为我们提供了当前苏曼殊思想研究另一条很有价值的路径——佛门高僧,史心宽平,每多恕词。"苏曼殊不仅于'色中悟空','情中求道',他的整个人生大致是在一种'率性而为'的自由纯真状态下追求'无着'、'无执'、悟入'真如'的过程,而这种悟入的方式和途径又和历代禅僧迥然有别(比如其以情证道),因此他的种种看来不可理喻的举动更具复杂性,根据其终极价值取向,参照禅门个性主义和自由主义的传统,以及历来狂僧悟道行为表现,我们不妨将他看作是近现代背景下的一位禅门高士"。② 黄氏所指出的"不可理喻的、更具复杂性"的举动即为苏曼殊一生中的种种狂怪行为,皆可视为他的佛教"离相"和修习禅悟过程中的"诸境"。他一生基本上置身在主体心境中,即便在他自己所说的"冰"与"炭"的煎熬中如何挣扎,在"出世"与"入世"、"方外"与"红尘"之间怎么徘徊,他都试图窥破色相,悟入真如,有时因情欲纠缠而自我谴责;有时极端悲愁而以泪洗面;有时甚至自戕身体而求得心理平衡,但他作为禅僧的最后一道防线始终未破。在文艺上,不但苏曼殊的诗歌、绘画、小说带有浓郁的禅佛色彩,就连他编选的诗歌翻译集子也都用佛学名词命名,如《文学因缘》《潮音》《汉英三昧集》。

---

① 邵迎武:《苏曼殊新论》,第23~24页,第83~84页,百花文艺出版社1990年版。
② 黄永健:《苏曼殊诗画论》,第34页,中国社会科学出版社2001年版。

　　以上几解都从一个认识侧面突入对苏曼殊这一生命实体的阐释，都是难能可贵的探索，而我更倾向于认为苏曼殊思想有一个渐进定型的过程，也就是说他从革命的热望、启蒙的宏愿、佛禅的肯认，最终走向了文学的审美抉择，他在各种冲突对抗中倾向追求艺术人生。

　　从"革命"的、"爱国"的角度去框定苏曼殊显然是暂时的伦理举措。20 世纪文学在其发展的绝大多数时段不可能天马行空，它不得不从其他文化系统中获得支援，并与之相互渗透，从而使自己成为一个有逻辑依据的文化体系。被郭沫若赞誉为"集中了当时的时代歌手"的南社，作为辛亥革命前著名的革命文学团体，吸收了许多当时有影响的诗人和小说家，以诗载道是他们基本的价值选择。所谓一时代之文章，必感受一时代之影响。其影响有顺受，即韩昌黎所谓和其声以鸣国家之盛；有反感，其弱者则有变风变雅之作，强者则有吊民伐罪之辞。南社文学乃"反感"之文学，所以掊击清廷，排斥帝制，大声以呼，振其聋聩。民族国家的建立与个人自由方面的矛盾实际上是任何走向现代的弱国子民所必然面对的困惑选择。刘纳在分析清末思想启蒙和辛亥革命时说："先进的人们突破了传统观念中国家与个体之间不可缺少的中间层次——家族，而直接以'国民'的概念将个体生命与国家联系起来"，但是"'国民'并不属于自己，他属于'国'，属于'群'。"①因此，南社革命文人"屈己就群"、民族至上、国家至上的观念很显著。在深层意识上，南社诸子仍然有很强的政治依附性，就像古代不少浪漫主义诗人一样，他们虽然面对群小能高蹈遗世，清醒地意识到自己的人格尊严，但是其飘逸豪放或披肝沥胆的诗篇传达出的依然是渴望"明君"赏识而成为"贤相"、实现自我兴国安邦之雄才大略的心声。这也正如鲁迅对南社文人在辛亥革命后所

① 刘纳：《嬗变——辛亥革命时期至五四时期的中国文学》，第 266～267 页，中国社会科学出版社 1998 年版。

谓消沉略显尖刻的经典注解：

> 希望革命的文人，革命一到，反而沉没下去的例子，在中国便曾有过的。即如清末的南社，便是鼓吹革命的文学团体，他们叹汉族的被压制，愤满人的凶横，渴望着"光复旧物"。但民国成立以后，倒寂然无声了。我想，这是因为他们的理想，是在革命以后"重见汉官威仪"，峨冠博带。而事实并不这样，所以反而索然无味，不想执笔了。①

　　早期的苏曼殊无疑也是民族国家观念的拥护者，他改头换面的《惨世界》翻译确实传达着革命的向往，可苏曼殊所念念不忘的家国实际上是对一种更能维护和实现个人自由的人文生态的期待，是现代知识分子的共同理想。在对群体与个体的认识上，苏曼殊明显超前于南社诸君而更雷同于五四一族。在他思想的成熟期，他参加同盟会、兴中会、光复会以及秋社等革命组织的活动，但他从来没有正式加入这些组织中的任何一个，也从来没有以革命者自居，唯一真正加入的组织是"南社"这样一个文学性社团。他在《南社丛刊》上发表的作品迥异于南社其他成员的"革命"风貌，完全像是一个感伤的文学青年的生命审美。章士钊的评价是中肯的："一时南社广诗才，著个诗僧万象开。"曼殊毕竟接受过比较正规的西式教育，对于西方极端"主我"的浪漫主义诗人倨傲纵逸、刚健抗拒的自由精神情有独钟、极为崇赞；另外，其从小遭遇遗弃、备受凄苦的身世也使他内心早已埋下了"衷悲疾视"、"我独属我"的任性种子。

　　我很认同《苏曼殊新论》对苏曼殊在文化悖论中的艰难抉择的分

---

① 鲁迅：《三闲集·现今的新文学的概观》，人民文学出版社 2000 年版。

析和批评，但是，以启蒙主义的标准来框定苏曼殊，也有值得商榷之处。文化启蒙主义是新时期的主导性文学史观念，它以启蒙文化价值观把文学现象设定在启蒙与救亡、文化与政治对峙变奏的框架内。确实，历次"文学革命"的高涨都与文化启蒙主义有着密切关系，以人之尊严与个性主义倡导为文化内涵和价值指归的创作，也毕竟更为贴近文学与人类生存的实质性关联。在整个 20 世纪文化史、文学史上，启蒙主义的高歌虽然曾经遭遇政党伦理的打压和国家意志的强暴，但至今依然表现着弥足珍贵的坚韧力，五四精神依然传承在有公共良知和文化敏感的知识分子中。苏曼殊在早期创作和翻译时确实有引进欧洲文化、开启国民思想之主观愿望，特别是对拜伦等西方"摩罗诗人"的推介所起到的豁蒙的意义即是一个实证，以致到了 20 世纪 20 年代，鲁迅等还不断追忆苏曼殊的拜伦诗翻译带给他们的反叛的精神砥砺，这一点我们在本书有关"翻译文学"的一章再详加评说。不过，"在另一方面，则是泛启蒙化倾向的发生，将凡是具有较明显之生命文化内涵及人性感召倾向的创作，统统纳入'启蒙'的范围"[1]。具体到苏曼殊，恰恰即是如此，即便后人多么期待他在辛亥革命后能勇毅地接续他早期的实践，坚定文化启蒙之路，但从他绝大部分的诗歌和小说文本内涵看，正如前文所言，苏曼殊在启蒙的主观愿望和主体意识方面是欠缺的，像梁启超那种欲望通过"三界革命"给沉睡中的东方民族注入新的活力，由"新民"以至实现"少年中国"的凤凰涅槃；或者他并没有像鲁迅等对国民性有着深切体认的文化人那样有很清晰的启蒙立场，对于文学的救世价值有着"两间余一卒，荷戟独彷徨"的孤独与奋争，在苏曼殊这些都是极其缺乏的。对传统文化的反戈与依恋，或者对西洋文明的张扬和拒斥在他都是非理性的心态下，对国家、民族、社会与人生的悲剧式认知以及撕心裂

---

[1]　孔范今：《论中国文学的现代转型与文学史重构》，《文学评论》2003 年第 4 期。

肺的痛楚更大程度上由自我的生存感悟和心灵需求出发。因而,苏曼殊的启蒙主义一定程度上是后世启蒙话语情境下阐释学主题学意义上的,而文本本体意义上的不占主导。既然如此,如果一定要拿一套严格的启蒙主义的标准来套苏曼殊,确实勉为其难,他的价值当在别处。

若从"离相"出发,建立立论基点,认为苏曼殊是近代禅门高士也有再探讨的必要。谈论佛教文化与现代知识分子的纠葛,应该清醒的是我们一直是在一种"反教"的话语秩序下发论的。晚清反教话语的构成和产生更多的是地方传统与国家权力互相妥协的结果,而20世纪以来的反教话语则更多地使用了国家权力话语所界定的内涵,这影响了我们对不少历史人物的思想确认。对于苏曼殊,历来论述即便认同其禅门佛子身份,总强调其在入世与出世间的两难,而黄永健的立论实在有独辟蹊径于荒野之感。仅凭苏曼殊对内典之深习、对昌兴佛学之力勤,定其为"把从宝志和尚以来的中国大乘禅学精神推向了一个极致"①的禅门高士名实相符。而我想纠缠的正是所谓的苏曼殊"主体的心境"到底是什么? 是什么妨碍了他"窥破色相,悟入真如"? 我们还从晚清佛学的勃兴开始。易代文人的"遗民情结"疏散的方式各个朝代有所不同,但自佛教内传以来,佛门似乎是常见的一种逃薮。明清易代之际文人"逃佛"是引人注目的遗民行为,归庄有"良友飘零何处边,近闻结伴已逃禅"。② 但是,即便在同世逃禅,也有不同的心理背景。有人可能"性近于禅",遭遇变乱而从初志,所谓"当钟石未变之先,已得意忘言,居然孤衲,盖学焉而得其性之所近,正是本色"。③ 在晚清,佛学成为"思想界一伏流","所谓

---

① 黄永健:《苏曼殊诗画论》,第44页,中国社会科学出版社2001年版。
② 《归庄集》第1卷,第48页,上海古籍出版社1984年版。
③ 黄宗羲:《张仁庵先生墓志铭》,《黄宗羲全集》第10册,第444页,浙江古籍出版社1992年版。

新学家者,殆无一不与佛学有关系"①,远远不止是"遗民情结",还有西潮的冲击,晚清佛学的勃兴有各种因素:第一,佛学复兴是一种文化复兴,含带着重建社会与思想基础的尝试:民族革命必然要以民族文化的认同为指归,以佛教的"业感缘起"诠释、整合西学,本土化的佛教被认为是中国传统的一部分,以抗衡基督教文化的扩张。在对抗基督教扩展中刺激了佛教发展,佛学救国的乌托邦理想和启蒙救国、革命救国一样,成为"救亡图存"的探索途径,正如梁启超倡导政治小说时一厢情愿地认为"小说乃治世之良方";第二,清末民初价值真空,人事无常,修短殊列尚且不可逆料,何况朝代递变、家国兴废、社会失序,启蒙与革命均重视文学的工具理性,而缺失了世俗层面的终极关怀,精神上的漂泊无依使世纪初的知识分子普遍渴求皈依,佛学普世关怀进入真空负压;第三,佛者即觉者,与信赖神灵救赎的宗教不同,佛教以自我觉悟为本,自我修炼,不依他力,符合现代知识分子的人格理想,自然更能贴近正由传统向现代转型的知识者的内心精神所寄。

正是在佛学复兴的思潮中,很多知识分子都与佛学产生了或深或浅的"交谊",表面看来佛学有中兴之势,但"依附以为名高者出焉","今日听经打坐,明日黩货陷人","争取缕衣,则横生矛戟。弛情于供养,役形于利衰。……趋逐炎凉,情钟势耀"。②苏曼殊之"逃禅"如果说起始含有一时愤激之所为,有外铄而非皈依之披缁,但也很有些"性近于禅"、蕴之有素的意思,当他一旦接触了深奥的佛义,这时才真正是"缘学入佛"、登堂入室。苏曼殊胸怀"佛日再晖"之志,深感佛学真髓已经凋敝,"恐智日永沉,佛光乍灭"③,但苏曼殊治学于乱世,确实是一份"如人饮水,冷暖自知"的特殊人生经验,"高

---

①② 梁启超:《清代学术概论》,第 99 页,上海古籍出版社 1998 年版。
③ 苏曼殊:《敬告十方佛弟子启》,《苏曼殊文集》,第 266～272 页。

处不胜寒"的孤独正如黄宗羲忆及当年治勾股学时的情景："余昔屏穷壑,双瀑当窗,夜半猿啼伥啸,布算簌簌,自叹真为痴绝。"而最大的孤独恐怕是"及至学成,屠龙之伎,不但无所用,且无可与语者"。①最终苏曼殊也发现自己回天无力,佛学对他心灵的庇护意义又突出起来。人们在谈论苏曼殊的皈依佛教时总是和章太炎、李叔同相比较。章太炎作为旧民主主义革命时期的著名思想家和宣传家,虽然对苏曼殊曾经产生过深刻影响,但苏曼殊在《〈梵文典〉自序》提出自己著述的目的:"非谓佛刹圆音,尽于斯著,然沟通华梵,当自此始。但愿法界有情,同圆种智。"所以,"章太炎作为资产阶级革命派的理论家,只是把鼓吹佛教作为革命事业的一个部分,而苏曼殊却有意无意地把改革、振兴佛教当作自己的事业"。② 苏曼殊在佛学追求上既不同于"用宗教发起信心,增进国民之道德"③的实用主义的佛学救国,也不同于小乘佛教的李叔同的个人修为,也并非真正传统意义上的"普度众生"。他是主观上想把佛学作为一种学问,作为文化工程的一部分,客观上佛学又是他心灵的休憩地,而并非一种宗教信仰。随着苏曼殊交游面越来越广,渐渐认识到佛义的精奥,梵文作为欧洲诸文字之源的重要意义,研习印度文字和文学,佛教在他不纯然是一种精神向度上的避风港,重译佛经等成为他反抗平庸人生的生命追求。

　　从苏曼殊交游的长长名单上,可以看出他属于那个风云鼓荡的时代知识分子的精英阶层。面对传统文化的失落、异域文化的植入,这些知识精英在中西文化夹击下、在价值观的选择上做着艰难的探索;加上才情、个性、经历的差异,在新旧学冲撞的文化转型中,每个

① 《黄宗羲全集》第 10 册,第 36 页,浙江古籍出版社。
② 张海元:《苏曼殊学佛论释》,《学术研究》1993 年第 5 期。
③ 章太炎:《建立宗教论》,见刘梦溪编:《中国现代学术经典·章太炎卷》,河北教育出版社 1996 年版。

人的判断和决定都显得那么曲折。苏曼殊积极投身危机中的中国知识分子寻找意义和价值的行列，做过各种尝试和努力，但他人生理想深层结构的落脚点既不在宗教的"得道成佛"，也不在国家伦理话语内江山社稷的宏伟蓝图，更不在革命功成名就后重现所谓的"汉官威仪"。佛教是他所愿有所为的一项"平实"的事业，是一种自我实现的追求，是渴望变革、运用佛教来拯救世道人心、力倡众生平等的文化途径。所以本质上说，苏曼殊的"向佛"是一种拒绝现实平庸、追求生存梦想的审美抉择。佛学终究要作为心灵的栖息地，他渴望在其间获得生存的抚慰。如果说少年的苏曼殊归佛是由于其纯真挚性的气质，在"江山固宅"沦落的现实面前，社会价值的失序，个人生活的窘迫，使他无法平静地生活，所以他选择佛门作为生命的皈依，而进入文学创作以后的苏曼殊宗教也并不是他的伪饰，他真诚地渴望沉浸在禅宗的境界之中。他的一生都在酝酿这种力量，这个"酝酿"当然不是"超脱轮回"，在苏曼殊看来佛可以命名存在，因为佛的智性永恒告知人的来路、生存本真的苦相以及去路即解脱，使存在有一种皈依感。很多人说他逃禅是为了逃避俗累、托身暂栖，但实际上他逃向禅是想在其间找到"个我"，即禅宗所谓的"自性"："全心即佛，全佛即人，人佛无异。"苏曼殊在短暂的时间内生吞活剥了西方的个人主义思潮，"自由平等"的观念是个人生命债权意识的觉醒，与大乘佛教的"我心即佛"在他内心是二而一的，其对生命形态形而上的个性追求在当时可谓空谷足音。

　　但是问题并不是这么简单。这里一个特别需要弄明白的话题浮现了：究竟是印度文化的哪些部分吸引了苏曼殊？是严格意义上的佛教文化吗？综观曼殊一生的翻译和创作，可以发现让曼殊投入情感和精力的不是真正意义上的佛教文化，而是"微妙瑰奇"的印度文学。他终生没有翻译出一本经书，却一直在译介印度文学中那些在世界文学史上都堪称"经典"的诗歌和戏剧（这一点我们将在"苏曼殊翻译"一章展开充分论述),由此我们毫不迟疑地断言:即便主观上苏曼殊多么渴望成为在佛学方面深有造诣的学者,他终究是以文学家的审美观进入了印度文化空间的。在苏曼殊的时代,西方思想界诸神退隐,在东方,佛也早被凡人轻渎成一个面目全非的庸俗的字眼,这是令苏曼殊极其悲愤的。苏曼殊试图走出宗教向社会组织、社群之家寻找安身立命之所,但是"过分"的清醒使其对社会生活的污浊极为敏感和失望。他的根的强烈意识激励他盲动地对抗西方,当他试图想在东方寻根时,他又感到对话的困惑,并不能做到将西方的个人主义自由去芜存菁,冥化入东方的圆融自在,此在与世界浑然一体。也就是说,在那样一个历史情境,我们还没有理由希望苏曼殊找到西方哲学与东方佛禅之间的可能性"约会",二元对立的思维图式,对于主体的强调,阻碍他走向对"世界—我—佛"一体的体悟。苏曼殊在多重角色的张力网中冲撞挣扎,这便是阻碍他"悟入真如"的关键。他在文化选择上不是从认同对方出发,而是从对方看到了被认同的可能。或者说,他认同的不是对方的奥义,而是感到被一个容易接受他的世界所吸引。表面上看苏曼殊的矛盾是多元文化冲击下文化理念的冲突与困惑,在社会政治方面表现为入世与出世的矛盾,在伦理人情上表现为向佛与人伦情爱的矛盾,在国家与民族问题上表现为开通与根本的矛盾。但有一点是不矛盾的,他在一切问题上努力维护的是现代个人的生存空间和尊严,也就是说归根结底的矛盾不在于他自身的文化选择,而在于那是一个人心失衡、价值失序的社会,他不得不在挣扎中自卫与自慰。他所期望的"众生平等"已经蕴含了太多现代知识分子的个人伦理确证,他所渴望的革命未来的"家国想象"是"壮士横刀看草檄,美人挟瑟索题诗,⋯⋯向千山万山之外,听风望月",这泄露了他内心作为一个文人天性中浪漫幼稚的特质。他认识不到"革命是痛苦,其中也必然混有误会和血,决不是如诗人所想象的那般有趣,这般完美"①。他的革命、向佛、创作,在整体上是一种"逃往自由","逃往自由"首先是从个体的处境、个人的心灵隐痛出发,表现个体在社会中的无助和无奈;他一次次陷入爱情的漩涡,爱得热烈且真诚,而当面对爱情实际出路的抉择时,他选择痛苦的逃避。他把宗教本质理解为一种对平庸化的排斥,但艺术审美在本质上又与宗教对抗,它是反抗中世纪宗教理性的结果,为了追求自由而为善,然而善与善的冲突却导致自由的失去,不得不以逃遁来换取心灵的自赎,最终构成了在抉择权上属于强者的心灵悲剧,这些无疑带着性格悲剧的味道。他的那些"精英式"的家国想象的毁灭、宗教期待的虚妄,以及爱情神话的破解,一层层递解着一个悲剧的展开和收束。

总之,我们自然不能否认,苏曼殊曾经是披发长歌的革命者;也曾把佛学作为一种文化事业渴望成为佛学家,甚而执着追求"断惑证真、悟入真如",努力向高僧大德的目标迈进;更试图以体现西方人文精神的浪漫主义诗歌来启蒙民智。但苏曼殊终究没有成为名垂青史的革命家,没有成为像他的朋友陈独秀、鲁迅那样的坚定的启蒙主义者,也没有成为章太炎所期待的"佛教界的马丁·路德",更没能"断惑证真、悟入真如"成为佛门高士。在以西方话语为中心的启蒙时代、"历史进化论"的文化氛围中,苏曼殊充满了忧悒和恐惧,在开启民智的"政治化"文艺观的天下他对文学"载道论"的未来深怀疑虑和不安。但是他"升天成佛我何能?……尚留微命做诗僧"的诗句已明言了自己对自己的定位:一是诗者,一是僧者,而第一个问句对"成佛"的质疑,颠覆了"僧"的价值定位,因而实际上苏曼殊在此强调的是"诗者"。他的"多少不平怀里事,未应辛苦作词人"和"词客

---

① 鲁迅:《对于左翼作家联盟的意见》,见《二心集》,《鲁迅全集》,人民文学出版社 1981 年版。

飘零君与我,可能异域为招魂"都注重文学家的自我身份定位。他最终以艺术的、审美的力量,而不是以政治的、启蒙的,也不是以宗教的力量参与了审美现代转化的文化工程;换言之,作为一个富有浪漫气质和才情的知识者,他最注重文学家的自我身份定位,并最终以"审美主义"的文艺家的姿态切入了中国文化的建构。他在文化冲突中的挣扎与徘徊体现了一个具有现代生命意识的知识分子对情感自我包括文化自我的维护和张扬。禅宗主张"不立文字,教外别传,直指人心,见性成佛",而苏曼殊是主张立言的,文学创作成为他最后的逃亡地,他以自己的感悟建立了他的文艺审美观,参与了中国文学现代转型的历史进程。

第三节　文本重解:抱慰生存悖论中的个体挣扎

在历史的雾霭中重新翻检苏曼殊生平与交游的"老照片",厘清苏曼殊思想与身份的脉络,目的在于能够更好地对他的作品进行有效解读。对于苏曼殊的文学,历史的误读曲解和附会剪裁已经够多。

苏曼殊的文学诞生在梁启超的"文学革命"和南社的"革命文学"的夹缝中,他去世又是在新文化运动的前期、五四的前夜,也可以说他的文学生长于世纪初两次启蒙运动的间隙。"开启民智"追求的是文学与历史同构的文艺观,文学从载"封建"之"道"转向载"启蒙"之"道",而启蒙的个人性指归和启蒙在民族社稷上的乌托邦理想要求的统合性是一种悖论,像五四真正体现了"人的发现"的文学不在新文化运动的高潮,而在五四运动落潮后的文学研究会、创造社、湖畔诗社以及新月社等文学团体一样,苏曼殊的文学成为晚清启蒙运动落潮后体现了最初的个人觉醒的文学,当然他在表达上是忧悒的、不充分的。我们来看作为后来者的郁达夫等能够多么明确地声明自我主张和观念，郁达夫说："五四运动的最大成功，第一要算'个人'的发现。从前的人，是为君而存在，为道而存在，为父母而存在，现在的人才晓得为自我而存在了。"①易白沙在《我》中声言："救国必先有我。"②可见，"个体"于五四人物思想中是绝对在"群体"的国家、民族、家族之上的，但在苏曼殊其时还不可能有这么理智清明、理直气壮的表达。从通俗文学这方面看，娱乐消遣的通俗文学在晚清产生后，能够在民初燃成燎原之势，其中有一个因素即为启蒙对个体"人"的发现促成了文艺从社群之家的文以载道转向个人之家的生存自慰。所以，如果我们能够正视维护艺术立场的纯文学与现代通俗文学都关涉到现代个体的"人"的发现，都是文学从外部环境到内部结构的衍化的结果——当然纯文学和通俗文学在发展的过程中会产生对五四启蒙精神的脱节甚至背离，走向单纯的趣味主义的方向，这当是另一个话题——我们就不难理解它们是中国文学现代转型的两条并行的支脉。

　　在现代文学史上，苏曼殊似乎是无法归属的"另类"，他与中国文学现代转型的两大支脉都有关涉。在一个事实上宗教衰落的时代，我们看到苏曼殊是以一个现代审美主义者的姿态进入佛教和文艺的。佛学曾经唤起苏曼殊作为"个体"的理想之梦，这个乌托邦理想融入了他太多的心灵寄托，他的"同圆种智"已经含有将主体从现代社会工具理性笼罩中救赎出来的意义，审美似乎替代了宗教本身而具有世俗的救赎功能，成为一种对抗解构了存在、解构了诗意生存的现代理性的文化手段。也就是说审美成为生存意义的提供者，一方面向人们敞开了科学技术无法提供的关于生存的思考；另一方面又

---

① 郁达夫：《中国新文学大系·散文二集》导言，《郁达夫全集》第 6 卷，第 194 页，浙江文艺出版社 1992 年版。
② 易白沙：《我》，《青年杂志》第 1 卷第 5 号。

把人们带回到"本真"的领域,遭遇到自己的感性身体、欲望和情绪,这正是审美救赎的深义所在。① 在宗教—形而上学占统治地位的前现代社会,艺术与宗教存在着紧张关系,艺术性是不具备任何独立价值的,皈依宗教是一种纯粹的人生观信仰或者出于生存的需要,而近代的宗教反叛古典宁静,渴望动作,面临着将人类的本质特性从因技术的统治而极度萎缩的威胁中拯救出来的愿望,在不自觉中带着对现代性的反思和背叛。这正是西方审美现代性的一脉即浪漫主义文学艺术的源头。在中国,在审美救赎的表述中,对感性的回归和关注也是审美古今嬗变的一个重要价值取向。在 20 世纪以前的中国文学史上,很少有文学家歌哭任情、率真自为犹如曼殊,也很难找出哪些文学家的文字犹如曼殊的文字一样感性地强调作家主体的个体本位,将内心深处自恋与自抑的双重身份表达得那么饱满;而很多的时候我们会发现苏曼殊混淆了"个人"和"文艺"的边界,文学既是他生存的实在,又是他生存的梦想;可能苏曼殊对于文学的期待太"功利"了,他在文学中找回现实中不能实现的梦想,把被现实挤压得变形的"个人"放在文学中以实现心灵的完满。

说到苏曼殊的现实与梦想,我们有必要弄明白苏曼殊一再表述的所谓"难言之恫"的问题,它牵连到对于苏曼殊文本佛性与人性冲突的主题的理解。1909 年冬,苏曼殊在前往爪哇的途中染病,正好碰到了自己早年在上海求学时的英语老师庄湘以及其女雪鸿,"女诗人过存病榻",曼殊感叹"予早岁披剃,学道无成,思维身世,有难言之恫"。② 托名"学人飞锡于金阁寺"、写于 1911 年的《〈潮音〉跋》,更是极尽写"身世有难言之恫"。关于"难言之恫"这个问题,总结起来大概有这样几个"谜底":

---

① [美]贝尔:《资本主义文化矛盾》,三联书店 1989 年版。
② 苏曼殊:《题〈拜伦集〉》,见马以君编:《苏曼殊文集》,第 37 页,花城出版社 1991 年版。

（一）血统问题：柳亚子最早提出了苏曼殊的"难言之恫"就是血统问题的观点。之后的《苏曼殊传略》，虽然对"曼殊是日本人宗郎的血胤"的说法给予否定，但仍然坚持："他对于自己的血统问题是十分怀疑的。有怀疑而假设，便产生了《〈潮音〉跋》和《断鸿零雁记》。结果，《〈潮音〉跋》没有登到《潮音》上面去，他自己也不能承认这假设是否确当。至于《断鸿零雁记》，那是小说，自然便无顾忌地发表了。这就是他所谓'身世有难言之恫'的原因。"至今也仍然有学者认同柳亚子早期"曼殊的日本血统，照我说当然是无可疑的"的论断，李蔚根据今存《〈潮音〉跋》原稿将"难言之痛"之"痛"划掉改为"难言之恫"，指出："按'恫'有二义，一为'痛'，一为'恐惧'。原稿始抄为'痛'，后改为'恫'。这说明曼殊是在'恐惧'的意义上使用'恫'字的。从小没有父亲，提起身世，令人恐惧。""从小没有父亲"即指宗郎早殁，留下了曼殊成遗腹子。

（二）生理问题：曼殊一生中和数位女性交往过密，柳无忌《苏曼殊及其友人》中"曼殊的女友"罗列有"雪梅、静子、马玉鸾、尹维峻、百助、金凤、花雪南、张娟娟等"①；马以君编注、柳无忌校订的《苏曼殊文集》中收录苏曼殊的大量杂记，其中提到的女性特别是妓女姓名就有 50 多个，其中从 1903 年到 1912 年一向身披袈裟、以"老衲"自称的曼殊结交的名妓就有金凤、花雪南、百助眉史、赛金花、陈彩云等数十人②。女友这么多，李欧梵根据苏氏"晚居上海，好逐狎邪游，姹女盈前，弗一破其禅定"③，推测出入花丛、其意"不在花亦不在酒"，"人谓衲天生情种，实则别有伤心之处"④的苏曼殊有生理上的难言之隐，即所谓其"身体有难言之恫"，而非"身世

---

① 柳无忌：《苏曼殊及其友人》，《苏曼殊全集》（一），第 62 页。
② 马以君编：《苏曼殊文集》，第 458 页，花城出版社 1991 年版。
③ 柳亚子：《苏玄瑛传》，见《苏曼殊全集》（四），第 153 页，中国书店 1985 年影印本。
④ 苏曼殊：《冯春航谈》。

有难言之恫"①。台湾学者刘心皇在《苏曼殊大师新传》里也持此论。

（三）佛心与世情的冲突：有学者认为每当苏曼殊要逃离一桩感情纠葛时，即强调自己早岁出家的比丘身份，言"思量身世，有难言之恫"，不能婚配。如《断鸿零雁记》第一章文："然彼焉知方外之人，亦有难言之恫"，第十五章文："然余固是水曜离胎，遭世有'难言之恫'"，所以"难言之恫"是指其佛门弟子的身体规训，即"佛心与世情的冲突，尤其是佛心与爱情的冲突。……曼殊皈依佛门，也一心以振兴、发扬我国的佛教文化为己任。……可是，他又是一个'天生情种'，一生为情所缠绕，为情所困惑。……再者，对于母亲的思念和孝敬也是他不能摆脱的情缘。情扰佛心，学道不成，佛心与世情的矛盾冲突，构成了苏曼殊难言的苦痛"②。

这三种观点似乎都有道理，但我觉得还值得推敲。首先，无论苏曼殊是日本后裔还是中日混血，不应该成为他拒绝爱情和婚姻的有效理由。在当时而言，如果是日本人，对其生活可能益处大于弊害。罗建业在1980年3月3日自香港给柳无忌的信中作过推测："曼殊的自认是日本人，这是他的狡狯，欲借以愚弄当时的北洋军阀，因为冒充僧人虽可掩人耳目，不若进而混充日本人更可期待得外交上的庇护。"③从该信中可以看出，如果说苏氏是"完全的日本人"，在对外交往上只能更为便利，不管苏曼殊内心不适或者痛苦，既然更为便利，怎么能作为他不能拥有家庭的"难言之恫"？另外混血儿身份在当时的中日交流中是一个时代产物，苏曼殊并没有必要回避，也不能

---

① ［美］李欧梵：《中国现代作家的浪漫一代》(*The Romantic Generation of Modern Chinse Writers*) 第 4 章，第 70 页，Harverd Univ. Press 1973 年版。

② 丁富生：《论苏曼殊的"难言之恫"》，载《齐齐哈尔师范学院学报》1998 年第 4 期。

③ 罗建业认为苏曼殊根本没有出家过。参看《苏曼殊出家之谜》。此信未公开发表，现存于马以君先生处，此处转引自马以君《生母·情僧·诗作》，见《中国近代文学研究丛刊》（第一辑），广东人民出版社 1983 年版。

构成影响其终身的"难言之恫"。冯自由在《革命逸史》中曾记有"曼殊十六岁，在横滨大同学校读书时，教员陈荫农尝因某事语乙班学生曰'汝等谁为相子（Ainoko）者举手？'于是举手者过半，曼殊亦其中之一人"，"日语相子，即华语混血儿或杂种之谓。旅日华侨咸称华父日母之混血儿曰相子，曼殊固直认不讳"。① 可见曼殊对于混血儿出身的姿态。至于推断苏曼殊有生理之隐痛，这更是难以实证的臆测。况且，在佛家来说，"断惑证真，删除艳思"、"以情求道"，本是佛子修炼的方法之一。"佛心与世情的矛盾冲突，构成了苏曼殊难言的苦痛"的观点可能混淆了因与果。把佛规援引为不能接受爱情的理由，这是苏曼殊小说显在的叙事动力之一，但佛规本身并不造成"越此情天，离诸恐怖"的"恐怖"即"情"。《断鸿零雁记》中日僧可以有家室，为什么三郎照样拒绝静子？ 在苏曼殊的一生，佛与情的对抗确实是一个很突出的生存困境，但佛心与世情的矛盾冲突是"遭世有难言之恫"造成的"果"，而不是"因"，不是缘起。

根据书信、诗歌、小说等里面的表达，联系苏曼殊在感情问题上的取舍，我认为早年亲生父亲不肯相认的"弃儿"身份、特别是其"私生子"身份所造成的对于世俗人生、庸常生活的恐惧，特别是由这恐惧所形塑的生命悲剧意识是其"难言之恫"的根底，这种悲剧意识也成为他文学创作的审美特征之一。苏曼殊终身钻在一个谜中，不能辨识生母与养母，自己认作生母的养母后来又再次嫁人，正是这种身份使他产生强烈的挫折感。所以，"这个自小就失去母爱的混血儿，父亲、母亲及养母远在异国，有家但这个家如同冰窟，有亲但亲人远隔天涯，以至他从少年时代起，寄人篱下，自嗟身世，有'难言之恫'"②。1904 年苏曼殊居住香港期间，当得知父亲病危渴望一见时，

---

① 冯自由：《革命逸史》（初集），第 166 页，中华书局 1981 年版。
② 黄永健：《苏曼殊诗画论》，第 6 页，中国社会科学出版社 2001 年版。

他以行囊空空为由托辞未归。关于该举,有人认为是苏曼殊考虑到自己革命之身恐连累家人的理智选择,有人认为是苏曼殊对于父亲的深怨未解,我想潜在的隐衷即为:一直在内心对自己身世怀疑的苏曼殊想揭开一个谜,但是他又害怕谜底的揭穿,他不敢也不想面对父亲临终时极其可能的真相告白。而且,对苏曼殊来说,这不仅是一个生母与养母之别、生父与养父之分,还有一个文化血统问题:他到底是纯粹的日本人还是中日混血儿?"无家又无国"是他切肤的感受。更为重要的是,苏曼殊自己身在佛门,佛门是他获得精神安慰的庇护盔甲,他"马背银铠、行脚飘零"的生活不可能负担妻儿家庭,而被抛弃的孩子遭遇白眼的命运他深有感受,要有圆满的人间生活,就必须放弃世外比丘身份。即便放弃,但如他的父亲不在佛门,也照样不能处理好家庭。亲情和婚姻在他觉得是很不可靠的,他难以克服这种生活阴影的纠缠,致使他对婚姻恐惧,一次次"越此情天,离诸恐怖"。换句话说,悲剧的生命意识已经化入他的血脉之中,对于生命个体的主体欲望与客观现实冲突之结果的悲剧性认知先入为主地攫住了他的精神。

从更深的文化心理上说,他的父亲代表的世俗家庭生活给他所带来的屈辱使他夸张了俗世的庸常和人生的无奈,逃离成为他的定向思维,这种逃离也正是一种对于平庸的拒绝,逃离世俗的爱情和逃往禅佛是二而一的。波德莱尔认为现代性就是"过渡、短暂、偶然"①,短暂与永恒是一种辩证关系。苏曼殊作品的人物那么强烈地渴望爱情,又以身世有"难言之恫"逃离爱情,他们的决绝是"最有情人的无情举",这一潜在的文化心理结构正是对于永恒的审美追求。在苏曼殊看来,爱情只有在两心相悦中才有价值,一旦走向世俗的性

---

① [法]波德莱尔:《现代生活的画家》,《波德莱尔美学论文选》,第485页,人民文学出版社1987年版,郭宏安译。

和婚姻，爱情也就变得庸常，对于爱的决绝正是使常人短暂的爱情变得永恒。如他所言"爱情者，灵魂之空气也。……我不欲图肉体之快乐，而伤精神之爱也"[1]。苏曼殊临终前的"一切有情，都无挂碍"既是一个佛徒修成的境界，也是一个拥有颓废情怀的乱世文人逃离佛规的境界。先在的释门身体规训与社会对佛子的习见是他无法摆脱的"世情"，阻止他从爱情走向婚姻；而阻止他走向爱情圆满的还有婚姻的社会规定性——爱情的结果是婚姻，在他看来，婚姻是一种过重的责任，也是一种心灵自由和爱情美感的寂灭。他渴望与排拒，期待与绝望，似乎不属于任何社群也不属于任何家族，在旁观者看来他是行云流水、收缩自如、风流浪漫，其实内心充满了失落和迷茫，这才是他真正的"难言之恫"吧。

周作人"很不义气"地谈到苏曼殊的爱情："我疑心老和尚始终只是患着单相思（自然这也难免有点武断），他怀抱着一个永远的幻梦，见了百助静子等活人的时候，硬把这个幻梦罩在她们身上，对着她们出神，觉得很愉快，并不想戳破纸窗讨个实在：所以他的恋爱总没有转到结婚问题上去，他们对他的情分到底如何，或是有没有，也都不知道。"[2]这个后来坐在苦雨斋里品着苦茶的知堂老人真算说对了，我们完全没有必要知道那些"弱水三千"的女主人公是否实在，因为无论实在与否，苏曼殊所欲望"自叙"的都是"情感的实在"。类似的创造在当代也不乏其例，下面我们来引用张贤亮的一段话为证：

> 有人看我的小说写了一个个爱情故事，以为我在苦难中一定有不少爱情的温馨，而其实恰恰相反。我说我一直到三十九岁还纯洁得和圣徒一样。我希望在座的男士们不会遭遇到我那

---

[1] 菊屏：《说苑珍闻》，《苏曼殊全集》（五），第 261 页。
[2] 周作人：《曼殊与百助》，见《苏曼殊全集》（四），第 394 ~ 395 页。

种性压抑的经历。我的小说,实际上全是幻想。在霜晨鸡鸣的荒村,在冷得似铁的破被中醒来,我可以幻想我身旁有这样的女人。我抚摸着她,她也抚摸着我;在寂寞中她有许多温柔的话语安慰我的寂寞。寂寞孤独被喧闹得五彩缤纷。这样,到了我有权利写作并且发表作品的时候,我便把她们的形象一一落在纸上。①

美国精神分析学家卡伦·霍尔奈指出,遭受挫折感折磨的文人往往会借助文学想象来补偿缺陷感、软弱感和无价值感。作为诗人,苏曼殊呼唤拒绝爱情的庸常化,又以艺术唤起对高雅的爱情失落的怀旧或想象,哀叹和对抗一个平庸的、物欲横流的"现在"的侵蚀。他在他的现实中追求的是个人情感的实现,然而各种文化冲突使他措手不及,而在文学中,他返璞归真,退隐淡泊,即便焦灼、挣扎、困兽犹斗,那也是人性的本真——包括梦幻。苏曼殊在创作中获得自我精神的缓压和挫折感的释放,生活的审美于是升华为艺术的审美。文学使苏曼殊拥有了一种类似于最健康、最有价值的"高峰体验"的感觉,这种高峰体验可能是激昂、亢奋、扩张,而另一面更可能是平和、宁静、顺从、守护,这些体现在创作中的生命体验近乎实现了苏曼殊在宗教中渴望"羽化"、"圆寂"的倾向。这就是我对他的诗和小说神秘、混沌、陶醉、不自觉的爱情悲剧的认识。许多伟大哲人反复咏叹着理想的审美生存方式,王尔德认为"真正的艺术家是那些像他的艺术品的人",尼采认为"艺术的本质在于生存的完美",海德格尔认为艺术是"诗意的生存",福柯定义为"审美的生存"。总之,"常人以非自立状态与非本真状态的方式而存在","此在可能木然'受着'日常

---

① 张贤亮:《习惯死亡》,第 90 页,百花文艺出版社 1989 年版。

状态,可能沉浸到日常状态的木然状态之中去"①。在艺术中,艺术家处于自由的、个性化的、本真的生存状态,否定和超越常人生活的日常性,爱情想象的乌托邦对抗了平板的现实,个性化的审美趣味抗拒了平庸和物欲,用变化的短暂"现在"来消解一成不变的"过去",以艺术的创造性来对抗主流文化的平庸,新奇的崇拜、短暂的美的追求是一种特殊的对庸常的拒斥与否定,趋向于打破日常生活平庸限制的内在冲动——这即是苏曼殊的文学,他的自叙是他向自己也向"他者"的倾诉。

　　在严峻的时势下,艺术当然不能对时代毫无责任,不过如果艺术在履行自己的种种"服务"职责时忘记了自己是什么,也未必是好事,牺牲文学本身的特性来论文学这是"文学的悲剧"。在中国近现代历史上,这些悲剧的演出形式多端,但亦有共同的轨迹可寻,谢冕把其总结为三个方面:"一、尊群体而斥个性;二、重功利而轻审美;三、扬理念而抑性情。"②我认为,在中国文化与文学现代转型的初途,王国维从理论上、苏曼殊从实践上进行的是向现代转型的另一种创辟努力:文学审美的现代转换。始自曼殊的翻译和创作,到文学革命时期的创造社再到京派的沈从文和废名是其中的一个支脉;都市文化与通俗文学这条线上,从《海上花列传》到"鸳鸯蝴蝶派"、"礼拜六"派再到张恨水等则是另一审美立场和审美形态,他们都是被历史功利主义文学不看好的对象。我这里无意评说哪一种文学理想更为"理想",更没有资格作为"现代"或者"现代文学"的注脚,而只能说在对"现代"的审视中,无论是标榜"为艺术而艺术"的所谓纯文学,还是传递着民族大乡愁意识、探索人性根本的现代审美主义文学,或者是一边重新开掘晚明"以情抗理"的文学古道、一边"力求能

———————

① ［德］海德格尔:《存在与时间》,第157页、第437页,三联书店1987年版。
② 谢冕:《辉煌而悲壮的历程》,即《百年中国文学总系》总序一,山东教育出版社1998年版。

切合现在潮流，……以现代现实的社会为背景，务求与眼前的人情风俗相去不甚悬殊”①的通俗文学，它们也都体现出了与历史文化的同构性，只是同构的价值维度与启蒙文学和革命文学不尽相同。

苏曼殊生活在一个雅俗文学混沌的时代，他的文学贯通于雅俗之间，但无论他的哪一种创作，都体现了他对人性和人生的审美关怀、对个性自由的礼赞和追求、对生命个体尊严和意义的维护。苏曼殊在晚清政治启蒙和辛亥革命文学的夹缝中探索了或者说找回了一种文学的“质”：个人情感是文学的主体部分，而不是边缘部分，对于生存体验的表达和抚慰是文学的中心，文学是作家对生存本体的个性言说。无论是苏曼殊具有“清新的近代味”的古体诗，还是促动了浪漫主义小说的萌动与勃兴和鸳鸯蝴蝶派最终形成的写情小说，特别是他的对拜伦、雨果等西方文艺家的引进，都体现了苏曼殊作为“情感的个人”的现代话语权欲，他以他的文学抱慰生命悖论中个体的挣扎，因为文学在普遍意义上是个人的，这一审美理想也就隐喻了对于民族和人生的改造。但正因为苏曼殊的文学是一种个人历史的回溯和哀婉，一种个体空间的审美意义上的想象与重构，其中也就暗含了对于启蒙之道上传统文化之精华陨落的伤感，这种“质”对新文学系统本身也是一种宝贵的资源。在中国文学现代转型的初程，苏曼殊的文学成为现代审美主义追求的一枝报春花。

当然客观地说，遗憾也正在于此：“弃子”的零余感使苏曼殊特别渴望一种认同的抚慰，他过分沉溺于悲情的表达，“说”的动感代替了“思”的活跃，欲望的倾诉有时埋没了他的纯挚本色。这一颓废感伤的特色也传染给他的后来者们，既成为该派的审美风格，成就了浪漫抒情的卓越，也成为其被人诟病的所在。

---

① 赵苕狂：《花前小语》，载《红玫瑰》第 5 卷第 24 期（1929 年 9 月刊）。

第二章
译界之虹：苏曼殊文学翻译及文学转型意义

在国际文化交流史上，恐怕没有什么艺术形式比翻译的中介作用更为有效。一般认为，中外文化交流史上出现过三次翻译高潮①：从汉末开始，印度的佛教经典陆续由胡僧输入中国，这是中国引进外来文化的第一次翻译高潮。佛教哲学在中国思想界发生了深远影响，并且促进了道家和儒家哲学的发展。翻译佛经中的文学因素对隋唐文学文体、语言、内容、思想都产生过不少影响，阿含部的佛教经典，催生了我国六朝志怪小说和唐传奇；变文、弹词和各种说唱文学，导源于高座讲经和梵呗。第二次翻译高潮大约在公元 16 世纪末至 18 世纪初，西方耶稣会传教士到中国进行宗教活动，传教的同时也向中国介绍一些自然科学知识，特别是意大利传教士利玛窦与我国近代科学的先驱人物徐光启（1562—1633）、杨廷筠（1557—1627）、李之藻（1565—1630）、叶向高（1559—1627）等人合作，翻译了为中国士大夫所鲜知的西方天文、历算等自然科学书籍。明代万历、天启年间，西方来华传教士曾经将《意拾喻言》（*Aesop' Fables*），即《伊索寓言》介绍到中国，19 世纪 40 年代，英国人罗伯特·汤姆（Robert Tom）和

---

① 也有学者认为有两次翻译高潮，参见施蛰存：《中国近代文学大系·翻译文学集》导言，上海书店 1995 年版。

一位中国人合译了一部更为完整的《意拾喻言》,当时的《意拾喻言》是作为教义宣传品,而不是以文学译入。严格意义上的所谓中国翻译文学应当是指中国人在国内或国外用中文翻译的外国作品。19 世纪 70 年代,中国政府开始向国外派遣留学生,这些最早有机会"睁眼看世界"的学子便以中文译本介绍输入外国的自然科学和人文科学,推动中国政治制度和社会文化的改革,也就是从此时起,中国才有了真正意义上的西洋文学作品的翻译。近代一位对西学有着浓厚兴趣的有识之士冯桂芬最早在《采西学议》和《上海设立同文馆议》中从理论上阐发翻译的重要意义,并主张设立专门的翻译机构。19 世纪末到 20 世纪初这一段时期,是中国文化史上继翻译佛经以后的第三次翻译高潮。

　　清末民初第一次启蒙运动时期翻译文学潮流的兴起有其深刻的政治、哲学、文化以及文学背景及因素。中国在甲午战争中的失败可能是自鸦片战争以来对知识阶层触动最深、影响最大的历史事件,如梁启超在《戊戌政变记》中所言:"唤起吾国四千年之大梦,实自甲午一役始也。"为了推动维新变法运动的发展,全面系统地引进西方新思想、新观念,以新民新政,在学术上不得不先来个"新文艺"。梁启超提出"三界革命",完全是在一个开放性的世界视野下提出的,域外文学的启发是一个最直接和强力的触媒。

　　翻译过来的西洋小说从内容到形式都给中国作家及读者以耳目一新的感觉。鲁迅在《〈域外小说集〉序》中说:"异域文术新宗,自此始入华土。使有士卓特,不为常俗所囿,必将犁然有当于心,按邦国时期,籀读其心声,以相度神思之所在。则此虽大涛之微沤与,而性解思维,实寓于此。"①中国近代第一部翻译小说应当说是蠡勺居士

---

① 鲁迅:《〈域外小说集〉序》,见《鲁迅全集》第 10 卷,第 155 页,人民文学出版社 1981 年版。

（蒋子让）1873 年初翻译的《昕夕闲谈》，发表于近代第一个文艺杂志《瀛寰琐记》第 3 期至 28 期。"林译小说"对当时文坛形成的强大冲击波是学界屡有所论的。1899 年，素隐书屋出版了林纾以"冷红生"为笔名翻译的法国作家小仲马的《巴黎茶花女遗事》，这是欧洲文学名著输入中国的第一部，而且取得了极大成功，著名翻译家严复即感慨"可怜一卷《茶花女》，断尽支那荡子肠"①。胡适说："林纾译小仲马的《茶花女》，用古文叙事写情，也可以算是一种尝试。自有古文以来，从不曾有这样长篇叙事写情的文章。《茶花女》的成绩，遂替古文开辟一个新殖民地。"②归纳起来，这部译书带给中国文学界的影响至少可以归为三点：

第一，它征服了中国读者，也使中国文人改变了对外国文学的错觉，认识到西洋不仅有自然科学和社会科学的书籍，也有如《红楼梦》般优秀的文学杰作；

第二，《茶花女》向中国文学界最早带来了西洋小说的创作技巧和艺术手法，如第一人称叙事、书信穿插、倒叙等，特别是其爱情悲剧的文体格局，对中国小说创作不无启发；

第三，《茶花女》对于虚伪的道德观念的抗议、对于爱情纯真的追求，还有热情真诚、富有自我牺牲精神的玛格丽特这一女性形象，无疑让仍然被传统道德囚禁的知识青年心灵骚动。

《茶花女》在掀起一个译介西方文学作品高潮的同时，也极大程度地影响了随后一个时期中国作家的创作，出现了许多抗议当时中国社会的权势人物、封建婚姻制度和道德观念摧残年轻人美好情感的小说。如徐枕亚在《玉梨魂》一书第二十九章石痴的信中即自比为

① 严复：《甲辰出都呈同里诸公》，见《严复集》第 2 册，第 365 页，中华书局 1986 年版。
② 胡适：《五十年来中国之文学》，见胡适、周作人：《论中国近世文学》，第 28 页，海南出版社 1994 年版。

"东方仲马",他对《茶花女》爱情思想极大的认同是不言而喻的;钟心青的《新茶花》通过描写名妓武林林与项庆如的真诚感情遭到京中要员王尚书破坏的悲剧,揭露了封建恶势力的狰狞无道。

翻译文学是研究 20 世纪文学发生发展的重要参照系。清末民初翻译文学推动了中国文学的革故鼎新,中国文学世界化的趋势正是在清末民初翻译文学热潮中启动的。在 20 世纪文学史上占有一席之地的作家,正是在翻译文学耳濡目染下成长起来的。在五四以前,外国著名作家如拜伦、雨果、席勒、歌德、高尔基、普希金、莱蒙托夫、托尔斯泰、马克·吐温、狄更斯、司各特、契诃夫等的作品几乎都有译本,可以说在 20 世纪初有影响的文化人都参与了当时翻译西著的文艺思潮,他们在成就自己从一代儒生成长为一代职业作家的同时,也为五四新文学的诞生培养了一代有阅读经验的读者群体。文体的变革特别是小说的位移正是在翻译文学影响下由古典向现代形态转化,西方的创作技巧也直接催发了中国文学的叙事转型,为"五四"一代实现文体自觉做了有力铺垫;文学的启蒙现代性和审美形态的现代转换、中国比较文学也导源于西方文学理论和文本译介。研究这一时期的作家创作,避而不谈翻译问题是不够全面和客观的,这一点已经为学界越来越多的研究者所认同,特别是对于像苏曼殊这样生活在中国艺术新旧交替的关口、精通数种外文、以翻译走上文坛、集创作与翻译于一身的文艺家。

我们还以《茶花女》为例。像当时的许多青年文人一样,苏曼殊对于茶花女这个人物也非常喜爱,甚至以茶花女为自己的一些不良习惯开脱,在给朋友的信中,他写着"日食摩尔登糖三袋,谓是茶花女酷嗜之物"[1],但是苏曼殊精通英文,读的是外版原著,自然对于《茶花女》的把握更为融通。在上海做撰述人期间,几家报纸登出他要重

---

[1] 壬子七月日本《与某君书》,见《苏曼殊全集》(一),第253页。

译《茶花女》的广告。《太平洋报》在"文艺消息"栏中的两次报道分别为：

> "林译《巴黎茶花女遗事》为我国译入译本小说之鼻祖，久已名重一时。顷曼殊携小仲马原书见示，并云：'林译删节过多，殊非完璧。得暇拟复译一过，以饷国人。'必为当世文学界所欢迎也。"

> "曼殊重译《茶花女遗事》，前日报端已略言之。汉文译本已两见，乃并曼殊之译而三矣。今以天生情种，而译是篇，吾知必有洛阳纸贵之声价也。"①

从这些媒体报道的声势，我们也可以对当时苏曼殊在译界的声誉有所感受。柳无忌称誉苏曼殊为中西文化交流的先驱，陈子展在《中国近代文学之变迁》一书中对苏曼殊翻译也相当肯定。但是长期以来，研究界恰恰忽略了在苏曼殊文学生涯中占重要地位的文学翻译成就的梳理，有价值的研究文章非常有限。因此，对苏曼殊的翻译成就和其在 20 世纪初审美现代转型方面的史学意义、特别是对其译学思想进行全面的梳整和厘定，是苏曼殊研究一件很有必要也很有价值的开拓性工作。

第一节　苏曼殊翻译的三大板块

苏曼殊的翻译大致分为三个阶段，或者说三个板块：小说翻译，

---

① 李蔚：《苏曼殊评传》，第 306 页，社会科学文献出版社 1990 年版。

西方浪漫主义诗歌翻译,印度文学及佛学经典翻译。

一、初步译坛:《惨世界》"醉翁之意不在酒"

　　苏曼殊是凭借《惨世界》而走上译坛的,他是把雨果作品翻译到中国来的第一人,虽然当时的他是"醉翁之意不在酒"。关于《惨世界》,一直以来有两个争论的热点,至今尚无定论。第一点即为《悲惨世界》的译者为谁,第二是该小说到底是翻译还是创作。这些问题的来源在于《惨世界》最初的三个版本。该小说第一回到十一回最早在1903 年 10 月 8 日到 12 月 1 日连载于上海《国民日日报》①,标题为《惨社会》,署名是"法国大文豪嚣俄(按:雨果)著,中国苏子谷译"。登到第十一回时,该报因内讧而停刊,该小说也中断。1904 年,苏曼殊已经离开上海赴泰国,上海镜今书局陈竞全经过与苏曼殊的好友陈独秀商榷,将它以单行本印行,并改名为《惨世界》,署名"苏子谷、陈由己(按:陈独秀)同译",并且从第十一回的未完本改成了十四回的足本。苏曼殊逝世后的 1921 年,他的故友胡寄尘将镜今版本在泰东图书局翻印,删去嚣俄和陈由己的名字,署为"苏曼殊大师遗著",并且改名为《悲惨世界》,现在这一名称成为雨果该部小说中文本的定名。前两个版本的署名导致了译著者的问题,第三个版本的署名导致了译或著的问题。

　　任访秋断定此书是苏曼殊的翻译小说,而且认为是苏曼殊与陈独秀合译的,因此"不多评论"②;马以君、邵迎武等均持此论,认为属于翻译小说③。裴效维对此看法颇不以为然,觉得"这是很可惜的,

---

① 《苏曼殊全集》(二),第 272 页,该翻译小说原名《惨社会》,1904 年上海镜今书局刊成单行本,共 14 回,改名《惨世界》。1921 年上海泰东图书局翻印时改为《悲惨世界》。
② 任访秋:《苏曼殊论》,《河南师范大学学报》,1980 年第 2 期。
③ 马以君:《燕子龛诗笺注》,第 138 页;邵迎武:《苏曼殊新传》,第 305 页;黄永健:《苏曼殊诗画论》,第 38 页。

而且事实上这种看法已经对苏曼殊的评价产生了一定的影响"，认为"既不是翻译小说，更不是'合译'小说，而是苏曼殊借翻译之名，取材于雨果的《悲惨世界》和晚清社会的一部创作小说"。裴效维一向是强调苏曼殊的爱国主义和革命思想的，断言这部书的做法"并非苏曼殊故弄玄虚，而是一种时代的产物，是革命者和进步人士在清廷的反动统治下所采取的一种斗争策略"①。把该书看作"改译创作"的当然不仅裴效维一人，浙江人民出版社出版的陈平原编选的《苏曼殊小说集》和长江文艺出版社出版的《现代文学名家作品精选》都收录了《惨世界》，无疑是偏重以创作视之的。

　　我这里把它放在翻译部分论述出于以下考虑：一是从苏曼殊最早发表《惨世界》时的署名看，主观上它是作为翻译作品的。二是苏曼殊当时的"乱添乱造"在我看，除了功利性的社会召唤意识，还有其他原因。他开始是准备好好翻译的，这就是第一回到第六回，译到第七回，或是出于他惯常没有长久性，或是因为他当时的中文底子还正在磨砺过程中，按部就班地翻译也有些吃力。我们从章士钊的叙述可以知道此言不谬，章行严介绍苏曼殊1903年在《国民日日报》任职时，"学译嚣俄小说，殊不成句，且作字点画，八九乖错，程度犹远在八指头陀之下"，所以就"对原著者很不忠实"地"加以穿插"②；甚至后来觉得创作似乎比翻译更为轻松，而且也能够更直接更畅快地表达自己的革命主张，所以索性岔开原著，自我发挥起来。三是在20世纪文学史体系的建构上，长期以来存在着重创作、轻翻译的价值趋向，前边所述的"不多评论"和"很可惜"多由此出。

　　关于《惨世界》的译者，我认为是苏曼殊，"合译说"现在似乎没

① 裴效维：《苏曼殊研究中的几个问题》，见中国社科院文学研究所近代文学研究组编《中国近代文学研究集》，中国文联出版公司1986年版。
② 柳亚子：《记陈仲甫先生关于苏曼殊的谈话》，见柳无忌编：《苏曼殊年谱及其他》，第283页，上海北新书局1928年版。

有根据。作为当事人的陈独秀表达过这样的意见：

> 《惨世界》是曼殊译的，取材于嚣俄的《哀史》（按即《悲惨世
> 界》），而加以穿插。我曾经润饰了一下。……而我的润饰，更是
> 妈（马）虎到一塌糊涂。……当时有甘肃同志陈竞全在办镜今书
> 局，就对我讲："你们的小说，没有登完，是很可惜的。倘然你们
> 愿意出单行本，我可以担任印行。"我答应了他，于是《惨世界》
> 就在镜今书局出版。并且因为我在原书上润饰过一下，所以陈
> 君又添上了我的名字，作为两人同译了。①

陈独秀只承认"润饰"之功，那么《国民日日报》登出前十一回停
刊，并不等于作品没有完稿，镜今本多出的三回应当是曼殊留下的稿
子。柳无忌说："曼殊与仲甫交谊最深，在学问方面，亦颇受仲甫的影
响。曼殊所译的《惨世界》，由仲甫润饰过；曼殊在此期间（按：任《国
民日日报》翻译时期）开始学作诗，也有仲甫指导。所以在《〈文学因
缘〉自序》中称他是'畏友仲子'，且常有诗画送给他。"看来，柳无忌
也认为陈独秀只有润饰之功。

在今天，中国人已经十分熟悉雨果《悲惨世界》原著的故事：故
事发生在19世纪的法国，作品通过对男主人公冉阿让一生不幸的描
述，反映了下层劳动者的悲惨遭遇，揭露了那个悲惨世界的非人道本
质。作为一部纯粹翻译小说的文学价值言，苏曼殊的译本在当今可
能已经没有什么可取之处了，但从这个译本我们可以了解当时小说
界革命的影响，了解苏曼殊早期以及那一代知识分子革命的思想状
貌，以及他是如何迈步走上文坛的，这些对于今天的文学创作和文学

---

① 柳亚子：《记陈仲甫先生关于苏曼殊的谈话》，见柳无忌编：《苏曼殊年谱及其他》，
第283页，上海北新书局1928年版。

思考都会有不小的启迪。

　　首先是翻译与创作间造成的极大张力，例如运用影射手法造成了强烈的中国文化语境。故事本身、发生地、人物都用影射手法指涉中国，"尚海"谐音"上海"，人名"明白"字"男德"，谐音"明白难得"，"吴齿"字"小人"谐音"无耻小人"，满周苟、范桶分别谐音满洲狗、饭桶等，在寄寓褒贬的同时，也给读者以极大的阅读快感。利用汉字谐音达到讽刺批评效果是曼殊善用手法，在同时期为吴中公学社同事包天笑做扇面《儿童扑满图》，构思奇特，广为好友谈议。据包天笑回忆："有一次，我购得一扇页，那是空白的。他持去为我画，画了一个小孩子，在敲他的贮钱瓦罐，题之曰'扑满图'（按：扑满者，据《西京杂记》，乃小儿聚钱器也，满则扑之。）。但这个'扑满'两字，有双重意义。"①

　　《惨世界》译本通过人物之口，抒发了译作者对中国传统文化惊世骇俗的批判：

　　　　那支那国孔子的奴隶的教训，只有那班支那贱种奉作金科玉律，难道我们法兰西贵重的国民，也要听那些狗屁吗？

　　这可是在大刀阔斧批判传统儒教的五四前十几年！我们是否可以说，1903 年是近现代文学史上的"谴责年"，晚清四大谴责小说同时登场，吴沃尧《二十年目睹之怪现状》始发于梁启超创办的《新小说》第 8 号，李宝嘉《官场现形记》始发于上海《繁华报》，刘鹗《老残游记》刊行于《绣像小说》，曾朴《孽海花》刊行在留日江苏同乡会《江苏》上。而《惨世界》富有意味之处在于他没有把社会的黑暗腐朽完全归咎于晚清政治，还鲜明有力地指出了人们身上所渗透的封建毒

---

① 包天笑：《钏影楼回忆录》，香港大华出版社 1971 年版。

素,特别是奴性哲学是影响社会进步、民主发展的原因之一,"国民性"的问题在这里也有了端绪。

其次,苏曼殊借翻译来表达其革命思想,他比当时的谴责作家具有更强烈自觉的民主意识。例如苏曼殊在译作中杜撰了这样一段话:

> 那范财主道:"世界上总有个贫富,你又什么不平呢?"
>
> 男德道:"世界上有了为富不仁的财主,才有贫无立锥的穷汉。"
>
> 范财主道:"无论怎地,他做了贼,你总不应该帮着他。"
>
> 男德道:"世界上物件,应为世界人公用。那注定应该是那一人的私产吗?那金华贱不过拿世界上一块面包吃了,怎么算是贼呢?"
>
> 范财主道:"怎样才算是贼呢?"
>
> 男德道:"我看世界上的人,除了能做工的,仗着自己本领生活,其余不能做工,光靠着欺诈别人手段发财的,哪一个不是抢夺他人财产的蠹贼呢?"

苏曼殊和当时的知识分子一样,认为清政府"独夫民贼,还要对那主人翁,说什么'食毛践土','深仁厚泽'的话",其统治是造成贫富不均、为富不仁、人性堕落、道德沦丧的主要原因,所以"非用狠辣的手段,破坏了这腐败的旧世界,另造一种公道的新世界,是难救这场大劫了"。他将原作中冉阿让的名字译为"华贱",在第六回华贱受到主教的善待后,作品从第七回另起炉灶塑造了与统治者不共戴天、嫉恶如仇的反抗者男德。男德这一形象是中国20世纪文学史上最早的也是塑造得比较丰满、比较成功的革命者形象,在20世纪初文学中也许我们不能再找到第二个。虽然比《惨世界》早一年,梁启超在《新中国未来记》中也塑造了一个革命者黄克强,但他只是一个对革命理论"纸上谈兵"的演说家而已,其生动丰满远不及男德。

再者,这是一部白话语言小说,无疑更有利于作品思想的传播。《惨世界》开篇第一回第一段是这样的:

> 话说西历一千八百十五年十月初旬,一日天色将晚,四望无涯。一人随那寒风落叶,一片凄惨的声音,走进法国太尼城里。这时候将交冬令,天气寒冷。此人年纪约摸四十六七岁,身量不高不矮,脸上虽是瘦弱,却很有些凶气;头戴一顶皮帽子,把脸遮了一半,这下半面受了些风吹日晒,好像黄铜一般。进得城来,神色疲倦,大汗满脸,一见就知道他一定是远游的客人了。

如果不提名道姓写着"苏子谷"的名字,我们在今天读来也许还认为是哪位当代作家的文字!

当然从翻译的"信"言,苏曼殊用了世俗的回目,这是翻译者最极端的变化方式的症状;其不顾原作内容而生发编造更是极端——即便当时译介之风如何混乱,对苏曼殊之半译半著的方法,我们也不能苟同,但他"无意插柳柳成荫",可以说,现在《惨世界》译本作为一个文化语码的价值超出了其他价值。"所有的翻译本身都是在两种文化背景之间进行居中调停的工作,如果要对翻译进行满意的描述,两种文化都需要考虑进去……翻译中的变化可以用一般的术语。说每个译本在两极之间,一极是全方位的保存,另一极则是全方位的同化。关于保存,我是指译者努力尝试进行复制——或者至少是在可能的情况下再现——原作的看得出的特征。通常情况下他这样做是出于这样的信念,即特征对于一种欣赏至关重要。关于进行积极同化,我是指作者通过对原作的修改,使之变成为一般读者所熟悉的形

式。当然这些都是极端的例子,大部分的翻译作品都处于两者之间,
既非彻底的保存,也非彻底的同化"。①

　　苏曼殊在翻译《惨世界》的同时,还写有两篇文辞激烈、笔锋犀利
的论文《呜呼广东人》和《女杰郭耳缦》。我们若参照来读解,可能对
他当时的翻译动机会有所助解。前者起笔"吾悲来而血满襟",从广
东人的"开通",大骂那些辱没祖宗、背弃国家的"细崽洋奴","当那
大英大法等国的奴隶,并且仗着自己是大英大法等国的奴隶,来欺虐
自己祖国神圣的子孙"。所以,翻译《惨世界》,并且翻译成如此一个
模样的《惨世界》的诱因当是其时的苏曼殊仍然满怀着"排满"的革
命豪情,另外像当时许多接触了西方各种社会变革思潮的青年人一
样,无政府主义思潮也反映在了苏曼殊的译文和杂论如《女杰郭耳
缦》中。只要随便挑出一段来,我们就可以看出苏曼殊的"醉翁之
意"在于"中国时局",如第八回写男德接到一封信件说是"有一位志
士从尚海来",希望一见,男德寻思:"尚海那个地方,曾有许多出名的
爱国志士。但是那班志士,我也都曾见过,不过嘴里说得好,实在没
有用处。一天二十四点钟,没有一分钟把亡国灭种的惨事放在心里,
只知道穿些很好看的衣服,坐马车,吃花酒。还有一班,这些游荡的
事倒不去做,外面却装着很老成,开个什么书局,什么报馆,口里说的
是藉此运动到了经济,才好办利群救国的事,其实也是孳孳为利,不
过饱得自己的荷包;真是到了利群救国的事,他还是一毛不拔。"这分
明是借他人之口,抒自己心中块垒。

　　清末民初小说的勃兴与梁启超"新小说"运动有着内在关联,
《惨世界》翻译恰值梁启超发表《论小说与群治之关系》之后一年,也
是"新小说"革命的一个果实。虽然梁启超在企图利用小说"开启民

---

① 〔美〕韩南(Harvard University,Patrick Hanan):《谈第一部汉译小说》,见陈平原、王
德威、商伟编:《晚明与晚清:历史传承与文化创新》,湖北教育出版社2002年版。

智"时是把小说作为政治方面的"变法之本"①，其实这也是文艺上的求变之本。"利俗"、"婉辟曲喻"、"浅而易解，乐而多趣"的小说在西方社会具有"移风易俗"的作用，启蒙者便选择小说作为最主要的启蒙工具。晚清"小说界革命""醉翁之意"在于文学与政治联姻，但却极力提高了小说和小说家的文学地位，小说被视为开通民智的津梁、涵养民德之必需，从文学文体的边缘成为文体中心，以之输入"国家思想"。"开启民智"对于小说的工具性厚望、对培养国民积极进取的精神和豪迈阳刚的气质的注重，要求与之相应的小说风格。梁启超之所以用"革命"二字来指称文学变革，目的不仅在于表达反叛传统认识、力求使小说成为文体之正宗的强劲姿态，而且也要求小说之"魂"的改变。那个时代文学风尚的理想是英雄主题、尚武小说，许多关注小说之工具作用的文人、政客，多认为中国以往文学"言情谈故刺时志怪者，架栋汗牛"②，"儿女气多，风云气少"，提倡把"描写才子佳人旖旎冶游之情"的小说主题改为"好武喜功，宏扬拓边开衅……刚毅气旺，具丈夫态度"③的小说。梁启超甚至把中国国力上的弱败归罪于优雅裕如、总是吟咏征旅之苦的中国古典诗词，"四面楚歌"当然让人垂首失志；小说戏剧更多靡靡之音，令人气夺神丧。在翻译理论上，大部分文章认为我国小说起笔平淡无奇，应该学习泰西小说"凭空落墨，恍如奇峰突兀"④的开局气势。这种对小说主题的改造、对阳刚之美的追求，是"开启民智"的思想对于文学观念的作用。新式学堂的创办和外派留学生，东渐的西学带来了新型的教育内容、方式，人文主义思潮的传入，培养了一批具有自主意识的新型知识分子，他们主张新的小说不为流经传史，而为了培养国民积极进取的精

① 梁启超：《变法通议·变法不知本原之害》，《时务报》第 3 册。
② 周树人：《月界旅行·辨言》，日本东京进化社 1903 年版。
③ 梁启超：《论小说与群治之关系》，《新小说》第 1 号。
④ 知新事主人：《毒蛇圈·译者识语》，《新小说》第 8 号。

神和豪迈阳刚的气质。我们完全有理由说这些导源于"开启民智"的小说创作思想是近代思想史上人的价值观念转换、新旧人格理想更替的肇始;梁启超以小说"改良群治",与五四时期文学研究会"文学为人生"的文学观一脉相承。"开启民智"要求新的便于"唤醒和拯救"的语言表达形式,这是对旧文学诗文韵雅的强劲反拨,导致了新型语言观念的形成。"开启民智"以启蒙性为鹄的,要求对于民众的召唤力,所以"开启民智"的新小说不再推崇典雅,不再为怡情养性,要求文字适合于普通国民认读,促使文学语言的"白话化",以致为五四时期进一步通俗化发展在理论和实践上探索了路子。梁启超认为古代统治阶级用科举制度大力推广"五经四书",但《水浒传》《三国演义》《红楼梦》等小说的读者远远多于经书,就是因为这些小说是用"俗语"写成的。小说原出自民间,它的固有特征即是"俗"。"白话体,此体可谓小说之正宗。……欲通俗逯下,则非白话不能也。"①所以文学家多从民众的需要和接受力探讨小说语言的规律,当时的许多报纸杂志都以文章的"易传不易传"作为录用标准:"书中所用之语言文字,必为此种人所行用,则其书易传。其语言文字为此族人所不行者,则其书不传。"②从另一方面来说,为了影响民心、改良群治,小说家不得不使用粗人看得懂听得进的"白话";而且提倡白话小说者,在其内心未必真的看重或看得起白话小说,只不过是把小说当作古时的"经国之大业、不朽之盛事"的"文章"来做;他们的知识结构也决定了他们做不好白话小说,所以当时的白话小说显得粗浅俗陋。

《惨世界》就是这样一篇表现了世纪初政治伦理与审美寄予的浪漫主义倾向的作品。在当时的译坛,翻译和创作的分野似乎并不重

---

① 管达如:《说小说》,《小说月报》,第3卷第5、第7至11号。
② 几道、别士:《本馆附印说部缘起》,《国闻报》,光绪二十三年(1897)十月十六日至十一月十八日。

要，重要的是"措意于其命意"①、"关切于日时局"②，推动爱国热忱
和革命意愿。至于截长补短、改名换姓，甚至删易任情、另起炉灶都
不鲜见。这就是当时的"意译"习尚。其原因一是与当时对翻译的政
治期待有关，二是与译者和读者的外文水平和欣赏习惯有关，三是与
翻译界的拜金主义有关。别人且不论，我们可以对照一下鲁迅兄弟
此时的译作。也就在《惨世界》刊出的 1903 年，鲁迅译述的《斯巴达
之魂》出版。该小说写在温泉关一役中，三百斯巴达将士抗击数倍于
己的波斯侵略军，几乎全军覆没。一位幸存者的妻子为自己的丈夫
全身而归深感屈辱，吻剑而死，男子幡然悔悟，终于戴罪杀敌，壮烈殉
国。小说洋溢着强烈的爱国主义和英雄主义精神，充满了浪漫主义
气息，与《惨世界》异曲同工。和《惨世界》一样，这也是一篇无法从
严格意义上分清是翻译还是创作的作品。除《斯巴达之魂》外，鲁迅
的《月界旅行》问题也不少，将原来的二十八章改为十四回，把不适合
中国人口味的地方删除，甚至把原著者凡尔纳张冠李戴，成了"美国
硕儒查理士·培伦"；在另一篇译作《地底旅行》中，凡尔纳又成了
"英国人威男"！鲁迅在 1934 年回忆当年的翻译，说："年青时自作聪
明，不肯直译，回想起来真是悔之已晚。"③

《惨世界》无论从主题思想、行文风格、情节结构、人物塑造还是
从白话语言形式诸方面来讲，都是对当时翻译界意译时尚的有力注
解，后半部分的改写更是如此，真可谓"不达目的死不休"，这也正说
明了苏曼殊登涉文坛之初是怀有革命豪情的。

二、狂飙突进中的浪漫主义诗歌译介

晚清以降，中国思想文化界对崭新的宇宙观、世界观、社会观、生

---

① 陈福康：《中国译学理论史稿》，第 165 页，上海外语教育出版社 1992 年版。
② 梁启超：《译印政治小说序》，《饮冰室合集》第 2 册，第 3 页，上海中华书局 1936 年版。
③ 鲁迅：《致杨霁云信》，见《鲁迅全集》第 12 卷，第 409 页，人民文学出版社 1981 年版。

命观、文艺观的要求使他们迫切地"别求新声于异帮",对西洋文学的翻译蔚成大观,前文我们曾经谈到在"小说为文学之最上乘"的新观念影响下,译介小说蔚然成风。小说的译介对中国知识界、创作界产生了极大冲击和推动作用,西洋的诗歌随着这股翻译潮流也被译介到中国,但一则因为中国是诗歌的老大帝国,文人们认为在此领域域外诗歌无法匹敌;二则因为诗歌翻译较其他文体难,所以诗歌译介很少。正如在小说翻译上,人们看重国势强盛的英国、法国和德国,我国汉译最早的英文诗歌以 1871 年王韬与张芝轩合译的《普法战纪》中的法国国歌《马赛曲》和德国的《祖国歌》为代表①,而 19 世纪英国文学中的浪漫主义诗人的作品备受青睐。

随着苏曼殊在诗坛和画坛以及佛教界名声大噪,特别是在他告别了《惨世界》时期峻急的功利性的文艺观、开始注重文学审美功能以后,到 1907、1908 年,他也进入了文学译介的高产期。他在翻译方面用力最勤的正是对于西方浪漫主义诗歌的译介,这也是他能够跻身清末民初译林名宿的重要条件,同时也体现了他从万丈豪情的"革命"热望转向文学"启蒙"愿景的线索。他先后出版过四个翻译集,下面我们分别作一简单评介。

苏曼殊出版的第一个集子是英译汉诗集《文学因缘》,1908 年日本东京博文馆印刷,上海群益书社翻印时改名为《汉英文学因缘》。它是近现代以来中国最早的中英诗歌合集。本书搜集的英译汉诗非常广泛,包括坎德林(Candlin)所译《葬花诗》,法译《离骚》《琵琶行》,理雅各(James Legge)博士翻译的《诗经》全部和伯夷、叔齐诗《采薇歌》《懿氏繇》《击壤歌》《饭牛歌》,百里奚妻诗《琴歌》,箕子诗

---

① 1868 年,董恂翻译了美国诗人亨利·朗费罗(Henry Langfellow)的《人生颂》,但是这个译本是董恂参照英国人威妥玛的汉语译文而不是英文原文重新翻译的,因此不能视为严格意义上的中国近代翻译文学。参看:钱锺书:《汉译第一首英语诗〈人生颂〉及有关二三事》,见《钱锺书集·七级集》,生活·读书·新知三联书店 2002 年版。

《麦秀歌》《箜篌引》《宋城者讴》，古诗《行行重行行》，杜甫诗《春望》等，《诗经》中《静女》《雄雉》《汉广》等篇。某些译诗还同时收集了中国（Middle Kingdom）的译本；《谷风》《鹊巢》还收集了约翰·弗朗西斯·戴维斯（John Francis Davis）的译本，"以证异同"。圣伊莱斯（Giles）翻译的李白的《春日醉起言志》《子夜吴歌》和杜甫的《佳人行》，班固的《怨歌行》、王昌龄的《闺怨》、张籍的《节妇吟》、文天祥的《正气歌》，还有默瑟（Mercer）的《采茶诗》等。苏曼殊选印的其余各篇散取群集，没有传译者姓名。

苏曼殊出版的第二个翻译诗歌集子是《拜伦诗选》，这也是我国翻译史上第一本外国诗歌翻译集。1907 年，鲁迅在《摩罗诗力说》中，首次论及了拜伦、雪莱的思想和创作，苏曼殊因《拜伦诗选》成为将西方浪漫主义诗人拜伦的诗歌翻译到中国来的第一人。这本诗集包括了《哀希腊》《赞大海》《去国行》等四十多首抒情诗杰作[①]，确实是石破天惊的创举。关于这本集子我们需要多费一点笔墨。《拜伦诗选》有三个问题需要厘清：（一）《拜伦诗选》的出版情况历来是苏曼殊研究一大公案。苏曼殊生活在那样一个动荡不安的时代，他一生又过着托钵游历、动定不居的生活，况且作品多发行于国外，他创作的大量文稿和画作都不得存世，今存最早《拜伦诗选》版本为 1914 年出版，署"日本东京三秀舍印刷，梁绮庄发行"。此书底页注："戊申（1908）九月十五日初版发行，壬子（1912）五月初三日再版发行，甲寅（1914）八月十七日再版发行。"但前两版的本子从未发现，故柳亚子、柳无忌怀疑是否有过 1908、1912 年本。《〈拜伦诗选〉自序》篇尾苏曼殊注为"光绪三十二年"即 1906 年，柳亚子认为苏曼殊所云"光绪三十二年"（1906）当为"宣统元年"（1909）之误，"戊申"

[①] 和苏曼殊并称为诗歌翻译"三大家"的马君武在 1914 年朱少屏印行的《君武诗集》，也只有译诗 38 首，辜鸿铭的译诗有英国柯勒律治的《古舟子咏》和柯伯 63 节的长诗《痴汉骑马歌》。

（1908）当为"己酉"（1909）之误，"但不知玄瑛于此书编成及出版之年岁，何以一误再误，殊不可解，岂此中别有玄虚耶？恨不能起地下问之矣。"①马以君则据之断定：《拜伦诗选》"当时出版未遂，1911 年并入《潮音》……后于 1914 年 9 月，《拜伦诗选》以单行本问世。"②鉴于柳亚子和马以君均为推论，而 1914 年版书底页"注"为唯一确证的材料，本书仍以 1908 年版为确有。

　　（二）关于苏曼殊开始翻译拜伦诗时间，历来争执颇多。《〈拜伦诗选〉自序》篇尾曼殊注为"光绪三十二年"即 1906 年，有研究者认为苏译拜伦在 1906 年已经完成了《去国行》《赞大海》《哀希腊》，缺少成书时的《星耶峰耶俱无生》，"曼殊再粗心也不可能将'宣统元年'误为'光绪三十二年'"，"细读曼殊《自序》"，可知"柳亚子忽略了成书所需要的'过程'以及成书与出版之间的间隔，将成书与出版的时间都轻率地定在 1909 年，并因此更改苏曼殊其他活动和著述的时间，这是有违历史真实的"。③ 不过该文的"细读"并没有给出充分的证据证明被"更改"的活动和时间指什么，也是值得质疑的。杨仁山开设祇洹精舍在 1907 年，苏曼殊在 1908 年 10 月 5 日于杭州《致刘三》中写有"兹金陵开设梵文学堂，今接仁山居士信，约瑛速去"和 11 日所写在祇洹精舍情况，查对《〈潮音〉自序》中言："去秋，白零（柏林）大学教授法兰居士游秣陵，会衲于祇洹精舍。""比自秣陵遄归将母，病起胸膈，濡笔译拜伦《去国行》《赞大海》《哀希腊》三篇"，可见，1906 年已经译完上述三篇是不合史实的。黄侃说："（曼殊）景仰拜伦为人，好诵其诗。余居东夷日，适与同寓舍，暇日辄翻拜伦诗以消遣。"④考黄侃居日时间，可知苏曼殊翻译拜伦的诗大约始于 1907、

① 柳亚子：《苏曼殊新传考证》，见《苏曼殊研究》，第 38 页，上海人民出版社 1987 年版。
② 马以君编：《苏曼殊文集》，第 300 页。
③ 余杰：《狂飙中的拜伦之歌》，载《鲁迅研究月刊》1999 年第 9 期。
④ 黄侃：《镌秋华室说诗》，见柳亚子编：《苏曼殊全集》（五），第 237 页。

1908 年居日本时。现在可资为证的是 1908 年编选的《文学因缘》和在《民报》发表的《娑罗海滨遁迹记》中已有其所译《星耶峰耶俱无生》。

（三）《留别雅典女郎》的译者问题。陈子展文声卓越的《中国近代文学之变迁》在谈论曼殊译诗时说："我爱看他译的《留别雅典女郎》，我尤爱他译的《去国行》。"①施蛰存编选的《中国近代文学大系·翻译文学集》（上海书店 1991 年版）内录署名苏曼殊翻译的拜伦诗 6 首，其中亦有《留别雅典女郎》。现在许多治近代翻译文学或者研究苏曼殊的人均以以上两位学者的说法为据，实属以讹传讹。其实，该诗并不属于苏曼殊译作，在 1908 年苏曼殊出版的《文学因缘》（第 1 卷）内即署该诗译者为"盛唐山民"，《〈文学因缘〉自序》中苏曼殊又明言："《留别雅典女郎》四章，则故友译自《Byron 集》中。""故友"者，即葛循叔②。1909 年苏曼殊将该诗编入《拜伦诗选》，1914 年版本没有注明译者，当为陈子展和施蛰存误选的原因。

苏曼殊出版的第三个诗歌翻译集是 1911 年由日本东京神田印刷所印刷的《潮音》，五四之后湖畔诗社曾经翻印《潮音》，上海创造社出版部寄售。《潮音》主体分为两部分：第一部分为英汉诗曲互译，第二部分为英吉利闺秀诗选。第一部分汉译诗中，曼殊将《拜伦诗选》并入《潮音》，所以以拜伦作品为主；英译诗曲，则有《西厢记·惊梦文》一曲、《诗经·北风》两首、伍子胥《河上歌》一首，以及沈素嘉《水龙吟》一首。第二部分英吉利闺秀诗，一共选有 42 篇。所以这是一部既收有汉译英诗又收有英译汉诗、既收有苏曼殊自己的译作又收有他人的译作、既收有中国人译诗又收有外国人译诗的选本。

---

① 陈子展：《中国近代文学之变迁》，第 90 页，上海古籍出版社 2000 年版。
② 葛循叔也是苏曼殊的同乡，见《苏曼殊文集》，第 298 页注 36。陈独秀的《存殁六绝句》末首写到"曼殊善画工虚写，循叔耽玄有异闻"，可见苏曼殊与葛循叔在诗歌翻译和思想性情上颇有相通处。见《苏曼殊全集》（五），第 283 页。

苏曼殊为《潮音》写了两篇序,一篇为英文《〈潮音〉自序》,一篇为汉文《〈潮音〉自序》。1914 年,《潮音》并入《拜伦诗选》出版,该版本上汉文《〈潮音〉自序》又被作为《〈拜伦诗选〉自序》。两篇序都是讲有关诗歌翻译的问题,特别是高度评价了拜伦和雪莱两位伟大的浪漫主义诗人。

　　苏曼殊编译的第四个诗歌集是《汉英三昧集》,1914 年由日本东京三秀舍印刷,上海泰东书局翻印时,改名为《英汉三昧集》。这也是一个中英诗歌的合集,苏曼殊将搜集到的一些西译汉诗和自己翻译的一些西诗合集出版。

　　苏曼殊还出版有《燕子笺》英译本。苏曼殊在《〈潮音〉跋》中说:"将《燕子笺》译为英吉利文,甫脱稿,雪鸿大家携之玛德利,谋刊行于欧土。"另据苏曼殊 1911 年《复罗弼·庄湘》中言:"《燕子笺》译稿已毕,蒙惠题词,雅健雄深,人间宁有博学多情如吾师者乎!"苏曼殊在《杂记》中记载有"壬子七月八日接玛德利二百五十元"和"接玛德利四百六十元",罗孝明在《悼沈君燕谋并怀曼殊大师》中认为,此两笔款当为《燕子笺》在西班牙的版税收入①。"壬子"年即 1913 年,但这本书现在已经绝版。

　　清末民初,小说的翻译局面可谓波澜壮阔,但诗歌的翻译极其有限。苏曼殊不仅首先系统地向中国译介拜伦,值得称道的是他还译介了西方其他浪漫主义诗人的作品,如彭斯的《红红的玫瑰》、雪莱的《冬日》、豪易特的《去燕》、歌德的《题〈沙恭达罗〉》等,使读者能够在比较广阔的视野上了解西方诗歌。在当时的诗歌翻译界,苏曼殊译诗范围之广是无人匹敌的,《拜伦诗选》等的出版拓宽了近现代翻译文学的路子。苏曼殊生前甚至没有尝试出过一个自著作品集,只

---

① 马以君编:《苏曼殊文集》,第 429 页注释(1),花城出版社 1991 年版。《燕子笺》为明代阮大铖所著戏曲。

有在 1907 年夏天,其画学女弟子何震(刘师培之妻)准备将苏曼殊画稿辑印成册,苏曼殊对此深表赞同,为之作《〈曼殊画谱〉序》,并以日文代河合母氏撰写《〈曼殊画谱〉序》,周作人译为中文,但这个画集最终未见出版,画稿多散载在《天义报》《民报》《河南》《文学因缘》等报刊上。但是苏曼殊在穷窘的境况下却一连谋求出版了几个诗歌翻译的集子,其对 20 世纪中外文学交流的先驱性意义可见一斑。

三、"白马投荒"者的印度文学译介

中印文化交流的研究是 20 世纪以来一个较受重视的课题,印度文化对中国的影响归结到文学方面,数千卷由梵文翻译过来的经典,一部分就是典雅、瑰丽的文学作品。《维摩诘经》《法华经》《楞严经》特别为历代文人所喜爱,被人们作为纯粹的文学作品来研读。1914年 7 月,鲁迅为祝母寿,曾捐资 60 元托金陵刻经处刻印《百喻经》100册。此经所收全是寓言故事,以寓言来宣讲佛教的大乘教理,所述故事亦生动简洁,含义隽永。后来,王品青删除其中有关佛教教诫的文字,专留寓言,编辑为《痴华鬘》,交由北新书局出版,鲁迅还欣然应约,为此书撰写了《〈痴华鬘〉题记》,指出:"尝闻天竺寓言之富,如大林深泉,他国艺文,往往蒙其影响。即翻为华言之佛经中,亦随在可见。"鲁迅曾经说过:"印度则交通自古,贻我大祥,思想、信仰、道德、艺文无不蒙贶,虽兄弟眷属,何以加之。"[1]佛教为中国文学带来了新的意境、新的文体、新的命意遣词方法。《维摩诘经》《法华经》《百喻经》等鼓舞了晋唐小说的创作,般若与禅宗的思想影响了陶渊明、王维、白居易、王安石、苏轼等文学家的诗歌创作。再从佛学对我国文体变化所起的作用来看:我们从敦煌莫高窟发现的各种变文可以看出后来的评话、小说、戏曲等中国俗文学的渊源所自。我国从六朝开

---

① 鲁迅:《破恶声论》,见《鲁迅全集》(第 8 卷)《集外集拾遗补编》。

始才有志怪小说出现，发展到唐人传奇、宋人话本、元明以后章回小说，小说逐渐登上文学舞台，与诗歌分庭抗礼。志怪小说出现的同时，正是佛经大量输入中国的开始。不论在故事来源、教理、构思、体式方面，佛经都给后来中国小说以不同程度的影响。此外，还有由禅师们的谈话和开示的记录而产生的各种语录。

佛经流布中国以至产生巨大的影响，当然仰仗翻译。在清末的翻译浪潮中，东方文学译本竟如凤毛麟角。作为近现代背景下的一位禅门高士，苏曼殊深究内典，对印度文化可以说是倾心仰慕到极点，他说："印度为哲学文物源渊，俯视希腊，诚后进耳。"①印度文化已经内化为苏曼殊生命内在结构的一部分。作为一个对古老的东方文明有着如此深厚感情和深刻认识的现代知识分子，作为一个有世界眼光的翻译家，他不但重视西方文学，对东方文学也很重视。苏曼殊对中国与印度文学交流的贡献主要包括两个方面：一是翻译了一些印度作家的作品，二是通过一些书信、随笔，介绍了一些作家作品。

首先谈第一个方面。苏曼殊翻译文本总是要经过精挑细选。他翻译的印度文学作品虽然现在能够看到的只有一篇小说和一首短诗，这却是当时仅有的印度文学译作。在 1908 年日本东京出版的《民报》第二十二号上，苏曼殊发表了《娑罗海滨遁迹记》，署"南印度瞿沙著，南国行人译"。他的《译者记》是这样写的："此印度人笔记，自英文重译者。其人盖怀亡国之悲，托诸神话；所谓盗戴赤帽，怒发巨铣者，指白种人言之。"该文因自署"笔记"，所以一般作散文论，但是苏曼殊即说是"亡国之悲，托诸神话"，且细细阅读，其故事曲折离奇、结构线索完整，可能作为小说看待更妥当些。所以，陈平原在编辑《苏曼殊小说全编》时将其收为小说。

---

① 苏曼殊：《〈文学因缘〉自序》，见《苏曼殊全集》（一），第 121 页。

关于这篇文章的原文出处，柳亚子在编辑《曼殊全集》时明示了质疑："内有《星耶峰耶俱无生》一诗，据《天义报》上所登《文学因缘》广告目次，为拜伦所做。瞿沙以印度人著书，不应反引拜伦诗句，很觉矛盾。曼殊好弄玄虚，或者此书竟是自撰，而托名重译，也未可知。此事又成疑案了。"①袁荻涌认为这篇小说与苏曼殊创作小说相比，风格迥然有别，不像是自著作品。再说，"关于印度亡国的书籍在清末颇为流行，维新派人士纷纷撰文介绍印度、波兰等国度被吞并的惨痛历史，苏曼殊实在没有必要借助神话来反映现实。只有在英国殖民统治下的印度，作家们才可能采用这种曲折隐晦的表现形式"。至于拜伦的诗句，他认为是添加进去的，就像苏曼殊翻译雨果《惨世界》的"乱添乱画"一样。② 显然都是拟猜，不过我也认为此文当是译著。

苏曼殊翻译的另一篇印度文学作品是一首女作家陀露哆的小诗《乐苑》。对于印度近现代文学作家，苏曼殊似乎只看重陀露哆。这首诗翻译于 1909 年，苏曼殊在陀露哆《乐苑》的译文"题记"中说："梵土女诗人陀露哆，为其宗国告哀，成此一首。词旨华深，正言若反，嗟乎此才，不幸短命。译为五言，以示诸友，且赠其妹于蓝巴干。蓝巴干者，其家族之园也。"《与刘三书》言："今寄去陀露哆诗一节，望兄更为点铁。陀露哆，梵土近代才女也，其诗名已遍播欧美。去岁年甫十九，怨此瑶华，忽焉凋悴，乃译是篇，寄其妹氏。"③周瘦鹃《紫兰花片》中也谈到这个短命的诗人陀露哆，称其"以诗鸣恒河南北。固以国运所关，每一著笔，辄恻恻做亡国之音。有《乐苑》一章，即为祖国告哀而作，盖盛言印度之为黄金乐土，而今乃非自有也"。苏曼殊翻译该诗，除了文学性好恶，自然也寄托着他的"宗国之思"；他向

---

① 柳亚子编：《苏曼殊全集》（二），第 307 页，中国书店 1985 年影印本。
② 袁荻涌：《苏曼殊与印度文学》，载《贵州文史丛刊》2002 年第 4 期。
③ 苏曼殊：《与刘三书》，《苏曼殊全集》（一），第 223 页。

朋友推荐,自然也是"为祖国告哀"。

从第二个方面即苏曼殊以一些书信、随笔绍介印度作家作品来看,其贡献是非常卓越的。苏曼殊认为印度古典文学是世界文学史上最灿烂的部分,"文词简丽相俱者,莫若梵文,汉文次之,欧洲番书,瞠乎后矣"[①]。他认为,印度古典文学艺术形式之精美在世界范围内是卓然超群的,中国文学居其次,西方文学更是不及的。苏曼殊主要介绍的印度作品有叙事长诗《摩诃婆罗多》和《罗摩衍那》、古典诗剧《沙恭达罗》以及抒情长诗《云使》。

《摩诃婆罗多》与《罗摩衍那》是世界文学宝库中的奇葩。在《燕子龛随笔》中,苏曼殊介绍"印度 Mahabrata,Ramayana 两篇,闳丽渊雅,为长篇叙事诗,欧洲治文学者视为鸿宝。犹 Iliad,Odyssey 二篇之于希腊也。此土向无译述,惟《华严疏钞》中有云:《婆罗多书》、《罗摩延书》是其名称"。[②] 他盛评这两首长篇叙事诗,"衲谓中土名著,虽《孔雀东南飞》《北征》《南山》诸什,亦逊彼闳美"。[③] 在《复罗弼·庄湘》中,他又把二诗与古希腊古诗《伊利亚特》和《奥德赛》相校,认为"虽颉马(今译荷马)亦不足望其项背",并且万分遗憾地说:"考二诗之作,在吾震旦商时,此土向无译本;惟《华严经》偶述其名称,谓出马鸣菩萨手。文固旷劫难逢,衲意奘公当日,以其无关正教,因弗之译,与《赖吒和罗》,俱作《广陵散》耳。"

20 世纪初,中国开始出现对传统戏剧的讨伐声。1904 年,南社发起人陈去病、柳亚子等创办我国第一本戏剧杂志《二十世纪大舞台》,提倡从文学入手,改革传统戏剧。蒋观云在《中国之演剧界》一文中说到,外国人认为中国戏剧之演出,有如儿戏,同时有喜剧而无悲剧,而外国则崇尚悲剧,并引拿破仑言,悲剧"能鼓励人之精神,高

① 苏曼殊:《〈文学因缘〉自序》,见《苏曼殊全集》(一),第 121 页。
② 苏曼殊:《燕子龛随笔》,见《苏曼殊全集》(二),第 58 页。
③ 苏曼殊:《〈文学因缘〉自序》,见《苏曼殊全集》(一),第 121 页。

尚人之性质,而能使人学为伟大之人物者也";又说,"剧界多悲剧,故能为社会造福,社会所以有庆剧也;剧界多喜剧,故能为社会种孽,社会所以有惨剧也"①。1905 年,陈独秀署名"三爱",发表《论戏曲》一文,不但明确提出了戏剧的社会功用,而且提出要大大提高戏剧从业者的社会地位。② 国外戏剧随之介绍到中国来,多为教会学校外籍教师导演、学生排演,翻译剧本很少见。印度是世界上古典戏剧艺术最发达的国度之一,公元 4～5 世纪,出现了像迦梨陀娑那样千古不朽的伟大戏剧家和《沙恭达罗》、《优哩婆湿》那样传诵百代的伟大作品,但是当时的中国人并不了解。苏曼殊是现代第一个注意到迦梨陀娑并向中国人推荐其作品的人。苏曼殊最欣赏的是迦梨陀娑的《沙恭达罗》。他在《燕子龛随笔》中这样介绍:"迦梨达舍(Kalidasa),梵土诗圣也,英吉利骚坛推之为天竺沙士比尔。读其剧曲《沙君达罗》(Sakoontala),可以觇其流露矣。《沙君达罗》英文译本有二,一 Wiviam Jones 译,一 Monier Williams 译,犹《起信论》有梁唐二译也。"

《沙恭达罗》是一部七幕诗剧,富有印度式的浪漫主义的诗情画意,千百年来深受印度人民的喜爱,在印度文学史上具有崇高的地位。剧本写的是国王豆扇陀到静修林打猎,邂逅了静修女沙恭达罗,该女为一天神和仙人所出,年轻美丽、端静优雅,二人一见钟情,当夜遂结为夫妻,后国王留下戒指为信物回到宫廷。沙恭达罗发现自己怀孕,于是到宫廷寻找丈夫,可惜她不意将信物丢失,国王因丧失记忆而拒绝相认。历经万千周折,二人终于团圆。在《〈潮音〉自序》中,苏曼殊介绍沙恭达罗:"印度先圣毗舍密多罗女,庄艳绝伦。后此

① 蒋观云:《中国之演剧界》,见阿英主编:《晚清文学丛钞·小说戏曲研究卷》,第50～51 页,中华书局 1960 年版。
② 三爱:《论戏曲》,见阿英主编:《晚清文学丛钞·小说戏曲研究卷》,中华书局 1960年版。

诗圣迦梨陀娑（Kalidasa）作 *Sakoontala* 剧曲,纪无能胜王（Dusyanta）与沙恭达罗慕恋事,百灵光怪。千七百八十九年,William Jones（威林,留印度十二年,欧人习梵文之先登者。）始译以英文传至德,Goethe 见之,惊叹难为譬说,遂为之颂,则《〈沙恭达罗〉颂》一章是也。"苏曼殊找到了歌德《题〈沙恭达罗〉诗》的英译本（Eastwick 译）,"重译之,感慨系之"。苏曼殊翻译了那么多西洋诗歌,而歌德的诗他仅翻译了这一首,可见苏曼殊借重歌德的诗作,表达的是自己对《沙恭达罗》的赞扬和推崇。他曾经有一个庄严宏伟的志愿:"我将竭我的能力,翻译世界闻名的《沙恭达罗》诗剧,在我佛释迦的圣地,印度诗哲迦梨陀娑所做的那首,以献呈给诸位。"①但是这一愿望终生没有实现②,而《题〈沙恭达罗〉译》"春华瑰丽,亦扬其芬;秋实盈衍,亦蕴其珍。悠悠天隅,恢恢地轮,彼美一人,沙恭达纶"的译诗,已经让我们感受到了这一杰作之伟大。

  苏曼殊另外欲望翻译的印度文学作品是迦梨陀娑的另一抒情长诗《云使》。1909 年 5 月 29 日,苏曼殊在给刘三的信中说:"弟每日为梵学会婆罗门僧传译二时半。梵文师弥君,印度博学者也,东来两月,弟与交游,为益良多。尝属共译梵诗《云使》一篇,《云使》乃梵土诗圣迦梨达奢所著长篇叙事诗,如此土《离骚》者,奈弟日中不能多所用心,异日或能勉译之也。"③《云使》是迦梨陀娑最优秀的诗歌作品,也是印度古典诗歌中的瑰宝。诗歌写一个刚结婚一年的小神仙药叉被贬谪到偏远的罗摩山上,他不得不与爱妻分离一年。当雨季来临时,小药叉十分思念妻子,就托一片缓缓飘向自己家乡方向的雨云转达自己对妻子的遥思。他把雨云当作一位通解人情的知心人,细细

---

① 苏曼殊:《〈潮音〉自序》（柳无忌译）,《苏曼殊全集》（四）,第 37 页。
② 苏曼殊:《〈潮音〉跋》书"阇黎杂著亦多,如沙昆多逻",《苏曼殊作品表》（《苏曼殊全集》第 1 卷）据此列入,但言"原书不见"。现苏研界一般认为苏曼殊没有译出该诗,《跋》中所言是指译作《题〈沙恭达罗〉》。
③ 1909 年 5 月 29 日（己酉四月十一日日本）《与刘三书》,见《苏曼殊全集》（一）。

向其讲述北去家乡的路线和沿途美丽的风光。当雨云飘走的时候，他还想象雨云飘到了他家的院子，看到他的妻子因思念他而神形憔悴。这首诗充分体现了印度文学想象丰富、构思奇绝、文采飞扬、感情真挚的特点，比较投合苏曼殊的审美情趣。但是，苏曼殊在梵学会的时日不长，此前（即 1908 年），他想进日本真宗大学学习梵文未果，而他的两位朝夕共处的朋友章太炎与刘师培反目，"而少公举家迁怒于余"，这一点令他"心绪甚乱"，感觉"浊世昌披，非速引去，有呕血死耳"，苏曼殊从此即为脑病所苦，可见这件事对他的打击之大。1909 年他在梵学会做翻译时时常犯病，迫切需要学会有人替代，准备移住海边，专习吹箫，"是亦无俚之极，预备将来乞食地步耳"。其情绪如此低落，翻译《云使》自是不能。果然，在 6 月 7 日，苏曼殊"侍家母旅次逗子海边"①，与弥君合译《云使》遂成云烟。

　　值得欣喜的是，苏曼殊的以上三个愿望都由后来的翻译者实现了。当代中印文化交流研究的著名学者季羡林翻译了戏剧《沙恭达罗》②，于 1956 年由人民文学出版社出版；著名诗人、翻译家金克木翻译了长诗《云使》，也于 1956 年由人民文学出版社出版。同时，两个译本还合为一册出版了精装本，作为"纪念印度古代诗人迦梨陀娑特印本"。在"文革"极其艰难的环境中，季羡林又将印度两大史诗

---

① 1909 年 5 月 26 日、6 月 7 日（四月八日、二十日日本）《与刘三书》，见《苏曼殊全集》（一）。

② 《沙恭达罗》最早的译本是现代戏剧家焦菊隐翻译的第 4 幕和第 5 幕，以《失去的戒指》为名登载于 1925 年《京报·文学周刊》；王哲武译自法文的本子《沙恭达娜》连载于《国闻周刊》第 6 卷。最早的单行本是 1933 年由世界书局（上海）出版的王维克译本；1936 年广东汕头市第一小学校出版部出版了朱名区根据世界语编译的戏剧《莎恭达罗》；卢冀野把《沙恭达罗》改为南曲《孔雀女金环重圆记》，1945 年由重庆正中书局出版，1947 年再版；王衍孔根据法文本的译本也于 1947 年由广州知用中学图书馆发行；糜文开根据英文本的译本《莎昆妲罗》1950 年由台湾全右出版社出版。但是这些译本都没有季羡林译本影响大。参考季羡林先生《〈沙恭达罗〉译本新序》（《沙恭达罗》人民文学出版社 1978 年版）和王向远先生《近百年来我国对印度古典文学的翻译与研究》（北京师范大学学报 2001 年第 3 期）。

之一的《罗摩衍那》译成中文,并写了《罗摩衍那初探》一书出版。季羡林和金克木这些卓有成效的工作一直被誉为翻译界的盛事,可见20世纪初的苏曼殊所具有的大家眼光。柳无忌认为:"在20世纪初年,苏曼殊实为中外文化交流的创始者,重大的功臣,诸如梵文的介绍,西洋文学的翻译,中诗英译的编集,有其辉煌的成就。这一点鲜为世人所称道。"柳无忌所引 Ramon Woon(翁聆雨)、Irvingy(罗郁正)合撰的 *Poets and Poetry of China's Last Empire* 文中,以严复、林纾、苏曼殊为清末三大翻译专家。持此论者还有罗大鹏的文章①。确实,苏曼殊文学翻译的成就是斐然的,特别是在西方和印度浪漫主义诗歌方面,可以说苏曼殊是独步译林,无人匹敌。

第二节　苏曼殊译学思想:对
"意译"末流的抵制

五四运动后,梁启超写《清代学术概论》,沉痛地把"晚清西洋思想之运动,最大不幸者一事"归结为"盖西洋留学生殆全体未尝参加于此运动。运动之原动力及其中坚,乃在不通西洋语言文字之人",他说当时的译界是"日本每一新书出,译者动数家。新思想之输入,如火如荼矣。然皆所谓'梁启超式'的输入,无组织,无选择,本末不具,派别不明,惟以多为贵"。因此,"稗贩、破碎、笼统、肤浅、错误诸弊,皆不能免"。② 这种翻译界的"驳杂迁讹"情况的存在有其历史的必然性和合理性,其对西学东传和中国文学的现代转型的作用应当明确,同时,梁启超对有关"翻译之道"所提出的批评,也是翻译界应

---

① 见《〈苏曼殊文集〉序》第23页注第41条。
② 梁启超:《晚清西洋思想之运动》,见《清代学术概论》,第96～99页,上海古籍出版社1998年版。

该重视的。

当我们说到翻译之道，很自然地就会想到严复的标准"信、达、雅"。实际在清末译坛，关于翻译的方法，各个流派是各抒己见，基本的有以严复、林纾为代表的"意译"派，以苏曼殊为代表的"直译"为主、结合"意译"，以及以鲁迅为代表的"直译"派。在语言应用上，也有文言与白话两种主张，前者代表人物是林纾、严复、苏曼殊，后者是李伯元与吴趼人。"直译"派别具卓见，在当时是开风气的一支，鲁迅是实践"直译"的先驱，可惜在初期并没有对这一论题提出明确的主见，即便是被今人誉为"中国近代译论史上的珍贵文献"的《〈域外小说集〉序》，只是指出："《域外小说集》为书，词致朴讷，不足方近世名人译本。特收录至审慎，迻译亦期弗失文情。异域文术新宗，自此始入华土。"①不能算是明确的翻译主张，况且在发行上鲁迅也自认"大为失败"②，倒是苏曼殊不仅在实践上而且在理论上领一时之先。

苏曼殊论及翻译的文章有《〈文学因缘〉自序》《〈拜伦诗选〉自序》《与高天梅书》《燕影剧谈》等。他明确提出自己的翻译主张是"按文切理、语无增饰，陈义悱恻、事辞相称"③，我们把其散见于各处的翻译思想归整为以下几点——这也便是苏曼殊译体的真相：

一、精通原文和译入语，"按文切理、语无增饰"，反对"浇淳散朴，损益任情"

文学翻译就是一件非常不易的事情，因为"文章构造，各自含英，有如吾粤木棉素馨，迁地弗为良"④。梁启超在谈到自己译拜伦的

---

① 鲁迅：《〈域外小说集〉序》，见《鲁迅全集》第 10 卷，第 155 页，人民文学出版社 1981 年版。
② 鲁迅：《致增田涉信》，见《鲁迅全集》第 13 卷，第 474 页。
③ 苏曼殊：《〈拜伦诗选〉自序》，见马以君编：《苏曼殊文集》，第 302 页，花城出版社 1991 年版。
④ 苏曼殊：1910 年 6 月 8 日，爪哇《致高天梅》，见《苏曼殊文集》，第 517 页。

《端志安》时也说:"翻译本属至难之业,翻译诗歌尤属难中之难。本篇以中国调译外国意,填谱选韵,在在窒碍,万不能尽如原意。刻画无盐,唐突西子,自知罪过不小。读者但看西文原本,方知其妙。"①晚清的翻译界普遍存在这种情况:翻译者大抵于外国之语言,或稍涉藩篱,对各国古文词之微词奥旨,茫然无知;或仅通外国文字言语,而未窥汉文门径,语言粗陋鄙俚。有的人根本一点不识外文,根据稍通华语的西人或者稍通西语的华人的口述仿佛摹写其词中欲达之意,不通的地方,索性根据自己的感觉武断撰写。

苏曼殊在翻译上虽然喜欢不顾原作内容生发编造,但对于当时译坛翻译西文断章取义、删减增损、转译附会的风气却嗤之以鼻。他认为"凡治一国文学须精通其文字",翻译者只有通晓原著作文字,才能够把握好作品,"自然缀合,无失彼此"。他举例说:"昔瞿德(歌德)逢人必劝之习英文,此语专为拜伦之诗而发。夫以瞿德之才,岂未能译拜伦之诗,以非其本真耳。"在同一篇文章中,他甚至对当时翻译界盛名之下的严复和林纾提出了批评,"《金塔剖尸记》《鲁滨孙飘流记》二书,以少时曾读其原文,故授诵之,甚为佩伏。如《吟边燕语》《不如归》,均译自第二人之手;林不谙英文,可谓译自第三人之手,所以不及万一"。②

苏曼殊以他的实践印证了他的理论。在苏曼殊翻译《哀希腊》之前,梁启超1902年在其创作小说《新中国未来记》中以戏曲曲牌《如梦忆桃源》合其一节③,马君武也曾经以七言译之。苏曼殊精通英文,又是一个对中国古典文学颇有涉猎的文学家,他大概认为六行四音步的英文原诗,用中国的五言古体较合适,所以更改为每节八行的

---

① 梁启超:《新中国未来记》第4回"著者按",见阿英编:《晚清文学丛钞·小说一卷》上册,第61页,中华书局1980年再版本。
② 苏曼殊:1910年6月8日,爪哇《致高天梅》,见《苏曼殊文集》,第517页。
③ 梁启超:《新中国未来记》,《饮冰室合集·专集之八十九》,中华书局1989年版,第45页。

古诗形态。台湾的林静华在分析了各种译本之后认为："这种译法，必然会遇到困难，不过，效果似乎更佳。"①柳无忌曾经具体地论述了这种翻译方法的困难所在："以中文的五言译英文的四音步，一行对一行，尚不难安排，但把原来的六行英文诗，译成八行中文诗却需要巧妙地截长补短，尤其需要填衬得当，以安置多出的两行中文诗。"他认为在这一关键处，苏曼殊"改造得天衣无缝"，真乃天才与时代的撞击！②

关于汉文英译，苏曼殊在祇洹精舍任教时，英伦白零大学的法兰教授曾登门拜访，向苏曼殊谈及"英人近译《大乘起信论》，以为破碎过甚。"苏曼殊发表见解说："译事固难；况译以英文，首尾负竭，不称其意，滋无论矣。又其卷端，谓马鸣此论，同符景教。呜呼，是乌足以语大乘者哉！"李代桃僵式的译本也是苏曼殊那个时代中国社会普及文化的明确标志，而苏曼殊对于这种末流技法一向反对。他举例说"古诗'思君令人老'，英译作'To think of you makes me old'，辞气相附，正难相得。"他批评有些译者，"浇淳散朴，损益任情，宁足以胜鞮寄之任"。③ 即便对于佛经，苏曼殊的态度也是一以贯之的，他认为要图"佛日再晖"必须先习汉文，用以解经，次习梵文，对照梵文原籍，追本穷源，一究佛经的原义，而欧书（主要是英文）可以暂缓，他对日本僧俗人士赴英国学习梵文不以为然。④

从这些言论可见，除去苏曼殊半译半著的翻译方法不谈，其对于翻译者解读原文和组织译文的语言水平要求还是严格的。

二、"陈义悱恻、事词相称"，以使达到神韵与形式的统一

苏曼殊文学翻译非常注重神韵和神韵与形式两者的统一。在

---

① 台湾《当代》杂志第 37 期（1989 年 5 月号）《西潮狂飙与五四文人专辑》。
② 柳无忌：《苏曼殊与拜伦〈哀希腊〉诗》，《佛山师专学报》1985 年第 1 期。
③ 苏曼殊：《〈拜伦诗选〉自序》，见《苏曼殊文集》，第 301 页。
④ 苏曼殊：《儆告十方佛弟子启》，见《苏曼殊文集》，第 271 页。

《燕影剧谈》一文,苏曼殊以日本文学大师坪内逍遥为例谈到翻译之难,"夫以博学多情如坪内者,尚不能如松雪画马,得其神骏,遑论浅尝者哉",如是看,苏曼殊将翻译标准定在一个极高的水平线上。当时的小说翻译是鱼龙混杂、泥沙俱下,张冠李戴已非奇闻,肆意篡改更是常见,能够用较为流畅的语言把外文小说的大致句意、故事梗概翻译过来已属不错,苏曼殊对于被学界公认为最难把握的诗歌翻译却要求不仅要得原文之意,而且要非常重视重现诗词的意境,也就是说,他把翻译不仅看作一种语言活动,更当作一种审美活动。

　　诗歌翻译对译者语感和语言运用方面的要求远较其他文类更高,要使译诗显现生命活力,译者应是"文"与"学"的两栖明星。弗罗斯特(Robert Frost)甚至给诗下过一个定义,认为诗就是"在翻译中丧失掉的东西"。尽管成功地翻译诗歌比较难,但毕竟译诗是必要的也是可行的,诗歌通过翻译可以诱发读者对原诗的兴趣,曼殊尝谓:"诗歌之美在乎气体。然其情思幼眇,抑亦释放同感","诗歌之美在乎节族长短之间"。他谈到"友人君武译摆伦《哀希腊》诗,亦宛转不离其意,惟稍逊《新小说》所载二章,惟稍失厘毫耳。顾欧人译李白诗不可多得,犹此土之于 Byron 也"。他非常欣赏印度文章,认为"梵汉字体,俱甚茂盛,而梵文八转十罗,微妙傀琦,斯梵章所以为天书也"①,这些都体现了他对作品"韵"的注重。

　　对一个作品"神韵"的把握,从来是"仁者见仁,智者见智"。顾柏、蒲伯、贾伯孟、纽孟都是名重一时的希腊文和荷马研究学者,都认为自己的译文抓住了荷马的神韵,而安诺德(Matthew Arnold)在《论翻译荷马》中认为,荷马的行文迅速,选字风格平易,思想简单,态度庄严,顾柏不能表现荷马,因为他行文迟缓,风格藻饰;蒲伯不能表现荷马,因为他的风格与措词太过注重技巧;贾伯孟不能表现荷马,因

①　苏曼殊:《〈文学因缘〉自序》,见《苏曼殊文集》,第294页。

为他的思想太玄幻了；纽孟也不能表现荷马，因为他用字怪僻，态度不庄。如果我们以安诺德的"迅速、平易、简单、庄严"为准，他们每个人对于荷马"神韵"的理解和把握绝对不同。沈雁冰在谈到文学翻译时主张"神韵"与"形貌"不能两全的情况下，应考虑保留神韵，因为文学的功用在于以神韵感人。① 为了追求神韵，苏曼殊的译文除了初步文场、以政治审美替代文学审美的《惨世界》外，均为庄雅的古言，而且喜欢用高古的字词，这个特点使他的译文含混晦涩不流畅。马以君在《苏曼殊文集·前言》中写到苏曼殊的翻译"尤以译诗为佳，其语言凝练，节奏感强，'陈义悱恻，事词相称'。但好用僻词怪字，显然是受章太炎的影响"②，这无疑是客观中肯之论。章太炎早年潜心"稽古之学"，对中国占籍研读至深，乃一代国学大师，其所创作文章皆以古奥为特点。他是苏曼殊作诗译诗的文字先生。

　　近人李思纯归纳 20 世纪初的译坛，其论述颇显对苏曼殊的偏爱："近人译诗有三式。一曰马君武式。以格律谨严之近体译之。如马氏译嚣俄诗曰'此是青年红叶书，而今重展泪盈裾'是也。二曰苏玄瑛式。以格律较疏之古体译之。如苏氏所为《文学因缘》、《汉英三昧集》是也。三曰胡适式。则以白话直译，尽驰格律是也。余于三式皆无成见争辩是非。特斯集所译悉遵苏玄瑛式者：盖以马式过重汉文格律，而轻视欧文辞义；胡式过重欧文辞义，而轻视汉文格律；惟苏式译诗，格律较疏，则原作之辞义皆达，五七成体，则汉诗之形貌不失。"③

---

① 沈雁冰：《译文学书方法的讨论》，见《翻译通讯》编辑部编：《翻译研究论文集》（1894—1948）。
② 苏曼殊：《与刘三书》（己酉四月日本）"前译拜轮诗，……蒙末底居士为我改正，亦幸甚矣。"《苏曼殊全集》（一），第 223 页。
③ 李思纯：《〈仙河集〉自序》，转引自陈子展《最近三十年中国文学史》，第 170 页，上海古籍出版社 2000 年版。

三、选材精审，以原文文学价值为标准，反对"必关正教"

苏曼殊与王国维几乎是同时参与文学活动的。王国维 1902 年开始写文学和美学的杂文，其中重要的观点就是纯文学的主张、文学的超功利性以及直观的美学观念。现存苏曼殊最早的诗作《以诗并画留别汤国顿》和文章《呜呼广东人》也都写于 1903 年，他自觉地把诗和文两种体裁分开，用它们表达不同的题材内容，由此可以看出他的诗歌美学思想。作诗强调的是"诗美"，不宜表露太过锋芒的感情①，对诗美的重视也是苏曼殊译诗的突出特点之一。

作为一个深究内典的文学家，他在翻译中特别注重原文的文学价值，主要反映在三个方面，一是翻译理论对"必关正教"的批评，二是选择有文学价值的原作，三是译笔对译文语言文学性近乎偏执。和梁启超、严复等对诗教传统的严守迥然相异，苏曼殊在评《摩诃婆罗多》与《罗摩延》两篇叙事诗时称："虽颌马（今译荷马）亦不足望其项背。……文固旷劫难逢，衲以奘公当日，以其无关正教，因弗之译，与《赖吒和罗》，俱作《广陵散》耳。"②从他对玄奘翻译标准即必关"正教"的评价来看，他看重印度文化的是其优秀的文学，前文也曾提到他在《〈潮音〉自序》中表达渴望能够翻译世界闻名的诗剧《沙恭达罗》。正是从此观念出发，虽然他对辜鸿铭所译《痴汉骑马歌》给予肯定，认为其"辞气相副"，同时又发感喟："顾元作所以知名者，盖以其为一夜脱稿，且颂其君，锦上添花，岂不人悦，奈非为罗拔氏专为苍生者何？此视吾国七步之才，至性之作，相去远矣。惜夫辜氏志不在文字，而为宗室诗匠牢其根性也。"这些观念和林纾等名家"把外国异

① 鲁迅：《〈两地书〉三二》，《鲁迅全集》第 11 卷，第 97 页，人民文学出版社 1981 年版。
② 苏曼殊：《复罗弼·庄湘》，见《苏曼殊全集》（一）。

教的著作,都变成班马文章、孔孟道德"①的翻译针锋相对。

苏曼殊对于选材很重视,他的译作中文学作品占绝大多数,而且都是在一国或者世界文学史上占一席之地的作家作品,二三流者绝不姑息。他说:"近世学人均以为泰西文学精华,尽集林严二氏故纸堆中。嗟夫,何吾国文风不竞之甚也!"②他把文风不正、文气不盛都归咎于翻译的不良影响,虽为批评,从一个侧面也可以看出他对翻译文学传播功用的强调。

苏曼殊非常注重译文语言的文学性。我们以苏曼殊翻译的《颎颎赤墙靡》为例。该诗现译名为《红红的玫瑰》,是苏格兰著名浪漫主义农民诗人罗伯特·彭斯(Robert Burns,1759—1798)的爱情诗,也是英国文学史上家喻户晓的名篇。原诗语言清新明快,节奏回环流畅,感情纯正质朴。该诗在中国有晚清、五四期间和新时期三个译本,分别为苏曼殊的《颎颎赤墙靡》、郭沫若的《红玫瑰》③和袁可嘉的《一朵红红的玫瑰》④。对照三个人的译本,我们看到苏曼殊的译诗不由自主地融入了古典诗歌的艺术因子,用五言古体翻译,选字上只押平声韵,不押仄声韵,读起来悠长而响亮;选用大量精致典雅的词语,使诗歌意象丰富,增强了诗的表现力与和谐美;情感和智慧交融,用不透明的语言抒发了诗中人物心灵深处最真切的恋情。被称为"球型天才"的郭沫若的译诗用的是人人可以看得懂的白话,注意提炼韵律节奏,在形式和音节上相当完美;袁可嘉以直译的手法,采用偶句押韵的韵律,几乎字对字地采用与原诗同样的自由体的形式,保留了原诗朗朗上口的节奏感。不过,郭沫若和袁可嘉各有其长,也各见其短:郭译复沓吟咏,文字较直白无味,虽浅显易懂,却少了"诗

① 周作人:《安得森的"十之九"》,《新青年》5 卷 3 号。
② 苏曼殊:1910 年 6 月 8 日,爪哇《致高天梅》,见《苏曼殊文集》,第 517 页,花城出版社 1991 年版。
③ 郭沫若:《英译诗稿》,第 27 页,上海译文出版社 1981 年版。
④ 袁可嘉:《彭斯诗抄》,第 192 页,上海译文出版社 1981 年版。

美",而且整个译诗更像是"释诗";袁译可能更符合现代人的审美心理和欣赏习惯,但语言过分透明,直白的倾诉缺少心灵呼应的深厚情感,也失去了震撼人心的激情。苏曼殊本身"幽怨绵缈,非浅人所能解"①,其性格有碍传达原诗热情奔放的基调,但是苏曼殊的旧体译诗诗韵饱满,依然尽显其魅力。连郭沫若也阐明:"形式不在乎新旧,主要是内容问题。翻译诗得像诗,用中国的语言写诗,就必须要遵循中国语法的规律,不能违背旧诗的规律和韵律。好诗并不是脱离旧诗的影响,而新体诗必须向旧体诗学习。"②

　　苏曼殊是"直译"的拥戴者,但是他既求忠实于原著,保留原文风貌,又求译笔之灵活生动,得其神髓,这种要求是极高的,见解是精深的。在今天看来,苏曼殊的译学思想依然是可圈可点的,"曼殊体"值得当今的译家珍视。从以《惨世界》图解社会政治、主观随意性很大的"改译",到《〈文学因缘〉自序》《〈拜伦诗选〉自序》《与高天梅书》《燕影剧谈》中明确自己的译学思想,我们看到苏曼殊在对待文艺的观念上逐渐走向了自觉。

第三节　苏曼殊文学翻译的史学意义

　　中国近代到整个五四时期的翻译文学是研究 20 世纪中国文学发生发展的重要参照系,中国文学世界化的趋势正是在翻译文学热潮中启动的。中国文学的现代转换在深层深受传统文化和文学的制约,另一方面,近代以来的翻译文学刷新了中国的文学观念、文学精

---

① 高旭:《愿无尽庐诗话》,见《苏曼殊全集》(五),第 232 页。
② 郭沫若:《郭沫若文集》,第 192 页,四川人民出版社 1984 年版。

神，为新文学的诞生在作家群体的成长和读者群体的形成以及形式内容、理论观念上作好了铺垫。20 世纪 80 年代末，在"重写文学史"展开讨论时，谢天振曾呼吁为翻译文学这个"弃儿"寻找归宿，为之价值正名。黄修已也曾经说："翻译外国文学如不列入中国新文学史中，为一个重要方面，至少也应作为新文学发展的重要背景，给予应有的介绍。"①从考辨中国文学追求现代性的角度着手，重新打量和认识翻译文学，不仅对中国翻译文学的定义、性质与归属会有一些新的认识，而且还可能为现代文学的书写找到一条具有可操作性的史学脉络。我们以往对苏曼殊翻译研究只着眼于他的成果多寡，强调他作为现代史上"中西文化交流先驱"的价值和地位，荒疏了或者说浪费了他的译学理论，对其潜在的史学意义的开掘更是忽略了。

　　由于苏曼殊《惨世界》直关政治的译介方式的"遗毒"，另外由于以现实主义为正宗的文学史范式把五四前后对拜伦等所谓"摩罗"诗人的推介都归入"历史现代性"范畴，无视苏曼殊翻译上的审美理想，在对于曼殊翻译的价值取向的认识上，学界一般认为他"着眼于政治取向的（即以急迫的民族革命斗争的需要为圭臬），而没有进入中西文化深层结构的差异，缺乏在更高的层次上建构新的文化形态的主动精神，这就难免带有凌厉浮躁、急功近利的色彩"②。我们当然肯定苏曼殊的翻译有"鼓动民气，呼唤国魂，宣扬爱国主义和民族主义"③的意义，不过，我们通过苏曼殊的译学理论和翻译文本，可以发现他的文学翻译不仅不是纯粹从政治出发，实际上恰恰是一种对"文学"的启蒙——引导人们思考文学的特性和功能，他是 20 世纪最早从审美出发、把"无关正教"的"超功利"的文艺观反映到文学翻译实践中的文学家之一。他在 1912 年 4 月《复萧公》信中说："拜伦诗久

① 黄修已：《中国新文学史编纂史》，第 47 页，北京大学出版社 1995 年版。
② 邵迎武：《苏曼殊新论》，第 78 页，百花文艺出版社 1990 年版。
③ 郭延礼：《中国近代翻译文学概论》，第 98 页，湖北教育出版社 1998 年版。

不习诵,曩日偶尔微辞移译,及今思之,殊觉多事。……吾诚不当以闲愁自戕也!"有学者说"他的'愤激'潜隐着某种失望;他的'颓废'蕴含着某种清醒,我们只有将其置于具体的'历史'之中才能真正感受到这种'强韧'"。① 这句话依照我的见解,他的"失望"就是在 20世纪初轰轰烈烈的"三界革命"中,文学并没有真正找准自己的位置,纯粹成为政治教化的工具;他的"清醒"就是他所欣赏的文学正如我们上一节所分析的,都是具有高贵的艺术品性的作品,它们以"个性化"的艺术之美感染受众、引导向"善",以达到美化人生、净化文化的功用,由此看苏曼殊并没有堕入彻底的个人趣味主义,而是引导一种看似"无功利"的文学功利。

苏曼殊在翻译上的志向是很高远的,在《〈文学因缘〉自序》中,他先是礼赞印度文化与华夏文明的悠久璀璨,随之话锋一转,"今吾汉土末世昌披,文事弛沦久矣",他发出天问:"大汉天声,其真绝耶?",接着他谈到刊行该书的目的:"偶录是篇,闽江诸友,愿为之刊行,得毋灵府有难尘泊者哉?"他有意将翻译与中国文学兴衰联系起来,以翻译引进新的文化活力,挽救"末世昌披"下的"文事弛沦"。正是从这一认识出发,我把苏曼殊文学翻译的重大开拓性史学意义总结为以下几个方面:

一、对"恋爱和自由的高尊思想"的标举

苏曼殊的翻译对时人的影响是显著的。鲁迅在日本准备创办《新生》时还是一个在文艺界名不见经传的新人,他曾经邀约当时已负盛名的苏曼殊作为同人②。虽然多年以后他对苏曼殊的行动风度

---

① 邵迎武:《苏曼殊新论》,第 23～24 页。
② 创办《新生》的计划流产后,鲁迅把准备在《新生》上发表的文章经人推荐发在了《河南》上。今天的鲁研界将其盛誉为"发动了第一次文艺运动",称其为当时"文坛领军性人物"。

是毁誉参半的，认为苏曼殊是个"古怪的人"，"与其说是个虚无主义者，倒应说是颓废派"。但是，他在给增田涉的信件中称苏曼殊是他的"朋友"，当增田涉在 20 世纪 30 年代到上海访问，问及中国文坛的情况时，他更是把《苏曼殊全集》作为礼物赠送①，最近更有研究认为《苏曼殊全集》的书名为鲁迅所拟②。在后来的回忆性文章中，鲁迅虽然认为苏曼殊翻译的拜伦诗"古奥得很，也许曾经章太炎的润色的罢，所以真像古诗"，很有不赞成之意，但联系上下文来读，实际上他要强调的却是苏曼殊译诗对他的影响，他说："有人说 G. Byron 的诗多为青年所喜爱，我觉得这话很有几分真。就自己而论，也还记得怎样读了他的诗而心神俱往；……可惜我不懂英文，所看的都是译本。……苏曼殊先生也译过几首，那时他还没有做诗'寄调筝人'，因此与 Byron 也还有缘。"而且，他还能清楚地记得苏曼殊把译诗编入"绿面金签的《文学因缘》中"。③

我常常想只有文学家才能胜任翻译文学作品，只有当一本书遇到了和原作者同样心智的翻译家，才会有幸运降临。民国时著名文学史家张定璜这样深情地评价苏曼殊的西洋译诗：

> 我不记得那时候我是几岁，我只记得第一次我所受的感动，当时读《汉英文学因缘》我所受的感动。实在除开他自己的诗画，他的短寿的一生，除开这些是我们最近百年来无二的宝贵的艺术外，苏曼殊还遗下了一个不太容易认的但确实不太小的功绩给中国文学。是他介绍了那位《留别雅典女郎》的诗人 Byron 给我们，是他开初引导了我们去进一个另外的新鲜生命的世界。在曼殊后不必说，在曼殊前尽管也有曾经谈欧洲文学的人。我

① 参见增田涉：《鲁迅的印象》一章"苏曼殊是鲁迅的朋友"。
② 刘运峰：《〈苏曼殊全集〉为鲁迅所拟考》，《鲁迅研究月刊》2006 年第 1 期。
③ 鲁迅：《杂忆》，《鲁迅全集》第 1 卷，人民文学出版社 1981 年版。

要说的只是，唯有曼殊才真正教了我们不但知道并且会悟，第一次会悟，非此地原来有的，异乡的风味。晦涩也好，疏漏也好，《去国行》和《哀希腊》的香美永远在那里，因此我们感谢，我们满足。若谈晦涩，曼殊的时代是个晦涩的时代。可怪的是在那种晦涩的时代，居然有曼殊其人，有《汉英文学因缘》，今日有《燕子龛遗诗》。①

这段文字从艺术的、审美的角度出发谈到读苏曼殊译诗所受到的震动，对于苏曼殊译诗的高度评价溢于言表，代表了当时读过苏曼殊所译西洋浪漫主义诗歌的知识青年的共同感受。他认为苏曼殊的功绩之一是"引导"当时的青年进入一个"另外的新鲜生命的世界"，让人们"第一次会晤""异乡的风味"，他对于在那样"晦涩的时代"居然出现苏曼殊这样的翻译家深感"满足"。

苏曼殊在诗歌、小说、书信、札记、随笔中提到拜伦的地方非常多。在《本事诗》中，苏曼殊以无限的感慨和神伤抒发他对拜伦的高山流水式的知音感："丹顿裴伦是我师，才如江海命如丝。朱弦休为佳人绝，孤愤酸情欲语谁？"可见苏曼殊对才华横溢、命运多舛的浪漫主义诗人拜伦何等倾倒！他终其一生都没有放弃对拜伦诗歌的关注。1914 年，他居日养病访亲，其时正值欧洲爆发第一次世界大战，他在给友人邓孟硕的信中表示："欧洲大乱平定之后，吾将振锡西巡，一吊拜伦之墓。"②但这场战争一直打到了苏曼殊生命的尽头。1916 年 11 月，他在杭州回刘半农的问教时说："先生记拜伦事，甚盛甚盛。不慧曾见一书，名 With Byron in Italy，记拜伦事最为详细，未知沪上书坊有之否耳？"随后通信中又不断提及"《拜伦记》得细读一通，知

---

① 张定璜：《苏曼殊与 Byron 及 Shelly》，见《苏曼殊全集》(四)，第 226 页。
② 苏曼殊：《与邓孟硕书》(甲寅八月日本)，见《苏曼殊全集》(一)，第 303 页。

吾公亦多情人也"。当得知刘半农准备筹办拜伦学会，他欣喜若狂：
"拜伦学会之事，如藉大雅倡之，不慧欣欢顶礼，难为譬说矣。"并自告
奋勇向刘半农推荐人选："此间有马处士一浮，其人无书不读，不慧曾
两次相见，谈论娓娓，令人忘饥也。如学会果成，不慧当请处士有所
赞助，宁非盛事？"可惜此时刘半农已经赶赴北京出任北大预科教员，
并且开始参加《新青年》编务工作，创办学会的热情被冲淡了，而苏曼
殊也已经是病体孱弱、缠绵床榻。

　　丹麦文学史家勃兰兑斯将拜伦之诗歌视为"自然主义的登峰造
极"，他的著名文学史《十九世纪文学主流》第四分册以占全书三
分之一篇幅的整整七章来评述拜伦其人其诗，他下了这样的断言：
"拜伦的名声已经传播于全世界，并不取决于英国的贬责或是希腊的
赞扬。"①确实在远隔重洋的中国，拜伦诗以其现代个人的情感表达
成为这个古老国度的"灵之音"，青年人对他的那种迷狂可能是希腊
也不及的。从 1902 年梁启超在《新中国未来记》中初次译介，首开介
绍拜伦之风，到苏曼殊系统翻译其诗和鲁迅从理论上阐发拜伦的"复
仇与反抗"的精神，又到刘半农与苏曼殊筹措拜伦学会，再到 1924 年
《小说月报》杂志出版发行"诗人拜伦的百年祭"专号（第 15 卷 4
号），拜伦一步步成为中国青年追慕的精神偶像。秋瑾就义前的自挽
联云："不须三尺孤坟，中国已无干净土；好持一杯鲁酒，他年共唱摆
仑歌。"鲁迅曾经分析："那时 Byron 之所以比较的为中国人所知，还
有别一原因，就是他的助希腊独立。时当清的末年，在一部分中国青
年的心中，革命思潮正盛，凡有叫喊复仇和反抗的，便容易惹起感
应。"②拜伦，在中国渴望革命、渴望反抗特别是渴望自由的一代青年
思想中所起的影响由此可知。

---

① ［丹麦］勃兰兑斯：《十九世纪文学主流》第四分册，第 453 页，人民文学出版社
　　1997 年版。
② 鲁迅：《杂忆》，《鲁迅全集》第 1 卷，人民文学出版社 1981 年版。

　　日本学者藤井省三在《鲁迅比较研究》之《鲁迅与拜伦》一章中，以对拜伦的接受为主线，给予苏曼殊高度评价，他认为"鲁迅与苏曼殊切开了近代文学地平线"，但作者对其观点并未展开深入论述。其实细细分析，世纪初梁启超、鲁迅和苏曼殊虽然都身在 20 世纪初文人为民族和国家寻找出路、"别求心声于异帮"的行列，都意在通过拜伦发现现代意义上的"个人"，也同时回避了拜伦对于母国英伦和母国对于他的态度①，但他们三人却有着不同的价值定向。② 爱德华·萨丕尔认为"翻译的本质是阐释"③，正是由于三个翻译家不同的翻译目的和性情特点，使他们的译文强调的侧重不同。拜伦的一生是诗人与政治家并重的一生，他援助希腊的独立，超越了一般种族和国家的概念。"拜伦能够像变更十九世纪欧洲地理的力量一样，震撼了仁人志士的心魄，就因为他的声音是天的声音，他的感觉是全人类的感觉。所以，他是超越时间和空间，跳出人种和国界的一大存在。"④流亡生涯中的梁启超感慨国家多难，图报国民之恩，他更加看中的是政治家的拜伦。他的文字被黄遵宪赞为"惊心动魄，一字千金，人人笔下所无，却为人人意中所有，虽铁人亦应感动，从古至今文字之力之大，无过于此者矣"。⑤ 参看他《新中国未来记》中《哀希腊》一节：

　　玛拉顿后啊，山容缥缈，

---

① 拜伦自从 1816 年 4 月离开故国就再也没有回去，即便在死后，英国教会仍然拒绝拜伦安葬在威斯敏斯特大教堂诗人区。
② 相关论述参阅余杰：《狂飙中的拜伦之歌——以梁启超、苏曼殊、鲁迅为中心探讨清末民初文人的拜伦观》，《鲁迅研究月刊》1999 年第 9 期。
③ [美] 爱德华·萨丕尔：《语言论》第十章"语言、种族和文化"，商务印书馆 1985 年版。
④ [日] 鹤见佑辅：《〈明月中天——拜伦传〉序》，湖南文艺出版社 1992 年版。
⑤ 黄遵宪：《致饮冰室主人书》，见丁文江、赵丰田主编：《梁启超年谱长编》，上海人民出版社 1983 年版。

玛拉顿前啊，海门环绕。

如此好河山，也应该有自由回照！

我向那波斯军的墓门凭眺，

难道我为奴为隶，今生便了？

不信我为奴为隶，今生便了！①

这段文字隐喻了太深的"革命"意志，正如他下文借人物之口所言："摆伦最爱自由主义，兼以文学的精神，和希腊好像有夙缘一般。……他这诗歌，正是用来激励希腊人而作，但我们今日听来，倒像有几分是为中国说法哩！"②可以看出，梁启超把译诗夹在当时被誉为"文学之最上乘"的小说中的意图是为了通过文体转换提升宣传的力度。梁启超的"个人"实是民族的个人，是他理想的民族国家"群"中的"个人"，他强调的是团体的自由，"新民"是走向"新国"的手段。所以，梁启超笔下的拜伦是在他放逐了拜伦的个体生命意志之后的"梁启超式"的"宏大叙事"的拜伦——迎合他本人的历史功用主义文艺观的产物。

这些浪漫主义诗人在同期的鲁迅论文《摩罗诗力说》(《河南》第2期、第3期"论著"栏,1907年)中被称为"摩罗"。摩罗一词出自印度梵语，指天上恶魔，欧人借指撒旦(原文中为"撒但")，又用来特指19世纪英国诗人拜伦③。鲁迅将人性之"恶"与"野性"联系，"恶实强者之代名"，呼唤人的自然本性，肯定野性在文明发展中的意义，所谓"立意在反抗，指归在动作"，这和培养国民积极进取精神和豪迈阳刚气质的思想启蒙是相副的。摩罗诗人将"国家之法度，社会之道

---

① 梁启超：《新中国未来记》，《饮冰室合集·专集之十》，第6页，中华书局1989年版。
② 梁启超：《新中国未来记》，《饮冰室合集·专集之十》，第44页。
③ 文中为"裴伦"。20世纪初译名不定，以下引文中"摆伦"、"装轮"、"拜轮"均为"拜伦"，"师梨"为"雪莱"。

德,视之蔑如","率真行诚,无所讳掩",又"厌世至极",绝望反抗,"奋迅如狮子","性复狷介","负狂人之名"。雪莱(原文中为"修藜")三十岁而终,鲁迅认为其以"死亡"来对抗无以消解的黑暗:"人居今日之躯壳,能力悉避于阴云,惟死亡来解脱其身,则秘密始能阐发。"①因此,鲁迅发现的拜伦是一个集"反抗者、孤独者、知识者"于一身的富有现代精神色彩的"个人"——"颠仆有力之蠢愚,虽获罪于全群无惧",这是一个与"全群"对峙的具有"独立自由人道"的个人,是一个富有现代理性的个人,也正预示了五四的启蒙精神。鲁迅在《题记》中认为《摩罗诗力说》"所说的几个诗人,至今没有人再提起,也是使我不忍抛弃旧稿的一个小原因。他们的名,先前是怎样地使我激昂呵,民国告成以后,我便将他们忘却了,而不料现在他们竟又时时在我的眼前出现"②。

苏曼殊作为一位禀赋灵性、多愁善感的诗人型文学家,和梁启超、鲁迅有着同样的"家国之痛",他说:"美哉拜伦!以诗人去国之忧,寄之吟咏,谋人家国,功成不居,虽与日月争光可也!"③对于苏曼殊来说,"去国之忧"也是永远无法释怀的情结,在《与高天梅书》(庚戌五月爪哇)信件结尾署名处,他即沉痛地写着"屈子沉江前三日",也是这种情结的另一体现。苏曼殊与拜伦的共鸣之一即拜伦的"谋人家国,功成不居"与苏曼殊大乘佛教拯救世道人心的大悲愿也有共谋性,这一点我们可以从苏曼殊1913年的《讨袁宣言》中发现,他在文中声言:"昔者,希腊独立战争时,英吉利诗人拜伦投身戎行以助之,为诗以励之……衲等虽托身世外,然宗国兴亡,岂无责耶?"但苏曼殊和拜伦大致相同的身世遭际、禀性气质、行为方式,使他眼中的拜伦有着他个人的鲜明色彩。"种种复杂的甚至是相互矛盾的精神

① 鲁迅:《坟·摩罗诗力说》,《鲁迅全集》第 1 卷,人民文学出版社 1981 年版。
② 鲁迅:《题记》,《鲁迅全集》第 1 卷,人民文学出版社 1981 年版。
③ 苏曼殊:《〈拜伦诗选〉自序》。

特征竟然和谐地统一在他们的性格气质之中，这就构成了曼殊对拜伦产生强烈共鸣的内在心理基础。"这些打上了深深的"现代"烙印的精神特征表现在"第一，崇尚自然，忌恨虚伪；第二，倾向感情用事，常常耽于幻想，而缺乏一种深入的理论思索的能力；第三，他们的性格时而坚强，时而脆弱；他们的情感时而激愤，时而低沉。在他们身上还有一种一以贯之的气质，就是狷介孤高、忧郁纤敏、卑己自牧、愤世嫉俗"。① 孤独者苏曼殊在异国文苑找到了相知，以至"夜月照积雪，泛舟中禅寺湖，歌拜伦《哀希腊》之篇。歌已哭，哭复歌，抗音与湖水相应"②。苏曼殊从"声气相投"发现了感性的、审美的、艺术家的拜伦，同时也从对对方的发现中"发现"了自我，他的翻译文字融入太多个人的生命感悟。所以，如果说梁启超从"政治"的角度重塑了拜伦，鲁迅从"理性"的角度重塑了拜伦，③可以说苏曼殊从艺术的、审美的角度重塑了拜伦：

> 山对摩罗东，海水在其下。
>
> 希腊如可兴，我从梦中睹。
>
> 波斯京观上，独立向谁语？
>
> 吾生岂为奴，与此长终古！④

我们把苏曼殊《哀希腊》中这一节与前边所录梁启超译文对照，即可看出"独立向谁语"的"曼殊风"：忧郁、感伤、多情，那个在"梦中"睹视希腊兴衰荣辱的似乎是"秋风海上"的拜伦，似乎就是我们绝代伤心的"沧波曼殊"，这是一个"情感的个人"的拜伦。

---

① 邵迎武：《苏曼殊新论》，第 144 页，百花文艺出版社 1990 年版。
② 苏曼殊：《〈潮音〉跋》，《苏曼殊文集》，第 311 页。
③ 余杰：《狂飙中的拜伦之歌——以梁启超、苏曼殊、鲁迅为中心探讨清末民初文人的拜伦观》，《鲁迅研究月刊》1999 年第 9 期。
④ 苏曼殊：《哀希腊》，《苏曼殊文集》，第 660 页。

因此我们说，梁启超和鲁迅的西方浪漫主义诗人的译介是在一种政治启蒙和社会启蒙的立场上，而苏曼殊更多的是在一种人生审美的立场上，他的翻译体现了他对文学的审美功用的关注。在差不多 100 年前，苏曼殊就告诉我们："雪莱在恋爱中寻求涅槃；拜伦为着恋爱，并在恋爱中找着动作。雪莱能克己自制，而又十分专注于他对缪斯们的崇仰。""雪莱和拜伦两人的著作，在每个爱好学问的人，为着欣赏诗的美丽，评赏恋爱和自由的高尊思想，都有一读的价值。"①这话在今天依然很有开启心智的意义——这种对个人情感的关护也许正是现代"人"的启蒙的要义。

二、"超功利"文艺观的初步彰显

我国古代翻译印度典籍是以佛学为中心的，与佛教无关的纯文学作品，都没有引起翻译家和学者们的关注，也一直没有这方面的译文，连介绍的文字也微乎其微。前面我们在"苏曼殊的译学思想"部分谈到过他对翻译"文学性"的注重，谈到他对于唐代著名高僧、佛典翻译家玄奘以《摩诃婆罗多》《罗摩衍那》和《赖吒和罗》等印度文学千古名篇"无关正教"，所以不加译述的贬责之意；谈到他对辜鸿铭所译《痴汉骑马歌》"辞气相副"的肯定和"志不在文字，而为宗室诗匠牢其根性也"的不以为然；谈到他对林纾等名家以儒家传统的"史"观翻译小说，把外国优秀的纯文学作品"改制"成"班马文章"以载"孔孟道德"的不胜惋惜。苏曼殊的译学思想和翻译实践都体现了他的翻译是"文学家"的翻译，他的视野是"文学审美"的视野。苏曼殊之所以那么钟情于拜伦，除了拜伦革命豪情合乎其家国理想，人格精神合乎其道德理想，自由独立合乎其个性理想等人生审美以外，重要的还有拜伦诗的艺术魅力合乎苏曼殊的美学理想。他喜欢拜伦的诗

①《〈潮音〉自序》，柳无忌译，《苏曼殊全集》（四），第 37 页。

"像是一种使人兴奋的酒，饮得越多，就越感到它甜美迷人的力量。他的诗里，到处都充满了魅力、美感和真诚。在情感、热忱和语言的直白方面，拜伦的诗是无与伦比的"①。在《与高天梅书》（庚戌五月爪哇）中苏曼殊说："拜轮足以贯灵均、太白，师梨足以合义山、长吉；而沙士比、弥尔顿、田尼孙，以及美之郎弗劳诸子，只可与杜甫争高下，此其所以为国家诗人，非所语于灵界诗翁也。"我们且不论其论点是否公允正确，单从其评价的标准言，他看重的是浪漫、高迈、自我的"诗人之诗"。这是一种从纯文艺出发的"纯粹"的诗歌观。苏曼殊对印度文学那么崇爱，除了身在佛门潜心佛学、与不少印度佛界高人有密切往来、深知印度文化对中国文化的影响所致之偏爱外，更为主要的原因是印度文学优美的语言文字、丰富的文学想象、浪漫的艺术情调、浓艳的爱情故事、缠绵的感情表达合乎苏曼殊的艺术审美观；换言之，正是印度文学的这些艺术特征潜移默化，参与了苏曼殊的艺术观建构，培养了苏曼殊的审美情趣。正如胡适所言："中国的固有文学很少是富于幻想力的；像印度人那种上天入地毫无拘束的幻想能力，中国古代文学里竟寻不出一个例"，佛教文学"对于那最缺乏想象力的中国古文学却有很大的解放作用。……中国的浪漫主义的文学是印度的文学影响的产儿"②。苏曼殊虽然精通梵语，但是苏曼殊所译的佛教经典却与乔悉磨、章太炎、刘师培等师友的期待极不相称，也从不以经济利益为目的，倒是在寂寞和清苦中翻译和介绍了大量品位高迈的纯粹的文学作品，特别是当时翻译界少人惠顾的诗歌，填补了近现代翻译史上的诸多空白。正由于把文学看作一件关乎情感高尊的事情，他也从不轻易落笔，马虎了事。1909 年，蔡哲夫从英国人莲华手中得到一本英文《雪莱诗集》，他转赠予曼殊，希望他能够

① 《〈潮音〉序》，王晶垚译，载《社会科学战线》1984 年第 4 期。
② 胡适：《佛教的翻译文学》，见《胡适文集》，人民文学出版社 1998 年版。

翻译成中文介绍给中国读者,但是苏曼殊当时情绪不稳,难以把笔,于是写下《题〈师梨集〉》以表歉意。他又将该书转赠给黄侃,希望他能够拨冗移译。

另外一个值得学界注意的问题是,我们以往在谈论苏曼殊的翻译成就时,只片面地强调他的西方浪漫主义诗歌翻译,忽略他对印度文学的推介之功,这里边当然有一个文化定位和文化选择的问题,一个世纪以来我们一直向西方"寻医问药","西方中心论"使我们忽略了东方印度灿烂瑰丽的文学。一个世纪后的今天,作为学术的苏曼殊翻译研究,如果依然"顾此失彼"也当然不是成熟的学术套路。

梁启超"三界革命"的时代,畅行的实际上还是传统诗学文艺观,无论是"新小说"、"新诗歌"还是翻译文学,目的仍是要为国家理想、民族未来"流经布史",梁启超自己也曾经反思:"一切所谓'新学家'者,其所以失败,更有一种根源,曰不以学问为目的而以为手段。……殊不知凡学问之为物,实应离'致用'之意味而独立生存,真所谓'正其谊不谋其利,明其道不计其功'。质言之,则有'书呆子',然后有学问也。"①以此为肯綮,苏曼殊在 20 世纪第一次启蒙运动的高潮中,能够发出清醒的为文学的声音,是有其值得珍视的价值的。虽然他的孱弱的声音和王国维在《古雅之在美学上之位置》中所提"美之本质""可爱玩而不可利用者是已"一样是何等引不起人们重视,但是今天不再重提那才是真正的埋没,而埋没的何尝只有一个苏曼殊和一个王国维,类如他们的声音在整个中国文学的现代转型过程中都是"另类"的天籁——在那"为文学"的痴情里其实正彰显着现代文人的独立意志和自由精神,应该说这也是中国走向现代的核心思想。当然,我们对单一性的审美立场并不是无须戒备。后来这

---

① 梁启超:《晚清西洋思想之运动》,见《清代学术概论》,第 96~99 页,上海古籍出版社 1998 年版。

一新文学的源头衍化成一种以审美主义为由头、以个人主义和自由主义为标榜的滑头，将与之相对应的关怀家国社会的严肃文学贬斥在"真"文学之外，或者成为滥情的色情文学，则是一种极端。

三、对中国文学外译事业的拓荒性贡献

在文学之林，诗比任何文学样式都产生得要早，它跟语言一样普遍。闻一多说："人类在进化的途程中蹒跚了多少万年，忽然这对近世文明产生影响最大最深的四个古老民族——中国、印度、以色列、希腊——都在差不多同时猛抬头，迈开了大步。约当纪元前一千年左右，在这四个国度里，人们都歌唱起来……在中国《三百篇》里最古部分——《周颂》和《大雅》，印度的《黎俱吠陀》(*Rig—Veda*)，《旧约》里最早的希伯莱诗篇，希腊的《伊利亚特》(*Iliad*)和《奥德赛》(*Odyssey*)都约略同时产生。"[1]这些民族优秀的文化遗产正是通过译者的移译才成为世界人民共同的精神财富。针对苏曼殊出版的两本中英诗歌合集即《潮音》和《汉英三昧集》，以及汉诗英译集《文学因缘》，柳无忌在《苏曼殊研究的三个阶段》中曾经写到他所做过的比照调查，发现苏曼殊搜罗材料范围之可观令人惊叹[2]。别说是在那样一个中外交通阻碍重重、外国资料极端缺乏的历史条件下，就是在今日，我们要扒检出散在于西文书籍中的中国古诗，也是"谈何容易"的事。苏曼殊并不认为这些汉学家的译诗有多么地道，他认为有的翻译如"法译《离骚经》《琵琶行》诸篇，雅丽远逊原作"。但是，并非都不精彩，例如"Candlin 师所译《葬花诗》，词气凑泊，语无

---

① 闻一多：《神话与诗》，第 201 页，古籍出版社 1956 年版。
② 柳无忌在《苏曼殊研究的三个阶段》中言："曼殊所引用的英、法文书籍，就我查得的，有十一种，但仍有在《汉英三昧集》内的数首英译，未能找出原书。……此次曾遍查我自己所有与司丹福大学图书馆的藏书，而仍未得全部完成此项复原的工作，可见曼殊采用书籍的广泛。"见《苏曼殊文集》。

增减"①。苏曼殊将这些或成功或失败的译诗编辑成册,在国外出版发行,其良苦用心自然在于使国外的读者对中国古代灿烂的文学成就有一个粗略的了解。我常常想,在古代文人圈中,诗人和读者都属于一个特殊的群体:诗是写给"专家"式的读者看的。在古典传统里,"文"重于"诗",但当西方人一接触中国文学,他们立即认为"诗"才是东方文苑最美丽的花朵。苏曼殊是清末民初译介西学高潮中将中国文学的优秀遗产推介给西方的较早者之一,也是以杂采众诗出成集子的第一人。苏曼殊的《文学因缘》等集子将100多首西方汉学家翻译的中国古诗汇集成册,在国外出版发行,把中国古典诗歌批量地推向世界,以增强民族自豪感和自信心,在一定程度上弥补了近代中外文学交流一边倒的缺陷,在知识界只知道"拿来"的时代,苏曼殊开展了这样一种"送出"的崭新事业,无疑他和当时将《论语》《中庸》译成英文在国外出版的辜鸿铭一样,都是在中国文化现代性转化的初期具有开阔眼光的文艺家。

　　这里我想重申的观点是:20世纪文学翻译史不应该只是一部"译入史",文化的转型是交流中的互动,我们的祖先曾经以"天朝臣民"自居,盲目自大,不知道"山外青山楼外楼";一个世纪以来我们充分认识到了自己的不足,又变得妄自菲薄,一谈中外文化交流,除了"四大发明"无可抹煞以外,似乎习惯了只看见西方对中国的影响,在文学研究上也亦步亦趋地以科技领域的叙述为蓝本。做西方文学或中外比较文学研究的学者都知道,中国古典诗对20世纪英美现代诗歌的诞生和成长起过推波助澜的作用,印象派的成长和发展与此息息相关,庞德(Ezrapound,1895—1972)将自己英译的古典汉诗收集成 Cathay 出版,作为反英美诗歌传统规格和性质的一面旗帜。当然,庞德和意象派的诗人看中的是中国诗歌的意象,他们体会不到古

---

① 苏曼殊:《〈文学因缘〉自序》,见《苏曼殊文集》,第294页。

诗声韵、格律、形式的约束,他们认为英美诗歌要想走上"现代"的大道,就应该效法中国古典诗歌才能摆脱种种束缚。这真是一个美丽的"误会",这一美丽的误会催生了中外诗歌一场"美丽的约会"。我们现在都知道"世界文学"这个概念是由歌德最早提出的,而这个概念的提出就和中国文学紧密相关。爱克曼在《歌德谈话录》中记载,1831 年 1 月 31 日,他们二人进行了一次谈话,谈话是在歌德看了中国作品之后展开的,他说:"民族文学在现代算不了很大的一回事,世界文学的时代已快来临了。现在每个人都应该促使它早日来临。"①

　　一个多世纪以来,我们的启蒙运动就是以西方文化为中心,这当然无可厚非,若是视西方为唯一的准绳,那自然也并不科学。反思 20 世纪几代知识分子为了谋求中国的现代文明所走过的求索之路,我认为苏曼殊在 20 世纪初的文化观念即便在今天仍然是积极的、富有启发性的。中国文学的"外译史"应该被文学研究者充分关注。

四、为中国现代比较文学的发祥提供了先例

　　从苏曼殊对于文化交流的执着,我们看到了他试图从一个诗人向学者靠近的努力。香港学者梁锡华虽然对于称苏曼殊为"上人"、"大师"很不以为然,只尊他为"上级大才子",但他却强调,假使"他不至短命,更可能成超卓的作家和学问家,直追宋世的苏东坡"②。在这点上,我与其颇有同感。明末清初的钱谦益就是一个先例。钱谦益有卓尔不群的文学才华,也有为天下所瞩目的文望,更有出将入相、大济苍生的宏大抱负,最终钱谦益在仕途上并无作为而"豁然悔

---

① 歌德当时到底看了什么中国文学作品,谈话中没有明说,根据谈话所言及作品内容,陈铨、朱光潜先生认为是《好逑传》,也有学者认为是《花笺记》。
② 梁锡华:《禅影摇曳的感伤》,录入黄永健《苏曼殊诗画论》,本段出自第 187 页,中国社会科学出版社 2001 年版。

悟"、"幡然易辙",究心文学创作和学术,成为一代学问家,包括梁启超也是以晚年治学而自豪的。苏曼殊与之可谓殊途同归。翻译作为苏曼殊的自觉性文艺选择,不仅体现了他作为文学审美前驱者的姿态,也体现了苏曼殊作为文艺家的学者化追求。

苏曼殊不但以翻译见长,而且在文章中对一些外国作家作品进行了比较分析,还在其他序跋、书信中论述了自己的翻译理论,表现出深厚的西方文学修养和不俗的审美鉴赏力。在《文学因缘》《潮音》《汉英三昧集》几个集子里,有的诗注出原译者的姓名,有的还略加批评或比较,我们可以窥见其对于文化交流、诗歌翻译的深趣。如《〈潮音〉自序》中他对拜伦和雪莱的思想、创作的比较分析,他认为:

> 拜轮和师梨是两位英国最伟大的诗人,同样创造性地把崇高的恋爱作为他们表达诗意的主题。是的,虽然他们大抵写着爱情、爱人,与爱人的幸运,但他们表达时的方式却有如南北两极遥远地离异着。拜轮生长教养于繁华、富庶、自由的环境中。他是个热情真挚的自由信仰者——他敢于要求每件事物的自由——大的、小的,社会或政治的。他不知道如何,或在何处会趋于极端。拜轮的诗像一种有奋激性的酒,人喝了愈多,愈会甜蜜地陶醉。他的诗充满魅力,美丽和真实。在情感、热忱和坦率的措词方面,拜轮的诗是不可及的。他是一位心底坦白而高尚的人。

在谈到雪莱时,他说:

> 他是个恋爱的信仰者。师梨是审慎而有深思。他为爱情的热忱,从未表现在任何强烈激动的字句内。他是一个"哲学家的恋爱者"。
>
> ……

他的诗像月光一般，温柔地美丽，睡眠般恬静，映照在寂寞沉思的水面上。①

苏曼殊从拜伦与雪莱的出身、个性比较了两人诗风的异同，这种研究是科学而有见地的。在《断鸿零雁记》第七章里，苏曼殊借"三郎"之口这样比较中外诗人："余尝谓拜轮犹中土李白，天才也；莎士比尔犹中土杜甫，仙才也；雪梨（雪莱）犹中土李贺，鬼才也。"在《燕子龛随笔》里，苏曼殊写到："英人诗句，以师梨最奇诡而兼流丽。尝译其《含羞草》一篇，峻洁无伦，其诗格盖合中土义山、长吉而镕冶之者。"这些评述，以今天的文学理论鉴之，自然谈不上有多么深刻透辟，但它们却显示了作者宽广的文学视野，特别是他努力探求中外文学共同特质的尝试，可以说是现代中外比较文学史上最早的例证之一。

顺便说起的是，虽然苏曼殊在内心更倾心拜伦，而在实际人生中他却是更类如雪莱。张定璜在谈到苏曼殊与拜伦及雪莱的异同时认为：

毕竟那病死在希腊的英国贵族（按：拜伦）太高贵了，太聪明了；比起他，我们的曼殊太可怜了，太傻了。……前者一生太光耀夺目了，无奈太粉饰雕琢了，后者始终太埋没了，然而太表里合一了。真同曼殊一样遭埋没的运命，真同曼殊一样真率，真同曼殊一样爱自由爱人类爱艺术的，不是那个趾高气扬，"一天早上醒过来，发现了自己名声赫赫"的 Byron，实在是那被家庭追放，忍不住英国绅士唾骂，匿迹销声，仅在罗马找到了一片安

---

① 苏曼殊：《〈潮音〉自序》（柳无忌译），见柳亚子编：《苏曼殊全集》（四），第35～36页。

息地的 Percy Byashe Shelley。①

　　总之,苏曼殊对于中外文化的交流用力颇勤,特别是他的诗歌翻译,是一个世纪以来的译界佳谈。他"按文切理,语无增饰"的直译的长处和"陈义悱恻,事词相称"的意译的神妙,得到众多翻译家的首肯。陈子展对苏曼殊的诗歌翻译非常推重,在《中国近代文学之变迁:最近三十年中国文学史》中谈及诗歌翻译时用很大的篇幅谈苏曼殊的译诗,甚至摘录苏曼殊的整篇译诗,更甚至摘录苏曼殊《与高天梅书》中论翻译的文字达 400 多字。1923 年,北京师范大学的杨鸿烈说:"中国这几十年介绍欧洲诗歌成绩非常之坏! 有的作品里稍受点影响和变化的人,大概都直接能看原文,无待翻译了;现在白话诗盛行,诗体的空前的解放,虽说成绩尚无可观,但介绍欧美诗歌是目前最迫切的事,我希望大家在译诗上面都要以曼殊的信条为信条。"②

　　陈平原在谈及当时的翻译方法时说:

　　　　"直译"始终没占主导地位,理论上也没有得到充分的肯定。相反,"直译"在清末民初是个名声很坏的术语,它常常跟"率而操觚""诘屈聱牙",跟"味同嚼蜡""无从索解",跟"如释家经咒""读者几莫名其妙"联在一起。③

　　后人谈到鲁迅兄弟和苏曼殊翻译时,都爱强调是受了他们的"文字导师"章太炎的影响④。"好用僻词怪字"固然碧玉之瑕,但我们也

① 张定璜:《苏曼殊与 Byron 及 Shelly》,见《苏曼殊全集》(四),第 228 页。
② 杨鸿烈:《苏曼殊传》,《苏曼殊全集》(四),第 194 页。
③ 陈平原:《20 世纪中国小说史》(1897—1916),第 37 页,北京大学出版社 1997 年版。
④ 1908 年,苏曼殊与章太炎在日本《民报》社同寓一所,章常为苏修改诗作。章给留学生举办"国学讲习所",学生辈的鲁迅兄弟跟听半年多时间。见周作人:《鲁迅的青年时代》,河北教育出版社 2002 年版。

不能把"不是"都推到古文大家章太炎身上。若因此来个取其反或者连古体也全盘否定，也不一定就是高见。胡适在白话文的狂潮兴起时就猛烈批评苏曼殊古典化的文学翻译，认为"曼殊失之晦"。胡适忘记了一个常识，即苏曼殊选择古体是时代使然，他无法提着头发跳出他所身处的时代。苏曼殊的选择与当时知识界对端雅的古文字的推重有关。苏曼殊是很能够做白话文的，这有他白话文体翻译的《惨世界》为证，但是当时文人一般在思想上还是认为白话不能登大雅之堂，阅读定势也使他们认为写白话读白话并不比文言轻松。梁启超在翻译《十五小豪杰》时，"原拟依《水浒》、《红楼》等书体裁，纯用俗话，但翻译之时，甚为困难。参用文言，劳半功倍。……译者贪省时日，只得文俗并用。"①胡适自己也用白话翻译了《哀希腊》篇，"以四小时之力译之，既成复改削数月"，即便让我等外文阅读能力"一瓶子不满"、对翻译学一知半解的人对照拜伦原诗读一读，也会遗憾胡适既失真又不达，遑论其雅！国际间的文学互译，诗歌总是最少。用一国的语言文字去移译另一国的诗歌语言，很难取得同样的艺术效果。莎士比亚《仲夏夜之梦》有一句表示不可理喻的台词：天呀！你是经过了翻译了！（Thou art translated!）钱锺书以此为例说明翻译中一些离奇的讹错②，真是形象生动之至！

如从正面考虑，要保留 19 世纪西洋诗人的"诗味"，古雅的文字在今天也算得可以选择的一条路径。这当然不是随心所欲的臆测。翻译作为一种需要在主体文化中运作的力量，我们不得不注意到翻译阶段包括译者、选材、出版安排、编辑参与、社会反应、历史价值等，而每一个阶段都受当时社会、文化甚至经济环境的制约。所以在翻译上，主体文化总是一个需要重点考虑的因素，翻译的目的是为了普

---

① 《〈十五小豪杰〉译后语》，见陈平原、夏晓虹编：《二十世纪中国小说理论资料》（第一卷），第 64 页，北京大学出版社 1997 年版。
② 钱锺书：《七级集》，第 90 页，三联书店 2003 年版。

及,普及文学很多时候正是巩固现行典范,借此向读者提供一份宝贵的安全感。向文化传统的现行规范宣战,并不是普及文学的功能。相关的例子仍然是胡适,有趣的是这一次却是他用文言。1914 年,胡适以文言体将 Ralph Waldo Emersond 的 *Branma* 译为《大梵天》①,张爱玲 20 世纪 60 年代又用白话将之译为《大神》②。有人做过这样一个实验:将这两个译本同时给有阅读文言文和白话文能力的同事们看,结果文言译本没有造成理解方面的困难,信息有效传递,而白话译本虽然白话文字大家没有任何疑问,反而造成了理解上的困难。③所以,当我们论述一种翻译的语言形式时,文言或白话并不能成为孰优孰劣的唯一立论点。翻译可以说是两种语言文化就某一命题的谈判,即互为消长又互为依存。当译者因为个人和时代的背景而选择了译入语以后,他在很大程度上就受他自己的文化参照系限制。无论是翻译理论还是翻译实践,苏曼殊自有其时代局限或自身缺陷。例如苏曼殊松散自由的中西文学的比较,还是一种很传统的批评,属于印象式的、妙悟式的赏鉴,偏重直觉和经验,缺乏抽象分析、逻辑思维,更谈不上体系性、自足性;他的诗歌翻译让与他同代的读者体会到另一种文化对人性的表达、另一种文学对美与善的追求,他们并不会因为他用比较守旧的文风而感到格格不入,只把它看作一种风格的表达,从而减轻一般读者对另一种文化的疏离感,但不能领略到两种文化语言差异的美;他在根本上更强调"直译",但过于古怪的用字超出了"典雅"神韵的范畴,造成的阅读障碍是常被后人所诟病的一面。

苏曼殊文学翻译的史学意义,前两点体现了苏曼殊"超功利"的文学观,后两点是在前者的基础上获得的。写到这里,我又记起 20

---

① 《胡适选集》,第 25~26 页,传记文学出版社(台北)1969 年版。
② 林以亮编选:《美国诗选》,第 5~6 页,香港今日世界出版社 1972 年版。
③ 孔慧怡:《翻译·文学·文化》,第 60 页,北京大学出版社 1999 年版。

世纪 20 年代的文艺批评家张定璜的话：

> 人有时候会想，拜伦诗毕竟只有曼殊可以译。翻译是没有的事，除非有两个完全相同，至少也差不多同样是天才的艺术家。那时候已经不是一个艺术家翻译别的一个艺术家，反是一个艺术家那瞬间和别的一个艺术家过同一个生活，用同一种方式，在那儿创造。唯有曼殊可以创造拜伦诗。他们前后所处的旧制度虽失了精神但还存躯壳，新生活刚有了萌芽但还没做蕊花的时代，他们的多难的境遇，他们为自由而战为改革而战的热情，他们那浪漫的飘荡的诗思，最后他们那悲惨的结局：这些都令人想到，唯曼殊可以创造拜伦诗。①

我们可以说，苏曼殊的翻译融会了他个人的生存体验和生命悲歌。"原著被它们的译者赋予了一个彻底的'新生'，以及在文化接受中的一系列文化意蕴。换言之，是译者赋予了原著一个'来世'，译者本人的声名就足以让读者信任原著的艺术价值；实际上，这价值是被创造出来的，而且可能和原著关系很小"。② 苏曼殊的翻译文本和理论与他的诗和小说一样，体现了他对于生命、个性、自由的理想和追求，也是他以文字救赎实现自我的体现。虽然苏曼殊文学翻译有着非常多的不足，而仅从史学意义来说，我们把苏曼殊看作最初的欧化的人物不只是一种象征的意义，苏曼殊像 20 世纪初一道闪耀着绚丽光彩的"译界之虹"，横亘在中外文化与文学交流的时空之上，永远昭示着他超迈时代的魅力；更为重要的是他的"重艺术、轻功利"的审美理念和翻译实绩为中国现代文学导引了一座"浪漫之桥"。

---

① 张定璜：《苏曼殊与 Byron 及 Shelly》，见柳亚子编：《苏曼殊全集》（四），第 226 页。
② 李欧梵：《上海摩登——一种新都市文化在中国》，毛尖译，北京大学出版社 2001 年版。

第三章
浪漫之桥：苏曼殊与五四浪漫抒情派文学

现代浪漫主义思潮发端于 18 世纪末的西欧，与特定的新旧秩序冲击碰撞的历史背景相联系。文艺复兴运动标志着西方告别中世纪非理性的宗教迷狂，走向标榜民主、自由、平等和肯定个人欲望的人本主义价值体系，人本主义反对"神本主义"，肯定人的价值的至上性，相信人的理性本质，相信科学可以掌握世界和人类命运，对人类未来充满乐观。但是经过启蒙运动以后，从神学桎梏下解放出来的人的情感，又重新被纳入与人本主义精神相抵触的现代理性框架中：在理性层面上，现代性体现为一种现代理性精神，包括科学主义和人本主义两个方面。科学主义导致了自然对人的自由的威胁，人本主义确立了人的价值，也导致了个体生存根据的丧失、生存意义的迷惘。两者都是在理性精神指导下注重思想的自由和解放，而没有深入到情感领域。同样是启蒙时代产物或者说现代性产物的浪漫主义开始了反思的萌动：以幻想和激情抵抗理性的重压；以乡村和异国风情对抗工业化社会；以病态美对抗古典审美规范；以主观性对抗冷冰冰的现实。它并没有完全抛弃理性精神，并未与现代性决裂，但发出了第一声抗议的呐喊。浪漫主义思潮质疑崇尚理性而贬低情感、强调个人对社会责任而反对个人自由、推重艺术形式的规范化和风格高雅的古典主义，在这一点上，浪漫主义思潮与启蒙运动既是同道又有超越。浪漫主义是一个动态的系统结构,关于它的本质特征中外文化界许多大家都曾经试图予以概括,法国文豪雨果认为浪漫主义是文学的自由主义;郎松说浪漫主义意味着个性富有诗意的发展;黑格尔在《美学》一书中从心理学角度指认"浪漫型艺术的真正内容是绝对的内心生活,相应的形式是精神的主体性,亦即主体对自己独立自由的主体性认识"①;而史达尔夫人更加浪漫,她认为浪漫主义意味着骑士精神。被称为无产阶级革命文学家的高尔基在《俄国文学史》中指出:"浪漫主义乃是一种情绪,它其实复杂地始终多少模糊地反映出笼罩着过渡时代社会的一切感觉和情绪的色彩。"罗成琰在《现代中国的浪漫主义思潮》一书中总结了浪漫主义的三大特征,即"主观性"、"个人性"、"自然性"②。当然,浪漫主义还有各种解释文本,其中也包含着扭曲和误导。总结起来,浪漫主义是对历史现代性的质疑和反拨,是一种文学上的精神性,它是主情的、主体性的,很多时候是自说自话的、轻快洒脱或者感伤忧郁的一种象征的整体。由于对主体情感、个人心灵的关注,浪漫主义是以一种对日常人生诗化的姿态进入现代社会的创作方式,它的进入宣告了现代审美主义思潮的诞生,宣告了超世俗的、精英化的、非理性主义的、追求经典性和永恒价值的现代纯文学的诞生。

在中国,浪漫主义产生于 20 世纪初的启蒙运动中,至今经历了曲折和漫长的流变过程。以梁启超为代表的资产阶级改良派在维新变法失败后,开始了思想领域的启蒙运动,在留学生群体中出现了一批启蒙主义者,几乎同时,把启蒙主义作为超越对象的浪漫主义思潮萌芽了。20 世纪初的留学生群体追随卢梭所倡导的自由精神,认为真诚的情感不仅不是有罪的,而且是品性高贵的标志,这一认识为浪

---

① 黑格尔:《美学》第 2 卷,转引自《朱光潜全集》第 14 卷,第 274 页,安徽教育出版社 1992 年版。
② 罗成琰:《现代中国的浪漫文学思潮》,湖南教育出版社 1992 年版。

漫主义的兴起创造了相宜的文化基壤。他们把梁启超注重的"利群"和"实利"的启蒙主义思想引向张扬个性、崇尚主观的方向,指出:"无自由之精神者,非国民也"①,这些个人本位的思想催开了中国文学浪漫主义的报春花。梁启超编译的政治小说充满了奇幻浪漫的乌托邦色彩,林纾译介的西洋小说以司各特等作家为主,鲁迅意象淋漓、情思激越的译述小说《斯巴达之魂》洋溢着充沛的浪漫情调,但这些毕竟都不是纯粹的创作。早期创造社的一位骨干陶晶孙把苏曼殊看作现代浪漫主义的先驱者:"在这个文雅人办的'五四'运动之前,以老的形式始创中国近世罗漫主义文艺者,就是曼殊;而曼殊的文艺,跳了一个大的间隔,接上创造社罗漫主义运动。"②李欧梵曾经把苏曼殊与比他年长三十二岁的林纾比较,认为"苏曼殊通过他的作风和艺术,不仅体现了旧时代的中国文学传统和西方的新鲜的鼓舞人心的浪漫主义的巧妙结合,而且体现了他那个过渡时代整个情绪的无精打采、动荡不安和张皇失措"③。从一定意义上说,浪漫主义文学正是现代的"文学的启蒙",它既是对启蒙的反动,又与现代启蒙精神互动,它那"为艺术"的乌托邦梦想,那对自我情感歇斯底里的推重,都是现代自由与民主内容的一部分。当然,在这股浪漫思潮中,那种虚饰矫情所显摆出的阴性、羸弱的审美风格也损害了文学的肌理。

第一节　自叙性叙事:通向
浪漫抒情之桥

当我们谈及"自叙",常常会引用郁达夫的话:"至于我的对于创

①《说国民》,《国民报》第 2 期(1910 年 6 月 10 日)。
② 陶晶孙:《急忙谈三句曼殊》,见《牛骨集》,太平书局 1944 年版。
③ 李欧梵:《中国现代作家的浪漫一代》(*The Romantic Generation of Modern Chinse Writers*)第 4 章,美国哈佛大学出版社 1973 年版。

作的态度，说出来，或者人家要笑我，我觉得，'文学作品都是作家的自叙传'这一句话，是千真万确的。"①这句话已经成为五四自叙传小说的旗帜。当人们说到苏曼殊文本的自叙性，也常常只以小说为论述对象，其实不然。苏曼殊诗、画、翻译与小说都具有鲜明的自叙性特征，而且小说多取第一人称独白式限制叙事。这种叙事角度在中国小说从古典到现代转型中的叙事学价值，陈平原在《中国小说叙事模式的转变》一书中谈得非常"经典"，他说叙事角度转变的关键在于："一、限制叙事者的视野，免得因叙事者越位叙述他不可能知道的情况而破坏小说的真实感；二、有意间离作者与叙述者，以造成反讽效果，或者提供另一个审视角度，留给读者更多回味的机会。"②本书想进一步探讨的问题是：苏曼殊各种文本的"自叙性"表现在哪些方面？这种文本策略与苏曼殊的个性特征、情感表达、生命追求有着怎样内在的牵连？苏曼殊运用这种叙事方式，对中国浪漫主义文学或者现代审美意识的发生有着怎样的意义？

首先我们来谈苏曼殊翻译的自叙性特征。翻译作为两种文化包括文学互通的媒介，其本质的目的在于保存原著的艺术品质与风格特色，也就是传达异域风情，但是在实际操作中，译文又不可能不受翻译者阅历、才学、情趣、语言表达、理论好恶的影响，这些必然参与了译者建构译作的语言范式、文笔风格、文体格式等；另外，翻译要兼顾译入语接受人群的文化背景、社会时尚或历史要求，不得不做一些"委曲求全"的居中调停。这些都是常见的甚至不可避免的翻译"误区"，所以，要想保留原作的原汁原味，几乎是"痴人说梦"，不过，翻译家的工作则是尽量克服主观因素，利用洁净明畅的语言，使译文最大程度臻于原著的艺术特色。但对某一类特别主情的翻译家来说，

---

① 郁达夫：《过去集·创作生活的回顾》。
② 陈平原：《小说的书面化倾向与叙事模式的转变》，见王晓明主编：《二十世纪中国文学史论》第 1 卷，第 246 页，东方出版中心 1997 年版。

即便他努力保持原著的文辞、意境,主观的渗透因素也几乎是无法克服的:译者与原著者强烈的心灵共鸣,他把个人情感的喜怒哀乐都融入到了翻译之中,译者混淆了物我彼此,强烈的表达欲望使译作文本在一定程度上成为他别一种途径的自叙文本。苏曼殊对于拜伦等西方浪漫主义诗人作品的翻译即是如此:出言必为心声。这并不是说苏曼殊放弃了"按文切理、语无增饰"①的译学理论,为精神困扰的苏曼殊在选录上自然而然地选择能够传达出他个人情怀的诗篇(而不是如大部分翻译者是为某种翻译目的遴选素材,如鲁迅选择东欧弱国子民的文章),在阅读的过程中,他不自觉地被拜伦的人格精神、生命豪情、个性理想包括艺术风格所吸引,甚至"同化",他在拜伦那里获得了高度的"知音感",这才是他翻译的契机。较之科学,文学与人之本性及人在具体的社会历史环境中的生存困境有更直接更内在的联系。苏曼殊作为一个现代禅僧,他和传统知识分子通过仕宦之途居"庙堂之高"、辅佐明君以匡正天下的入世情怀迥然异趣。苏曼殊面对西方文学首先选择了拜伦等,其中自然融会了西方个性主义的思想因素,拜伦诗歌洋溢的积极勇猛的精神魅力和自我飞扬的人格理想与他的思想达成共谋,他愿以译诗启蒙国人对于生命自由与尊严的维护,而其根柢当然仍在苏曼殊自身的情感爱憎。苏曼殊的天性中既有诚与爱,又有恨与憎,有人称苏曼殊为一"恨人","恨"字屡次出现在苏曼殊的诗文、小说、书信中,如"莫愁此夕情何恨","幽梦无凭不胜恨","无量春愁无量恨","春水难量旧恨盈","遗珠有恨终归海"……现实的人生境遇、自我的生存困境逼发了"诚与爱"和"恨与憎"在深层意义上内在的联系。苏曼殊那么倾心于西洋浪漫主义诗歌,倾心于拜伦、雪莱等的行动风度,而归根结底,苏曼殊倾心的是这些诗人对于生命个体尊严及价值的张扬和他们作品对于个体的

---

① 苏曼殊:《〈拜伦诗选〉自序》,见马以君编:《苏曼殊文集》,第302页。

生存抚慰,所以才有"毕竟只有曼殊才可以译拜伦诗"的评价。在当时的历史背景下,许多翻译者或把翻译作为一种对社会政治切要的工作,也有人把其作为一种"致富"的门路,而苏曼殊注重的是在翻译中抒发个人情感,我们把这种"自说自话"的翻译境界归结为一种"自叙"似乎也是有道理的。

"自叙性"更是苏曼殊诗的显著特征。苏曼殊诗的自叙性体现在三个方面:一是小诗前以大段题记或以较长的诗题交代作诗时的生活、心情等背景材料,这些材料与其诗歌内容形成互指,诗歌内容又与其现实生存实况相吻合。如《题〈拜伦集〉》一首七言绝句前有一很长的题序:

> 西班牙女诗人过存病榻,亲持玉照一幅,《拜伦遗集》一卷,曼陀罗花并含羞草一束见贻,且殷殷勖以归计。嗟夫,予早岁披剃,学道无成,思维身世,有难言之恫,爰扶病书二十八字于拜伦卷首。此意唯雪鸿大家能知之耳![①]

这段题序交代了题诗的背景、原因、心情,这些现实生活的实录和该诗的内容即"异域飘零、海上黄昏、思维身世、独吊拜伦"构成一种互涉互补,而且与题序相同的表述又出现在《断鸿零雁记》中,几相对照,几乎难辨是生活中的苏曼殊还是文本中的抒情主体,使作品具有了很浓的自叙性,形成一种读者信任的场域。另外,苏曼殊的不少诗题目很长,如《东来与慈亲相会,忽感刘三、天梅去我万里,不知涕泗之横流也》《久欲南归罗浮不果,因望不二山有感,聊书所怀,寄二兄广州,兼呈晦闻、哲夫、秋枚三公沪上》等,其目的和效果均在于此。

二是频繁使用"吾"、"我"、"余"、"予"等第一人称词语,达到了

---

① 马以君:《燕子龛诗笺注》,第66页,四川人民出版社1983年版。

突出叙事者主体的功用,凸显了主体的情绪流动,使整个诗篇具有强烈的抒情性,也使读者的情绪深深融入作家的情绪之流。对佛子来说,礼佛参禅要求离情灭欲,形似槁木、心如死灰,明白色身之虚妄,从而否定自我,进而走向"四大皆空";同时佛家又强调"明心见性"为修行最高境界。佛教美学偏向直觉,灵山会上释尊拈花,众皆默然,迦叶破颜微笑,他为何微笑纯属个人行为,所以得到佛祖首肯,因为他的体验暗合了佛之真理,也即佛家所谓"如人饮水,冷暖自知"。在审美过程中,"只可意会,不可言传"的个体性体验是常见的,这又导入了对"我"的偏执,以致禅宗在社会秩序、伦理规范包括在原始教义外寻求自我个性,我行我素、特立独行,甚至佯狂放诞、诡异不羁。即便如此,历史上也未见有诗僧像苏曼殊这样,在诗文中以大量的第一人称表情达意,即使字句无"我",一个诗人形象仍于字里行间跳荡。从纯粹的佛教美学讲,他强烈的主体意识使诗歌文本难以臻于佛学美学的至高境界;反过来讲,也正是这种与佛教美学的若即若合,苏曼殊文本叙事获得了现代意义上的浪漫主义美学特征:主体自觉、自在自为。

三是大量运用设问句。在语言学上,"设问"是一种非常主体化的询问方式,设问者即为答疑人,在愿望立意上完全排斥他者的介入,使问询者主体上升为知者主体,从而使整个问讯成为一种个人言说。苏曼殊在诗文中很善于运用设问来实现自叙。他现存的 103 首诗作中有约 30 个问句,多为设问,表达他的念友、自恋、思国、感时、孤愤或抱憾。"问津何处觅长沮?"(《迟友》)写找寻识路人的迫切,而这个"路"却具有意象性;"妆台红粉画谁眉?"(《代柯子柬少侯》)借写女子思夫,启示对方怃念昔日友爱;"泪眼更谁愁似我?"(《东来与慈亲相会,忽感刘三、天梅去我万里,不知涕泗之横流也》)极状念友的伤情;"儿到灵山第几重"?(《代何合母氏题〈曼殊画谱〉》)拟母亲关切儿子的求道和行止。还有《西湖韬光庵夜闻鹃声柬刘三》中的"近日诗肠饶几许？何妨伴我听啼鹃？"，《望不二山有感》中的"远远孤飞天际鹤，云峰珠海几时还？"，《柬金凤兼示刘三》中的"莫愁此夕情何限？指点荒烟锁石城"、"生天成佛我何能？幽梦无凭恨不胜"，再如"何心描画闲金粉？枯木寒山满故城"（《调筝人将行，出绡属绘〈金粉江山图〉，题赠二绝》）、"碧海云峰百万重，中原何处托孤踪？《吴门（二）》"、"此去孤舟明月夜，排云谁与望楼台？"（《东行别仲兄》），等等。《题〈师梨集〉》和《本事诗·春雨》更是极端到分别由两个追问组成："春雨楼头尺八箫，何时归看浙江潮？芒鞋破钵无人识，踏过樱花第几桥？"、"谁赠师梨一曲歌？可怜心事正蹉跎。琅玕欲报从何报？梦里依稀认眼波。"他的任性决绝、多愁善感、呕心沥血的天问，渴望理解、关切、认同的情感满盈而溢，同时传达出极深的孤独感和极浓的悲怨意，那种焦灼忧患总是通过一个个设问揪住读者的神经，催发读者的深思；同时也例证了佛禅的机锋、顿悟对于曼殊的影响：佛教的基本宗旨是引导事佛人解脱人世间一切烦恼即"苦谛"，证悟所应该达到的最高境界即涅槃境界是寂然界。佛经称"观寂静法，灭诸痴闻"①，"一切诸法皆是寂静门"②，离烦恼为寂，绝苦患曰静。苏曼殊的"问"不代表无知，恰恰相反，一句设问即表明了曼殊的一次悟道，正是在追问中泄导了他精神的压抑，排解了他情绪的沉郁。

　　苏曼殊绘画也具有显见的自叙性，画跋与画面互指、画作与诗作互指、所画内容与苏曼殊思想、生活互指。苏曼殊多以僧人形象或寺院佛塔或禅佛名相入画，僧人多为孤僧③，而以往佛教画多为佛菩萨像，表现题材也多是经变故事、净土变相。"行云流水一孤僧"是苏曼

---

① 《华严经》卷一。
② 《大方广宝箧经》。
③ 黄永健分析苏曼殊19幅出现僧人形象的绘画，发现有16幅以"孤僧"入画。见《苏曼殊诗画论》，第67页。

殊诗画共同的意象,相伴的则为枯树、断岩、衰草、残碑,抑或冷月、孤舟、奇松、落瀑。意象是指自然界中的物象,但是这一物象在被引入文艺作品中时,已经蕴含着艺术家的理念,因此意象实际上是有寓意的物象。它既描绘事物,又唤起形象和意义;它蕴含着艺术家的意绪、意识、意志,也蕴含着艺术家对世界、对人生浑然未分的了悟与情思;它能在观赏者的意识中激发起响应的感觉经验和联想。苏曼殊以"行云"、"流水"和"孤僧"三个连缀的意象构建"自我",一是意在突出自己的"佛禅"身份和孤洁高标的人格追求,二则也表现了他自重自恋、顾影自怜的情意中,其复杂的情思意蕴给人一种淡泊与忧伤、苍劲与孤独、开阔与内转的艺术感受。大乘般若学的核心所谓"三界惟心,万法惟识",与禅宗"自贵其心"、"明心见性"一脉相承,自此推之,佛在我心,我心遍生宇宙万物,所以才有王维的《袁安卧雪图》,"雪里芭蕉",时序不同,但在禅的境界里,它们可以打破时序的界限。何震在《曼殊画谱后序》中指出:"吾师于惟心之旨,既窥之深……而所作之画,则大抵以心造境,于神韵为尤长。举是而推,则三界万物,均由意识构造而成。彼画中之景特意识所构之境,见之缣素者耳"。① 可谓知人论画。今人论曼殊画:"以心造境特意识所构成,乃重视主观唯心主义者较多。故其画主题鲜明,诗情画意盎然,文思之外还交织着一层禅味,超凡入圣,含蓄不尽,可谓得禅中三昧。"②"所有的艺术都是象征"③,援禅入画、援禅入诗,象征了一个近现代背景下的诗僧画禅在红尘孤旅与悟禅证道间的往复游弋和精神惶惑,这正是特立独行的苏曼殊一种强烈的自我叙事。

　　我们还可以通过苏曼殊的题画诗感受他的诗与画的自叙性。在

① 何震:《曼殊画谱后序》,见《苏曼殊全集》(四),第24页。
② 覃召文:《禅月诗魂——中国诗僧纵横谈》,第183页,北京三联书店1994年版。
③ [美]鲁道夫·阿恩海姆:《艺术与视知觉》,第633页,中国社会科学出版社1984年版。

近人诗中,苏曼殊最推崇的是谭嗣同作于 1878 年的《潼关》,苏曼殊在所绘的四幅图上都题有该诗,即《为刘三绘纨扇》(1905)、《终古高云图》(1905,为赵伯先绘)、《潼关图(一)》(1907,为河合若子绘)、《潼关图(二)》(1907 年底),后两幅有差不多的画跋:"潼关界河南、陕西两省,形势雄伟,自古多题咏,有'马后桃花马前雪,教人那得不回头'句,然稍陷柔弱。嗣同仁者诗云:'终古高云簇此城,秋风吹散马蹄声。河流大野犹嫌束,山入潼关不解平。'余常诵之"。从前后语意连贯上看,苏曼殊欣赏这首诗是因为它不陷"柔弱",与潼关之"雄伟"正相宜;而从文学性看,则是那种悲亢与高昂、压抑与放旷的蕴含与"河流大野犹嫌束"、企图冲荡开一切阻碍,雄浑高逸的奔涌气势正合乎"稍陷柔弱"的苏曼殊所仰慕的一种审美风范。谭嗣同者,梁启超谓之"晚清思想界一彗星",其诗有"汪(中)魏(源)龚(自珍)王(闿运)始是才"语,批评中国历史"二千年来之政,秦政也,皆大盗也;二千年来之学,荀学也,皆乡愿也;惟大盗利用乡愿,惟乡愿工媚大盗",有"冲决利禄、俗学、全球群学群教、君主、伦常、天、佛法"之一切网络之精神。[①] 无疑,这和苏曼殊尊仰的刚猛无惧、不堕俗累、不媚权力的大乘佛学精神正相契合,我们对照他对于拜伦之爱戴,可以看出他一以贯之的评价标准——也许在他心中,谭嗣同正是孤傲、躁狂、浪漫、敢于争一切自由、敢于追一切极端的拜伦的一个东方化身。《燕子龛随笔》(五)中苏曼殊还录有谭嗣同《古意》两章:"鳞鳞日照鸳鸯瓦,姑射仙人住其下。素手闲调雁柱筝,花雨空向湘弦洒!""六幅秋江曳画缯,珠帘垂地暗香凝。春风不动秋千索,独上红楼第一层。"古诗中,这种以香草美人自况或借美人抒发英雄壮志难酬、郁郁不平的诗歌很多,《离骚》和《琵琶行》可能算得一个极致。苏曼殊论《古意》"有弦外音",这也与满怀拯人救世之理想、最终必"花雨空洒

---

① 梁启超:《清代学术概论》,第 90 ~ 94 页,朱维铮导读,上海古籍出版社 1998 年版。

湘弦"、落得"孤愤酸情"的苏曼殊心灵共鸣:寂处小楼、挑灯看卷,做一个"且去填词"的柳屯田,怎奈何有情牵挂？浪迹沧波、清谈蓬莱,或含杯选曲、走马吹花,看似意殊自得,毕竟是英雄末路!

苏曼殊所绘图画的跋语中,除四幅题有谭嗣同的《潼关》绝句外,以他人诗词入跋的还有不少,如:

1.《参拜衡山图》(1904),题唐代天然和尚:"怅望湖州未敢归,故园杨柳欲依依。忍看国破先离俗,但道亲存便返扉。万里飘蓬双布履,十年回首一僧衣。悲欢话尽寒山在,残雪孤峰望晚晖。"

2.《绝域从军图》(1906,另名《饮马荒城图》)题龚自珍《漫感》:"绝域从军计惘然,东南幽恨满词笺。一箫一剑平生意,负尽狂名十五年。"

3.《孤山图》(1907),题明末杨廷枢:"闻道孤山远,孤山却在斯。万方多难日,一坞独栖时。世远心无碍,云驰意未移。归途指邓尉,且喜夕阳迟。"

4.《白马投荒图(二)》(1907),题刘三赠诗《送曼殊之印度》:"早岁耽禅见性真,江山故宅独怆神。担经忽作图南计,白马投荒第二人。"

5.《清秋弦月图》(1907),请刘师培题王夫之:"始夜枫林初下叶,清秋弦月欲生华……兴亡聚散经心地,商柳萧森隐荻花。"

6.《寄邓绳侯竖图》(1907),题邓赠诗《忆曼殊阿阇黎》:"寥落枯禅一纸书,欹斜淡墨渺愁予。酒家三日秦淮景,何处沧波问曼殊?"

7.《卧处徘徊图》(1907),题明末女词人、抗清烈士沈君晦后人沈素嘉《水龙吟》一阕:"谁知卧处徘徊,谢庭风景都非旧。……看多情燕子,飞来还去,真个不堪回首。……问重来应否销魂,试听江城笳奏。"苏曼殊并题"绿惨红愁,一字一泪。呜呼,西风故国,衲几握管而不能下矣!"

8.《江山无主图》(1907年秋)，题南宋末诗人郑思肖《偶成二首(一)》"花柳有愁春正苦，江山无主月空圆"两句。

9.《夕阳扫叶图》(1907年秋)，题李商隐《登乐游园》"夕阳无限好"句。

10.《松下听琴图》(1907年底)，题明末僧人成回题画诗："海天空阔九皋深，飞下松阴听鼓琴。明日飘然又何处？白云与尔共无心"。1917年曼殊又将该诗录入小说《非梦记》，假托故事中燕海琴所作。

11.《万梅图》(1908)题高旭(高天梅)《丁未五月寄怀曼殊大师日本》诗中"乞写《万梅图》赠我，一花一佛合皈依"两句。

12.《天津桥听鹃图》(一)和(二)(1908年春为《河南》绘)，均题南宋姜夔《八归·湘中送胡德华》词"最可惜，一片江山，总付与啼鴂！"图(二)有评："盖伤心人别有怀抱。"并引郑思肖言"词发于爱国之心"。

13.《华罗胜景图》题罗浮山黍珠庵影壁何氏女："百尺水帘飞白虹，笙箫松柏语天风。"

14.《文姬图》(1909)，请黄侃题温庭筠《达摩支曲》："红泪文姬洛水春，白头苏武天山雪。"

苏曼殊所选多为朝代没落时的诗人之诗，或晚唐宋尾，或明末清初；诗蕴或表"西风故国"之思，如1、4、6、7、11和13，或表禅者卓拔高迈、清绝超逸之心，如2、3、9、12。《燕子龛随笔》中所录用的诗词与此相类，如白居易《寓意诗(三)》、唐代僧人寒山"闲步(当为'自'之误)访高僧"诗、陆游《剑门道中遇微雨》、元末诗人张宪《崖山行》、明末潘力田《梳篦谣》、清代黄仲则《绮怀》、清末诗人陈元孝《崖山谒三忠祠》，等等。前文曾提到苏曼殊对龚自珍的诗怀有素爱，龚自珍也是一个救世心与浪漫情合而为一的人物，受佛学于绍升，晚受菩萨戒，48岁时认识了妓女灵箫，无限缠绵风流，苏曼殊在《东居十九首》(十)写"猛忆定庵哀怨句，'三生花草梦苏州'"，即赋此意。《燕子龛随笔(三十)》还录有龚自珍《漫感》。苏曼殊以他人诗词入画，是借

他人之语以发自己幽怀,所表抒的正是自己的心灵话语、浪漫情思,
这也是一种自叙的方式。

从苏曼殊小说看,在近现代中西文化的交会中,苏曼殊善于从西
方小说中汲取营养:一是突破了中国古代小说第三人称陈述记录见
闻的叙事模式,采用国外小说常用的第一人称的手法;二是突破古典
小说章回体传统表现模式,采用自由分节的结构形式;三是继承情
节、行动为轴心的构架方式,但也重外貌和心理刻画、自然环境描写,
用人物的心境变迁来推动情节展开;四是大量运用穿插、倒叙;五是
创作多为短篇体制,等等。苏曼殊自叙传小说体的选择,既有西洋文
学也有日本小说技巧对他的影响。苏曼殊少时即熟谙西文,阅读了
大量西方小说原著。西洋小说思想上追求新奇,结构上"凭空落墨,
恍如奇峰突兀"①,特别是西方浪漫主义文学新的价值观念和新的人
格理想,都渗透于苏曼殊思维之内,使他在叙述指向上注重表达自
我,起笔突兀。以《天涯红泪记》为例,该小说虽然采用第三人称全知
叙事,但入笔即写"天下大乱,燕影生仓皇归省",与传统小说开篇铺
陈格局大异其趣。另外一个重要的影响来自日本。在日本近代文学
中,存在着大量第一人称自传体小说。1890 年,森鸥外的《舞姬》揭
开日本自叙传小说大幕,接着蔚然成风,如引起日本文坛强烈地震
的、1906 年岛崎藤村的《破戒》和 1907 年田山花袋的《棉被》,特别是
《棉被》,从个人生活体验出发抒写情绪感受,内省、抒情,实际上就是
作者的生活自画像。虽然苏曼殊对于日本自叙传小说没有留下书面
的评议,但从他的日文功底和他与日本文化界交往之密切言②,他不
可能没有涉猎过这类所谓的"私小说"。

---

① 知新事主人:《毒蛇圈·译者识语》,《新小说》第 8 号。
② 1903 年,苏曼殊客曼谷,日本画家西村澄拜访,曾赠予苏《耶马溪夕照图》,苏曼殊
也曾绘《长松老衲图》拟回赠。在《燕影剧谈》中,他谈到坪内逍遥,称其"博学多
情"。更明显的是苏曼殊的四本翻译诗歌集子都在日本书馆印刷发行。

苏曼殊的创作小说有《断鸿零雁记》（1911—1912）、《天涯红泪记》（1914，未完稿）、《绛纱记》（1915）、《焚剑记》（1915）、《碎簪记》（1916）、《非梦记》（1917）。《断鸿零雁记》一是明显的自传性，二是第一人称独白式限制叙事，其他每篇也都带有个人生活的影子。以个人生活作为审美对象，在传统小说中是鲜见的。苏曼殊小说的自叙性为中国文学从古典到现代的转型提供了三个方面的借鉴：自叙传小说的开启、抒情小说的开启、第一人称叙事小说的试验。下面分别从这三个方面对苏曼殊小说的转型意义进行剖析。

我国是一个具有悠久史传传统的国度，洋洋大观的"二十四史"是两千年帝王将相的更替变迁史，简直世间无以匹敌。但是个人的自叙传却凤毛麟角，偶尔以文序的形式露面，或者托名言志抒发情趣，如欧阳修《六一居士传》等，并不作为文学创作；或有以文学样式出现的，如唐代元稹的小说《莺莺传》，本写个人爱情经历，但因碍于礼教大道，只好收起自己内心的真实。根据后人考证，《红楼梦》无可否认具有自叙性，但因曹雪芹没有留下任何口供，其人其事在当今红学界也依然是扑朔迷离，而且那种"太虚幻境"的笔法和"自叙传"还有一定距离。也许可以说苏曼殊是把个人行状、情感隐衷、心灵真实带进中国现代小说的第一人①。苏曼殊的《绛纱记》以"昙鸾"为笔名发表于 1915 年 7 月章士钊在上海出版的《甲寅》杂志上，昙鸾又是故事中的一个重要角色"余"，小说写昙鸾与五姑、梦珠与秋云两对青年的爱情故事。昙鸾之友秋云爱恋梦珠，以绛纱裹琼琚相赠，梦珠未解其意，竟然卖掉信物到慧龙寺披剃为僧，在其巡游锡兰、印度等数国后内渡，见经笥中之绛纱，思念秋云却"遍访不得"而成疾，流落度日，人言有疯病，秋云也辗转三年寻找梦珠；昙鸾在秋云披剃后赴星嘉坡

---

① 苏曼殊的《断鸿零雁记》1911 年最早发表于爪哇沈钧业主持笔政的《汉文新报》，1912 年 5～8 月又连载于上海《太平洋报》。徐枕亚《玉梨魂》出版于 1912 年，也差不多是"自述身世"，采用的是第三人称限制叙事。

（即新加坡），在舅父别庐结识麦翁之女五姑，二人甚契，长辈为之定下婚约，后舅父破产，麦翁毁约，昙鸾与五姑私奔，流离中五姑身亡。昙鸾与秋云相遇，后昙鸾找到梦珠，以秋云之贞情相告，梦珠却以"吾今学了生死大事，安能复恋恋"拒绝，最后当秋云见到梦珠时，梦珠已经坐化，衣襟间仍露一角绛纱，秋云出家为尼，昙鸾也入寺为僧。《绛纱记》发表时陈独秀和章士钊分别为序，陈序曰："昙鸾与其友梦珠行事绝相类。庄周梦蝴蝶，蝴蝶化庄周，予亦不暇别其名实。"①无疑，书中的昙鸾和梦珠都是苏曼殊一个人的化身。

　　苏曼殊的创作小说为什么都出于晚年？这大概需要从他的生理心理两方面分析。1909 年 11 月至 1911 年春，苏曼殊一直在爪哇中华学校任英文讲师，"行脚南荒，药炉为伍"②，"病骨还剩几期，尚不可知"，心情怅恨下，"但望梵天帝释有以加庇"③。1911 年暑假，苏曼殊自爪哇东渡日本，途经香港、广州、上海、东京、京都，故地重游，前尘旧事历历重现，触景伤情，重回爪哇即开始创作《断鸿零雁记》。魏秉恩在 1925 年再版《〈断鸿零雁记〉序》中称："曼殊大师，非赖小说以生活者，亦非藉小说以沽名者。……大师撰此稿时，不过自述其历史，自悲其身世耳。"④苏曼殊在生命最后几年身体极度羸弱，生活条件又非常恶劣，不是"飘零孤岛"，就是辗转于中日之间，永远的人在旅途，又加上"天生我才"竟无用，经济窘迫，时时向朋友告贷，本当三十几岁的盛年遭遇如许挫折，心情的抑郁孤愤可想而知。虚构是小说的强权，残缺的生命需要意志来扶持，意志的强韧需要一个神话来支撑，理性的头脑并不见得能够破译人类在追寻中如何驱除孤独的恐惧和现实的不可料知，以使个人精神获得自由、陶然和尊严，而虚

---

① 陈独秀：《〈绛纱记〉序》，见陈平原：《二十世纪中国小说理论资料》（第 1 卷），第 541 页，北京大学出版社 1997 年版。
② 1910 年 6 月 8 日爪哇《致高天梅》。
③ 1910 年 6 月 23 日《复高天梅、柳亚子》。
④ 《苏曼殊全集》（四），第 51 页。

构的艺术使生命的每一段都变得可感受、可观照、可思忖。同时，苏曼殊是这样一个极为神经质、极为敏感也极为细腻的人，他无法站在人生的边缘思考生命，渴望介入并实现介入是他的情感定向模式。因此，以小说的艺术形式"虚构与纪实"（包括生活写真和情感纪实）并从中获取告慰成为苏曼殊结撰小说的动力，"自叙传"这种叙事方法成为他自觉的首选，因为自叙传有助于小说的表现对象从外部世界转向人物内心，而心理刻画、心灵透视、主观性情也正是现代小说的质素。

　　自叙传应该说是文化推进到一定阶段的产物，中国传统文学重在载"道"，不注重观照个人和自身，小说又是正人君子所不为的"小道之学"，这是自叙传缺乏的最为重要的原因。到近现代之交，"个人"猛然被提到前台而参与历史言说，自叙传才有了产生的基壤。"只有人的独立价值被重视的时代，自叙传性的作品才会大量产生"。① 等到五四以后的创造社，郁达夫、陶晶孙、郑伯奇、郭沫若等一批作家创作了一大批自叙传小说。特别是郁达夫，1921 年以自叙传《沉沦》登上文坛，之后的《烟影》《茫茫夜》《茑萝行》近 40 篇小说都带有自叙传性质。他袒露自己的七情六欲、孤单挣扎，笔触深入到心灵的最深处，大胆而直率地声明着"灵的觉醒"。

　　五四新文学一个非常大的审美特征即是其抒情性的加强，在这一方面，是苏曼殊小说首先打破了中国小说以情节为重的格局，趋向抒情小说的路子。抒情实际上是我国古代文学传统的主流，"诗经—骚—赋—汉乐府—诗—词—曲"就是一个抒情推衍的链条，但是富有抒情性的小说难得一见。六朝富有神韵的记人文字，唐代颇具文采的传奇小说，还有有唐以来的各种笔记体小说等虽有抒情性，但跟别的文体比较就会发现，它们远远不是严格意义上书写个人生命体验

---

① 杨义：《中国现代小说史》第 1 卷，第 546 页，人民文学出版社 1998 年版。

与生存迷离的抒情文学。明末清初的古典小说如李汝珍的《镜花缘》、陈球的《燕山外史》、吴承恩的《西游记》、曹雪芹的《红楼梦》都是由文人独立创作,出现一些抒情的因素,而且各具风格,夏志清比较了这些文人小说和罗贯中、熊大木、冯梦龙、天花藏主人等职业小说家的小说,认为"文人小说确实对技巧更刻苦钻研。他们不以平铺直叙为足……他们的主要目的即在于自娱……缀笔行文,确实有点玩世不恭,却也正因如此,而使他们更富创新性"①。但是,这种"创新性"也只是使小说有了抒情因素,若以抒情体写叙事文学论,苏曼殊则是第一位,苏曼殊小说文本成为中国小说从单一作为叙事文学向抒写个人"生的苦闷"和"性的苦闷"的浪漫抒情文学过渡的一座桥梁。《断鸿零雁记》开篇对"百越金瓯山"风物的描写即饱含了诗情:

> 百越有金瓯山者,滨海之南,巍然矗立。每值天朗无云,山麓葱翠间,红瓦鳞鳞,隐约可辨,盖海云古刹在焉。相传宋亡之际,陆秀夫既抱幼帝殉国崖山,有遗老遁迹于斯,祝发为僧,昼夜向天呼号,冀招大行皇帝之灵。故至今日,遥望山岭,云气葱郁;或时闻潮水悲嘶,尤使人唏嘘凭吊,不堪回首。

其凄艳的格调和高逸的神韵是前人稀有的,哀婉凄丽的文字为整篇小说定下了抒情的基调,真不愧为"诗人小说"。在整个故事发展的过程中,苏曼殊善于用情绪化的笔调描写异域景色、刻画人物心理活动,如写三郎在石栏桥上偶遇静子的一段:

> 余少瞩,觉玉人似欲言而未言,余愈踧踖,进退不知所可,惟

----

① 夏志清:《人的文学》,第 105 页,纯文学出版有限公司(台北)1977 年版。

有俯首视地。久久，忽残菊上有物映余眼帘，飘飘然如粉蝶，行将于篱落而去。余趋前以手捉之，方知为蝉翼轻纱，落自玉人头上者。斯时余欲掷之于地，又思于礼微悖，遂将返玉人。

这一段话轻盈妙丽、情韵悠长，将两个心有灵犀的青年男女渴望相见又怕羞害臊的心理刻画得惟妙惟肖、入木三分，特别是写"余"本来为消解窘迫"俯首视地"，拣一片飘落的物什也可以暂缓紧张，不料竟是静子头上轻纱，更是尴尬，第一个念头即是赶快扔掉，待想一想又觉更为不是，真是"此时无声胜有声"。

苏曼殊的其他小说也都有很浓的抒情氛围，以"情"推动文本进展。如果能对照五四文学，大概对这种抒情性会有更全面的理解。由于缺乏抒情小说传统，别说苏曼殊，就是郭沫若，他的浪漫抒情小说也曾经被认为"有些不象小说"①，郁达夫的《沉沦》问世时东京的朋友也讶异："中国那有这一种体裁？"②苏曼殊抒情小说的"原创性"意义由此可见一斑。

第一人称叙事在我国古代笔记或小说中虽然极少但也有出现，唐代张鷟的传奇《游仙窟》、清代沈复的《浮生六记》、纪昀的《阅微草堂笔记》都用第一人称。《游仙窟》自叙奉使河源，途经一个妓院结识两个女子，几人宴乐饮酒、缠绵一宿的情景。比较特别的是《浮生六记》，其中的"闺房记乐"篇，自叙与妻子陈芸伉俪情笃、风流蕴藉、悲欢离合的一生，这些记述在夫权社会是很难得的。纪晓岚曾经批评蒲松龄的《聊斋志异》描写过于详尽："他的作品是述他人的事迹的，而每每过于曲尽细微，非自己不能知道，其中有

① 郭沫若：《〈地下的笑声〉序》，见《郭沫若全集》，人民文学出版社 1983 年版。
② 郁达夫：《五六年来创作生活的回顾》，见《郁达夫文集》之《过去集》，花城出版社1982 年版。

许多事，本人未必肯说，作者何从知之？"①所以他作《阅微草堂笔记》时，材料大抵自造，以第一人称出之。但是无论从故事本身还是从人物性格、语言技巧、思想深度，和现代第一人称小说相去甚远，作品都价值不大，鲁迅在《中国小说史略》中论之："不能了解他攻击社会的精神，而只是学他的以神道设教一面的意思，于是这派小说又差不多变成劝善书了。"所以，严格意义上的第一人称小说自苏曼殊始，他的第一篇小说《断鸿零雁记》即欲望彻底颠覆传统全知叙事。

苏曼殊采用第一人称叙事角度的除了《断鸿零雁记》还有《绛纱记》和《碎簪记》。在苏曼殊小说中，"我"或者"余"既是叙述主体，又是故事角色之一，介入整个故事进展。苏曼殊小说结构虽然从叙事空间上主要是纵剖式的，但是已经突破了传统短篇小说单一的线索构架，以主题网络众多人物事件，限制叙事者"余"穿梭其间，使各线索交织往还，这一点《绛纱记》乃是比较突出的例子。《绛纱记》先是"余"作为梦珠挚友简略追述梦珠与秋云相见、秋云赠玉、梦珠卖玉出家、后见裹玉绛纱"颇涉冥想"、访秋云不得而流落他方，然后笔锋一转写"余"接舅父书信离乡去新加坡，然后自然而然是"余"与五姑相识相爱到因遭退婚而私奔，在途中遇到一女子，方知是横遭家祸逃难三年寻访梦珠的秋云，这样两条线索就合而为一。但故事一波三折：航船海上失事，"余"与五姑、秋云等皆失散，不知生死，"余"被渔家搭救，数日后在海滩始见秋云。"余"作为叙述者，用回忆的方法叙述梦珠与秋云爱情的开端，其后发生什么"余"并不知道，以秋云"凄然曰"推动线索延展，"余"自然一边寻访五姑、一边为秋云寻访梦珠。寻访过程中，还耳闻目睹了马玉鸾和望族不屑之子、罗霏玉与卢氏女的爱情悲剧。这种以爱情悲剧为组织原

① 鲁迅：《中国小说史略》，第264页，百花文艺出版社2002年版。

则、以佛与情的冲突为主题、以第一人称叙事串起多条线索、以"绛纱"一物贯串全篇的叙事结构,对传统小说一线到底或"花开两朵,各表一枝"的说书式写法是一种实质性的超越,在同时期短篇小说中也是鹤立鸡群的。

短篇小说在晚清还是一个比较陌生的文类,至民初也还不成熟。鲁迅曾经总结1909年他和周作人《域外小说集》不受欢迎的原因之一乃是"见过的人,往往摇头说:'以为它才开头,却已完了!'那时短篇小说还很少,读书人看惯了一二百回的章回体,所以短篇便等于无物"①。在"三界革命"之前,人们是从文学体裁的外部规律认识小说的;从"小说界革命"始,才真正蕴含着他们对小说内部规律的探讨和理论内涵的见解。在文体上,这一时期长篇小说开始向短篇小说转换。短篇小说传播新思想新文化更为迅速,而且作为传媒中介的报刊更适宜短篇体制的文章。1906年,《月月小说》在以"历史小说"、"侦探小说"等题材分类的小说栏目中夹入了一个看起来不伦不类的、以体裁分类的"短篇小说";并在1908年《征文广告》上特别写明:"如有思想新奇之短篇说部,愿交本社刊行者,本社当报以相当之利益。"②1913年以后,《小说月报》等杂志还特别刊出征求短篇小说的广告,批评家也大肆探讨短篇的制作问题,直到五四以后,以人物心理为结构、横断面式的短篇小说才成为最兴旺发达的小说体裁。

从以上分析可以看出苏曼殊自叙性文本在自叙体、抒情性、叙事模式上特有的承前启后的作用。其实,我们也不必把苏曼殊自叙传小说说得如此冠冕堂皇。作为中国现代"自叙传"小说的原创者,尽管苏曼殊有阅读不少外国小说的经验,他的自叙传小说还是显出了

---

① 鲁迅:《〈域外小说集〉序》(再版),见《鲁迅全集》第10卷,第163页。
② 《月月小说》编译部:《征文广告》,《月月小说》,1908(3)。

叙事的尴尬,主要表现在"余"作为一个叙述者,他的经验范围就是视角范围,他的权限被过度膨胀:在以第一人称限制叙事的小说中,有时会冒出"全知视角";还常掺入一些与文本主题毫无关联的、"托物言志"以抒一时不平的材料,如《断鸿零雁记》第二十一章按故事线索写"余"遇小比丘,却以四分之三的篇幅抄录《捐官竹枝词》,表达对"天丧斯文人影绝,官多捷径士心寒"的义愤;在以心理描写为重的小说中,"余"作为叙述者应该为旁观者,但故事展开过程中,"余"常常越俎代庖,心理活动表现得比当事人更为复杂、活跃,如《碎簪记》中,"余"叙述自己所见闻的好友庄湜与灵芳和莲佩的爱情悲剧,"余"并不是事中人,"余"要使文本进行,就要不住猜测当事者的心理,属于"后视角"的叙述者大于人物,这就使叙事变得很别扭:"余"非全知全能,要叙述别人爱情中的心理曲折只能是隔靴搔痒,"余"不得不参与其中,所以先安排两个女子来访时庄湜不在,"余"先见到,然后在恋人会面时,作者便借庄湜之口为叙述者寻找出场的理由:(一)"此子君曾于湖上见之,于吾为第一见,故吾求君陪我,若吾辞不达意,君需助我。"(二)"君为吾至亲爱之友,此子亦为吾至亲爱之友,顾此子向未谋面,今夕相逢,得君一证吾心迹,一证彼为德容俱备之人。"(三)"异日或能为我求于叔父,于事滋佳。"但自主爱情作为完全私人化的事情是排他的,"余"作为第三者时时在场,与气氛格格不入。所以下文当女子来到,只好再有庄湜打圆场:"在座者,即吾至友曼殊君,性至仁爱,幸勿以礼防为隔。"而且,庄湜见女郎,"肃然言曰:'吾心慕君,为日非浅,今日始亲芳范,幸何如也!'"如此甜言蜜语,竟然"肃然言曰",是否因他者在场?既然能够如此爱恋,又何用"余""一证心迹"?既然是至亲至爱的朋友,不参与恋人约会,不是也可以帮忙"求于叔父"?整个会面庄湜并无"辞不达意",倒是让"余"始终极不协调地旁观,这完全是因为作者叙事策略的捉襟见肘,这实在是小说叙事模式转换中一个必不可少的试验文本。

"自叙性"是浪漫主义的鲜明特征之一,浪漫主义文学的基本审美特征是主情,"自叙"适宜喷发转折时代激奋、狂热、朦胧、感伤、颓废等复杂的主观情绪。小说现代性的特征之一就是以情绪作为结构的内核,"自叙"特别是第一人称叙述可以让叙述者直接把自己的情感宣泄出来,使整个故事按照主体心绪流动进行,也正是这种情绪成为故事的基本韵调,也成为人物活动空间中的氛围。从中国古典浪漫主义诗人到现代浪漫主义作家都偏爱用这种叙事方法,屈原颂赞原始生命的骚体诗、李白恃才傲物的歌赋,包括龚自珍的华章,都采用主体自叙,文化模式对自叙性有着内在的规定和制约。这些古代的浪漫主义抒情文本有张扬生命的意识,也有对自我的肯定和理想的审美,但在精神本质上古典浪漫主义未能上升到浪漫主义主体自由的高度,他们的文学理想依然以政治伦理化的功利主义为价值尺度,客观的外在意志在主体的内心仍然占位。《离骚》"岂余身之惮殃兮,恐皇舆之败绩",是以王权政治和皇室宗族为生命意义的基点。李白身上所表现的反叛精神远远超越前人,但"将复古道,非我而谁"的雄图壮志和"仰天大笑出门去,我辈岂是蓬蒿人"的傲岸风度仍然证明了他内心在很大程度上还没有获得主体的自在自为,"我"之生命意义和价值实现依然以皇室的宠辱为立足点。即便能够上天入地、一个跟头十万八千里的孙悟空,他生命的终极意义也只是做好神权(如来佛和观世音)、皇权(唐朝)、父权(三藏大师)的听命鬼。

但是到了 20 世纪初,这种围绕"帝王宠幸"为中心的知识分子理想定位渐渐被打破了。1905 年科举制度废除后,文人学士的进身之阶被阻塞,不少被抛出了惯性轨道的读书人到上海各大报刊供职,以卖文为生,在安身立命的现实需要下把自己历练成诗酒风流的"洋场才子",中国第一代职业作家出现了,这反过来又促进了报刊业的繁荣。报刊出版业的繁荣与西洋文艺的输入是相辅相成的,"新思想之输入"和"个人主义倾向的强化"促成了作家新的创作意识。文人可以把创作作为"经国之大业不朽之盛事",也可以把文章完全作为自己的"私事",一个直接的后果是表现个人主观感受即所谓"写心"的文字有了更多出头露面的机会。这样,中国小说的叙事模式改变了,全知全能的叙事角度渐次被限制叙事取代,而且富有强烈的主体性和抒情性的第一人称限制叙事也走上文学舞台。并非说苏曼殊就比圣人先贤高明,而他生逢这一变革的当口,成为一个富有意义的代表。到五四时期,苏曼殊的影响极大地显现出来,真正具有现代品质的浪漫主义文学蔚然成风,特别是"自叙传"成为一大特色。这类"为艺术而艺术"的文本,生命的主体性得到充分展现,大胆披露主体情感,自由宣泄心中不平;个人欲望驾驭世界和人生,或有吞天吐日之气魄,或有大逆不道之抒发;价值趋向呈现多元化,在时间意识和空间意识上都努力确认自己的存在。

从这些小说中,我们追随着叙述者的情感线索走入一个个隐藏着丰富奥秘的心灵,感受着其中流淌、跃动、挣扎、翻滚着的生命之流。鲁迅的《伤逝》用追忆往事的叙事方式和忏悔的叙事语调,表现了两个男女青年一段凄恻感伤的爱情悲剧,淋漓而真挚地揭开了叙述者自我心灵的创伤。郭沫若的《残春》用梦幻式的个人独白,虚拟着叙述者同 S 姑娘并非现实的人物关系,在想象中品味着热恋的欢娱与痛苦。冯沅君的《隔绝》用大胆、热烈的倾吐,向读者袒示了一个执着自由爱情的少女内心的隐秘。郁达夫的《沉沦》用灵魂拷问式的描写,直指叙述者在环境与心灵、感性与理性、灵与肉激烈冲突下骚动不安、痛苦挣扎的心理世界,倾诉着生命的呐喊。这些小说的叙述视角完全内化为叙述者的个人独白。小说中所表现的现实生活及人物关系都是通过叙述者的自我感受、回忆、幻想和感情活动而折射出来。①

————————

① 冯光廉:《中国近百年文学体式流变史》,第 112 页,人民文学出版社 1999 年版。

第二节　出入古典与现代审美间的浪漫绝句

　　中国是一个诗的大国,诗的创作在清末到民国回光返照般繁荣了一阵子,如李涵秋在《还娇记》第一回里托一位老先生所言:"中华国的国粹仅仅剩此一脉。"道光以降,诗坛耆宿有以沈曾植与陈衍等为代表的同光体诗派、以王闿运为代表的汉魏六朝诗派和以樊增祥为代表的晚唐诗派。同光体诗学主张融通唐宋、力破古人余地,"合学人诗人之诗二而一之"①,这种遵循传统审美观念、形式上求变更的理论使诗路越走越窄;作为与同光体相抗衡的汉魏六朝诗派,学魏晋五言、唐诗七言,风格流畅,但只是摹拟古人风韵,不可能创榛辟莽开出一片新天地;晚唐体宗李商隐、温庭筠典丽绵密的诗格,但辞藻华丽,讲究对仗及用典,充斥着"匠气",所以传统的诗歌从内容到词句再到意境都显得远远不逮时代的发展。正如民国王德钟对其时诗坛之描述:"所称能诗者,争以山谷宛陵临川后山为归,自喜寄兴深微,裁章闲澹,刊落风华以为高。然仅规抚北宋之清削,而上不窥乎韦孟之门者,则蹇涩琐碎之病作焉。自古作家,珂珋钗细之词,苟其风期散朗,无伤大雅,在所不废。今固亦有二三巨子,力武晚唐,以沈博绝丽自雄;故刊播所见,隶事伤神,遣词伤骨,厥音靡靡,托体犹远在疑雨之下。宜乎玉台西昆,见垢于世哉。"②把作诗当成学问来做,毕竟不是为诗之道,"烂熟"的诗文化已经到了非革故鼎新不能为继的地步。

---

① 陈衍:《〈近代诗钞〉序》。
② 王德钟:《燕子龛遗诗序》,见《苏曼殊全集》(四)。

与此同时,几百年来无可奈何的中国诗人开始接触到一点欧洲及美日的文学,得到一点新的刺激,在诗歌的革新方面,黄遵宪、夏穗卿、谭嗣同等人迈出了关键的第一步。黄遵宪提出了"我手写我口"的著名主张,不拘守旧律,形式多变,语言通俗,以新词新语入诗,有着鲜明的启蒙意向和史诗意味。夏穗卿探索以"新诗"宣传"新学",广纳西语及孔佛耶三教语。谭嗣同思想激进,笔力酣畅,常以新语入诗,如《狱中题壁》诗"我自横刀向天笑,去留肝胆两昆仑"成广为传诵之佳句。然而,在有着世界性文学视野的梁启超看来,黄遵宪等的诗离理想的诗人之诗还差得不少。1898 年他在《夏威夷游记》中说:"时彦中能为诗人之诗,而锐意欲造新国者,莫如黄公度,其集中有《今别离》四首,及《吴太夫人寿诗》等,皆纯以欧洲意境行之。然新语句尚少,盖由新语句与古风格常相背驰。公度重风格者,故勉避之也。夏穗卿、谭复生,皆善选新语句,其语句则经子生涩语、佛典语、欧洲语杂用,颇错落可喜,然已不备诗家之资格。"主张"新思想、新意境、新语句"的"诗界革命"应运而生,他发出的近乎是一种呐喊:"欧洲之真精神、真思想,尚且未输入中国,况于诗界乎? 此固不足怪也。吾虽不能诗,惟将竭力输入欧洲之精神思想,以供来者之诗料乎? 要之:支那非有诗界革命,则诗运殆将绝。虽然诗运无绝之时也,今日者革命之机渐熟,而哥伦布玛赛郎之出世必不远矣。"①

民初诗坛颇活跃了一阵子的是南社诗群,他们远学庄子、屈原,近师龚自珍,倾力于民族主义革命宣传,立"一代激扬之文字"。我国文学史上,每一次文学革新运动无不搴举"风雅"的旗帜,开辟一代新文风。唐代的陈子昂批评南朝诗风的"彩丽竞繁,而兴寄都绝,每以咏叹。思古人常恐逶迤颓靡,风雅不作,以耿耿也";明代前期,诗道旁落,李梦阳、何景明为代表的复古派起而振之,他们仍是从先秦的

① 梁启超:《饮冰室合集》第 7 卷,专集卷二十二,中华书局 1989 年版。

《诗》《骚》里发掘比兴之义和"真诗在民间"的风雅之旨,把文学从台阁拉向现实的政治人生、闾巷市井;"南社再一次利用风雅的传统资源,为打破当时令人沮丧的诗坛霸权,另领风骚,驰骋文坛,推出了堂而皇之的理论,要用他们的创作干预政治,把文学和动荡变革的时代融合在一起"①,曹聚仁所谓"活泼淋漓,有少壮朝气,在暗示中华民族的更生"②。

　　无论是黄遵宪等新诗派,还是南社诗群,对"新"字都趋之若鹜——尽管"新"与"新"不同,但终究是以"维新"的思想家或"新民"的启蒙者为自我角色定位,思想性、社会性、文化内涵是他们共同关注的主题,为诗多质胜于文,艺术性被置于次要的位置。王国维在1902年开始写关于文学与美学的文章,接着提出超功利的文学观,不能不说是理论上对以上"铺缀文学"和"饾饤文学"的反动。与此同时,在诗林中长出了一棵奇异的草、开出了一朵别致的花,那就是以"体验者"而非"宣传者"身份登临诗坛的浪漫诗僧苏曼殊。王国维在《人间词话》(五九)言道:"近体诗体制,以五七言绝句为最尊,律诗次之,排律最下。盖此体于寄兴言情,两无所当,殆有韵之骈体文耳。"在苏曼殊所有的创作中,他的"七言绝句体"诗是其享誉最多的文体。民国学者王德钟评苏曼殊:"襟怀洒落,不为物役,洵古所云遗世独立之佳人者。所为诗茜丽绵眇,其神则蹇裳湘渚,幽幽兰馨;其韵则天外云璈,如往而复;极其神化之境,盖如羚羊挂角而弗可迹也。旷观海内,清艳明隽之才,若曼殊者,殊未有匹焉。"③人诗共论、诗格即人格也。惜乎王德钟虽味得曼殊之"诗味",但却不能以"曼殊味"的风格表达,所谓"茜丽绵眇"、"蹇裳湘渚"等终与曼殊诗相隔,倒不如一个"清艳明隽"来得干净利落。

————————

① 孙之梅:《南社研究》,第307页,人民文学出版社2003年版。
② 曹聚仁:《纪念南社》,见《南社诗集》第1册,中华书局1936年版。
③ 王德钟:《〈燕子龛遗诗〉序》,见《苏曼殊全集》(四)。

苏曼殊"清艳明隽"、感伤浪漫的抒情诗篇大致可以归为三类：一类表达唯心任运的禅境诗心，一类抒写潭影疏钟里的国族关怀，一类描摹现代情僧"袈裟和泪"的爱情体验。这只能是一个相对的划分，其实苏曼殊深渊似的浪漫诗情体现在各类文本中，无论对家国的理想还是对佛禅境界的追随抑或对爱情的向往与排拒相互纠葛，这些共同体现了他在文学上的审美追求。

一、禅境诗心："琵琶湖畔枕经眠"

在所有的文学门类中，也许只有诗才享有与哲学运思同等的地位，而禅和诗实际上是一种双向渗透的关系，但禅宗作为一种宗教具有形而上的性质，禅对诗的渗透远远超越了形式层面，更具有形上的深刻意义。禅对于诗歌抒情功能的深化，促进了中国诗人个性意识的觉醒，拓展出透妙精灵、幽深绵邈的诗歌艺术境界。诗僧是中国文学史上一个特殊的部落，他们为中国诗歌园地植上了不少奇花异草，和俗间诗人诗歌一样在文苑内争奇斗艳。历代僧人诗的艺术思维方式，无论是追求空灵的意境或是运用机智的语言选择，或是自由地抒发性灵，绝大多数是写僧侣生活，寄兴于空山寂林，在大自然或者禅房静室中去寻求不生不灭、坦然静谧的境界，用"寂然"之心去"观照"万物寂然的本质，"寂"为佛教所谓真理的本体，"照"为智慧的功用。这些诗或风格明快、轻脱俊爽，或隐喻佛理、深刻见智，如：

> 不动如如万事休，澄潭彻底未曾流。
> 个中正念常相续，月皎天心云雾收。[1]

没有激动喧哗，没有揪心思虑，潭影空人心，万物自净化。物质

---

[1] 香严智闲禅师《寂照颂》，见《人天眼目》卷 4。

世界各有自性,在刹那的生与灭中因果相续,自在自为、无始无终地演化,"不生不灭,如来异名"①,物的本性和僧的佛性统一在"无我之境",都具有了佛性"真如"存在。情绪的介入或者概念的干扰,都不能达到真正的"入禅"或进入"无我之境"。青原惟信禅师悟道时有一段相当精彩的公案常被引用来展示禅家悟道的三个层次或者三种境界:

> 老僧三十年前未参禅时,见山是山,见水是水。及至后来,亲见知识,有个入处,见山不是山,见水不是水。而今得个休歇处,依前见山只是山,见水只是水。②

在古代传统文论中,"境"指作者的主观情意与客观物境互相交融而形成的艺术氛围。托名王昌龄(约698—756)的《诗格》第一次将佛教"境"的概念输入诗论,提出:

> 诗有三境:一曰物境。欲为山水诗,则张泉石云峰之境极丽绝秀者,神之于心,处身于境,视境于心,莹然掌中,然后用思,了然境象,故得形似。二曰情境。娱乐愁怨,皆张于意而处于身,然后驰思,深得其情。三曰意境。亦张之于意而思之于心,则得其真矣。

王国维在构筑他的审美理论体系时立足于传统批评的现代性转化,把"意境"升格为审美批评的核心概念,他在《人间词话》乙稿序中界定了他的意境概念,把"意"与"境"看作构成文学本质的不可或

---

① 《楞伽经》。
② 《五灯会元》卷17。

缺的两面：

> 文学之事，其内足以摅己，而外足以感人者，意与境二者而已。上焉者意与境浑，其次或以境胜，或以意胜，苟缺其一，不足以言文学。原夫文学之所以有意境者，以其能观也。出于观我者，意余于境；而出于观物者，境多于意。然非物无以见我，而观我之时，又自有我在。故二者常互相错综，能有所偏重，而不能有所偏废也。

将青原禅师和王国维的话语两相对照，可以看出"物境"阶段只是形象直觉，所谓"见山是山，见水是水"；"情境"阶段主体情绪外化，物被情化，所以"见山不是山，见水不是水"；"意境"阶段是最高层次，认知已经达到理性的直觉，得到的是艺术的真实，用佛教语就是已经超越"形"而达到佛性的真如。依照一般的理解，禅宗追求的是沉静空寂、消解感情、不食人间烟火的清高、脱离现实、逃避世俗的消极，但实际上禅宗意识比这些要复杂得多：或古拙率真天然无饰的"禅家本色"，或宁静淡泊清远和谐中涵蕴解脱尘嚣的怡悦安适，或孤苦虚幻中质疑人生意义、在人生空漠中体现对既有秩序的怀疑和破坏欲望；或在清净沉寂中常现生命律动的节奏、在消解感情导向空无中肯定人生指向审美……禅宗的佛性论使得禅僧们常到清幽静谧的深林里观照自然胜景，返境观心，顿悟瞬间永恒的真如；它的行为论又使得禅僧们到杳无人迹的空山里去过一种与世无争、随缘自在的生活。前者可以从皎然、灵澈们那些充满青山、白云意象的"清境派"诗歌中找出依据，而后者则可以从懒残和尚、道吾和尚、寒山、拾得的那些山居乐道中得到证明。总之，禅宗比其他任何佛教宗派都更喜欢和大自然打交道，习诗的禅僧自然而然就把他们身边优美的山水景物当作最主要的题材。

苏曼殊以禅入诗、空诸色相，表现禅思、禅悦和禅趣的禅诗或禅味诗并不太多，重要的有《住西湖白云禅院》《次韵奉答怀宁邓公》《西京步枫子韵》。《次韵奉答怀宁邓公》即"相逢天女赠天书，暂住仙山莫问予。曾遣素娥非别意，是空是色本无殊"，反映了苏曼殊的"色空不二"观。《住西湖白云禅院》在表现"悟空"方面较有代表性：

白云深处拥雷峰，几树寒梅带雪红。

斋罢垂垂浑入定，庵前潭影落疏钟。

这是惆怅孤独、心灵死寂还是悠闲适意、宁静淡远？我觉得后者当更确切。诗的前两句从视觉上描写：一个远景，悠闲的白云掩映着静穆的雷峰塔；一个近景，皑皑的白雪中冷清的红梅独自绽放，远近互衬，由静穆庄严唤起一种崇高感。后两句写在一片潭影澄澈、僧人心空的极静意境中，几杵"疏钟""落"音，遥遥传来，颤悠纤徐回荡在水面上，不是"此处无声胜有声"，却是"此处有声胜无声"，由空灵唤起一种虚无感。诗情缘境发，外境反映于主观心绪。这首诗非常成功地运用了拟人和通感，首联自然地巧用了一个"拥"字，不但生成一种悠然娴静的氛围，而且在空间形象上造成一种层次感和空阔感。尾联运用了在心理学或语言学上叫做"通感"（synaesthesia）或"感觉挪移"的修辞方法，听觉上缥缈神秘、禅意浓郁的钟声，徐徐落入视觉上白云庵前的潭影里，"落"字把声音的波动说成好像有一种姿态，仿佛在听觉里获得了视觉的感受。按照逻辑思维，五官各有所司，"人之百事，如耳、目、鼻、口之不可以相借官也"①，但是，在文人感觉中，作诗和说理不妨自相矛盾，可能"鼻有尝音之察，耳有嗅息之神"，在这通感的铺设下，一种悠远的"方外之情"便因之而显露，时间、空间、

---

① 荀子：《君道》，见《荀子》，上海古籍出版社 2014 年版。

虚实、静动交融莫辨,瞬间与永恒同在,禅境与诗境共生。该诗中"斋"、"入定"、"庵"是禅佛名相,云和钟都是禅诗和禅味诗常常运用的两个意象,静物也许没有比云更能体现禅家的闲淡,动音再没有比暮钟更富有诗意和禅味的。近禅人和禅家对钟声的偏爱原因在心理层次上是多重的,钟声不但能唤起人们对寺庙的情感,所谓"姑苏城外寒山寺,夜半钟声到客船",钟声对客旅来说,既是一种时间的定位,也是一种地点的定位,使之在万籁俱寂的深夜获得一种依托感、相伴感,而且动亦静、实亦虚、色空无异、动静不二、不可捉摸的钟声,象征着禅的本体和诗的本体;而且,钟声也使得诗人在对袅袅钟声的体味中,最容易将宗教情感转化为审美情感,超越于形象之外的悠远绵长的诗的韵味从中体现出来,当然打破虚空的钟声还能使诗人感觉到"警策",象征又一次心灵的顿悟,如杜甫《游龙门奉先寺》中句:"欲觉闻晨钟,令人发深省"。而在苏曼殊诗中,节奏平缓的"疏钟"与诗人淡泊娴静的心态异质同构,钟声从静寂中悠远地升起又渐远渐淡地回落,直到消失,散发着幽静淡雅的清气,传达出永恒的本体的静美。在钟声中宇宙与心灵融为一体,诗人进入幽邃神秘的精神世界。

《住西湖白云禅院》这首诗,具有唐诗流派中以王维、孟浩然为代表的"澄澹精致"派的禅趣。而其实,这首诗中最有灵气的就是"雪中红梅"和"远钟疏音"了,如果说前者象征着诗人的娴静空寂绝不趋向死寂,化虚为实、化空为色,那么后者作为诗的结尾那袅袅余音,化静为动、化实为虚,与前者两相对照,将一切迷妄顿觉幻化为空无的永恒,达到言已尽而意无穷的境界。但是实际上,苏曼殊的诗很少有向心空门、平静空淡的心灵境界,像盛唐时代王维、孟浩然那种"胜境"的静默观照在中国诗歌史上从中唐以后已成希音。而且大历后南宗的兴起取代了北宗的坐禅,"平常心是道",更加肯定顿性自悟。苏曼殊极少写僧人生活,但这首写得极佳。如郭绍虞《诗品集解》中所说："平居澹素，以默为守，涵养既深，天机自合。"苏曼殊生活在饱经忧患的清末民初，那是一个很少"清净心"的时代，他接受的又是南禅的曹洞宗①，像这首诗歌的意境是他很难时常获得的。大多数情况下，苏曼殊都将禅宗的"唯心任运"的精神化为一种创作思维方式，在创作中强调"我"的存在，让"我"的审美意识坦荡流泻。

二、国族关怀："故国伤心只泪流"

关注家国问题，表达社会情绪，参与历史进程，以广布和单向强入的方式实现这份关切，是清末民初中国文化现代性转换初期中国知识分子的实务选择。诗僧苏曼殊作为这个群体中的一员，在早年曾经以实际行动积极参与了理想国家的重构，他早期的诗和画即洋溢着雄浑高逸的风致。在内外因促动下走向潭影疏钟后，苏曼殊对于国族的关怀并没有减弱，而是成为他人生审美的一个部分。《燕子龛随笔》（三七）记载："草堂寺维那一日叩余曰：'披剃以来，奚为多忧生之叹耶？'曰：'虽今出家，以情求道，是以忧耳。'"②作为一个具有现代意识的禅僧，他的入世和恋爱都含有这个"以情求道"的"情"的意义，即为人间"一切有情"。他以他的无题诗、咏史诗和爱情诗体现他的"乌托邦"式民族理想以及其幻灭的悲哀。

《以诗并画留别汤国顿》（二首）是苏曼殊现存最早的诗作，1903年10月7日发表于《国民日日报》，也成为苏曼殊爱国主义诗篇的代表作：

一

蹈海鲁连不帝秦，茫茫烟水着浮身。

国民孤愤英雄泪，洒上鲛绡赠故人。

---

① 苏曼殊：《〈潮音〉跋》，见《苏曼殊文集》，第309页。
② 《苏曼殊文集》，第401页。

二

海天龙战血玄黄，披发长歌览大荒。

易水萧萧人去也，一天明月白如霜。

作者借战国时齐人鲁仲连义不帝秦和卫人荆轲行刺秦王的典故来表达国民满腔孤愤，"披发长歌"的情怀、"易水萧萧"的悲壮极写了坚定的反清革命意志，从中可以看出当时将届 20 岁的苏曼殊热血奔流的生命激情和渴望成就伟业的志愿。但是，随着苏曼殊对于"革命"与"民族国家"了解的增多和理解的深入，他热血沸腾的豪情渐渐让位给了"故国伤心只泪流"。"上国已荒芜，黄星向西落"①，是他无以排遣的悲慨。1909 年的《落日》诗写他在沧波远岛思念家国，想到历史上被异族淹留的苏武和蔡文姬，对于自己羁縻情网、不求振作感到惭愧，"落日沧波绝岛滨，悲笳一动剧伤神。谁知北海吞毡日，不爱英雄爱美人"，表达了他愿意像苏武和蔡文姬一样永葆爱国的情怀。

以怀古的方式切入对现实的国族关怀是古今诗人常用的手法。杜牧的《江南春》巧妙地融入了对历史的感慨："南朝四百八十寺，多少楼台烟雨中。"表面上看，诗人意在怀古，其实怀古的原因乃在于伤今。东吴、东晋、宋、齐、梁、陈走马灯般转瞬即逝的朝代更替最能体现历史的教训，也最能体现历史虚无感和人生幻灭感，因而为隋唐以后的咏史诗人所瞩目，以至于形成了一种剪不断、理还乱的"六朝情结"。在文人心中，一切功名利禄、风流年华都像流水落花一样转眼难觅，亘古永存的只有那些漠然无情的高天闲云。盛世诗人在诗中表达的虽有迷茫和感慨，但更多的是一种理想主义的豪迈和雄浑、乐观主义的激情和自信，而身处变世的诗人表达的多是静守和伤悼，多

---

① 苏曼殊：《耶婆提病中，末公见示新作，伏枕奉答，兼呈旷》。

情、敏感、怅惘、哀怨包容其间。从审美感受上言，一种是外拓、潇洒、雄健的力度美，一种是水中月、镜中花般的阴柔美。这些我们从盛唐李白和晚唐小李杜的"六朝"诗篇中能深切地感受到：李白的《月夜金陵怀古》写"苍苍金陵月，空悬帝王洲"，我们分明感到一种挥斥方遒的信念；李商隐的《吴宫》则是"龙槛沉沉水殿清，禁门深掩断人声"的死寂和惆怅，以及"吴王宴罢满宫醉，日暮水漂花出城"的历史玄想和慨叹。以六朝情怀入诗的代表作还有杜牧的《悲吴王城》："二月春风江上来，水精波动碎楼台。吴王宫殿柳含翠，苏小宅房花正开。解舞细腰何处往，能歌姹女逐谁回？千秋万古无消息，国作荒原人作灰。"《题宣州开元寺水阁阁下宛溪夹溪居人》："六朝文物草连空，天淡云闲今古同。鸟去鸟来山色里，人歌人哭水声中。深秋帘幕千家雨，落日楼台一笛风。惆怅无日见范蠡，参差烟树五湖东。"韦庄的《台城》："江雨霏霏江草齐，六朝如梦鸟空啼。无情最是台城柳，依旧烟笼十里堤。"另外，还有刘沧的《经过建业》《题吴公苑》，李群玉的《秣陵怀古》等。晚唐咏史诗无一例外的表现出哀婉幽怨、反躬自悼的忧伤情绪，初盛唐诗歌所具有的乐观向上、气势开张的情怀，已被低沉颓废、纤柔脆弱的心绪所代替。这一方面是因为幽美的理想重在抒情写意，另一方面乃是社会与时代走向没落的必然哀响。正如宗白华所说："汉末魏晋南北朝是中国政治上最混乱、社会上最苦痛的时代，然而却是精神上极自由、极解放，最富于智慧、最浓于热情的一个时代，因此也就是最富有艺术精神的一个时代。王羲之父子的字，顾恺之和陆探微的画，戴逵和戴颙的雕塑，嵇康的广陵散（琴曲），曹植、阮籍、陶潜、谢灵运、鲍照、谢朓的诗，郦道元、杨衒之的写景文，云冈、龙门壮伟的造像，洛阳和南朝的闳丽的寺院，无不是光芒万丈，前无古人，奠定了后代文学艺术的根基与趋向。"①

① 宗白华：《美学散步》，第 177 页，上海人民出版社 1981 年版。

　　苏曼殊生逢乱世,对于六朝他有着和其他末世文人同样的兴亡感,像许多咏史的诗人一样,他也常常把江南花草、六朝废墟纳入诗情观照。苏曼殊以苏台水驿、吴宫月华等六朝风物入诗的作品很多,如《东居十九首(十四)》中的"谁知词客蓬山里,烟雨楼台梦六朝"①。咏史诗的朦胧性、含蓄性,使其既包含着对古人古事的咏叹,又深蕴着对今人今事的伤怀,以及其他诸种更为深刻、更具终极意义的人生感喟。而苏曼殊内心的"六朝情结"更为复杂:

　　(一)作为一个旷达的诗人,六朝时以狂放不羁、自由放任、风姿俊美为高的社会风气给他留下了丰富的情感资源;(二)六朝时佛学的输入极大地改变了两汉以后儒家抱残守缺、思想凋敝的状况。作为一个身寄空门的佛徒,六朝时佛教风行、佛学昌兴、寺院林立的盛况又让他念及当世的佛教败落;(三)苏曼殊对六朝情有所钟的更深的原因当从美学上考虑,佛典文本审美价值很高,匪夷所思的荒诞,意落天外的玄想,补充了中国文学质实有余而想象不足的缺点,佛典中杂陈的香艳之笔,其放肆的文风是中国文人流连的诱因之一,这些所促成的六朝诗文的哀感顽艳合乎苏曼殊的审美理想;(四)六朝是一个艺术自觉的历史时期,也是一个美学自觉的时代,文学暂时从儒家的规范下旁逸斜出,获得相对的主体性,这合乎苏曼殊的文艺观。由于深深的"六朝情结",以至于苏曼殊在《南洋话》中写怎么解决爪哇荷兰人压迫华人问题时极端地说:"分派学人,强迫教育,使卖菜佣俱有六朝烟水气,则人谁其侮我者!"这听起来有些荒诞不经,却实在是一个佛子拳拳爱国爱众生思想的体现。时代的困窘在曼殊心头刻下痛苦的伤痕,而这又不可避免地使诗人的咏史诗染上悲哀的色调和伤悼

---

① 柳亚子《苏曼殊全集》录为"楼台",马以君《苏曼殊文集》录为"按台"。此句语本唐代杜牧《江南春》:"南朝四百八十寺,多少楼台烟雨中。"表感时伤怀的古诗词用"楼台"很多,如秦观《踏莎行》有"雾失楼台,月迷津渡。"苏轼《春宵》有"歌管楼台声细细,秋千院落夜沉沉。"但以"按台"入诗的几乎难寻。故本书以柳本为凭。

的情绪，它们仿佛是一支支挽歌，为走上覆灭之路的清王朝送行。

1913 年夏天，苏曼殊游览苏州，拟偿还自己在辛亥革命胜利时节、从爪哇回国前给柳亚子信中所言"向千山万山之外听风望月，亦足以稍慰飘零"的夙愿。可惜美妙的湖光山色不但不能慰藉诗人的愁心，倒更触发了他怀古伤今之情，写下了久负盛名的《吴门》十一首，首首皆为东风客舟中的"物哀"：感愤"万户千门尽劫灰"，酸楚"故国已随春日尽"，惆怅"中原何处托孤踪"，"白水青山"终不能排遣诗人对于世道的忧思，于是这只倦飞的"断鸿零雁"在诗尾再次表达对"轻风细雨红泥寺"的无限心归。

三、袈裟和泪："恨不相逢未剃时"

早期禅宗"于一切境上不染"，"于自念上离境"①，而活动于唐大历、贞元年间的马祖道一禅师和同时代的诗僧皎然认为"凡所见色，皆是见心；心不自心，因色故有心"②，"空何妨色在，妙岂废身存"③。所以，以情证道、色中悟空也是佛家修炼的一个途径，禅诗中也有不少举艳诗，如圆悟克勤禅师的示悟诗："金鸭香消锦绣帏，笙歌丛里醉扶归。少年一段风流事，只许佳人独自知。"④苏曼殊寄身禅门却难抵"并肩携手纳凉时"的人间温馨，以至于"偷尝天女唇中露"，但明珠欲赠却担忧"来岁双星"引愁，念佛言"是空是色本无殊"，决心白马投荒"任他人作乐中筝"，终于"九年面壁成空相"持锡归来，而面对"一自美人和泪去，河山终古是天涯"的孤独，他又"几度临风拭泪痕"，这便是苏曼殊"情僧"雅号的由来。作为一个愿力庄严的禅僧，苏曼殊相信佛家的色空观，爱情和女子的"色相"都是一己之妄念，他

---

① 《六祖坛经》。
② 《祖堂集》卷 14《道一传》。
③ 《禅思》。
④ 《五灯会元》卷 19"昭觉克勤禅师"。

认为"因缘际会,与女子相亲相爱正是他体悟色空一个关捩"①。他有在"临去秋波那一转"间于"色中悟禅"的志愿,无论如何惊艳与溺情,他从不与任何佳丽发生肉体关系,歌哭狂笑、欢肠似冰,都是悟入禅境的心理里程。

但我认为苏曼殊的"美人情"不仅只在于他自己所说的"以情求道"。正如我们第一章所分析的,苏曼殊确实有一颗被佛理禅规浸淫过的佛子灵魂,对世俗情爱极力排斥,但他也有一颗曾经被欧风美雨唤醒过的人子灵魂,对现代性爱有着热烈的慕恋,背着"燕子龛"漂泊的生活所形成的内驱力又使他渴求美人的抚慰;而弃儿的隐痛又让他恐惧"抚而有室",所以才会有佛心与情心的交割:静子的殉情,让他痛苦得"无端狂笑无端哭";金凤的从良,使他感到"尽日伤心人不见"的凄凉;百助的他适,叫他恍惚"日日思卿令人老";花雪南的不遇,更令他伤情到"瘦尽朱颜只自嗟";雪鸿的苦别,惹他产生"可能异域为招魂"的玄思。

"行云流水一孤僧"的自况隐含了苏曼殊全部的清高和惆怅。他有时把爱情与忧国相联系,以宽解内心情与佛、传统礼规与现代爱情审美之间的矛盾失措,如《无题》诗二首:

一

绿窗新柳玉台旁,臂上犹闻菽乳香。

毕竟美人知爱国,自将银管学南唐。

二

水晶帘卷一灯昏,寂对河山叩国魂。

只是银莺羞不语,恐防重惹旧啼痕。

① 黄永健:《苏曼殊诗画论》,第149页,中国社会科学出版社2001年版。

在一个朝代的落暮，腾达无望的文人为生存、为理想总要抛妇别雏、颠沛流离、漂泊无依，再加上身世之悲引带的国仇家恨之思，他们往往寄情山水或秦楼楚馆，但是即便是抒写声色之欢，大多作品仍然着意在人生情感和生命体验，歌女艺伎青春易逝、花容难驻，勾起诗人人生悲剧性和美的短暂性的惆怅；她们"以色侍人、色衰爱弛"的潦倒命运，最能拨动落魄文人情感的共鸣。像白居易的《琵琶行》完全没有一点点无聊的男女色欲，两人的情感建立在同病相怜、相互理解的基础上，闪烁着人性的光辉，"同是天涯沦落人，相逢何必曾相识"也成为千代后生咏叹的名句。苏曼殊以红颜佳人为题材的诗有40多首，《东居杂诗》（十九首）虽然类似"和尚偷香"的本事追踪，但却隐含了深层的文化意蕴。"流萤明灭夜悠悠，素女婵娟不耐秋。相逢莫问人间事，故国伤心只泪流。"（《东居杂诗（二）》），诗人想象月里嫦娥在"流萤明灭"的秋夜降临人间，耐受不了故国寒凝大地，一派肃杀的景象，以影射民生凋敝的社会现实，吐露作者对国运民生的忧虑和悲伤。"六幅潇湘曳画裙，灯前兰麝自氤氲。扁舟容与知无计，兵火头陀泪满樽"（《东居杂诗（十八）》），诗人自况"兵火头陀"，没有被画裙飘曳、兰麝氤氲的赏心乐事所陶醉，恰恰相反，在裙带飘香中多愁善感的佛子念及故国生灵涂炭，魂牵梦萦，浊泪满樽。其实，无论苏曼殊把爱情转喻为禅悦还是转喻为国族关怀，其内心依然明朗，他执着的是现代爱情的"知己想象"。关于苏曼殊爱情文本的意义要复杂得多，远远不是我们这里以内容阐述为目的的部分所能彻底论清的，在"爱的发现与意义重估"一节我们会对苏曼殊文本的情爱主题包含的爱情转喻与佛法规训内涵作深入探讨。

以上我们把苏曼殊的诗进行了分类讨论，悟禅、国族和美人是苏曼殊文学的主旋律，也永远使他深深地心痛，在三角间的出出入入既是疗伤也是致伤。苏曼殊的对于国事兴废的极度关心，实在出于国家民族在一个飘零四海的流浪汉心中不仅代表了根，更重要的是这与大慈大悲的佛家愿望天下众生平等皆有福祉相一致，也在于苏曼殊对于能保障个人心性自由的开放清明的政治图景的热望。1906 年 10 月，当他在上海听到传闻皖江风潮与友人江彤侯有关，便食不下咽，寐不交睫，"必买草鞋，向千山万山之外，一片蒲团，了此三千大千世界"，以断情根，嘱咐朋友"为道为人，尚需自爱"①。柳亚子《苏玄瑛传》载："(曼殊) 数数东渡倭省母，会前大总统孙文，玄瑛乡人也。时方亡命隔夷，期复清社。海内才智之士，麟萃辐凑，人人愿从玄瑛游，自以为相见晚；玄瑛翱翔其间，若壮光之于南阳故人焉。及南游建国，诸公者皆乘时得位，争欲致玄瑛。玄瑛冥鸿物外，足未尝一履其门，时论高之"。可见苏曼殊并不渴望厕身其间，并不奢望一个国泰民安的朝纲能带给他实在的便宜。无论苏曼殊哪一类诗，都体现了他以文字的诉说来弥补内心虚空、疗救心灵孤独的企图，他经常赋成一诗赶快寄赠友人——即便是满纸滴泪、对于和尚毕竟是"异端"的情诗，这无疑是一个渴望在友人那里得到肯定、以抱慰生命悖论中的挣扎的明证。

四、审美追求：灵、动、新

苏曼殊诗的审美风格特征我们试图用以下几个字概括：灵、动、新，其"妙有"、"韶秀"的境界含有古典诗歌的审美特征，其清新与直抒胸臆又是现代浪漫主义诗歌的审美共性。

"灵"，首先表示自然。与他的诘屈聱牙、难以索解的译风迥然不同，苏曼殊诗最重要的特点是出脱自然、雕琢无痕。在审美范畴里，"自然"和"真"是一对双胞胎。1906 年王国维在《人间词话》中谈到文学批评的尺度时，认为诗人应该进入超利害的纯粹的审美状态，让毫无装饰的"赤子之心"尽情展露，"以自然之眼观物，以自然之舌言

---

① 《致卢仲农、朱谦之》，《苏曼殊文集》，第 472 页。

情"，甚至"主观之诗人"应该少阅历，以葆有"真性情"。①"最上乘，无可造，不施工力自然了"，佛家的最上乘与诗家的最上乘同在直契本心的"自然"的旗帜下走到一起。诗的基本要素和固定成分是节奏和声韵，由它们所产生的一套通用的格式和法则构成了格律诗的规范。中国格律诗就其形式而言包含押韵、平仄和对仗。苏曼殊以古体译诗，作诗只选五言或七言绝句，没有律诗传世。律诗讲究排比、对偶，对于形式的要求很高，在苏曼殊一定觉得桎梏性灵、拘谨情感，不能任情挥洒自鸣。在诗体运用上苏曼殊的崇尚自然、直抒性灵、尊重个性有类于苏轼，两人都不主张为了格律而牺牲自由，为了艺术形式而放弃精神内容。他们的诗自由驱遣典故和俚语，僵死的学问也表现得鲜活流动，天才的诗心和"唯心任运"的思维方式、行云流水的诗风深锲于诗间。但两人的审美风格仍有很大差别。浩瀚的东坡那种空造万有、心造万象的气势和直抉神髓的手眼是纤弱细腻的曼殊所不能企及的，如苏东坡《六月二十七日望湖楼醉书》："黑云翻墨未遮山，白雨跳珠乱入船。卷地风来忽吹散，望湖楼下水如天。"真乃健笔纵横，八面翻滚，快如并剪，而苏曼殊诗文那种"浓妆淡抹总相宜"的情韵也是东坡诗所稀少的。虽然苏曼殊诗文也有浩荡长歌的雄健，如他的《以诗并画留别汤国顿》，但苏曼殊惯写的是"暮烟疏雨"（《吴门（一）》）、"春泥细雨"（《吴门（二）》）、"轻风细雨"（《吴门（十一）》），他在微雨的轻漫中寄托个人的细愁纤思或欢欣喜悦，这种愁思和欣悦似乎是与生俱来、深入他的骨髓中的情绪，和他生命的律动是如此的谐和，所以他只用娓娓道来便自成体制，毫无"欲赋新诗强说愁"的扭捏作态。我们试看他《吴门（十一）》："白水青山未尽思，人间天上两霏微。轻风细雨红泥寺，不见僧归见燕归。"当时诗人正在苏州滚绣坊郑咏春家与郑桐荪、沈燕谋编写《英汉辞典》和《汉

① 《王国维文学美学论著集》，北岳文艺出版社 1987 年版。

英辞典》,闲暇时常常结伴出游,领略吴越胜景丽色,把无尽的生命情怀寄托于"白水青山"。但吴越一带美丽的风光终究不能排遣诗人的思绪,在思虑迷茫中似乎辨不清蒙蒙的"人间天上",诗人恍恍惚惚遥想起那泥红色的寺院,好像看到在"轻风细雨"的黄昏,它迎回了倦飞的燕子,也在细细默忖着诗僧的归来。"红泥寺"的佛教意象强烈地凸显在读者的脑海,结句两个"归"字,其含义又不言自鸣地成就文本一种逃离俗世的皈依欲望。整个思绪的流动浑然天成,全诗没有用一个"愁"的字眼,但淡淡的哀愁却弥漫在字里行间。活化典故,巧用禅语,主观性灵的自由抒发成为苏曼殊诗歌创作的审美思维方式,天然本色是苏曼殊诗最强烈的特点。

　　"灵"第二个意向表示"灵月镜中",即是一种空灵的、毫无尘染的诗心。苏曼殊生活在中国历史上一个极为纷扰多故又人才荟萃的时期,在一个新旧澎湃混搅的时代,苏曼殊与各路人都有结交。他像一只白鹤翱翔其间,世俗的恶浊始终不能玷污了他,这是他特别为时人如孙中山、章太炎、黄侃、柳亚子等所敬重的原因。他以一副童心对待世事人心,难免也会受到伤害,这也是他终生无以排解的痛苦。他曾经委托黄晦闻为他刊刻一方石印,上书:"我本将心向明月,谁知明月照沟渠。"正因为他一尘不染的心灵,所以他的诗即显得如镜中明月般的灵秀。如他的《迟友》诗:"云树高低迷古墟,问津何处觅长沮?鱼郎引入林深处,轻叩柴扉问起居。"每读这首诗我都会想起贾岛的《寻隐者不遇》:"松下问童子,言师采药去。只在此山中,云深不知处。"而贾岛的"云深"雾绕和苏曼殊的"林深处""轻叩柴扉"比较起来,后者既超然物外又优游其间的闲淡细腻倏然似在眼前,而"问起居"这一平淡的日常俗套在"云树高低"间也显得格外情投意合、不落尘滓。我们似乎看到一种画境,那么山重水复,又那么灵澈晶莹。苏曼殊即便写沉重,也能写得灵气淋漓。我特别欣赏的是他的《过平户延平诞生处》:

> 行人遥指郑公石，沙白松青夕照边。
>
> 极目神州余子尽，袈裟和泪伏碑前。

首联平平起笔，在异国他乡赏山玩水的诗人在不经意间听到别人说郑成功"儿诞石"；颔联用白描手法状写夕阳下郑公石的"沙白松青"的景色，好像诗人随着他人手势，看到了儿诞石。而诗人在此刻才猛然想到郑成功的来龙去脉、郑公石的历史蕴藉，又自然而然联想到祖国大好河山沦于外强，颈联突兀跳出"余子尽"的悲愁，一代民族英雄的豪迈后继无人，难以言状的悲愤突袭了诗人的游兴，掘进了他的心灵深处最苦最无奈的隐痛。他忍不住跌跌撞撞匍匐到郑公石前，泪水婆娑，"伏"的动作极其逼真活画了苏曼殊满腔难遏的痛苦，而"袈裟和泪"的意象简直是苏曼殊在逃世与逃禅间最好的注解：即便托身世外以求清净，而"总是有情抛不了，袈裟赢得泪痕粗"①。这首主题深沉的诗，苏曼殊用一个白描、一个动词"伏"和一个"袈裟和泪"的意象处理得如此巧妙精致，境界高迈灵透，在所有涉及台湾沦陷题材的诗歌中无人可以比肩，我们对比一下丘逢甲的《春愁》：

> 春愁难遣强看山，往事惊心泪欲潸。
>
> 四百万人同一哭，去年今日割台湾。

丘逢甲和苏曼殊同属感情丰沛、诗人气质很浓的文人，但看他诗中的"愁""强""惊""哭"等字眼，明显感到在艺术审美上达不到曼殊诗的韵味、灵气。苏曼殊不用一个"愁"，也不必写"哭"，更不要那种"四百万人"的气势，而歌哭自在字内，僧人"泪""伏"碑前的赤子之情对读者所造成的艺术感染力恐怕不在丘诗之下。

---

① 刘三：《赠曼殊》，见《苏曼殊全集》（五），第286页。

苏曼殊诗的第二个特点是"动",表现在诗人以主观心绪选择意象并构造诗歌意象结构,使万物似有生命的律动,随诗人喜忧哀乐;主体那种强烈的表达欲望和呼唤认同的意识,使文本充满言说的动感和抒情的氛围。我们试以苏曼殊诗中的"色彩词"来论证之。"静穆的观照与飞跃的生命构成艺术的两元"[①],万境由心所生,心能造境,外境都是主观心性的体现。诗人主体可以取舍外境,还可以通过艺术想象凭空创造出艺术形象来,即皎然《白云歌寄陆中丞使君长源》中所谓:"逸民对云效高致,禅子逢云增道意。白云遇物无偏颇,自是人心见同异。"从主观心绪出发,向客观去寻找对应物,对物伤怀、对影自悼,常常是走向没落时代的诗学主潮。但只有寻找,没有新的营构参与到客观中,客观便不能充分圆满表达诗人复杂的诗思和情致。主观的诗人总是在"物"上不仅感受到了"物"知"人哀",也能伴人哀乐,万物在他们笔下是有灵性的。

苏曼殊以景抒情的诗在内容上常常超越了所言之志、所缘之情的理性规范,因而在技法上就像印象派绘画一样,力图超越世界清晰的轮廓,以充满主观的色彩来感受和涂抹物象,更在选词上偏爱色彩,这一点和晚唐诗人有相近处。以色调论,颜色可以分为冷暖两种,前者包括红、黄、紫、橙诸色,后者有蓝、黑、白、绿等。前者给人的感觉是温暖、热烈、扩散、饱满,后者让人感受到清冷、平淡、冷峻甚或内敛。晚唐诗人对色彩有一种近乎出自天性的痴迷,可能浓艳鲜明的色彩带有极强的主观性与扩散性甚至于迷茫性,很契合朝代末势期的文人朦胧缭乱的心情,同时也有助于诗人打破精神与物质间的界限进入艺术想象的王国,使本已朦胧的诗境在色彩的云蒸霞蔚下增添迷离的气氛与情调,所以那些秾丽丰艳、对比鲜明的色彩好像更适合他们的口味。色彩之间的相互搭配是他们所关注的,两种暖色

---

① 宗白华:《美学散步》,第 76 页,上海人民出版社 1981 年版。

的交相呼应既有一种梦幻般的色调，又给读者以色彩纷繁、意境迷离的感受；同时，诗人也注意运用色彩之间的反差和对比来深化诗境，使内心在冷与热、开放与封闭、前进与后退、兴奋与沉静、朴素与华丽间震动变化，视觉的迷乱增加了诗境的梦幻色彩。显然，这里对色彩的运用已远远超出再现世界的客观需要，而是出于营造情感氛围的主观需要。更深的层次考虑，晚唐文人对色彩的挚爱，也许不仅仅出于艺术创作的自觉结果，更是深层生命力的一种并非自觉的释放与燃烧。色彩与形体、声音等其他外在形式相比，似乎更为直观，更为强烈，也更为贴近人类的心灵与情感。西方著名学者阿恩海姆曾言："说到表情作用，色彩却又胜过形状一筹，那落日的余晖以及地中海的碧蓝色所传达的表情，恐怕是任何确定的形状也望尘莫及的。"[1]对于走向心灵深处、沉浸于各种复杂矛盾情感之中的晚唐诗人，他们的心灵始终笼罩在绚丽斑斓的色彩世界之中。当他们身临乱境、感受绝望时，内心往往会产生飞蛾扑火似的"死亡冲动"，而情感的宣泄与燃烧恰恰是一种不自觉的生命耗费形式。与此同时，斑斓的色彩就伴随着复杂的情感一跃而出了。[2]所以当我们阅读晚唐温李的诗或词，"色彩"总会时不时闪入我们的视觉，特别是李商隐等的《无题诗》，青萝碧树、杏红桃绿、紫烟锦帆、雪松黑雨，真是缤纷艳丽。那么，我们再试看一组有色彩词的苏曼殊诗句：

（1）白云深处拥雷峰，几树寒梅带雪红。

——《住西湖白云禅院》

（2）茅店冰旗知市近，满山红叶女郎樵。

——《过莆田》

---

[1]［美］阿恩海姆：《艺术与视知觉》，第455页，中国社会科学出版社1984年版。
[2]陈炎、李红真：《儒释道背景下的唐代诗歌》，第218页，昆仑出版社2003年版。

(3) 胡姬善解离人意,笑指芙蕖寂寞红。

——《游不忍池示仲兄》

(4) 况是异乡兼日暮,疏钟红叶坠相思。

——《东居(十七)》

(5) 羸马未须愁远道,桃花红欲上吟鞭。

——《淀江道中口占》

首先,我们从例句可以看出,与晚唐诗人浓郁的色彩偏爱相比,苏曼殊不太喜欢彩丽竟繁,更不喜欢堆砌华丽不实的辞藻,他的色彩选择比较单一,即"红",但是我们却并不感到单调,他的"红"都用得那么非凡:如句(1),很平凡的"雪压红梅",苏曼殊用了一个"带"字,一下子生动起来,特别是把"红"字置于"雪"后,是梅染白雪?是雪淡红梅?白中透红模糊了梅红与雪白的色彩炫度,视觉上非常惬意。句(2)后半句,除了"满"和"红"两个形容词,其他均用名词,全句没有一个动词,但色彩词活跃了画面,打通了"动"与"静",整个意境栩栩如生。另外,从这些例句可以看出,苏曼殊用色彩词最高妙之处在于他非常善于把色彩与通感的修辞技巧叠合。在前文我们曾说过,"通感"或称感觉挪移,是指人在内外界的感应中五官往往可以互通,各官能之间不再分界,"颜色似乎会有温度,声音似乎会有形象,冷暖似乎会有力量,气味似乎会有锋芒"[1]。通感造成意象往复、动感连绵、回味无穷的效果,这也是苏曼殊的色彩"单一"却不单调的原因之一。如句(3),在美人"笑指"下,诗人感知视觉的"红"为意觉的"寂寞",是人解花语还是花解人意?似乎换任何一个词如"别样"、"作意"等等,都没有"寂寞"两字更熨帖人心,况且前面紧连的是一个善解人意的"笑"!句(4)以听觉的悠悠钟声、视觉的秋日红叶、意

---

[1] 钱锺书:《旧文四篇》,上海古籍出版社 1979 年版。

觉的绵绵相思构成联觉，异乡日暮的相思难免是浓得化不开的，但苏曼殊没有极写其浓，联觉用一个"坠"字相连，在暮钟声里"相思"从"红叶"上坠落的意象烘托出主体情感的深沉，似乎读者可以看到在红叶上滚动的晶莹的泪珠。

　　苏曼殊能够如此巧妙地调动色彩造就诗境的圆融，使主观之情得到深刻的动态表达，可能得益于两个方面的原因：（一）深悟禅机的诗人在直觉思维上物我混融，物随心灵驿动，实虚接引，动静促发。如句（5）"桃花红欲上吟鞭"，诗人将外境的春花烂漫移入内心，将境视为心灵的外化形象，此花已非彼花，而是意中之花了。这即为"对境观心"，类"菩萨观诸有情，如幻师观所幻事，如观水中月，观镜中象，观芭蕉心"①，那种"红上吟鞭"的快意也是呼之欲出的诗人心境。正如宗白华所见："禅是动中的极静，也是静中的极动，寂而常照，照而常寂，动静不二，直探生命的本原。禅是中国人接触佛教大乘义后，体认到自己心灵的深处而灿烂地发挥到哲学境界与艺术境界。"②（二）苏曼殊深厚的、无师自通的绘事功底也渗透了诗人的诗歌创作。画事全凭色调铺展情韵，苏曼殊在他的山水画中就特别会以联觉的技巧调遣笔墨，寒汀远渚的构式上轻烟淡岚、氤氲萧散，即便船马或行僧也都淡墨匀染，使天地山水云雨人禽浑然和合，这也和他的诗作上常常能够将色彩与主观心绪互动是一个道理。正是由于曼殊诗能充分调配静（如色彩）中的动，所以我们读曼殊诗总有行云流水的流畅感。

　　而建立在"灵、动"之上的是苏曼殊诗的"新"，就是一种清新的、感伤的浪漫风，它挑战了传统诗学审美，也正是在这个意义上苏曼殊诗歌成为出于"古典"而入于"现代"的一枝独秀。刘纳在《1912—

---

① 《说无垢称经》。
② 宗白华：《美学散步》，第76页，上海人民出版社1981年版。

1919：终结与开端》①中论及新文学的发难者贬斥和遗弃了 1912 年
至 1919 年间从事写作的各类诗人文人,说"然而有一个例外,这就是
苏曼殊"。他把这个例外的原因归结为两点:一为身世与性格引起
后人好奇,一为得助于友人的情谊,并进一步指出"这里包含着不公
平,历史和文学历史通常由公平和不公平共同构成"。我赞同这篇文
章关于历史"误会"的观点,这也正是我写作本书的出发点:把那些
在文学历史上被人为剪裁"剪辑错了的故事"重新发掘出来,但是我
想,只强调这两点似乎更不公平,苏曼殊在"两点"原因之外一定还有
他更值得后世有鉴赏力的读者和学者称道的地方。"怨而不怒,哀而
不伤"是中国的传统诗学,文人欣赏的是温柔敦厚,反对的是直抒胸
臆,在行动风度上更是要求"发乎情而止乎礼",这也上升为文艺创作
上的审美准则。我们可以拿苏曼殊与唐代诗人王维相比较:他们一
个"自我",殚精竭虑;一个"无我",宁静致远。一个落魄孤独,穷困
潦倒;一个生路畅达,春风得意。一个对外物敏感异常,痛心疾首,体
现了现代乱世诗僧的人间冷暖情怀;一个内敛,认为万事咎其内心不
静,不必迁怒外物,所谓"眼界今无染,心空安可迷"。王维虽然仕途
畅达,但长期亦官亦隐,早年具儒家怀抱,中年有道家风采,晚年得佛
家神髓。他与南宗有密切的交往,在六祖慧能圆寂后,曾经受其弟子
神会之托撰写了《能禅师碑》。在学术造诣上,他精通诗文、书画和音
律,其山水田园诗是绚烂之巅又登峰造极的平淡,从美学特质和审美
效果与禅学的关系来说,正如古人所持论:他"通于禅理,故语无背
触,甜彻中边,空外之音也,水中之影也,香之于沉实也,果之于木瓜
也,酒之于健康也。使人索之于离即之间,骤欲去之而不可得。盖空
诸所有而独契其宗"②。个人修养上,他真正拥有"入于儒,出于道,

---

① 《中国现代文学研究丛刊》1998 年第 1 期,第 1~25 页。
② 赵殿成:《王右丞集笺注·题序》,见赵殿成:《王右丞集笺注》,上海古籍出版社
  1984 年版。

逃于佛"的人格理想。王维从笃信禅宗到深明禅理,进而将禅理转化为一种人生的审美情趣。这可以从他早期的禅理诗到之后洞彻人生的真实后所作的充分体现了佛学美学"无我之境"的禅意诗看出,前者如《疑梦》:"莫惊荣辱空忧喜,莫计恩仇浪苦辛。黄帝孔丘何处问,安知不是梦中身。"万物皆空,均非实有,肉身也就是虚妄的了,由之而起的荣辱恩仇等诸种感觉也都是虚妄,大可不必随之忧喜。后者如《鸟鸣涧》:"人闲桂花落,夜静春山空。月出惊飞鸟,时鸣春涧中。""人闲"与"桂花落"的关系,"夜静"和"春山空"的关联我们无须探究,一切是那样寂静、澄明,山石草木自有它的缘分,神秘而不可抗拒,真的是"诗中有画、画中有诗",这便是诗、也便是禅了。而诗人不执着于"空",正如不执着于"有"一样,月出之"惊"起飞鸟,"鸣"于深涧,以动衬静、以响显幽,不但无损禅寂,倒更见诗人的禅悦、禅心,人生的无穷、宇宙的宏大也包容其间了,佛家的境界转化成了艺术的境界,禅宗的精神转化成了艺术的精神。苏曼殊的诗作无论表达爱情,抑或鼓吹革命,还是感时伤怀、追念友朋,都充满了对王维这种温柔敦厚的审美观的反叛和挑战,他一任诗情冲荡开感情的闸门,诗思自由奔涌、无拘无束,一个现代诗僧的鲜明个性在热烈、率真、直露的抒写中立体化呈现,使当时的诗坛不能不感到耳目一新,也使其后的诗坛追慕发扬,我认为这浪漫的诗思诗情正是苏曼殊诗的"现代性"意义。

　　覃召文《禅月诗魂》一书从诗僧的角度立论,认为中国僧人诗发展史上有三个高潮,即以皎然和齐己为代表的中晚唐、以澹归和函可为代表的明末清初以及以曼殊和敬安为代表的清末民初。他说:"敬安、曼殊作为这股诗潮的主要代表(可以纳入这股诗潮的还有他们前后的道安、竺云、宗仰、演音、太虚等等)就好比是两颗熠熠生辉的明珠,为近代诗坛增添了奇光异彩。"[①]1923 年,北京师范大学的杨鸿烈

---

① 覃召文:《禅月诗魂——中国诗僧纵横谈》,第 225 页,北京三联书店 1994 年版。

在《苏曼殊传》中称："那些模仿的,雕琢的,浮浅的诗,自然没有像曼殊这样有永久不朽的价值了。"[1]苏曼殊诗是否可以"永久不朽"我不敢断言,其在古体诗现代衍化的过程中的价值却是现在可以肯定的,而这不仅仅是"不模仿、不雕琢、不浮浅"可以概括得了的。有人从他《集义山句怀金凤》一诗,说他受李商隐的影响(《东居》十九首有多处点化李商隐诗);有人从他"读《放翁集》,泪痕满纸,令人心恻"、"最爱其《剑门道中遇微雨》",说他受陆游的影响;有人从他"猛忆定庵哀怨句:'三生花草梦苏州'"说他师法龚自珍;还有人说他风格、剪裁类似杜牧。如黄永健从苏曼殊编辑的《汉英三昧集》所选译诗从《诗经》到汉魏古歌行直到盛唐李白、杜甫,认为苏学诗取资为准则的是从《诗经》到盛唐诸公[2]。这些都各有其道理,总之是在古典诗里为他找个依傍。

其实,如果说苏曼殊独特的艺术个性得益于中国古代优秀的古典抒情诗篇,其诗文思想和美学特质更得益于他阅读和翻译了大量19世纪西方浪漫主义思潮崇尚个性、注重抒发的诗作。郁达夫对苏曼殊诗的总体评价是"出于定庵《己亥杂诗》,而又加上一层清新的近代味的",其词纤巧、其韵清谐,读后有一种"快味",并说他的诗有"清新味,有近代性,这大约是他译外国诗后得到的好处"[3]。我认为,熔铸哪首诗哪个典,并不能代表一个诗人的诗风审美,关键看诗人如何领会并融化了别人诗歌的神情。苏曼殊感时忧国的诗作确实有龚自珍的影子,他的浪漫情诗有着晚唐余韵的感伤,而那种壮士横刀、披发狂歌的鲜明个性以及炽热直率的爱情表达与晚明以来的个性解放思潮一脉相承,更与西方那种推崇自我、关注主体的浪漫主义文学有千丝万缕的内在牵连。苏曼殊出身于一个开放的血

---

[1]《苏曼殊全集》(四),第 173 页。
[2] 黄永健:《苏曼殊诗画论》,第 141 页。
[3] 郁达夫:《杂评曼殊的作品》,《苏曼殊全集》(五),中国书店 1985 年影印本。

缘环境中,尽管这让他体验到了最难以排解的生存苦难,但兼收并蓄、融会贯通的环境有利于他接受西学,反过来丰富了他于诗歌的表现力。

另外,佛学精神对于苏曼殊诗作审美的影响也是一个重要的方面。旧学根底很深,精通赋诗之道的陈独秀说:"曼殊是一个绝顶聪明的人,真是所谓天才。他从小没有好好儿读过中国书,初到上海的时候,汉文程度实在不甚高明。他忽然要学做诗,但平仄和押韵都不懂,常常要我教他。他做了诗要我改,改了几次,便渐渐的能做了。在日本的时候,又要章太炎教他做诗,但太炎也并不曾好好地教。由着曼殊自己去找他爱读的诗,不管是古人的,还是现代的,天天拿来读。读了这许多东西以后,诗境便天天的进步了。"①1905 年苏曼殊作有《西湖泛舟图》(又名《挐舟金牛湖图》)"寄怀仲子",1906 年夏季两人一起东渡日本。在 1907 年苏曼殊致力学习梵文,这时他又从陈独秀那里得到了《梵文典》的英文底本,可以说,这是苏曼殊著述《梵文典》的一个契机。《梵文典》第一卷译出后,章太炎、刘师培分别为其撰序,陈独秀则以《曼上人述梵文典成且将次西游命题数语爰奉一什丁未夏五》为题赋诗对苏曼殊此为给予高度评价,称:

> 千年绝学从今起,愿罄全功利有情。
> 罗典文章曾再世,悉昙天语竟销声。

以陈独秀之倔强执拗、心高气盛,是绝不愿与蝼蚁之辈为伍的,更不会将泣血之心曲"对牛弹琴",而所谓"知心话说于知心人",陈

---

① 陈独秀 1926 年 9 月 6 日同柳亚子回忆苏曼殊,柳亚子作:《记陈仲甫先生关于苏曼殊的谈话》,见马以君:《燕子龛诗笺注》,第 152 页。

独秀分别于 1908 年在日本东京、1910 年在杭州写给苏曼殊《华严瀑布》组诗及《存殁六绝句》,表达"老赞一腔都是血"而"知音复几许"的惆怅。1909 年"天生情种"的苏曼殊在东京陷入对百助的爱恋,后来百助远适,曼殊面对人去楼空的凄凉,写下"绝唱"之笔《过若松町有感示仲兄》,其第二首名扬天下:

> 契阔死生君莫问,行云流水一孤僧。
> 无端狂笑无端哭,纵有欢肠已似冰。

我想曼殊诗境的进步与他和陈独秀、章太炎的作诗唱答有关系,与天天读诗和诗歌翻译有关系,也绝对与其阅览佛经、参禅礼佛有关系。学诗论道本为一理,全在自性妙悟。所谓"禅道惟在妙悟,诗道亦在妙悟"[1]。诗与禅虽然在产生、范围、内容、作用等各方面相异,但诗本言情,也可载道,能"总一切语言为一句,摄大千世界于一尘",这和禅探究的"自性"超越寻思和知解的境地而冥契真理有内在的相通性:二祖因问安心得入,三祖因忏罪证道,四祖因无缚顿悟,六祖闻金刚经开悟,或如闻鼓见道,见桃明心,涉水了彻,落水有得,因唤名而见性,睹日光而顿晓,一掌得大悟,掩口得顿明,尽河山大地,"不着一字,尽得风流"。禅境诗意、禅理诗论,遂两相融合臻于"诗为禅客添花锦,禅是诗家切玉刀"。

总之,单纯从古典诗歌或单独从禅佛境界来揭示苏曼殊的诗美都有所偏颇,苏曼殊是把传统佛学审美和现代诗学审美结合得比较成功的典型,当然他强烈的主体表现欲在一定程度上有违于佛学美学的静谧、恬淡、闲逸和物我化一。陈子展说:"我常以为近代有两个诗僧,都是天分绝高,不甚读书,却会做诗的。其一为敬安上人,字寄

---

[1] 严羽:《沧浪诗话》,见胡才甫《沧浪诗话笺注》,第 3 页,上海中华书局 1937 年版。

禅,即世所称八指头陀……其一即曼殊上人。寄禅很见重于王闿运、郑孝胥一班人,曼殊就很见称道于现今文学界。"①苏曼殊文学的"现代性"意义也正是他见称于新文学界的原因。

在新文学作家中,受苏曼殊感伤、清新、带有禅韵的抒情诗风影响的诗人不止一二,首先是陈独秀,虽然论者一直强调陈独秀对于苏曼殊早期学诗的助力,但"顿悟"后的苏曼殊诗情一泻千里,即便陈独秀这样的老手也叹为观止。苏曼殊对陈独秀的影响主要是两人在切磋诗艺的过程中,苏曼殊带动了陈独秀在佛学方面迅猛精进,反映在诗作上主要在诗禅交融的感伤意境:如陈独秀的"我悲朝露齐翁童"、"撒手刹那千界空"。陈独秀一生对于生死无所惊怖,1932年他被囚南京,章士钊去探望时感觉他精神怡乐,如同一位禅宗大师,这些在以后的文学史研究范式中都被过滤掉了。苏曼殊诗对创造社诗人的影响我们暂且放下不表,他对新月派、湖畔诗社、沉钟社不少诗人也都有潜移默化的影响,特别是徐志摩、戴望舒、陈翔冰的爱情诗,那种空灵与飘忽、清明与真纯好似苏曼殊绝句的白话译本。新月派是一个主张非极端的理性、反对感伤主义的滥情、倡导新诗格律化的文学流派,而每个诗人在具体创作中有很大差异,拥有"感美感恋"的文化心态的徐志摩等先天具有明显的浪漫气质,他虽然勉力维持"理智"的原则,同时又坚持"理智"的清泉必须是从"筋骨里蹦出来,血液里激出来,性灵里跳出来,生命里震荡出来的真纯的思想"②,这种文艺观和苏曼殊不谋而合。徐志摩诗中风花雪月、白云流星等意象还有轻捷洒脱的性灵感悟和苏曼殊绝句一样,有古典诗歌情韵意境的影响在里边。他们中很多诗人并不作古体诗,但是他们吸纳了苏曼殊诗的格调,是苏曼殊诗抚慰个体生命的浪漫诗情搭起了诗风衍

---

① 陈子展:《中国近代文学之变迁:最近三十年中国文学史》,第168页,上海古籍出版社2000年版。
② 徐志摩:《新月的态度》,载《新月》创刊号(第1卷第1期)。

化上从古典到现代的桥梁。当年被鲁迅称为"中国最为杰出的抒情诗人"的冯至说:"曼殊的几十篇绝句,几十条杂记,几封给朋友的信札,永远在我的怀里。"①他写了《读燕子龛遗诗作并呈翔鹤兄》:

> 月下开遍了
> 幽美的悲哀花朵。
> 我想化作一泓秋水,
> 月影投入水心——
> 花朵都移种在
> 我的怀里!②

这首忧郁感伤又清新自然的诗是抒情诗人献给他的"引路人"苏曼殊最好的纪念。

熊润桐在谈到苏曼殊绝句诗的价值时说:"绝句诗是一种用最经济的艺术手段,抒写情或景里面最精采的一段或一面的短诗。……英国诗人勃来克所谓'一沙一世界,一花一天国',最足以形容'绝句'的好处。"他进一步认为,只有了解这个道理,"才懂得'绝句'诗的真价值,才配读我曼殊上人的《燕子龛诗》",因为苏曼殊的绝句是"何等手腕"!按照他的意见,在当时同光体、新诗和革命诗充斥的诗坛,曼殊绝句"不即不离,全以真诚的态度,写燕婉的幽怀,不染轻薄的气习,不落香奁的窠臼,最是抒情诗中上乘的作品"。③ 1909 年,苏曼殊诗的代表作《本事诗》(十首)问世,陈独秀、柳亚子、高天梅、蔡哲夫、姜可生、姚鹓雏、愈剑华、诸贞壮皆有和作,但终究无人出于其上,郑逸梅在《题曼殊上人〈本事诗〉九章后》称誉其"风华靡丽"。其

---

① 冯至:《沾泥残絮》,见《苏曼殊全集》(四),第 264~265 页。
② 《苏曼殊全集》(五),第 513 页。
③ 熊润桐:《苏曼殊及其〈燕子龛诗〉》,《苏曼殊全集》(五),第 241~243 页。

中《春雨》一诗最受瞩目："春雨楼头尺八箫，何时归看浙江潮？芒鞋
破钵无人识，踏过樱花第几桥？"这是一首具有无限的开放可能性的
绝句佳制，近一个世纪以来博得无数人的激赏，杨德邻、于右任等从
艺术感受出发肯定它超绝的诗美，邵迎武在《苏曼殊新论》中则以一
万多字的篇幅解析它作为一个审美实体对于生命意象的超越。20 世
纪的文化名人中以一首七绝盛传不衰的，除了谭嗣同的《潼关》外，也
只有苏曼殊的《春雨》了。谢冕在《1898 百年忧患》中评点曼殊诗：
"黄遵宪是为上一个世纪末（按：19 世纪）中国诗画上一个有力的句
号的诗人，则苏曼殊可称之为本世纪初（按：20 世纪）中国诗画上一
个有力的充满期待的冒号的诗人。而且综观整个 20 世纪，用旧体写
诗的所有的人其成绩没有一个人堪与这位英年早逝的诗人相
比。……苏曼殊无疑是中国诗史上最后一位把旧体诗做到极致的诗
人，他是古典诗一座最后的山峰。"①他深情的语调和崇慕的语词令
每一位热爱苏曼殊诗的人感动。

第三节　诗情小说文本与五四
浪漫抒情小说的勃兴

　　本章第一节探讨了苏曼殊诗歌、绘画、小说文本"自叙性"的浪漫
本质以及它对五四文学文体上、叙事上的引导价值，第二节探讨了苏
曼殊绝句在诗体和审美追求上作为五四浪漫诗派精神资源的借鉴意
义和影响，本节我们拟从苏曼殊感伤、抒情、爆满生命意识的诗情小
说文本分析他与五四浪漫抒情小说滥觞的内在联系。
　　在近现代之交的思想文化变革中，民国初建的几年即袁世凯"执

---

① 谢冕：《1898：百年忧患》，第 151 页，山东教育出版社 1998 年版。

政"的 1912 到 1916 年是一段曾经被悬置的历史,它在 20 世纪初"开启民智"的思想启蒙、声气磅礴的辛亥革命和大刀阔斧、翻天覆地的五四运动的夹缝中显得沉抑灰暗。也许周作人的论断可以参照,他说:"文学方面的兴衰,总和政治情形的好坏相反背着的。"①文学的"兴"也正要在这灰暗中诞生。苏曼殊的小说可以说正是一个"兴"的前兆。从 1911 年创作并发表《断鸿零雁记》到他去世前一年的 1917 年,这个颠沛流离、缠绵病榻的作家共创作小说 6 篇,有人称为抒情小说,有人称为诗情小说,有人称为悲情小说,也有人称为言情小说,但无论哪一种称呼,都体现了对于苏曼殊小说自我表现的主情性的强调,"落笔颇有诗人风度,明洁隽逸,情致尤深,因此他的小说像一枝早开的樱花,开谢匆匆处有若樱花,鲜艳明灿之处也有若樱花。读他的作品,于凄婉哀切之处尚能感受到一种青春气息,有别于林纾的沉沉暮气和鸳鸯蝴蝶派的馥馥脂粉气"②。苏曼殊在小说中所要着力表现的正是自我这样一种感伤幽怨的青春气,这种青春气是浪漫的,是充满诗情的。归整起来,大概有以下几个方面苏曼殊小说表现得较为卓异:

　　首先,苏曼殊开始尝试着把人物作为抽象的抒情符号。在世界文学史上,从小说而言,对于人物的理解经历了大致三个阶段:"(1)生活故事化的展示阶段;(2)人物性格化的展示阶段;(3)以人物内心审美化为主要特征的多元化展示阶段。"③中国小说,"从总体上来说,展示人物内心世界以及由此产生丰富复杂的技巧,毕竟没有在 20 世纪中国文学中形成气候"④。在中国历史转型的大环境下,在

① 周作人:《中国新文学的源流》,见胡适、周作人:《论中国近世文学》,第 24 页,海南出版社 1994 年版。
② 杨义:《中国现代小说史》(第 1 卷),第 55 页,人民文学出版社 1986 年版。
③ 刘再复:《性格组合论》,第 33 页,上海文艺出版社 1986 年版。
④ 王义军:《审美现代性的追求——论中国现代写意小说与小说中的写意性》,第 67 页,上海文艺出版社 2003 年版。

一个如此混乱、急于寻找出路的时代，一种纯粹的人格模式已经失去生存的土壤，而文学也处于艰难的蜕变时期。20 世纪初的苏曼殊尝试把人物作为抽象的抒情符号——自然还很幼稚蹩脚，以主观心绪的流动构成作品的空间结构，在创造社成立之前，无疑苏曼殊的抒情小说较有影响。苏曼殊的《断鸿零雁记》等自叙传小说，改变了中国小说传统的叙述常规：他采用卢梭《忏悔录》式的主观抒情叙事，心灵开掘的内容增多，记录故事的成分减少；强化了小说的抒情功能，相对强化了作者的主观性投入。苏曼殊是一座分水岭，他之前是以传统的圣贤人格为目标的文人群体，他之后是以平民化情感为理想的现代作家群体；他之前的小说多是讲故事，他之后的小说更多的开始了抒情，小说渐渐取代了诗的神圣地位，也成为心灵舞蹈的场所。从接受美学的角度来说，文学体验是生存体验的回归。在作家的文学活动中，叙事文学的方式和抒情文学的方式是我们进入生存的两种方式。叙事文学通过对人物命运的有效描写，使我们沉入对人物命运的关切和同情，从而进入生存体验状态；而抒情文学向我们倾诉情感意愿，使受众与人物产生共鸣，产生心灵的同向度诉求，同样地进入生存体验状态。文学体验作为本真的生存体验的重建和回归，它的流动性包含着感觉、知觉、审美诸种要素，存在着向理性、非理性、超越性转化的各种可能性。因此，当面对苏曼殊小说所承载的情感世界时，我们不得不从生存体验出发，理解和阐释文本的含义和意义，建构我们所把握的苏曼殊小说的文本意义。

在苏曼殊于"世间法"与"世外法"的徘徊中，看似任性随意的自我决断，其实是双重的背离，他每一次自我建构的隐约前景都重新面临解构。《断鸿零雁记》第一章所"纪实"的"吾书发凡"已经隐含了小说主人公"我"（三郎）的思维线索：在"三戒俱足"之日，计以"后此扫叶焚香，送我流年，亦复何憾"，跃然一个了无世间俗念牵挂的比丘，而紧接一句便解构了这一托身世外的"未来想象"："如是思维，

不觉堕泪,叹曰:'人皆谓我无母,我岂真无母耶? 否否。……然常
于风动树梢,零雨连绵,百静之中,隐约微闻慈母唤我之声。"这不但
在小说结构上,在创作者心理驱动上也便是后来三郎寻母的伏笔,像
长老所劝勉"此去谨侍亲师,异日灵山会上,拈花相笑"的人生图景被
他不能忘情俗世人伦亲情的思维所瓦解,他又成了世间"人之子",而
在故事展开中,"我"遇到了静子,比起"我"以"出家皈依佛陀、达摩
僧伽,用息彼美见爱之心"的"彼美"雪梅,"我"和静子有更多的共同
语言,"我们"共同面对的是"心有灵犀一点通"的绘画、诗歌、佛学话
题,在和静子的谈论中"我"有可能逐渐恢复身心的"真实",寻找到
一片心灵的憩园。而唯其如此,隔膜也就愈加难以突破,"我"乃三戒
俱足之佛徒——"惜乎,吾固勿能长侍秋波也!"即便日僧可以拥有家
室,然"学道无成,生涯易尽,则后悔已迟"的念头像紧箍咒一样箍住
了"我"的心扉,宁愿以"柔丝扰人"打发了曾经蠢蠢欲动的爱情。当
他以佛门清规背离静子爱悦时,爱情试图挽救稍纵即逝的美的使命
也消解了,一个人生的庄严命题再度析出:究竟哪里能安顿"我"的
灵魂? 人生的本体意义和本体困惑同时得以体现,在当时"单纯"的
时代还很少有作品能够传递出如此复杂的关于人性困惑的幽思。从
以上分析看,作品叙事推进的动力是"余"的生命感受,而不是客观外
力的强制介入。人物内心世界审美化的展示构成了文本的"情节"链
条,丰富的心理描写显现了人物内心的包蕴性和复杂性。

第二,苏曼殊小说很注重抒情意象的营造。《断鸿零雁记》《天
涯红泪记》《绛纱记》《焚剑记》《碎簪记》《非梦记》这一个个题目即
包含了淋漓的"意象性",这些"孤雁"、"红泪"、"幻梦"……既是作
品人物命运的实指,又是作者主体内心世界对情绪"物化"的结果。
小说中的女性形象和苏曼殊诗中一样,无论是文明开通或是古德幽
光,只要是和男主人公相互爱慕的,一律纤弱体贴、温柔贤良、痴情不
改,充满了人性美的魅力。因此我们可以说,不管现实中的苏曼殊是

否真的有那么多痴心情人、知心爱人，我们敢肯定苏曼殊小说中的女性形象无一不是他的"知己幻象"——这些同一类型的人物是主体意象化的结果。苏曼殊不在于要塑造多少成功的人物，而在于在整体上把女性作为一个审美的意象来经营，来构成文本情爱的整体和谐，反过来也构成佛心、世情的强烈冲突。

王国维在《人间词话》（五四）中指出："四言敝而有楚辞，楚辞敝而有五言，五言敝而有七言，古诗敝而有律绝，律绝敝而有词。盖文体通行既久，染指遂多，自成习套。豪杰之士，亦难于其中自出新意，故遁而作他体，以自解脱。一切文体所以始盛终衰者，皆由于此。故谓文学后不如前，余未敢言。但就一体论，则此说固无以易也。"①近代以来的文学运动总是以诗界的革新开始，以说部的发达至其末流为结束。我常认为一个人创作的文体变化似乎也有规律，青年是属于"诗"的年龄，中年可能适合结撰小说，而老年才能够写得上等的随笔。苏曼殊的小说都创作于他年轻的"晚年"、正常人的中年："披发长歌览大荒"的豪迈胸怀被世事人心磨损了光辉，兴致勃勃的文学译介在革命情势下也让他"殊觉多事"，"忏尽情禅空色相"的神圣誓约也因为"生天成佛我何能"的清醒而疏淡了。人生后期的苏曼殊真的是"废弛乔木，犹厌言兵"，似乎如本间久雄在《欧洲近代文艺思潮论》中所表述的"将悲哀当作唯一真理"，诗作中曾经有的那种"羸马未须愁远道"的自信和"且看寒梅未落花"的明朗在他的小说中不再轻展"笑颜"。但是在他内心，对于意义的追寻却没有放弃。

苏曼殊敏感的文学嗅觉正是觉察了传统古典小说和新小说的病症，才以"俗本"的爱情故事为凭借、以"雅本"的个人伦理追求为寄寓，最终所指是青年知识者在特定时代自我价值的找寻和认同，它反

---

① 王国维：《王国维文学美学论著集》，北岳文艺出版社 1987 年版。

映了一批刚刚自我意识觉醒的现代型知识分子在社会规约与个人诗意生存之理想间彷徨在歧路、寻找精神归宿的社会现实；从审美而言在于表述这"找寻"而探索运用的"个人性"写作方式——使被历史主流话语海洋所遮蔽甚至淹没近三个世纪的公安派的"独抒性灵、不拘格套"和西方人文精神媾和的"个人性"话语在文苑浮出，既不是辛亥运动的革命话语，也不是五四式的启蒙话语，而是一个审美主义者的独异话语——当然这类话语也应被看作文学启蒙资源的一部分。"在意义的体验中存在着一种意义丰满（bedeutungsfülle）……更多的代表了生命的意义整体。一种审美体验总是包含着某个无限整体的经验，正是因为审美体验并没有与其他体验一起组成某个公开的经验过程的统一体，而是直接地表现了整体，这种体验的意义才成了一种无限的意义"。① 究其实，佛或爱在苏曼殊的抉择上都只是一种"外缘"因素，"呼唤血和火的，咏叹酒和女人的，赏味幽林和秋月的，都要真的神往的心，否则一样是空洞"②，真正扮演支配力量的则是潜藏在他骨子里的浪漫主义的自由精神，是一种排拒庸常人生的精英意识。第一人称独白式自叙、倾诉的预期、情景交融的文字、感伤的氛围、直抒胸臆的宣泄、婉丽优美的语言，构成了小说整体的"情调结构"。这些正是苏曼殊对传统古典审美规范"偏重理性，文以载道，以理节情，中和之美"的反动，也成为以后五四浪漫主义文学的共性，如赵景深言："或者有人要问，最近的小说像郭沫若的《橄榄》，郁达夫的《茑萝》，王以仁的《孤雁》等都喜欢写自己的故事，随便写下去，那又有什么结构呢？ 不知事实上的结构固然没有，情调却依然是统一的，所以仍旧是有结构的了。"③

　　第三，在文艺原则的维护上，苏曼殊注重文学的审美价值，有自

---

① ［德］伽达默尔：《真理与方法》上卷，第 89～90 页，上海译文出版社 1999 年版。
② 鲁迅：《十二个·后记》，见《鲁迅全集》，人民文学出版社 1981 年版。
③ 赵景深：《短篇小说的结构》，载《文学周报》第 283 期（1927 年 9 月 25 日）。

觉的文体意识。正如前文所分析的,1903 年初步文坛时,他曾经把雨果的《惨世界》"篡改"成了一部充满革命战斗精神的"政治小说",其后在诗歌翻译中有过追求文学启蒙理想的尝试,而步入文学成熟期的苏曼殊树立了自己的文艺观,那就是文学是一种艺术,它是个人性的行为,它的意义不在于再现社会现实,而体现在它的审美功能,我们可以从他文体意识的自觉发现他"艺术无目的"的立场。苏曼殊的文体意识非常强,入诗为文有明显的分野,在"三界革命"和"新小说"、革命诗歌铺天盖地的 20 世纪初,这一点难能可贵,这也正是苏曼殊的文学"现代性"的一个方面。他早年的论文《女杰郭耳缦》和《呜呼广东人》以白话书写,笔酣墨饱,慷慨陈词,意气高昂,对于民族痼疾的揭示毫不容情,表现了强烈的社会批判立场。他骂那些摇尾乞怜、入籍归化他国又反过来欺侮自己同胞的广东人"中国不亡则已,一亡必先我广东;我广东不亡则已,一亡必亡在这班入归化籍的贱人手里",真的是爱之欲深、恨之欲切,可以和鲁迅那些犀利的批判文字相媲美。苏曼殊有关佛学的著作《敬告十方佛弟子启》和《告宰衣白官启》以及论述翻译的书信论证严密、推理条理,学术性很强。但是,诗歌创作,无论寄寓家国之思或者表现一己之情,他强调"在乎气体",强调完全个人化空间的书写方式,即便关涉社会现实,苏曼殊也完全从个人情感体验出发,和那些为政治革命呐喊助威或对现实发牢骚的革命诗作有着质的不同;我们从苏曼殊对章士钊《双枰记》的评价可以了解他的小说观,他认为《双枰记》"从头至尾,无一生砌之笔。所谓无限伤心,却不作态",[①]自然舒展地抒写个人"无限伤心"的生命意识,不生砌,不造作。这完全是一个审美者的眼光,是一种把小说抒情化、诗化的审美眼光,是一种"非古典主义"的诗美。冯至在悼念苏曼殊的文章中说:"Klopstock 的 *Hermanniade*,包含的哲

---

① 苏曼殊:《双枰记·序》,见《苏曼殊文集》,第 330 页。

理,诚然深邃了,但是 Lessing 讥你在诗歌中如鸟中之鸵鸟,你要承受的。包办问题剧,一点说不到人生心灵深处的萧伯纳,我眼看着你的生命在二十世纪埋葬。——作哲理诗,干燥无聊的人们,请你们赶快去作得博士的论文去吧!侮蔑文艺,专门以之作换汤不换药的改造事业的人们,你们赶快去读'社会改造原理'去吧!"①他所赞赏的也正是苏曼殊文学的"非功利性"。

再者,苏曼殊用小说传达了一份现代知识分子文化冲突间渴念爱与自由的情感。爱与自由是支配苏曼殊人生的根本,也是他在短暂的生命过程中为五四、为后来的一切富于理想主义和浪漫情怀的心灵留下的品格。与一般浪漫主义不同的是,特殊的经历使苏曼殊对人生怀着深切的悲观,但我们从他作品的浪漫话语中读到的却并不是自暴自弃的遁世主义和虚无主义,他在矛盾中寻找着突破,尝试着动作。《绛纱记》小说开篇即颇带悲剧色彩:"余友生多哀怨之事,顾其情楚恻,有落叶哀蝉之叹者,则莫若梦珠。"小说中,昙鸾的爱情悲剧发展态势表层上来自外部阻碍,即麦翁的势利:麦翁先以五姑变心骗昙鸾签退婚帖,见昙鸾不信,笑曰:"我实告君,令舅氏生意不佳,糖厂倒闭矣。纵君今日不悦从吾请,试问君何处得资娶妇?"这是个带有较强的传统色彩的故事:嫌贫爱富、背信弃义;而梦珠和秋云的悲剧发展态势却来自人物内心,故事的表层结构是秋云赠玉、梦珠绝爱卖玉出家——三年后梦珠见裹玉之绛纱、睹物思人——梦珠以已学"生死大事"再次拒爱而坐化,这一线索隐含了另一深层结构:梦珠生与死、爱与佛的心理矛盾。当能爱时年少无知意气用事;当懂爱时人隔天涯生死难卜;当皈依宗教心中有佛时爱亦迟疑。心已经移了,爱还在吗? 爱若不在,为何至死怀揣绛纱? 爱若真在,佛在吗? 佛若不在,为何致心力走向坐化? 秋云最后一个王尔德"莎乐美式"

---

① 冯至:《沾泥残絮》,见《苏曼殊全集》(四),第 264 页。

的"伏梦珠怀中抱之,留泪亲其面","梦珠肉身忽化为灰"——"不动如铁"的肉身难道只为了等到这个拥抱的时刻? 既然等待,为何又化为灰烬连一个痛哭相拥的机会都不再有? 若说是"以空破执"、"以空破妄",何必要等到这次生与死的告别? 灵与肉的冲突聚焦于人物的内心世界,使整个文本染上了现代性悲剧色彩。另外,梦珠和昙鸾的个性也都带有现代性特征,他们都是极为自尊要强的人物,梦珠因与沙弥争食五香鸽肉遭寺主叱责"负气不食累日",昙鸾遭麦翁退婚"气涌不复成声,乃奋然持帖";昙鸾与五姑的私奔也彰扬了不同于传统男女逆来顺受的反叛精神。

　　苏曼殊设置了这样两类走向悲剧的爱情,真的是转型初期的产物。昙鸾在第一人称自叙爱情不幸的过程中,也见证了梦珠整个的人生遭际,最后于寺院中得巡抚张公言:"子前生为阿罗汉。好自修持。"这是对昙鸾的肯定,也是苏曼殊内心的"禅影心印"。小说到此为止,似无不可,但苏曼殊并没有止笔:"后五年,时移俗易,余随昙谛法师过粤,途中见两尼:一是秋云,一是玉鸾。余将欲有言,两尼已飘然不知所之。"这个似乎"画蛇添足"的尾声令人深思:"余"于佛门五年,依然能够很清楚地认出秋云两人,而且欲上前搭话,是否因秋云曾见证了他一段人间情? 但两尼却不再相认,"飘然"而去,留下欲言又止的"余"。这一结尾又解构了"余""前生为阿罗汉、好自修持"的神话,"齐生死、冥佛我"在"余"或者说在苏曼殊内心仍然是一个"生天成佛我何能"的质疑! 这个以第一人称表现人物内心激烈的挣扎与冲突的文本即使在五四文学中也是不逊色的。悲剧决不意味着消极,也许悲剧才更能体现反抗精神和叛逆性格,体现对个人情感自由的维护。苏曼殊小说通过讲述悲剧故事,表现了一种主体性的觉醒,在救世与救心之间,他选择了后者。他不仅仅是讲故事,更重要的是表达一种对人生的体验,"莫名之惑",在谴责小说甚嚣尘上的时期,对自身进行深入的思考,与改良派以小说作为参与社会政治的工具相比，在重于"立人"的本分上具有了更多的现代性品格。

对理性的解构可能具有积极的社会作用，同时也可能产生消极的影响。浪漫和颓废就好像有着血缘上的近亲关系，所以有人指责浪漫抒情派的颓废。从理性化、道德化或者说意识形态化的层面来解析苏曼殊小说的言语织体，自然包含着对自由爱情的崇尚、对封建家长制度的批判，而大胆任性的情爱表达，无不显呈浪漫的涌动。但同时凄哀的悲剧性结构往往并不由于外来的权力意志所决定，而常常缘于男主人公自己的抉择，因而当浪漫的爱情神话在颠覆外在理性力量如家长制度、佛法威仪时，也解构了这种颠覆的反抗价值，脱颖而出的是人物的"个人"生存本体，也从而使苏曼殊的小说在审美现代实现的意义上呈现价值。

正由于这些，五四新文学作家割不断他们与苏曼殊内在的精神牵连，甚至可以说，五四一代对苏曼殊的追慕自然也是一种全己之策，为自己颇受非议的"颓废"文字寻一个来头。文学的主体性和人的主体性在苏曼殊的小说中都有较为实在的体现，这使他的小说逼近自我的个性和气质，这无疑都是五四一代浪漫抒情派的根底。

郁达夫在成名前认真读过年长自己十几岁的苏曼殊的诗和小说，在成名后特殊的文学思潮（从"文学革命"到"革命文学"）中对苏曼殊作品持一定的批评态度，但是他的文本和苏曼殊的同样多愁善感到"病态"，这是他无法割断的与苏曼殊的精神联系。郁达夫与苏曼殊的相同处很多，他们心灵深处都有一颗亲佛的种子，郁达夫早年曾经读过《真言净菩提》《坐禅仪》《般若经》等佛家典籍；他们都读过不少古典文学的书籍，其文化结构深受古典诗词的浸润；他们都喜欢晚清在佛学和诗歌创作上很有造诣的龚自珍，喜欢其《己亥杂诗》；他们都曾经留学日本，都深感作为弱民族子民的悲哀；特别是他们都有浪漫的诗人气质，才华横溢，敏感自恋，时而激昂，时而低沉；他们也都在文字上寄托他们深渊似的诗情，文学是他们疗救自己灵魂孤苦的最后处方——在20世纪文学史上很难再找到如此相类的两个文学家。有个例子可以看出他们对待"知己"的表达方式也是多么类似：1908年1月，当苏曼殊收到诗人刘三《送曼殊之印度》，称道其为"白马投荒第二人"，对于知遇之情立刻回信，"不禁涔涔堕泪也！真知我者惟公耳！"无独有偶，当郁达夫被日本诗人服部担风激赏为"仙佛才兼"，郁达夫和苏曼殊一样引为知己之言，《将去名古屋、别担风先生》诗曰："到处逢人说项斯，马卿才调感君知。"人们常常论及苏曼殊小说对郁达夫的影响，实际上苏曼殊诗对郁达夫古体诗的影响也很明显，我们来看一首苏曼殊的诗：

> 生憎花发柳含烟，东海飘蓬二十年。
> 忏尽情禅空色相，琵琶湖畔枕经眠。
>
> ——苏曼殊《西京步枫子韵》

再来比照郁达夫的一首古体诗：

> 野马尘埃幻似烟，而今看破界三千。
> ……
> 拈花欲把禅心定，敢再轻狂学少年。
>
> ——郁达夫《定禅》

从平仄、押韵、遣词都可以看出后来者的郁达夫对苏曼殊绝句的亦步亦趋。郁达夫在谈到英国世纪末颓废派代表人物道森时说："作最优美的抒情诗，尝最悲痛的人生苦，具有世纪末的种种性格，为失恋的结果，把他本来是柔弱的身体天天放弃在酒精和女色中间，做慢性的自杀。"①此言真难辨是郁达夫自解还是解人,如果用在苏曼殊的身上也似乎配套,足见他们在声气上十足相通。

在五四小说史上,除了《狂人日记》,在发表之初引起文坛大地震的可能就是郁达夫的《沉沦》了,它对于"性"的苦闷和"生"的苦闷的描写无疑一声春雷,炸出了文坛的千姿百态。郭沫若在《论郁达夫》中说:"他那大胆的自我暴露,对于深藏在千年万年的背甲里面的士大夫的虚伪,完全是一种暴风雨式的闪击,把一些假道学、假才子们震惊得至于狂怒了。"如果说苏曼殊的小说是佛心与情爱的冲突,是发生在"灵"内部的,他的小说主人公都有着"感情的洁癖",从不涉及肉欲,郁达夫的"曾因酒醉鞭名马,生怕情多累美人"似乎更合适苏曼殊,他的"大胆"在于触及了一个尘封"千年万年"的话题即佛徒对于异性的爱恋;郁达夫的小说则是"灵"与"肉"的冲突,他大声宣告他对于除了"灵"之外的"人欲"的迫切,"苍天呀苍天,我并不要知识,我并不要名誉,我也不要那些无用的金钱,你若能赐我一个伊甸园内的'伊扶',使她的肉体与心灵,全归我有,我就心满意足了"②。通过感官治疗灵魂的创伤,通过灵魂解除感官的饥渴来灵化肉感,这是郁达夫的文学。李欧梵在《现代性的追求》中也将苏曼殊与林纾、郁达夫等作为中国现代作家中浪漫一派的代表来比较,分析他们书写情感的不同方式,指出林纾与苏曼殊确立了建立于情感基础之上的个性方式,但苏曼殊集中体现了中国传统与西方的结合,跳出了林纾的"儒生"模式,而又不同于其后的郁达夫的以"性"为基础的情感模式。创造社作家中,除了郁达夫,田汉也是个"曼殊迷",他把苏曼殊与法国19世纪最伟大的抒情诗人魏尔伦相提并论,称"他们同是

---

① 郁达夫:《集中于〈黄面志〉(The Yellow Book)的人物》,见《郁达夫文集》(五)花城出版社1983年版。
② 《郁达夫日记》,山西教育出版社1998年版。转引自许凤才:《浪漫才子郁达夫》,第27页,河南人民出版社1989年版。

这样绝代的愁人，才能作这样绝代伤心的愁句"①。

我们曾经谈论过苏曼殊文学为什么以"自叙"为叙事策略，那么，苏曼殊"自叙性"的文学对于 20 世纪浪漫主义文学的滥觞有着怎样的意义？为什么会成为五四浪漫主义文学的精神遗产？苏曼殊的诗、画、小说都创作于五四以前，虽然距离狂飙突进的五四运动前夕，但两者在某些方面一脉相承，有些方面却是截然不同的：在五四前短短的十几年间，一代曾经满腔热血参加到民族救亡的政治革命中去的中国文人经历了身处安定社会的人难以想象的荣辱生死、世事波涛——立宪救国、教育救国、文学救国、暗杀救国、革命救国、议会救国、佛学救国等一一落幕了，极度的激昂亢奋和甚深的恚愤悲苦、饱尝世情和壮志难酬的心理疲怠成为他们共同的心态镜像。他们中大多数人所接受的近代意识只是"政治"层面上的，还没有达到心理的深度，也就是说他们的思想意识仍然处于传统文化模式的圭臬之中，在近乎绝望的幻灭感后，他们不少人又退回到了传统文化提供的人生模式中寻找精神的寄居地，曾经的"新"被历史的浪潮又冲得搁浅了。苏曼殊作为这代文人中"曾经的"一位，由于个人的西学教育背景和生活方式不同，特别是当他 1903 年从革命的峰头浪尖引退到佛学的领域寻求救赎时，已宣告了他是他们中的"另类"。他不再以"挽狂澜于既倒"的"英雄"自命，长歌当哭，痛定思痛，他摸索到并演绎出另一种生存的图景：走进"个我"的心灵世界。这种境界带有"先知先觉"的味道，也因此使五四一代知识分子感到了心灵的共鸣——但苏曼殊在五四前仅仅一年、通常被划作"清末民初"下限的 1918 年 5 月 2 日幕落花凋——顺便想说的是，也就在 23 年前的 1895 年的这一天，康有为"公车上书"，历史难道真的到此划成了一个圆圈？时隔 24 年后的 1942 年 5 月 2 日，"延安文艺座谈会"召开，"5 月

---

① 田汉：《苏曼殊与可怜的侣离雁》，见《苏曼殊全集》（四），第 234 页。

2日"对于中国的知识分子和中国文学难道真的是一个特殊的日子？历史的回环有时真的让人惊诧莫名！此话按下不表，我们还是回到1918：鲁迅所谓"大恐惧"的一年，鲁迅说："许多人所怕的，是'中国人'这名目要消灭；我所怕的，是中国人要从'世界人'中挤出。"①"大恐惧"引发人探询"根本"思路，人们终于发现了溺身于一大堆"救国"名号里的"个人"以及"文学之为文学"。但是，"当时无论是胡适对白话文学的强调，还是陈独秀对精神观念的强调，其实都还'没有在文学是什么上多多思虑过'（舒舍予：《文学概论讲义》），连胡适后来也承认，'当时中国的运动尚未涉及艺术'（《胡适口述自传》）。到了后来，沿着他们所开辟的道路，文学才必然地走向本体性的思考与变革，并开始形成了在这一意义上的与传统文学的本体性对抗和对国外各种文艺思潮的全面引进和借鉴。"②这已经到了五四走向落潮。

　　"曼殊的文学，是青年的，儿女的。他的想象，难免有点蹈空；他的精神，又好似有点变态"。③ 实际这是郁达夫、郭沫若、倪贻德、陈翔鹤、白采、王以仁等抒情群体为人为诗为文的共同特质。1924年，王以仁《神游病者》发表于《小说月报》第15卷第11号，小说主观抒情、情调感伤。主人公敏感忧郁的气质类如郁达夫的零余者，纤敏孤独，贫困自卑，内向飘零，渴慕爱情，他自始至终手握一卷苏曼殊遗墨《燕子龛残稿》。电车上他读着苏曼殊的"偷尝天女唇中露，几度临风拭泪痕"，遭遇了一个令他心醉神迷却对他不屑一顾的女人。在明月高悬的夜晚他走上板桥，把《燕子龛残稿》一页页撕下抛入水中，喃喃着"薄命的诗人！神经质的诗人！"投水自尽。《燕子龛残稿》贯穿小说始终决不是随意涂鸦，它喻示了五四浪漫派与苏曼殊的特殊情

① 鲁迅：《热风·随感录三十六》，《鲁迅全集》，人民文学出版社1981年版。
② 孔范今：《二十世纪中国文学史·导论》，第120页，山东文艺出版社1997年版。
③ 郁达夫：《杂评曼殊的作品》，见《苏曼殊全集》（五），中国书店1985年影印本。

感：五四运动后，一度把国家民族命运置于自我命运之上的青年，猛回头梦醒了找不到路在何方，纷纷逃向"为艺术"的天地寻求救赎。

　　除了精神上的一致，苏曼殊对浪漫抒情文学家的另一个影响则在小说的审美意识和美学风格，以及自叙传的模式。最早从审美上肯定苏曼殊文学在整体上是浪漫主义文学先声的是钱玄同，他在鲁迅小说、创造社小说尚未出现之日曾设问："曼殊上人思想高洁，所为小说，描写人生真处，足为新文学之始基乎？"这个对描写"人生真处"的肯定，也正预示了浪漫抒情文学要在五四时期获得长足发展。① 当然，苏曼殊和五四抒情派在"抒情"尺度的把握上还有不同：五四式的抒情如脱缰之野马更加强烈奔放，甚至是呼喊狂叫式的粗暴反抗，如郭沫若那种"我把日来吞了，我把月来吞了"和郁达夫那种"我的理想，我的远志，我的对国家所抱负的热情，现在还有些什么？还有些什么呢"这般淋漓尽致地抒怀，苏曼殊是回避的。从苏曼殊所谓"无端狂笑无端哭"和"恨不相逢未剃时"之类的诗句来看，他的内心涌荡着情感的湍流漩涡，但他依然能以平静、克制的语言表达，使文本格调优雅自然，这得益于诗人的佛学修持和古典功力。苏曼殊的灵化显得更纯净，意志的强权似乎有些残酷，因此，苏曼殊的小说同时具有一种写意的美感。这一点，我大致同意方锡德的意见，他说："民初苏曼殊以他的《断鸿零雁记》等小说，接续了古代小说中的抒情写意文学对创造意境的审美追求。"② 有学者指出：郁达夫后期创作出现的"情欲净化"倾向与他系统地重读《曼殊全集》的时间大致相近，他评苏曼殊经过神性淘洗与净化的画比诗好，诗比小说好，这当中不会只是一种巧合。他后期的小说和散文，一洗创造社初期情感的狂轰滥炸，转向了洒脱和飘逸，虽然有人到中年的心境作用，

---

① 杨义：《中国现代小说史》第 1 卷，第 540 页。
② 方锡德：《中国现代小说与文学传统》，第 278 页，北京大学出版社 1992 年版。

但说他从苏曼殊沉实于世间有情之中又超越于众生情欲之上的抒情诗中获得宗教启悟和艺术灵感,也是不违事实的。① 在五四浪漫抒情小说家中,温和风格接近苏曼殊的还有倪贻德和极其热爱苏曼殊小说的陶晶孙,在感伤抒情中流露出古典的趣味,浪漫而温文尔雅,在浪漫蒂克的际遇中淡淡的哀愁在心头,情调不流于轻薄处如曼殊。陶晶孙有一篇《音乐会小曲》,是一篇具有诗美的小说,立意不在社会价值。作品以春、秋、冬为题分三章,描写了一个青年提琴手的三个爱情生活片段,全篇充满了异国的情调,怅惘的追求、微寒的失恋、抒情诗般的意境,以其所见者真、所知者深,言情沁人心脾,写景豁人耳目,其词脱口而出,毫无矫揉妆束之态,都可以看出《断鸿零雁记》的痕迹。

　　可能,苏曼殊并没有过领衔中国现代浪漫主义文学流派的野心,并没有开创出浪漫抒情的流派,为我国小说的抒情传统打下更为深厚的基础。若只是从叙事上瞻前不顾后的尴尬,从不能脱尽故事的限制而更多以心绪流动为体式,或者从他无法蜕掉的语言的文言外衣看——也许他并不能跳出他的时代。我们且不说四六句、骈文体的鸳鸯蝴蝶派小说,就说鲁迅,他 1913 年在《小说月报》第 4 卷第 1 号上发表的小说《怀旧》,写塾师秃先生听到革命军即临芜市的传闻,感到非常惶恐,他和芜市首富金耀宗密谋对策,企图为劳师备饭,以临时应变,这也是一篇披着文言外衣的创作小说——他可能算不上彻底的浪漫抒情派,所以他无缘赢得"现代中国抒情小说之父"的称号。这里并不想一味拔高或贬抑他小说的地位,苏曼殊只是开启了一种探索、一种可能——这已经足够了:他探索的了不起在于他为后来者做好了铺垫,这顶桂冠日后落到了郁达夫的头上。实际上,中国小说很少有机会成为宣泄自我感情、抒写一己情感体验、思考个人

① 谭桂林:《20 世纪中国文学与佛学》,第 64 ~ 65 页,安徽教育出版社 1999 年版。

生存意义的载体,中国供给浪漫主义文学的土壤太贫乏太吝啬了,正因为如此,才见出苏曼殊的特殊价值。苏曼殊毕竟为现代浪漫抒情文学潮流搭下了一座颇为结实的引桥,成为矗立在流派之源上的一座丰碑。

当然,自叙性、限制叙事、主情性以及感伤和颓废风等是传统小说向现代抒情小说转型中几个突出的审美特征,而并不是说这是标示着中国现代小说发展的唯一正确的方向,其影响所及也并非都是良性。由苏曼殊导引的这种自叙性很强的文本,常常使读者感觉到叙述者恐惧一种“思”的结果,所以也排拒了沉潜;他忙于诉说,急于被认同,先入为主地设定了一种“应答”,所以忽略了对话的可能。这也成为五四浪漫一代一个突出的特点,甚至被“发扬光大”为一种明显的矫情颓靡的文风。

第四章
"鸳蝴"之渡：贯通雅俗之间的苏曼殊小说

苏曼殊的翻译和创作与新文学浪漫抒情派的渊源关系，彰显了曼殊文本与作为精英审美文化体现的雅文学文化精神的内在一致性。从文体上说，其实在新文学初萌期，雅与俗并没有清晰的界限，严复、夏曾佑、梁启超等正是从小说"俗"的魅力发现了小说变革历史的功用。颠覆小说世俗价值层面意义的文章最早的并不是1902年梁启超的《论小说与群治之关系》，早在1897年严复和夏曾佑的《本馆附印说部缘起》就从传播学的角度论述道："夫说部之兴，其入人之深，行世之远，几几出于经史之上，而天下之人心风俗，遂不免为说部所持。"①小说从世俗阶层的"小道"挺进到了崇高的"新雅"的社会价值层面。"千年等一回"终于成为文学"最上乘"的小说，如果我们从精神内容和艺术层面进行分析，不难发现新小说观念中缺少了小说的应有之义。当梁启超把小说奉为文学之极品，极推其"移风易俗"的社会功用，不登大雅之堂的说部被导入文学正殿时，新小说家追求的是文体的"俗"，而不是通俗的文学。"新小说'以俗为雅'，并非立意创造中国的通俗小说；而恰恰

---

① 严复、夏曾佑：《本馆附印说部缘起》，载《国闻报》1897年10月16日至11月18日，这里录自陈平原、夏晓虹编：《二十世纪中国小说理论资料》第1卷。

相反,他们正是着力于创造中国的严肃小说(高雅小说)。"①其时,黄
摩西利用《小说林》开始唱反调："昔之于小说也,博弈视之,俳优视
之,甚而鸩毒视之,妖孽视之;言不齿于缙绅,名不列于四部。……今
也反是:出一小说,必自尸国民进化之功;评一小说,必大倡谣俗改
良之旨。"他提出："请一考小说之实质。小说者,文学之倾于美的方
面之一种也。……属于审美之情操,尚不暇求真际而择法语也。"②
他把"美"的原则置于首位,而且既舍弃了"新小说"的文化启蒙主义
内容,也舍弃了政治功用,成为民初小说趣味化的先兆。一大批跌入
市民阶层的文人,"他们处于与普通市民同样的文化境遇并取得了相
同的文化眼光,小说在他们手中回到了市民文化的本位"③。在"新
小说"前已经萌蘖的通俗文学随"新小说"其后而昌兴,出现了一个
规模宏大、难以确切界分雅俗品格的通俗报刊和通俗小说的热潮,即
被后来者的五四人所谴责的鸳鸯蝴蝶派。

　　"鸳鸯蝴蝶"这一名称的诞生是一种"他者"定位,是一个遭讨
伐、围歼的"加冕"。在中国现代文学史上,鸳鸯蝴蝶派是一个资格最
老的文学流派,它的萌蘖要追溯到 1892 年韩邦庆的《海上花列传》。
韩邦庆"先行实现了由传统知识分子向以现代型编辑和文学写作为
业的自由文化人的蜕变,同时又具备了鸳鸯蝴蝶派作家上海洋场诗
酒名士的基本类型特征。"④鲁迅认为:《海上花列传》"开宗明义,已
异前人,而《红楼梦》在狭邪小说之泽,亦自此而斩也"⑤。1898 年,孙
玉声的小说《海上繁华梦》也开始在《采风报》和《笑林报》上陆续连
载。之后,此类描写都市商人、市民、移民等各阶层生活的小说越来

---

① 陈平原:《二十世纪中国小说史》,第 99 页,北京大学出版社 1989 年版。
② 黄摩西:《〈小说林〉发刊词》,载《小说林》第 1 期(1907),这里录自《二十世纪中国
　小说理论资料》(第 1 卷)。
③ 钱理群、温儒敏、吴福辉:《中国现代文学三十年》(修订本),第 91 页,北京大学出
　版社 1998 年版。
④ 孔范今:《论中国文学的现代转型与文学史重构》,《文学评论》2003 年第 4 期。
⑤ 鲁迅:《中国小说史略》,百花文艺出版社 2002 年版。

越多,到民初形成了一个影响深远的文学创作潮流,从萌生之地上海迅速波及到现代化程度相对较高的天津、北京等城市。单单上海早期有影响的通俗小说报刊就有《小说时报》(1909)、《小说月报》(1910)、《妇女时报》(1912)、《自由杂志》、《游戏杂志》、《香艳小品》(1913)、《民权素》、《中华小说界》、《眉语》、《礼拜六》、《小说丛报》、《女子世界》(1914)、《小说大观》、《小说海》、《消闲钟》(1915),等等。据不完全统计,清末民初各种通俗小说一共有1 980多部。①

　　将雅、俗对举肇始于五四时期。反对"游戏的消遣的金钱主义的文学观念"②的五四新文学首先是靠晚清文学以"通俗化"为特征的文化叛离从传统文学中解脱出来的,但是随着五四对于服务于历史目的的严肃主题的强调,这种通俗的文学在屡遭挞伐中自然地游离于历史性的文学主潮之外。在五四文学时期,有学者视苏曼殊为鸳鸯蝴蝶派的先师,"说曼殊是鸳鸯蝴蝶派的人,虽然稍为苛刻一点,其实倒也是真的。……曼殊在这派里可以当得起大师的名号,却如儒教里的孔仲尼,给他的徒弟们带累了,容易被埋没了他的本色"③。但是,这种定位并没有落实到以后的新文学史上,而纯粹的雅文学审美范畴也似乎不能完全涵盖苏曼殊的文学特别是其小说,他与民初通俗文学即鸳鸯蝴蝶派的诸种纠葛是一个有待理清的话题。

第一节　民初小说雅俗格局中的苏曼殊哀情文本

　　关于"鸳鸯蝴蝶派"的名称由来,通俗小说家平襟亚讲过一个

① 孔范今:《20世纪中国文学史》(上册),第270页,山东文艺出版社1997年版。
② 茅盾:《自然主义与中国现代小说》,《茅盾全集》第18卷,第233页,人民文学出版社1989年版。
③ 周作人:《答芸深先生》,柳亚子《苏曼殊全集》(五),中国书店1981年影印本。

"故事性"很强的《"鸳鸯蝴蝶派"命名的故事》①。据现有的资料看，第一个明确运用这个称呼的是周作人。1918 年 4 月，他在北京大学一次演讲中指出："现代的中国小说，还是多用旧形式者，就是作者对于文学和人生，还是旧思想；同旧形式，不相抵触的缘故。"他举例时批评了"《玉梨魂》派的鸳鸯蝴蝶体"②。到 1919 年 2 月 2 日，周作人在《每周评论》上登载了《中国小说里的男女问题》，文中说："近时流行的《玉梨魂》，虽文章很是肉麻，为鸳鸯蝴蝶派小说的祖师，所记的事，却可算是一个问题。"就这样，若干通俗文学作家的小说开始被指认为"《玉梨魂》派的鸳鸯蝴蝶体"，后来就定名为"鸳鸯蝴蝶派"。在 20 世纪文学流派中，没有哪一个流派像"鸳蝴派"这样屡遭挞伐，也没有哪一个流派像这样屡遭挞伐而依然具有那样旺盛的生命力。20 世纪前半叶是一个以文化启蒙为历史轴心的变革时期，政治功利性文学是正统的主流文学，以往的文学史"忽略"了市民文学或者说通俗文学的一翼。后来的文学史研究者对于清末民初文学状况的了解很大部分来自五四先驱们的批评性评估，文学史著作对这一阶段的描述基本上沿袭了五四新文学家的鄙夷态度。而今天，当我们重新检视 20 世纪以来的文苑收获，重新清理中国文学现代转型的脉络，我们似乎没有理由拒绝而且必须用理性的眼光重新审视那一段文学时光以及它的流变，对于现代通俗文学的一切进步处和堕落处应该辩证地看取。

"中国近现代通俗文学是指以清末民初大都市工商经济发展为基础得以滋长繁荣的，在内容上以传统心理机制为核心的，在形式上继承中国古代小说传统为模式的文人创作或经文人加工再创造的作品；在功能上侧重于趣味性、娱乐性、知识性和可读性，但也顾及'寓

① 魏绍昌编：《鸳鸯蝴蝶派研究资料》，上海文艺出版社 1962 年版。
② 周作人：《平民文学》，《中国新文学大系·建设理论集》，上海文艺出版社 2003 年版。

教于乐'的惩恶劝善效应;基于符合民族欣赏习惯的优势,形成了以广大市民层为主的读者群,是一种被他们视为精神消费品的,也必然会反映他们的社会价值观的商品性文学"。① 作为通俗文学的鸳鸯蝴蝶派小说是一枚"都市之果",是中国文化发展到该阶段的一个"顺产儿"。"都市化"可以说是"现代化"的代名词。1843 年上海开埠后,近现代工商业经济发展迅速,现代大都市兴建,吸引了大批外乡人来此谋生,普通的移民阶层壮大了市民的队伍。市民在劳作后,对于信息的需要大大加剧,居民都在等待着合乎自己胃口的书籍或报刊诞生,印刷和纸张的现代物质基础也同时具备,带动了早期报刊的创立。这些商业化运作的报刊,都市性、商业性、娱乐性是他们竞争的法宝,大报开辟"副刊",休闲小报名目繁多;另外,1905 年科举制度废除后,许多文人学士的进身之阶被阻塞,很多读书人到上海各大报刊供职,以卖文为生,在安身立命的现实需要下把自己历练成诗酒风流的"洋场才子",中国第一代职业作家出现了。这些作家传递着市民们渴望知道的各路信息,反映着近代上海各阶层生活方式和思想观念上令人眼花缭乱的变化,在获得自己的身份定位的过程中,也培养了一个具有现代化素质的文化市场。就这样,伴随着现代都市的形成和发展,人们对消费型大众文化势所必然的需求,紧贴上海现代化进程、表现广大市民社会的生活状况、生存理念的文学流派鸳鸯蝴蝶派勃兴了。小说暂时逃离了"开启民智"的桎梏,转向对现代城市平民日常生活、文化情调的关注。

可是它偏偏宿命性地或者说历史性地遇到了一把"革命"的剪刀。"启蒙"的五四"文学革命"来了,随后"救亡"的"革命文学"也来了。小说已经成为"大道"之学,应该是严肃地、载启蒙或革命之道的文学。五四时期文学研究会"文学为人生"的文学观、革命文学的

---

① 范伯群:《〈中国近现代通俗作家评传丛书〉总序》,南京出版社 1994 年版。

文学观和梁启超以小说"改良群治"的文学观一脉相承，都是追求文学与历史现代性的同构关系。实际上，启蒙文学和鸳鸯蝴蝶派一样反对载道的文艺观，但启蒙文学卸下了封建的旧思想旧道德，又让文学负载上西方传来的新思想新道德；它推翻了儒家思想的神圣地位，又树起了新的神圣偶像——西方文化。文学研究会在成立时差不多是以"代表时代"的口吻发出宣言："将文艺当作高兴时的游戏或失意时的消遣的时候，现在已经过去了。我们相信文学是一种工作，而且又是于人很切要的一种工作。治文学的人，也当以这事为他一生的事业，正同劳农一样。所以我们发起本会，希望不但成为一个普通的文学会，还是著作同业联合的基本，谋文学工作的发达与巩固。这虽然是将来的事，但也是我们的一个重要的希望。"①文学革命者要拥护的是舶来的"德先生"和"赛先生"，他们认定"只有这两位先生，可以救治中国政治上道德上学术上思想上一切的黑暗。若因为拥护这两位先生，一切政治的压迫，社会的攻击笑骂，就是断头流血，都不推辞"②。这等需要奋力抗争、"头可断血可流"的革命事业，相对于鸳鸯蝴蝶派对生活原色调的关注或"雍容尔雅、吟风啸月"的提供消闲轻松的文字自然是冰炭不能同炉的。启蒙文学家真正属于知识精英阶层，以高高在上的启蒙姿态和话语方式来"普度众生"，认为世俗的一切都是落后的、腐朽的，是需要通过启蒙来净化的。他们需要一个论敌，需要在论争中确立自己的先锋价值和地位，以"启蒙性"为鹄的，新文学要求新的便于"唤醒和拯救"的语言表达形式，要求对于民众具有召唤力，在文学的领域里他们找到了以"世俗性"和"娱乐性"为标志的鸳鸯蝴蝶派。其实，无论任何样式任何宗旨的文学，娱乐

---

① 茅盾：《中国新文学大系·小说一集·导言》（影印本），上海文艺出版社2003年版。
② 陈独秀：《本志罪案之答辩书》，《中国新文学大系·文学论争集》（影印本），上海文艺出版社2003年版。

性、消遣性总会是它的本色之一,不过在鸳鸯蝴蝶派文学这个本色更加鲜明,它最切要的价值追求即为满足世俗消遣。张爱玲在《自己的文章》中曾讲过这样的话:"我相信,他们虽然不过是软弱的凡人,不及英雄的有力,但正是这些凡人比英雄更能代表这时代的总量。"①都市通俗文学正是为这"时代"的大多数"软弱的凡人"而写的。生活是以平和来做底子的,血和泪的疾呼终不能代替一份真真切切、踏踏实实的人生,在一些二元对立的结构中,如国家与个体、未来与现状、精神与金钱、名誉与享乐中,讲究务实、实用的商业精神的市民们更乐意接受后者。鸳蝴派作家便选择生产合乎市民胃口的文化产品,琐碎市井、注重细节的描述方式冲淡了国家民族大义的大论述。这种以读者市场为导向的创作方式与清末的新小说和五四型的个性启蒙小说创作不可同日而语:一种是市场意识,一种是天下救亡意识;一种导向现代性的生活消费,一种导向思想革命。

　　文学发展在每一个阶段都有张扬一个主流形态,以强调单向度价值意义为特征,而实际上常常表现为以不同意向共同制衡发展为结构形态。鸳鸯蝴蝶派作为直接面向市民阶层的文化产品以满足市民的"趣味"为创作标准,更多地发挥了文学的消费功能,相对于启蒙和救亡的作家主体而言,无疑将自己放逐到了社会的边缘、历史变动的边缘,放逐到了中国主流文学"历史现代性"的边缘,但这种放逐却不是真正的远离时代,我们应该认识到大众审美文化的发展也是文学走向现代性的一个重要方面,广而大之,也是社会工业化发展的产物。市民阶层的扩大,文学消费群体的增加,印刷业的发展,使文学出版降低了难度,恰是淡化宏大叙事、强化娱乐消闲功能色彩的文学大行其道的社会土壤。文学发展总是要寻找一个文化的凭借,新文

---

① 张爱玲:《自己的文章》,见《张爱玲典藏全集》散文卷(一),第17页,哈尔滨出版社2003年版。

化运动阵营对旧文化的颠覆固然没错,对通俗文学无视中国危亡的现实而过分沉溺于娱乐消遣的批判非常必要且及时,不过在今天看来确也有其不全面之处,西方文化中心主义框架的设置,对自身的全面否定带有浓重的乌托邦特点。文学研究会将自己的成立宗旨规定为"研究介绍世界文学,整理中国旧文学,创造新文学",至于如何与现实土壤相结合,在 1922 年以前至少是相当模糊的。要改造国民性、重塑民族魂,有一个文化虚位问题,要填充这个"虚位"、构成与启蒙文化批判对应的不是道学东风、拟古不化的一派,而算是渐进的变革改良派。张爱玲在《红楼梦魇》自序里开宗明义为《海上花列传》抱打不平,认为在民国以后受外来影响、被改变了阅读趣味的现代读者用一种先入为主的观点来对待鸳鸯蝴蝶派文学。在这句话中,其实包含了张爱玲独特的"中国本位"的思考。时代或者说民族峻急的进步要求青睐于五四模式,鸳鸯蝴蝶派调整了自己的小说倾向和拟想读者,越来越向"俗"的方向发展,与五四严肃小说形成雅俗对峙的局面。

在清末民初小说家中有一个"异数",那就是苏曼殊。在五四文学运动时期,苏曼殊虽然被视为鸳鸯蝴蝶派的"先师",而其后一般的新文学史著作例如 1958 年北京大学的《中国文学史》、1959 年复旦大学的《中国文学史》都强调其南社革命诗人的一面,对其与鸳鸯蝴蝶派的关系或者遮遮掩掩,或者批判其萎靡颓唐的文风、追随宗教的虚无主义思想。这和一直以来对鸳鸯蝴蝶派等通俗文学非公允的认识有关,和意识形态问题有关,也和撇开作家的文化人格进行单一性道德批判有关,其良好用意是要把早期作为革命家的苏曼殊与晚期鸳鸯蝴蝶派的颓废区别开来。

无疑,苏曼殊个人的生活方式以及小说创作与鸳鸯蝴蝶派有些丝丝缕缕的牵连,范伯群主编的《中国近现代通俗文学史》为苏曼殊设下一节,其目录中有一段内容简介:"近代哀情小说的先驱者苏曼殊：革命经历，坎坷人生，削发为僧，不离红尘——以青年男女感情纠葛与爱情悲剧为创作题材——充盈世事多变、人生无常和颓唐感伤情绪——《断鸿零雁记》大半为曼殊自我写真——'情僧'与'世俗法'的矛盾产生剧烈的痛楚——哀情先驱：还卿一钵无情泪，恨不相逢未剃时。"①从内容看，与1950年至1960年代的阐述模式有实质性不同，不再批判其"消极遁世"，从俗文学的角度来看，其"哀情小说先驱"的定位也很恰当，不过更类评传，在审美批评维度的开掘上还有待扩展，我们有必要弄清苏曼殊创作与代表大众审美文化的鸳鸯蝴蝶派的瓜葛。

　　刘扬体认为"苏曼殊并非鸳派作家"②，但没有进一步阐释其理由。范伯群认为：因为苏曼殊写的主要是"世外法"者的悲哀，而鸳蝴派侧重的是"世间法"的冷酷，所以不归入鸳鸯蝴蝶派讨论。③ 我个人赞同苏曼殊不属于严格意义上通俗文学鸳蝴派的论断，苏曼殊小说在更大程度上属于纯文学范畴，他的继承人不是鸳蝴派的传人"礼拜六"派，而是浪漫抒情的创造社文学，他的身上更多的是新浪漫的因子，他的作品更多地体现了精英化的审美理想追求。但是，一种文化是一个有普遍性和连续性的完整的生命，因其普遍性，它成弥漫一时的风气；因其连续性，它为一脉相承的传统。每个时代的作家都是历史发展过程中的交接带，但是并不是每一代作家都可以成为文学史流变中真正意义上吐故纳新、"过渡的一代"。我们无须回避在当时雅俗不分的文学情势下，苏曼殊的小说确实对民初哀情小说的形成具有推波助澜之功。从此端意义言，苏曼殊小说是贯通于雅俗之间的。

---

① 范伯群主编：《中国近现代通俗文学史》，江苏教育出版社2000年。
② 刘扬体：《流变中的流派——"鸳鸯蝴蝶派"新论》，第14页，中国文联出版公司1997年版。
③ 范伯群主编：《中国近现代通俗文学史》，江苏教育出版社2000年版。

　　苏曼殊和鸳鸯蝴蝶派的关系一是从他与诗酒风流的通俗文学作家的交往而言，二是从他作品与言情小说特别是与哀情小说潮形成的关系而言。

　　南社作为 20 世纪第一个爱国文学社团，许多成名的鸳鸯蝴蝶派作家跻身其内，如包天笑、徐枕亚、刘铁冷、陈蝶仙、许指严、贡少芹、周瘦鹃、朱鸳雏等，在经历了革命的洗礼以后，他们对时代的触摸从形而上的家国关怀转向形而下的生存现实体贴，从社群之家的文学载道转向个人之家的文学自慰，他们反对"有似正史"、政治功利的小说观，明确提出"小说者，……或曰茶余酒后之消遣品而已，若夫补救人心，启发知识之巨任，非所责于小说也"①，对传统思想习俗及文学文体审美观念、文言形式的继承惯性使他们很快找到了言情、侠义、狭邪等这条传统之路。作为南社成员之一，苏曼殊与这些通俗小说家的交往非常密切，当苏曼殊到上海的时候，他们常常一起吃花酒、听戏曲，在文字上也多有交流。1903 年，苏曼殊在吴中公学社结识了后来成为著名通俗小说家的包天笑（朗生），他为包绘制了《儿童扑满图》，寓意扑灭清廷。包天笑曾经写有《送别苏子谷》诗二首，发表于《国民日日报》。包天笑的小说《海上蜃楼》中曾经记述他们这一段交游经历，他说："那时的朋友中，有苏玄曼等，同在苏州当教员。"这里的苏玄曼自然指的就是苏曼殊，该小说中还有许多关于苏曼殊的文字。1909 年，苏曼殊结识百助枫子后，将她的照片书上《题〈静女调筝图〉》寄赠包天笑。1916 年 12 月，在《复刘半农》一信中，他还问道："朗生兄时相聚首否？彼亦缠绵悱恻之人，见时乞为不慧道念。"苏曼殊的最后一篇小说《非梦记》就发表在包天笑主编的《小说大观》上。通俗小说家叶楚伧也和苏曼殊有深交，叶楚伧即苏曼殊诗《南楼寺怀法忍叶叶》中的"叶叶"，他俩有不少合影，苏曼殊曾经为

① 钝根：《小说丛刊·序》，《小说丛刊》，江南印刷厂 1914 年版。

叶楚伧绘制过著名的《汾堤吊梦图》。鸳蝴派另一大家姚鹓雏也是苏曼殊念念不忘的挚友,苏曼殊在给刘三的多封信中都提到"鹓雏时相见否""鹓雏无恙否""鹓雏时通音问否"。姚鹓雏写有多首赠给苏曼殊的诗,在其小说《恨海孤舟记》里,有不少情节以和苏曼殊一起吃花酒为素材。苏曼殊的通俗文学界朋友还有程寅生等人。鲁迅在《上海文艺之一瞥》中形象地概述鸳蝴派小说的产生:作者大都是"从别处跑来"十里洋场的才子,"才子原是多愁多病,要闻鸡生气,见月伤心的。一到上海,又遇见了婊子……自己是才子,那么婊子当然是佳人,于是才子佳人的书就产生了。内容多半是,惟才子能怜这些风尘沦落的佳人,惟佳人能识坎坷不遇的才子",于是,"相悦相恋,分拆不开,柳阴花下,像一对蝴蝶,一双鸳鸯一样","受尽了千辛万苦之后,终于成了佳偶,或者是都成了神仙"。① 苏曼殊自然也是"从别处跑到上海的才子",也是怀抱"泪眼更谁愁似我"的多愁善感,也浪迹洋场、冶游花丛。所以,在诗酒风流上,苏曼殊有同于民初通俗小说家处。

　　鸳鸯蝴蝶派就狭义而言"当然是指才子佳人言情小说的作者们"②。阿英在谈到鸳鸯蝴蝶派时指出:

　　　　有吴趼人这一类写情小说的产生,于是有天虚我生《泪珠缘》(《月月小说》)、李涵秋《瑶瑟夫人》(小说林社,1906)、小白《鸳鸯碑》(小说林社,1908)、平诨《十年梦》(1909)、符霖《禽海石》(群学社,1910)、非民《恨海花》(新学界图书局,1905)、佚名《春梦留痕》(上海小说进步社,1911)、虚我生《可怜虫》(集成图书公司,1909)、息观《鸳鸯剑》(改良小说社,1910)、《破镜重圆》

---

① 鲁迅:《上海文艺之一瞥》,见《鲁迅全集》第 4 卷《二心集》。
② 范伯群:《中国现代文学社团流派》,江苏教育出版社 1989 年版。

（改良小说社,1911）、佚名《女豪杰》（改良小说社,1909）《销金窟》（时报馆,1908）、绮痕《爱苓小传》（《月月小说》）一类的产物。继续的发展下去,在几年之后,就形成了"鸳鸯蝴蝶派"的狂焰。这后来一派小说的形成,固有政治与社会的原因,但确是承吴趼人这个体系而来,是毫无可疑的。①

这段话有力地指明了爱情婚姻问题是早期鸳鸯蝴蝶派的重要主题。不过,在1908年,鸳鸯蝴蝶派"作为一个流派的完整形态这时尚不完备,婚姻恋爱问题,尚未成为此时的小说作者普遍关注的题材和反复表现的中心内容,同时还缺乏一批标志着这个流派业已成熟的有影响的作家和作品"②。

1912年对于鸳鸯蝴蝶派有着非同寻常的意义：在写情小说渐次流行的基础上,出现了对鸳蝴派最终形成和发展有重大影响的作品,即苏曼殊的《断鸿零雁记》和徐枕亚的《玉梨魂》。1911年初秋,在国外任教的苏曼殊在爪哇《汉文新报》上连载了其第一部小说《断鸿零雁记》的前一部分③,影响甚微。后来苏曼殊听到辛亥革命胜利的消息,于1912年3月回到国内,并任上海《太平洋报》主笔。这一年5月,《断鸿零雁记》开始重刊于《太平洋报》,很快被翻译成英文,并被改编为剧本上演,演出时"观者数百人,颇闻鼓掌声"④。与此同时,《玉梨魂》在《民权报》副刊连载。《玉梨魂》这部用四六体骈俪文言写成的哀情小说,问世之后风靡一时,再版竟达32次之多,以后又被改编为话剧上演。由于《断鸿零雁记》和《玉梨魂》的风行,从而引起

---

① 阿英：《晚清小说史》,第176页,人民文学出版社1980年版。

② 刘扬体：《流变中的流派——"鸳鸯蝴蝶派"新论》,第13页,中国文联出版公司1997年版。

③ 苏曼殊《断鸿零雁记》创作发表时,辛亥革命还没有爆发,那些认为《断鸿零雁记》"反映了辛亥革命失败后一部分知识分子的苦闷彷徨"的说法是值得商榷的。

④ 张韧：《小说世界探索录》,第96页,工人出版社1988年版。

一批作者竞相效仿,都以婚姻和恋爱题材为主要内容。1912 年后的两三年内,描述情场失意、鸳梦难温,哀叹才子"丰才啬遇,潦倒终身",书写佳人"貌丽如花、命轻若絮"的爱情小说风起潮涌,以表现所谓"我余未尽之情,君抱无涯之戚"。为了招徕读者,许多杂志在发表短篇小说时,也纷纷冠以哀情、苦情、忏情、妒情、侠情、奇情、孽情、惨情、悲情、怨情、幻情、喜情、艳情等徽记。许廑父解释"哀情"的含义:"这一种是专指言情小说中男女两方不能圆满完聚者而言,内中的情节要以能够使人读而下泪的,算是此中圣手。"①刘扬体指出:"虽然苏曼殊并非鸳派作家,但他当时所写的小说,每篇都以爱情为题材,情节曲折生动,文词清丽淡雅,情调凄凉苦涩,突出地反映了辛亥革命失败后一部分知识分子的苦闷情绪和避世心理,对鸳派的影响是很大的。"②

《断鸿零雁记》从文本建构上没有完全脱离传统言情小说"才子佳人"两情相悦、传统礼教和宗法制度"棒打鸳鸯"的套路,但显在的另一结构是两情相悦时男方忽然想起"读吾书者,至此必将议我陷身情网,为清净法流障碍。然余是日正心思念:我为沙门,处于浊世,当如莲华不为泥污,复有何患","我今胡能没溺家庭之恋,以闲愁自戕哉",于是钢刀慧剑,驱除宛宛婴婴,这已经超越了传统小说"大团圆"的审美叙事模式。在那个时代,这种个性表达在主题学方面在于充分反映了知识分子精神境遇和文化选择的困惑。历史正处在大转折的前夜,文化与道德的飘移逐步加剧,文化者从文学与革命的联姻中退却,盲目的乐观主义和理想主义落潮。通俗小说在短期内燃成燎原之势,从文学外部环境及社会政治思潮看,无疑是革命失败后专制主义加剧、大批文人在消沉苦闷中疏离现实、逃避政治的一种表

---

① 许廑父:《言情小说谈》,载 1923 年 2 月 18 日《小说日报》。
② 刘扬体:《流变中的流派——"鸳鸯蝴蝶派"新论》,第 13 页,中国文联出版公司1997 年版。

现。这一时代的基本语境是传统与现代思想、启蒙与民族意识、东方与西方文化、精神与物质世界等截然相对的话语空间。辛亥革命的意义内涵包含着共时和历时现代性的复杂性，所以苏曼殊的文化观不可能不表现为外部冲突和内心认同的张力共同作用的动态过程。苏曼殊站在一组组二元对立的文化接触带上，多重认识架构以充满内在张力的形式共同存在于一个思想主体中，致使他的男主人公在绝代佳人和佛规戒律、宗法制度间徘徊潦倒。

《断鸿零雁记》这篇小说对于当时通俗文学创作界的影响包括以下几个方面：首先是主题模式上，《断鸿零雁记》从思想内容上建立了言情小说的情节模式："三角恋爱模式"①，三郎和雪梅、静子的三角关系以后又出现在《碎簪记》(庄湜和灵芳、莲佩)、《非梦记》(海琴和薇香、凤娴)中，而且两个相互对应的女性并不认识，也不形成对男性表层的身体或爱情竞争，冲突来源于男性内在的文化迷茫，这一模式对以后的小说家造成重要影响，例如张恨水的《春明外史》中的杨杏园与李冬青、梨云等——鸳蝴派言情小说的主题模式由此开始定型。其次，《断鸿零雁记》的"自叙传"叙事手法虽然对创造社小说影响更为突出，但对鸳蝴派小说艺术手法的影响也不可忽视，以后许多通俗小说都以个人生存经验为素材，如包天笑的《牛棚絮语》、章士钊的《双枰记》等。第三，苏曼殊一变历史上写情小说"大团圆"的结局模式，以悲剧收束，对读者造成极大的震颤，也为很多鸳蝴派小说家所借鉴。苏曼殊落笔颇有诗人风度，明洁隽逸，情致幽深，于凄婉哀切之处尚能感受到一种青春气息，有别于林纾的沉沉暮气和民初鸳鸯蝴蝶派其他言情小说的脂粉气。《断鸿零雁记》以其感情的强烈、悲剧的冲突、情节的新颖、语言的优美成为民初哀情小说中独标一格的一篇，不像有的鸳鸯蝴蝶派作品一样追腥逐臭、玩弄哀艳，而

---

① 陈平原：《二十世纪中国小说史》第 1 卷，北京大学出版社 1989 年版。

是以诗化的语言和情调展露了一个纯洁而痛苦的心灵。政治激情和人生沧桑交融汇聚,现实感慨与浪漫期许相互辉映,中国本土文化与惊世骇俗的异国情调异曲同构,这种"歧义"的宽容构建了《断鸿零雁记》特立独行、浪漫凄美的审美效果,但同时也使小说缺乏男子汉的阳刚之气和野性之力。这也成为民初言情小说的普遍倾向。在《断鸿零雁记》和《玉梨魂》后,悲剧结构成为言情小说最常见的结构,这一结构对于中国文学审美现代转型的影响是深刻并极具意义的。

苏曼殊继《断鸿零雁记》后所创作的其他小说,也是"断鸿零雁"体的。综括起来,苏曼殊小说与鸳鸯蝴蝶派审美体系上的共同之处可以归结为:

(一)苏曼殊小说与鸳鸯蝴蝶派一样,都是浪漫时代的文学产物,他们的浪漫反映在题材上有共同处,如直关"言情",都注意人物关系的平面几何规划,即人物间的三角关系,言情叙事的模式化是他们共同的审美特征之一。

(二)人物类型化是两者又一共同的审美特征。由于中国以家族伦理为核心形成了固定的人物关系模式,每一类型人物都有他固定的家庭责任和行为规范,没有个体的"人",所以人物类型化在中国古代作品中有着深厚传统。到了鸳鸯蝴蝶体言情小说中,传统类型中又加入了闯荡文场的落魄才子、新学堂的女学生、洋场的妓女这些类型化的人物。苏曼殊的小说虽然在人物类型上不同于他们,但他的几篇小说也构成了一个自足的人物类型图像,与鸳蝴派人物谱系一一对应:多愁善病的释门才子、知书达理的知己佳人、清丽婉约的古德女子。

(三)两者都在意向上注重文学的主体性,倾向于文学作为"大道"之外的个人情感的审美观照,所以两者的文学都包含了爱情自由和"个人"发现的意义,都对迥异于封建婚姻制度下的爱情新形态充满蠢蠢欲动的幻想，同时在自由爱情面前又都充满忧悒和胆怯。

正因为苏曼殊与鸳鸯蝴蝶派作家的密切关系以及其小说文本对鸳蝴派小说的影响，苏曼殊在五四前后受到了当时以启蒙主义为鹄的的胡适的激烈批判，胡适在 1917 年 11 月 20 日给钱玄同的信中称："先生屡称苏曼殊所著小说。吾在上海时，特取而细读之，实不能知其好处。《绛纱记》所记，全是兽性的肉欲。其中又硬拉入几段绝无关系的材料，以凑篇幅，盖受今日几块钱一千字之恶俗之影响也。《焚剑记》直是一篇胡说。"① 将整篇只不过有一个"含泪亲吾颊"的"轻浮"举动的小说称为"全是兽性的肉欲"，这不是胡适张冠李戴，就是"欲加之罪，何患无词"，这种批判即便对于正宗的鸳蝴派小说也是不公正的妄言。出于对 19 世纪末 20 世纪初妓院功能的误解，也出于中国历来重文轻商的观念作祟，更出于新型知识分子道德感上的清高自诩，人们把涉及妓家的小说误解为黄色的淫荡的书。其实当时的妓院分为好几个等级，大部分妓院的社会功能只是一个公共活动空间，是提供商业聚会、休闲娱乐的场所，妓女也有三六九等，从事不同的陪客义务，这是当时的时尚。同样出于对"鸳蝴"这个作家群体的误解，五四人大肆讨伐"鸳蝴体"小说是些让人肉麻的"诲淫诲盗"的玩意儿，其实打开当时的言情小说读读，会惊讶于"原来它出其意料的纯净"，如陈平原所说："民初新小说家特别强调'言情之正'。所谓'言情之正'，说到底一句话，就是'发乎情止乎礼矣'。……言情小说的毛病不是太淫荡，而是太圣洁了——不但没有性挑逗的场面，连稍为肉欲一点的镜头都没有，至多只是男女主人公的一点'非分之想'。"② 徐德明也指出："中国现代的旧派小说中基本

---

① 胡适：《胡适文存》第 1 册，第 43 页，台北远东图书公司 1953 年版。
② 陈平原：《陈平原小说史论集》(中)，第 820 页，河北人民出版社 1997 年版。

没有直接的性描写,小说家们将'性'的内容放置在'色'的大背景上来表现,又将'色'放置在一个故作风雅的生活范式中作为一种游戏观赏的对象,反而将人的生命中的某一部分的本质需求淡化、模糊处理了。"①批判鸳鸯蝴蝶派"诲",只不过是必须找到一个靶子而已,即便不斥之为"诲淫",还可以抓住别的把柄,其实质性的原因则是在文学的价值观上,通俗文学家和新文学家的功能界定和审美想象是抵牾的。

　　从以上分析言,苏曼殊小说确实有许多与鸳鸯蝴蝶派相通的地方,但是不是由此就可以说周作人所谓"曼殊是鸳鸯蝴蝶派的人"是一个正确的论断? 问题似乎并不这么简单。那么,苏曼殊作为五四前小说家中的"异数"到底"异"在何处呢? 我认为可以从以下几个方面分析:

　　(一) 苏曼殊与包天笑、周瘦鹃等"洋场才子"的出身和教育背景不同,苏曼殊主要的精神来源是西方人文主义思潮,其文化生态范型是精英文化;鸳鸯蝴蝶派虽然也有留学国外接受西学者,甚至不少人也参与了当时的西文译介,但是他们受到的中国文化熏陶和传统教育更为深厚,传统的"才子"人格更为突出。苏曼殊身上有着大和民族的遗传血胤和环境熏陶,而且他有盘桓中印度一带习文诵经的特殊经历,这些都使他看取社会和人生的方式与众不同。另一重要的方面是苏曼殊13岁时即在上海的教会学校师从西班牙罗弼·庄湘博士学习英文,他的英文水平在他周围的名彦硕儒中可谓鹤立鸡群,这也使他较早直接接触到西方文化和文学的原本。后来,苏曼殊每每提起他的这位恩师,都怀着深深的眷念和感激。《〈潮音〉跋》中有"尝从西班牙庄湘处士治欧洲词学。庄公欲以第五女公子雪鸿妻

---

① 徐德明:《中国现代小说雅俗流变与整合》,第 242 页,社会科学文献出版社 2000 年版。

之"。1909 年 11 月,在去爪哇任教的海轮上,苏与庄湘、雪鸿父女偶
遇,经新加坡曼殊染疾,为父女俩劝留,雪鸿赠给曼殊"西诗数册。每
于椰风椰雨之际,挑灯披卷,且思罗子,不能忘弭也"[1]。《题〈拜伦
集〉序》言:"西班牙女诗人过存病榻,亲持玉照一幅,《拜伦遗集》一
卷,曼陀罗花并含羞草一束见贻,且殷殷勖以归计。嗟夫,予早岁披
剃,学道无成,思维身世,有难言之恫,爰扶病书二十八字于拜伦卷
首。此意唯雪鸿大家能知之耳!"可见,雪鸿与苏曼殊有着知遇之情。
在《断鸿零雁记》中,苏曼殊写到自己特慕庄湘"清幽绝俗,实景教中
铮铮之士,非包藏祸心、思墟人国者,随从之治欧文二载,故与余雅有
情怀也","罗弼大家所贻书籍,中有莎士比尔,拜轮及师梨全集"。
苏曼殊给庄湘的复信是现存最长的一封信,从佛学思想到翻译理论
再到中华国号论述,古今中外,无所不容,运笔自信,酣畅淋漓,可见
苏曼殊将庄湘视为学术上的良师益友,庄湘对曼殊在人格形成和学
术造就方面的影响是显然的。这种种差异必然反映在作品中,比如,
见于他对现代爱情的理解,他打破了才子佳人小说传书递简、密约幽
会的俗套,写情表爱大胆坦率,新颖别致,《焚剑记》中写独孤灿与阿
兰在餐桌上相遇:

> 俄,少女为设食。细语生曰:"家中但有麦饭,阿姊手制。阿
> 姊当来侍坐……"言犹未终,一女子环步从容,与生为礼,盼倩淑
> 丽,生所未见。
>
> 饭时,生窃视女。少女觉之,微哂曰:"公子莫观阿姊姿,使
> 阿姊不安。"女以鞋尖移其妹之足,令勿妄言,亦误触生足,少女
> 愈笑不止。

---

[1] 苏曼殊:1910 年 6 月 8 日《致高天梅书》,见马以君编:《苏曼殊文集》,第 516 页,
花城出版社 1991 年版。

　　这种清新爽快、一尘不染的情调,在清末民初小说中是绝无仅有的。

　　(二) 苏曼殊小说虽然也被不少学者称为言情小说,但不在叙事的"说"而重在写情的"情",有强烈的主体性体现;他的主题不在反封建婚姻、反宗法制度、反权贵,重在抒写现代文化冲突中的个体孤独这一强烈的生命意识;他的叙事形态,并不单纯依赖情节,甚至超越情节的变化,而在人物个性的心理深度上发生,这和鸳鸯蝴蝶派的叙事范型和表现主题有着质的不同。陈独秀在为苏曼殊小说《绛纱记》所作的序中称:"人生最难解之问题有二,曰死曰爱。"①"爱"和"死"是古往今来的文学两个总话题,而苏曼殊所描摹的爱情和古往以来的《聊斋》《牡丹亭》《红楼梦》《恨海》里的爱情都不同。苏曼殊小说虽然也是写痴情女爱上多才多艺多情郎,他的作品中既没有"婊子",也没有"嫖客",更没有"分拆不开","终于成了佳偶,或者是都成了神仙"。仅从作品表层的"哀感顽艳"、"缠绵凄楚",很难解释为何他的小说能在众多写情小说中取得如此大的轰动效应,以至所谓的"旧派小说"和"新文学"界都青睐于他。我们只能从淹没在其作品孤独伤感、颓废哀戚之下的审美情感上的清新气息入手。苏曼殊以终生的力量加以反思的情爱远远拆解了尘俗的封条,自我追寻的是近乎哲学意义上的爱的真谛,本体真如境界差不多已然成为他小说人物形象的本性规定,但是这种追寻并不是遇神逢鬼、化蝶成仙,而是通过世俗故事的演绎来展现的,也就是说,爱的本体真如世界实际上只能存在于世俗爱恋生死之间。正似李泽厚所说:"苏作在情调凄凉、滋味苦涩中,传出了近现代人才具有的那种个体主义的人生孤独感和宇宙苍茫感。他把男女的浪漫情爱和个体孤独,提升为参悟那永恒的真如本体的心态高度。它已不是中国传统的伦常感情(如

---

① 陈独秀:《〈绛纱记〉序》,见《苏曼殊全集》(四)。

悼亡)，佛学观念(色空)或庄子逍遥。"①

（三）苏曼殊的文字是拒绝平庸、崇尚天才和自然的，是鼓吹灵感、蔑视压抑的，"给他的作品带来最动人、最持久的品质的，却是一种异国情调的氛围"②；而鸳鸯蝴蝶派作品"体裁是继承章回小说的传统，文字则着重词藻与典故"③。刘纳用民初骈文小说里习见的词语，串连出了那个时代最具公共性的小说语言、主题、风格模式："岁月含愁，江山历劫；几声风笛，离亭柳色；征路云阴，黑狱埋冤；空山鬼泣，青磷照野；红销香碎，深闺埋恨；惨绿猩红，烟愁雨泣。"④小说中夹杂骈俪文字，是中国文学早就有的现象，而1912年到1919年，作为中国文学独特品种的骈文有了一次奇特的兴盛，成为一道突出的文学风景。属《玉梨魂》这一派的骈文小说还有吴双热的《兰娘哀史》《断肠花》，李定夷的《红粉劫》《鸳湖潮》《茜窗泪影》，吴绮缘的《冷红日记》等。我们摘录《此恨绵绵无绝期》中一段女主人公形容夫婿容貌的文字来与苏曼殊文字作个比照：

汝面直类莲花，潘安卫玠，见汝或且失色。犹忆结婚之后两月，正四月艳阳之天。绿荫罨画，芳华满眼，景色良复可人；红窗风月夜，乐事至多。郎鼓批亚那，妾唱定情歌。或则盈盈比肩，偎倚窗前，指点天上春星，猜测姬娥心事。新婚燕尔，伉俪之情弥笃，连理枝儿一处载，并头花儿一处开……

此种千篇一律的文字出自"哀情巨子"周瘦鹃的笔下，可见得其他作者更逊一筹。我们试看一段苏曼殊《焚剑记》中描述独孤灿受邀

① 李泽厚：《中国思想史论》(下)，第1040～1041页，安徽文艺出版社1999年版。
② 柳无忌：《苏曼殊传》，第3页，北京三联书店1992年版。
③ 范烟桥：《民国旧派小说史略》，载魏绍昌编：《鸳鸯蝴蝶派研究资料》，上海文艺出版社1962年版。
④ 刘纳：《1912—1919：终结与开端》，载《中国现代文学研究丛刊》1998年第1期。

去阿兰家的文字：

> 是时南境稍复鸡犬之音。生常行陂泽，忽见断山，叹其奇绝，蹑石傍上，乃红壁十里，青萼百仞，殆非人所至。生仰天而啸。久之，解衣觅虱，闻香郁然，顾之，乃一少女，亭亭似月也。
>
> 女拜生，微笑而言曰："公子俊迈不群，所从来无乃远乎？妾所居不遥，今禀祖父之命，请公子一尘游屐，使祖父得睹清辉，蒙惠良深矣。"
>
> 生似不措意，既又异之，觑其衣，固非无缝，且丝袜粉舄，若胡姬焉。女坚请，始从。生固羸疾，女为扶将，不觉行路之远。俄至木桥，过桥入一庐，长萝修竹，水石周流。女引至厅中。
>
> ……
>
> 生于是日教二女属文，长女名阿兰，小生一岁，次女名阿惠，小生三岁，二女天质自然，幼有神采，生不胜其悦，而恭慎自守。二女时轻身容于丹山碧水之间，时淡妆雅服，试学投壶。如是者三更秋矣。

这段描写细腻、隽永、宁静、透明，其超凡脱俗的情调、风景、人物、场面恰似一幅秀雅怡美的淡墨轻岚。这种超越现实人生的审美笔致和鸳鸯蝴蝶派对现世人生、日常人伦"工笔细描"的"写实"有着天壤之别，其清新自然的风格是明显的，在阅读中我们似乎看到了废名《竹林的故事》的影子。

苏曼殊小说是所谓的文言，这也是他不受五四写实派待见的原因之一。五四新文学一个最大的"实绩"，就是确立了白话文的正宗地位，在这方面胡适功莫大焉，他把自古以来的文学划为两类"死文学"与"活文学"，"我把汉朝以后，一直到现在的中国文学的发展，分成并行不悖的两条线……这一个由民间兴起的生动的活文学，和一个僵化了的死文学,双线平行发展,这一在文学史有其革命性的理论实在是我首先倡导的;也是我个人(对研究中国文学史)的新贡献。"[①]凭心而论,苏曼殊那些所谓的文言与新文学某些白话相较,莫说对当时的读者,即便对今天的我们来说,其清新易解依然可感,鲁迅的《狂人日记》被举为第一篇现代白话小说,不过这也是一篇第一次需要将诠释带入阅读的中国小说,一般的读者只有感慨"难以索解"。另外,苏曼殊彻底打破了传统小说章回体的体制格局,《断鸿零雁记》以二十七章结撰,每一章开篇直接承接前章切入正文,没有回目对子,结尾处也没有采用"有诗为证"和"且听下回分解"的陈旧套路。这与大多鸳鸯蝴蝶派小说的审美形式迥然不同。

（四）苏曼殊小说悲剧的收束不在于外力,而在于主人公内在的深层精神困惑;鸳鸯蝴蝶派文学主人公即便有自由和爱情的渴望,但思想深处仍然以封建伦理道德为行动指南,一再申明"发乎情而止乎礼"的劝诫,反抗是消极的、个体是被动的,有很大一部分作品表现了既渴望自由又害怕自由的矛盾心理。《玉梨魂》第一次触及了寡妇恋爱的题材,但白梨影碍于寡妇名节的礼教规训,不敢冲出束缚与有情人缔结连理。小说在收束时指出追求爱情之苦,让身陷情网之糜的男女千万保重。基于对包办婚姻的怨愤,鸳鸯蝴蝶派作家提出了婚姻自主的愿望,然而又担心这样会影响世态人心,所以在提倡自由的同时,又提倡妇女"从一而终",或者也并不是所谓"提倡",只是他们太知道婚姻自主的不可能,包天笑的《一缕麻》和周瘦鹃的《恨不相逢未嫁时》最能反映这种矛盾心态。这一派骈文小说的立意越来越做作,情感越来越酸涩,一条新开拓的通俗小说之路也便只好转向。与之不同,苏曼殊小说所写悲剧造成的原因有两种,一种是外力的战乱或包办婚姻,而阻挠有情人终成眷属的不是继母,就是婶母,或者

---

① 唐德刚:《胡适口述自传》,第 289～290 页,华文出版社 1989 年版。

姨母,无有一例是亲生父母,这成了苏曼殊小说与众不同的一大特点;而更重要的因素则来自主人公自身,甚至可以说作家主体心理变化。外力构成一种威胁,而主体情感选择常常最终决定了"有情人不成眷属"的结局。苏曼殊小说人物仅仅活在不着边际的形而上的世界里,这与其他鸳鸯蝴蝶派作家作品有着本质性区别;言说掘进的动力在于心理的变迁,而不在于外部世界的强力介入。李泽厚认为:曼殊作品"尽管谈不上人物塑造、情节建构、艺术圆熟,却在这身世愁家国恨之中打破了传统心理的大团圆,留下了似乎无可补偿无可挽回的残缺和遗恨。这就是苦涩的清新所带来的近现代中国的黎明期的某种预告。这些似乎远离现实斗争的浪漫小诗和爱情故事,却正是那个新旧时代在开始纠缠交替的心态先声。感伤、忧郁、消沉、哀痛的故事却使人更钟情更怀春,更以个人的体验去咀嚼人生、生活和爱情。它成了指向下一代五四知识群特征的前兆。四顾苍凉凄冷,现实仍在极不清晰的黑暗氛围中,但已透出了黎明的气息"①。

即便是最通俗的题材,在苏曼殊的笔下也有着不俗的现代味。《天涯红泪记》中独孤公子一再想证明自己身为英雄的存在价值,这是苏曼殊个人经历与理想的外露。暴力与英雄、英雄与美人是两对奇崛而又和谐的对应。暴力与英雄想象渗透着文人对理想秩序的渴望与对秩序失落的恐惧,对乱世场景的描绘一方面指涉并质疑平内乱、建功业的表面完美秩序,另一方面又预示了革命的再度失败。暴力描述确非文墨山水的苏曼殊所长,描述的失败也确证了苏曼殊远非像当时许多侦探凶杀通俗小说家者对血腥的迷恋,苏曼殊只是通过对乱世变局的书写,表达对秩序的渴望、对太平盛世的期待。作为曾经热血澎湃倾心革命的苏子谷,英雄与暴力更有一深层的憾忱:暴力革命以达太平永是乌托邦,也许破坏更大于建设,对自身目的的

① 李泽厚:《中国思想史论》(下),第 1041 页,安徽文艺出版社 1999 年版。

质疑或者说对革命的反思无疑是苦痛和无情的，其间是以治国为隐喻的。

苏曼殊的小说也写到侠士和世外桃源。苏曼殊与侠义小说的关联始自《惨世界》，在该小说中，苏曼殊塑造了男德这样一个具有侠客精神的英雄形象，而且还塑造了男德的红颜知己孔美丽，首开侠义小说"英雄美人"的先河，为后来侠义小说和言情小说合流成为"革命加恋爱"的范式提供了一个成功先例。苏曼殊对乌托邦乐园的幻想是对其所从出的现实环境极度不满的反映，苏小说提供了一个似乎有深层暗示意味的模式。《绛纱记》中，苏曼殊虚构了一个桃花源世界，"余"自海外归国，途中舟沉遇救，到一处风景如画的渔村，一处"世外桃源"："天朗无云，余出庐独行，疏柳微汀，俨然倪迂画本也。茅屋杂处其间。男女自云：不读书，不识字，但知敬老怀幼，孝悌力田而已；贸易则以有易无，并无货币；未尝闻评议是非之声；路不拾遗，夜不闭户。……见老人妻子，词气婉顺，固是盛德人也。"渔人日出而作，日落而息，不识甲子，无有名姓，不知身在何地，认为"余"所带的时表会惹起争端，劝其"速投于海中"，"余"认为他们简直是仙人。但是，一再的外力扰乱颠覆了这一叙事，父母中原竟是永不能结局的事情，末世悲凉的恐惧造成的无家之识不只是一种叙事策略，也成为一种确证现实。爱情是苏曼殊小说的显主题，对战争、流民、华工被污的乱世焦虑和人文关怀是苏曼殊小说的隐主题。苏曼殊虽然走访数国，他对世界的感知、对文学的把握都具有"先锋性"，但他也只能以历史幻想的方式寄托自己对当下的感慨以及未来的家国想象——这一想象导源于陶潜，中国的文人一代一代从小到大宿命似的都要阅读《桃花源记》，于阅读的同时在内心建构自己的桃花源世界。而苏曼殊的这一隐题恰恰在继承了文人传统的同时，更能传达一种对历史逆向性的"当世反思"，这一点尤为可贵。

其实，无论是苏曼殊还是鸳鸯蝴蝶派，清末民初这一代文人对于文学史的意义并不在于他们贡献了多少不朽的经典,而在于承接和变革的力量,在于他们于一个旧时代行将入木而一个新时代刚行孕育的历史阶段,以自觉的追求推动了新的文艺的生成和发展。他们的文艺既有对现代都市生活的贴近表现,"抚慰"了现代市民新的文化欲望,又不放弃对传统的文化精神和艺术表现方式的继承,"体贴"了现代都市市民需求,最早对历史现代性实现之重要标志的"现代都市"的形成过程的各种变化,尤其是市民生存和观念的"现时"性状态作出了反映;实现了传统与现代的非对抗性转换。周作人对鸳鸯蝴蝶派的评价是客观精当的,他认为:"文学史如果不是个人爱读书目提要,只选中意的诗文来评论一番,却是以叙述文学潮流之变迁为主,那么正如近代文学史不能无视八股文一样,现代中国文学史就不能拒绝鸳鸯胡蝶派,不给他一个正当的位置。"①从启蒙的立场看,都市通俗文学带着不浅的"封建主义思想"遗毒,而从培养以文学为生活内容之一的读者群、建立白话文体和与现代传媒互动、为知识分子开拓一种新型的职业等方面看,它有值得珍视的贡献。

苏曼殊的翻译文学、诗和小说创作滋润和影响了五四抒情文学的浪漫一代,他的小说在主题模式上与通俗文学的审美实现的相通性又催发了鸳鸯蝴蝶派言情小说的繁华,而鸳鸯蝴蝶派和五四抒情派通常被文学史家归为水火不相容的新旧文学两极。杨义为苏曼殊叫屈:"可惜苏曼殊不曾为同代作家理解,鸳鸯蝴蝶派把他捧为大师,其实只是把他当作一个'作绮艳语,谈花月事的漂零者'而已。他的艺术生命是悲剧性的。"②我们后人大可不必为苏曼殊遗憾,在 20 世纪文学史上,能够被新文学和现代都市通俗文学同时奉为"先驱"的,苏曼殊在 20 世纪初可谓独领风骚。在其后,能在艺术形式、思想内

---

① 周作人:《答芸深先生》,见《苏曼殊文集》(五)。
② 杨义:《中国现代小说史》(第 1 卷),第 540 页,人民文学出版社 1998 年版。

涵上远远超越于苏曼殊，真正统领雅俗、贯通中西之间的则应该算1940年代张爱玲、徐訏吧。苏曼殊的"爱的发现"的主题更是关乎五四后新文学爱情小说雅俗两个趋向，在文学现代性转型方面是一个值得更深入一步探讨的话题。

第二节　爱情的"发现"与意义重估

　　文学之所以有雅俗之分，从创作主体来说，体现了不同层面的创作者对社会特定的心理反应，从接受者来说，处于不同文化意识层面上的接受者也有着不同的阅读心理和动机，所要求的阅读内容也就有雅俗不同的审美标准。苏曼殊小说"俗"的情劫母题其实蕴涵着"雅"的人生。

　　爱情和死亡是苏曼殊小说相辅相成的主题，爱情的"发现"是苏曼殊小说意义重估最值得注意的关目之一。其实，在当时雅俗不分的创作圈和评论界，这也是鸳鸯蝴蝶派不少作家共同的主题。小说传统的大团圆结局既是出于教化、劝惩的功利目的，也是由于中和之美的传统美学观念影响。该派几部有代表性的长篇小说最明显的美学新质在于它的悲剧性结局，既表现人与外部世界的冲突，也表现人自身内部的冲突，这既是受19世纪末期译入中国的西方悲剧小说如《茶花女》等的影响，也和那个时代整个萎靡不振的人文气氛相关，悲剧更具有震撼人心的美学力量。鲁迅在《上海文艺之一瞥》中说都市通俗小说中的才子佳人终于"不再都成神仙了"，突破了中庸的规范，"实在不能不说是一个大进步"，[①]这话于鲁迅也绝不只是嘲讽。在

① 鲁迅：《上海文艺之一瞥》，见《鲁迅全集》第4卷《二心集》。

此之前,小说忙于为政治服务,到现在为止小说在美学上才真正有了
"革命"之举。鸳鸯蝴蝶派的一些代表人物早期都是输入西学的先
驱,在反封建、反传统的思想价值的主要倾向上不同于新文学阵营的
是他们用意不在"教导或引领",而在"迎合"新兴市民出现的反封建
反传统礼教的思想。民初言情小说的现代性一是深刻展现封建礼教
思想带给人的心灵束缚和痛苦,还表现在突破传统小说叙事的平面
化,将心理描写等现代技巧大量用于小说。夏志清在谈《玉梨魂》时
说:"这本书的结尾,如日记之引用,叙述者之爱莫能助,苍凉景象之
描述等等,都预告着鲁迅小说的来临。"①典型的例子还有天虚我生
的《玉田恨史》,在一定程度上摆脱了那种单纯演绎故事的作品对情
节波动的依附,全篇用第一人称从头至尾写女主人公的内心活动,这
些虽然在以后的五四小说中大量采用,但在当时客观上却是有先锋
作用的。明清才子佳人小说和晚清言情模式是一个封闭静止的内向
性结构,民初以其总体上的悲剧结局、情的主题的高扬、叙事技巧的
现代性,突破了这一模式而呈现出外向性,而真正打破这一模式的是
五四小说,最终在鲁迅手里出现了《伤逝》那样的真正具有现代品性
的情感小说。

　　一个世纪以来,由于我们借西方文化来启蒙中国"愚民"的思想
方式占主导地位,在强调西方人文主义思潮对中国国民现代"人的意
识"的觉醒的影响时,有可能忽略了这样一个思想源头——中国在西
方近代革命发生的同时,也曾经自发地出现了资本主义生产关系的
萌芽,对应于这种社会变革的哲学思潮即以李贽为代表的"非经薄
儒"、社会平等的人文主义思潮。任何国家的历史上,当一个旧制度
未能摧毁,一个新目标依然渺茫,失去支撑点的社会难以重建心理平

---

① 夏志清:《〈玉梨魂〉新论》,《台湾、香港、海外学者论中国近代小说》,百花洲文艺
　出版社 1991 年版。

衡时，叛逆和颓废总要构成这一时期一代吮吸了"世纪末果汁"的敏感青年的基本精神特征。颓废、象征、神秘、唯美的文艺思潮除了受异域文化的刺激外，更是文学在自足发展的过程中一种自然的自身建构，不仅包括文本主题、叙事策略、语言变革、形式技巧。那种认为中国现代小说完全是西方文艺思潮引入中国的结果的说法，可能对域外文学于中国文学现代转型的功用有所夸张，也是人们对西方文明的仰慕、折服乃至恐慌的心理暗示。中国历史上，从庄子、阮籍，到李贽、龚自珍等人，形成了与正统相反的一条线索，他们我行我素，遗世独立。庄子的游世精神，阮籍的佯狂骄世，龚自珍的叛逆觉醒，看似不同，其中却贯穿着同一种精神：对自我生命的认真。他们对黑暗世道激烈的内心对抗使他们不能接受个人与存在的和解，正如庄子所描绘的游世者不能在任何形式的稳定温良状态中定格下来，成为世俗人众可以参考的样板。苏曼殊也拒绝任何形式的在世安定，而宁愿不停地漂泊直到永远回避。只不过，苏曼殊浪漫的思想根底少一些传统清流才子的放诞任情，多一些西方浪漫主义的个性张扬。

对封建皇权的对抗、对"存天理、灭人欲"的封建礼教的反驳姿态，使明末文学出现了一个具有反封建色彩的浪漫主义潮流，表达市民阶层对自然人性与社会平等的追求欲望，《金瓶梅》《三言》《二拍》等就是反映了这样一个近代式的世俗天地。晚明"以情抗理"的社会思潮淋漓尽致地表现了市民群众对自然人性和社会平等的热烈追求，矛头不仅指向封建禁欲主义，也指向宗教禁欲主义，但晚明人文主义思潮因明清鼎革没有得到进一步发展。明清思想家黄宗羲、王夫之、顾炎武等人，也曾在儒学内部发起一场理学批判运动，旨在纠正理学在政治与教化、外王与内圣、事功与道德关系上的偏差，以调节封建机制而实现富国强兵，本质目的在于扩大专制统治的范围，不是为平民百姓争取自主权。相关于这一变化，明末清初的才子佳人小说以其拙劣的文笔和虚假的大团圆结局为后世所诟病，但其把明代文学原始粗俗的情欲升华为高雅纯洁的爱情也当值得肯定。入清以后反映"以情抗理"的小说已不多见,《红楼梦》虽然高扬"以情抗理"的旗帜,但很少活泼热辣的世俗情调。晚清以降,在西学冲击下,中国的被动式的近现代化和中国民众的文化心理具有很大差异,以梁启超等维新人士为代表的"开启民智"的启蒙运动只是在"睁眼看世界"的一代知识分子范围内制造着声势,对于广大市民的文化性格并没有多深触动。20世纪初鸳鸯蝴蝶派言情小说特别引人瞩目的原因,除了西方婚姻自由思想已为不少青年男女所接受外,另一个心理结构层面就是"以情抗理"的文学思潮在清朝统治者入主中原被摧折后在新的时代触媒下的重新勃兴。民国之初,封建伦理观念失去了政令上的依靠,也由于西方思潮影响,人性又开始了朦胧的觉醒,封建观念相对淡薄的市民阶层率先发起反对礼教、争取个性解放的斗争。"'父母之命,媒妁之言'的传统婚姻制度渐起动摇,'门当户对'又有了新的概念,新的才子佳人,就有新的要求,有的已有了争取婚姻自由的勇气,但是'形格势禁',还不能如愿以偿,两性的恋爱问题,没有解决,青年男女为之苦闷异常。从这些现实和思想要求出发,小说作者就侧重描写哀情,引起共鸣"。①

所以,从传统文化精神的继承来看,鸳鸯蝴蝶派小说反映了英雄崇拜、善恶因果、正义呼唤、抑恶扬善、抱打人间不平等民族传统道德关怀,特别是该派文学继承和发扬了晚明"以情抗理"的浪漫主义文学思潮,是对晚明"以情抗理"的文学古道的重新开掘。中国通俗小说在20世纪最终走向现代是现代文化变迁的结果,也可以说是文学本身在这种变迁的语境中逐步调适的成果。从20世纪初的改良主题到20~30年代武侠小说、言情小说对浪漫情怀的极致而曲折的表

---

① 范烟桥:《民国旧派小说史略》,载魏绍昌编:《鸳鸯蝴蝶派研究资料》,上海文艺出版社1962年版。

达，再到 30～40 年代沦陷区殖民语境下对人性的关切，文学传统的流变从经世致用的古典经学传统，向心灵辩证的现代文学系统渐变，在这种转型的过程中越来越体现对于社会人生的关切，慢慢具备了现代性的素质。在艺术的探索性、语言的实验性、文本的先锋性方面，通俗小说不像新文学那么注重。在一个"进化论"统治的时代，新文学强调新的总比旧的好，现在的都比过去的好，这种历史进化论观念成为很多知识者的惯性思维，直至今日；但通俗文学总是要瞻前顾后的，既要顺应文学市场的现代化驱动力，又要注重传统基础上的回归。中国文学正是在通俗文学与新文学的双向互动中走向未来。

但在苏曼殊，爱情的发现与悲剧的意义还不仅这些，他的"和尚恋爱"的言语织体包含着原生之家（寻觅与怨恨）、社群之家（救赎与殉情）以及个体之家（抱慰与拒斥）之间纠合与共谋的伦理失措，包含着灵与肉争夺在世支配权的隐喻，也包含着个体自由对国家体系和佛法戒条等身体规训机制的反叛。

苏曼殊生活的时节，文化教育领域大倡女学，梁启超在《时务报》上《论女学》一文将中国积贫积弱、内外交困归咎于中国女性惰逸闲帷"披风抹月、拈花惹草"，"若人人各有职业，各能自养"，则中国必强。这一论调博得大批维新人士苟同，欲以妇女就业以强国力，救助中国在外强入侵下之节节败退。从这一"成也萧何，败也萧何"的话语结构中可以看出，表面上是肯定女性的社会地位和人生价值，实际上女子仍为被动的他体，为男性所谓的政治目的服务，隶属于男权的排比规律之下，而不是从提供她们最好的向学机会出发，以便施展个人才情。没有对西方妇女道德标准、人格理想的省察，不能重新审视中国传统而建立起更为适宜的女性价值体系。现代史学往往抹杀男女的界限，只选择几位符合男性政治话语系统的女性如秋瑾、徐自华，以证实这一系统意义上的男女平权，这本身就是一个对平权的误读。那么苏曼殊小说是如何界定自己的女性空间的？

《断鸿零雁记》发表后,时人称苏曼殊为"于胭脂堆里参禅,狎而不乱"。苏曼殊的琴酒女乐与参禅悟道相伴不同于习禅的诗人白居易,白居易作为在家奉佛的居士,并不笃信佛教的终极真理和彼岸世界,把宗教生活作为一种消闲享乐的方式,将佛教的超脱意识改造为此岸世界的闲适无忧、知足常乐的人生哲学,在实用化庸俗化的同时,却也契合了南禅"行住坐卧,应机接物,尽是道"的宗旨,但苏曼殊作品不像白居易的作品那样很多太过率易、语意直露的"闲吟";而且,两者虽然都注重"有我之境",但白居易的思维方式是"有心"(有性灵)和"无心"(无思虑)的统一体,而苏曼殊却是有思虑的,这种思虑即是对个性的强烈维护欲。苏曼殊的施善心理也是一种穷困文人心灵的自救自赎,灾变、民乱、兴亡的连锁关系在苏曼殊小说中屡有推理,因此明清以降的施善文化和佛家宣导的普度善举在他心中不是要累积个人功德,而是一种不自觉的同病相怜感,兴利节用显然不符合这个赤贫之士的营生之道。苏曼殊的许多诗文在上海发表,不少诗作抒写了对上海娱乐界女子的情愫。上海在中国现代文化史上是一个身兼"罪恶之都"和"现代象征"的暧昧、复杂、矛盾的形象。在国运式微的危机中,对照租界弹丸之地的繁华昌荣,当时的上海在无所可为中沉溺于一种近乎畸形的声色犬马追逐中。现代都市发展与租界青楼文化之间具有一种互动的关系,租界促成了公共空间的形成、租界话语浮出,上海的都市化吸引了全国各地甚而世界各方的人们来到这里寻求发展的机会。当时流居上海的各阶层人士盘桓于上海,于是以女性文化为消费中心的青楼文化形成空前规模,于是文人在公共空间体验到了家居感。他们的关系不再是个人意义上的落魄才子与红粉知己,在"不为无益之事,何以遣有涯之生"的无聊感叹中,他们的心情是一张国事兴退表。当历史上的文人指责偏安者"暖风熏得游人醉"时,恰是文人自己在历史机缘下"梦里明知身是客",在无聊和无奈中与时局互动。时尚、越界、触规,看似僭越传统家庭道德伦理,却往往是对传统更深一层的肯定与巩固。历史的叙述结构在这里遭遇了主题上的断裂,人格和价值观也遭逢断裂,贫穷可能暗示了道德上的负面价值,身份定位与经济经验与姻缘息息相关。生活中的苏曼殊钟情的常常是那些青楼姑娘,而苏曼殊在小说中神交的却都是良家女子,正说明了物质层面上的现代征候如办台面、吃花酒,以及传统的诗词歌赋的文化景观,并不能真正让苏曼殊安魂,他在传统与现代之间表现的迟疑,正是当时一个时代新旧价值共存抵牾与商榷的时空现象。

苏曼殊表现的对女性美的欣赏表面上看来似乎不脱才子佳人小说的俗套,仔细分析便发现有很大差距:他笔下的女子都仪表清秀,气质高雅,雪梅"静柔简淡,不同凡艳",静子"清超拔俗、袅娜无伦",灵芳、阿兰等都"丰韵娟逸、仪态万方",她们甚至有高亢无伦的人格,没有世俗女子的轻浮、虚荣或把自己看作男人附属的意识,都敢于决绝的去爱去死,她们的贞专只针对爱情而不针对封建礼教的三从四德。苏曼殊描写女性温柔多情的爱恋越是执着、越是缠绵、越是缺乏超越性,越是显示了世俗日常收编的力量的强大,越是吻合一般大众的审美情感;反过来说,也就越是显示了男主人公逃情的痛苦和决绝以及他在追求自我超越上不同于鸳鸯蝴蝶派小说才子类型的本质。苏曼殊注重男女智力上的平等和精神上的沟通。这些女子富有才华,远远走出了"女子无才便是德"的旧思想,在情感上是男子的知音,在学业爱好上是男人的益友,男主人公以男女平等的心态看待女性,不是把她们视为供男人赏乐的"尤物",叙述者对她们怀着真切虔诚的爱恋。如静子知书达理,温良多情,善解人意,精通琴棋书画,更让三郎惊艳且中意的是她还懂梵文和佛学,深闺少女由此和整个世界相连。

苏曼殊小说在爱情审美上更为出众的一点在于,传统礼教的贞节观念只约束女子,男子妻妾成群、朝秦暮楚、寻花问柳则是天经地义的,而具有现代情爱观念的苏曼殊虽然强调"从一而终",反对女子"舍华夏贞专之德,而行夷女猜薄之习"(《焚剑记》),甚至把贞专与国体、与自由相牵连,说"吾国今日女子殆无贞操,犹之吾国殆无国体之可言。……女必贞,而后自由"(《绛纱记》),但是这种对于贞静的要求并不是针对女人,从小说的具体描写看,对男子贞专的考验似乎更强于女了。他的小说常写到一个男子在两个理想的女性面前抉择的困难,在此情此景下,是坚持"心无二色"还是见了后一个立即否定前一个的可爱,就关涉男子贞专问题。在《绛纱记》中,苏曼殊也明言这种抛离的后果是"如不思念旧情,则彼女一生贞洁,见累于君"。

苏曼殊确实也表现了对于传统女性道德的恋恋不舍,《断鸿零雁记》第三章有这样一个不常被人关注但其实蕴含深意,成为全书事件"发凡"的情节设置:日本后裔三郎仅仅几个月大时,其父亡故,其母为了让他"托根上国",就把他认给一位中国人做义子,以便使他"离绝岛民根性"、"长进为人中龙"。这一设置看似随意,其实表露了苏曼殊在文化选择上对于中国传统文化中优异成分的倚重,而从整部小说的事件牵连来看,苏曼殊在肯定的同时又推翻了自己以上的立论,因为使他蒙受生之侮辱和悲苦的恰恰就是"上国"的属民。不过在静子身上,我们依然看到了中国传统礼乐教化的深刻影响,可以说,苏曼殊在一定程度上是按照"中国传统审美模式"来塑造了优秀的日本少女。静子对"余"懂得质问打破了"从"的训条,但明明预感到三郎的逃离却不言破,在自我尊严的维护以及善解人意的人格背景里潜藏了"从"的隐语,所以有学者认为苏曼殊作为一个"西化"的代表"现代"得不够彻底。客观地说,苏曼殊确实没有从他阅读的大量欧洲作家精练圆熟的叙述方法和生动利落的人物刻画中得到更多的灵感,而我正是从他的"不彻底"中看到了他的"现代性"之所在,正是王德威教授所谓的清末民初"被压抑的现代性"。

《断鸿零雁记》中雪梅、静子这两个形象和三郎对他们不同的情感方式实际上有着深刻的文化审美意味。雪梅作为三郎"父母之命、媒妁之言"的未婚妻,即便在家长撕毁婚约后依然不改初衷,这位"古德幽光"的"奇女子"完全符合中国正统的伦理道德,她的矢志不移中有多少成分属于爱情又有多少成分只是属于"从一而终"?三郎在婚姻上是欣赏"从一而终"的,在文本表层看,三郎因雪梅家长悔婚、为使"彼美享有家庭之乐"而出家,而从深层分析,三郎在内心本就不爱雪梅,否则他到了日本遇到静子,怎么立即忘记了送他川资东渡寻母的雪梅?他的离开既是一种少年气盛、掉头不顾的结果,同时也意味着被传统礼教完全束缚的女子在他心目中的地位并不高,雪梅构成的是一种责任、良心、庸常、牺牲的文化意象;相反,静子却代表了另一种文化幻景:一见钟情、博学多识、善解人意、主动多情、精神共鸣,使三郎"震震然"默念"情网已张,插翅难飞",这与他对于雪梅的同情和负气态度相比相别天壤。因此,苏曼殊对于女性的书写表现了一种新的关怀方向,女性不再是传统上的贤妻良母,也不是古代才子渴望的"红袖添香夜读书",更不是焦笔渴墨对姿色的留恋和倾慕甚至赏玩,而是一种完全平等的心灵的对话。

苏曼殊让儒家、佛家思想退位,即外力在决定意义上退位,而代之以个人的意志来负起文本前进的责任。他虽然在叙事上设置了"三角恋爱",其实小说中的两位女性并没有面对面的直接冲突,而是主人公内心的犹豫不决——对任何一方都有某种向度的感情,但任何一方也不能成为他心灵安妥的终点站,他永远在旅途寻找一种拯救,一种无法用言语表述也无法用现实模拟的拯救——他的求索是形而上的对于自我完整心灵域地的一再确认。苏曼殊的小说人物虽然常自绝于人生,但并非像徐枕亚笔下人物一样完全不相信人生的存在价值,更不打算在精神上自立于现实,作品形象都有不可原宥的"精神残缺症",苏曼殊小说的人物在两种诱惑间的苦痛挣扎或任性洒脱,已经是现代意义上的对于人生个性自由自觉的向往和追慕,他维护的可以说是人生本质的东西。自我认同是在与"他者"的关系中定位的,女性构成了"我"无法回避的"在场"。男主人公对爱情的追求实际上是自我理想的一种延伸,是一种自己文化身份别一方式的实现,"如小说,如戏剧等就是一种幻想的谎语","美而不真实的故事",即所谓"撒谎的"作品①,以此抚慰自己灵魂内在的认知——自我找寻的诗意生存。

但苏曼殊太自恋了,每当他小说中的男性与女方"心有灵犀",围绕身体的定位立即造成情与欲、佛与俗的巨大张力,个人身体处于被支配的地位,与宰制性权力如佛门戒条、与社会规范如门当户对发生冲撞,"身体"成为决斗和竞技的场所。无论是古德幽光的东方女性,还是文明开通、生命激扬的洋化女性,苏曼殊小说表达的已不是"古典"式的对于爱的逆来顺受,作者利用貌似多角恋爱的叙事结构对生命赋予审美意识,他无法进入审美的自娱状态去对生命过程每一个细节做延宕式的玩味和赏鉴,而像一个不懈的淘金者,在一个杂乱的时空下永远无法一劳永逸。

意识的自律是宗教力量的实现形式,事实上任何宗教道德法律之类都是对人类自身的约束和规范,是超意识对潜意识的捆绑和调节,其中宗教更具有非同寻常的强力自律作用。对于神性力量的肯定使得宗教具有了两面性:一方面对人类社会作总的调制和保护,使其不至于过分放纵而走向自我毁灭,一方面以神性钳制人性的天然自由。作为宰制性意识形态的佛教文化与个人之间围绕身体进行决斗,个体具有了反社会规训的含义——作为释子追慕爱情(个人空间、个人意志的实现可能)是第一层反规训,即反抗佛法,争取自主,如果从爱情走向婚姻,那又走向了大众文化的社会规训,苏的小说人物选择第二层反规训即逃离婚姻,此时禅佛境界相对于婚姻更具有

---

① 陶晶孙:《〈音乐会小曲〉书后》,上海创造社1927年版。

个人意志色彩，因而逃向佛门，在心理上获取逃离社会规约的合法性时，他重新认可了戒条的宰制性意识形态制约，与他最初的逃离与追慕构成悖反结构。从叙事结构与叙事效果看，《断鸿零雁记》中宰制性约定实现了对"余"身体的有效控制，贯穿小说始终的是社会权力话语及意识形态的缝合作用得以实现的过程。看似令人羡煞的堂堂然出入于俗世与佛界，但"自由身"并不自在，当"个人化"的爱欲与规约对峙时，"个人化空间"总是以臣服的姿态（或者结果）自觉披挂上外界施加的规训与惩戒。"袈裟"既是一种写实，也是一种灵动的身体入约物化的象征。"袈裟"在爱情起始颠覆了意识形态规约，"和尚谈情"的写意显示了一种对抗姿态，在爱情结束时，"袈裟"又惩戒了这种颠覆，对这种颠覆进行结构性秩序重建，再次呈现惩戒性规约对身体的胜利。因此，当苏曼殊笔下的男主人公个人与情爱相遭遇时，也是其身体向社会秩序与规范认同、臣服的开始。社会伦理失序、个人伦理浮出总是短暂的，而且为这短暂，主人公的身体永远在寻找臣服，广义的主体期待增强了他者眼中"游戏"的向度。苏曼殊诗和小说中写到"美人爱国"，写到贞烈女子反抗清兵。夏晓虹在《历史记忆的重构——晚清"男降女不降"释义》中解释"男降女不降"原本属于汉族民众易代不能忘怀的民间记忆。时至清末，尤其是1903 年到1905 年，对此的言说形成高潮，由此发掘的新义即民族主义，也成为带有鲜明时代印记的历史重构，特别在反清革命中。苏曼殊的"美人爱国"在实质上是把爱情转喻为爱国，把美人写成爱国，在道义的层面上与读者构成共鸣，也缓解了僧徒身体规约与爱情间强大的张力。因此说，苏氏小说的反抗是极其有限的，起码来说对秩序的招安姿态成为他的一个转移人生方向的主动选择。

　　但是，苏曼殊小说在自我实现向度上的表现即这种对秩序的臣服并不是使生命走向死寂、使人生失其灿烂、使个体伦理成为批判对象、使社会传统伦理道德成为被鼓励的原则，或者如鸳鸯蝴蝶派小说

"发乎情而止乎礼",恰恰相反,个体伦理、爱情审美又在对爱情的逃离中走向极致。菊屏在《说苑珍闻》中谈苏曼殊在上海深爱一歌妓,但终不动性欲,曰其因:"爱情者,灵魂之空气也。灵魂得爱情而永存,无异躯体恃空气而生活。吾人竟日纭纭,实皆游泳于情海之中。或谓情海即祸水,稍涉即溺,是误认孽海为情海之言耳。惟物极则反,世态皆然。譬如登山,及峰为极,越峰则降矣。性欲,爱情之极也。吾等互爱而不及乱,庶能永守此情,虽远隔关山,其情不渝。乱则热情锐退,即使晤对一室,亦难保无终凶已。我不欲图肉体之快乐,而伤精神之爱也,故如是,愿卿与我共守之。"①古典美和现代心完美结合,曲尽其旨而传神。性,是人性结构中最原始、最强烈、最持久也最难抑制的内驱力之一,即便在道行深厚、大勇大慧的法师那里,"性"也依然如地火一样奔突汹涌,《楞严经》即讲摩登女将释迦大弟子阿难弄到了"女难"的困境。但是真正法身坚固的释子,即便去人世间体验众生心与根本性,也决不动摇、追悔与沾恋,"以情证道"正是佛家慈悲心性的发露,与释迦佛祖当初见了许多病老生死的现象后正端思维本无二致。所以,苏曼殊小说中的男主人公常常对爱情那么"绝情"。当然,"以情证道"难免也会在其内心惹起去与住、苦与乐、超绝与执着的分裂与反动。即便是分裂与反动,作为一个现代禅僧,不管他是不是接受一份人间情爱,他的内心已经不可能完全否定爱情在个人健全精神上的意义。正是这种对"爱情"精神向度上意义的发现,使苏曼殊的小说具有了在"男欢女悦"外更为深刻的"现代性"意趣。

相对于"佛","爱情"便成为一个充满尴尬矛盾的存在:它在苏曼殊文本叙事的未来想象中同时认同并欲望现世的享乐,以至于将它挪移至时间轴的前端,作为自己寄托来生的目标;但另一方面,佛

———————————————
① 菊屏:《说苑珍闻》,见《苏曼殊全集》(五)。

门弟子的精神悟境又在生命时间轴的过去形成另一魅惑,召唤苏曼殊殷勤回首、溯洄从之,甚至于俨然形成另一形式的"未来"。原来颉颃于传统佛规的爱情欲望言说遂又因与传统共处于"个体自由"的大纛之下,分享了"教化"、"启蒙"的资源,再次纠结难分。也因此,苏曼殊不得不在一次次瞻前顾后之中盘旋迂回、游移趑趄,既想逃避佛门规约的收编,又想不被尘俗的世情所锁困。他企图将那个内忧外患的时代纳入个人生命哲学思考的维度,从一个青年知识分子的敏锐感受和徘徊在歧路的生存体验来与时代进行对话。因此,苏曼殊便永远"人在旅途",人在旅途的意象也正是 20 世纪的中国以及中国文学现代性转型的探索的影射。20 世纪,"现代性不再从另一个时代的模式里去寻求自己的定位标准,而是从自身中创立规范。现代性就是毫无例外地反顾自身。这清楚地解释了现代性对'自我理解'的高度敏感,及其直至今日仍在不停驱使其努力'专注其自身'(pin itself down)的内在动力"①。苏曼殊以才子佳人的模式,低唱着饱经沧桑的断肠之曲,在玩世的衣裳下演绎的却是现代知识者追求自我完善、企慕灵肉合一的忧戚和焦虑,俗而不腻味,雅而不矫饰,适合上至清高自谨的知识分子下至市井小民的审美口味。

第三节　苏曼殊小说与现代文学
悲剧意识的历史生成

在 20 世纪初通俗文学言情小说的潮流中,"情"是其"不死之魂",而我们看到无论哀情、苦情、悲情……"死亡"却是大行其道的

---

① Jurgen Habermas：*The Philoso phical Discourse of Modernity*, Cambridge：Polity Press,1987.

情节模式。《玉梨魂》中男女主人公三人无一幸免,《孽冤镜》中的人物不是殉情就是郁闷而死。男女相爱而不能结成伉俪,在一般人的眼里自然已经是悲剧了,况且再加上情死或者遁入空门!苏曼殊对死亡主题情有独钟,"生命便是/死神唇边/的笑"①,他的全部小说没有一部不以"情死"或遁入佛门而"善终",可见多愁善感的苏曼殊有着浓厚的悲剧意识。

我认为民初"死亡"模式的来源大约有以下几个原由:

(一)《红楼梦》"白茫茫大地真干净"情节设置的影响。鲁迅在《中国小说史略》中说:《海上花列传》之后"《红楼梦》在狭邪小说之泽,亦自此而斩也"②,此论从"狭邪"的方面来言当然是确证的,但《红楼梦》开天辟地创制的悲剧审美叙事结构的影响在民初市民通俗小说中不是"斩"倒是"滥"了。在一定意义上说,《红楼梦》可以视为儒家思想和佛教思想相冲突的缩影。在世俗佛教的意义上,主人公贾宝玉由前世宿缘注定了命运,被谪落尘世间,经受"红尘"的考验和诱惑,背景则是一个儒家规范早已根深蒂固的大家庭。表现在薛宝钗和林黛玉身上的主动而温柔的爱情,正是在这两个角度上处理的。爱情的流露,不能不受到儒家伦理的冷酷约束,同时它也没有超出佛教的体系,纯属一种红尘中瞬间即逝、千变万化的泡沫和闪光的沙粒,而尘世是要消失于虚无之中的。《玉梨魂》《断鸿零雁记》和《红楼梦》的相似,不但在表面的性格类型上,而且在基本情调上。

(二)民初市民社会在现代经济、文化、政治境域下以及晚明"性灵派"的个性解放思潮和外来人文思潮影响下,对于自由自主的感情生活的追求已经比较强烈,但传统的宗法制度和婚姻观念仍然根基

---

① 李金发:《有感》,周良沛编:《李金发诗选》,长江文艺出版社 2003 年版。
② 鲁迅:《中国小说史略》,百花文艺出版社 2002 年版。

牢稳,文人和读者只有通过小说来对现实感情的缺憾"拨乱反正",真正的自主爱情只有"死路一条"。更重要的是,我认为"死亡"在这里也是精神受虐的转喻话语：肉体的死亡转喻了爱的不死,显示爱的召唤力在这一历史阶段已经超越了宗法纲常;反过来,"以死卫情"又显露了当时青年爱情观念上的两栖性心理：例如《玉梨魂》中白梨影的死,既强烈地表达了对传统妇道惨无人性本质的声讨,同时又保全了寡妇守身自重的名节。她在两者之间游移,"死"在象征一种抗争的同时,也转喻了对反抗对象的投诚。

（三）在新旧交割碰撞的大转折时代,对"大团圆"的超越无疑是中国知识精英阶层在睁眼看世界之后直面人生惨淡的必然结果。"自我实现的人不畏惧自己的内部世界,不怕自己的冲动、情绪和思想。他们比普通人更能接受自我。这种对自己的深邃自我的赞同和认可,使他们更有可能敢于觉察世界的真正性质。"①从王国维《红楼梦评论》引入西方的悲剧观念始,20 世纪中国文学在以后每一个发展阶段都异常关注悲剧叙事。无论是由生命哲学引发的生存悲剧感,还是个人在强大的社会变迁中无法承受的生存愤激,或者是日常琐碎生活"一地鸡毛"的尴尬处境,都体现出作家主体纠缠不清的悲剧心态。这是 20 世纪文学不同于中国古典小说的一个显著特点。晚清启蒙主义对传统的否定并没有从根本上割断现代文学与传统的血缘关系,《断鸿零雁记》借鉴的是西方的悲剧叙事,承载的却是对中国传统和西方文明双向的审美寻找,这种寻找在苏曼殊这里既是传统道德的"美"的寻找,例如他的小说有很深的"从一而终"的思想,这在徐枕亚、吴双热、李定夷等的言情小说里也有很多表现,同时也有深受晚明"以情抗理"人文主义思潮和西方文学影响的个性和人性

---

① [美] 马斯洛：《自我实现者的创造力》,见《人的潜能和价值》,华夏出版社 1987 年版。

的彰显。

但是,苏曼殊小说的情死模式还有着更为深刻的佛学奥义。我们可以说苏曼殊开辟了中国小说体系中"佛教小说"一脉,影响波及后来者郁达夫、徐志摩、施蛰存、王统照、林语堂、俞平伯、许地山、无名氏等。苏曼殊"爱与死"的主题在情感美学上以佛性与人性的激烈冲突为叙事动力,对其形上含义的探索迈出了铸造中国文化新的审美意识的最初脚步,标志着中华民族的审美意识真正开始它艰难的历史性蜕变,这对新文学悲剧意识的历史生成影响深巨。苏曼殊小说爱情与死亡主题在情感美学上之所以具有震撼的力量,在于小说所采用的叙事推动因素是佛性与人性的激烈冲突。《断鸿零雁记》三郎东渡到母家享受天伦之乐,欣赏静子"慧秀孤标"、"和婉有仪",其后开始有微愁,月明星稀之夜对月凝思:"今夕月华如水,安知明夕不黑云蔽辈";当母亲谈及"余"与静子订婚,内心开始"云愁海思",因念佛言"身中四大,各自有名,都无我者"。静子赠送梨花笺以表心意,"余"自念:"因悟使不析吾五漏之躯,以还父母,又那能越此情关,离诸忧怖耶?"感叹"学道无成,生涯易尽","吾今胡能没溺家庭之恋,以闲愁自戕哉? 佛言:'佛子离佛数千里,当念佛戒。'吾今而后,当以持戒为基础",于是"忽觉断惑证真,删除艳思,喜慰无极"。在西渡的船上,将静子所赠之物沉诸海中,以泯忧思之心。到西子湖畔灵隐寺安居,"竟不识人间有何忧患,有何恐怖,听风望月,万念都空",然千里归乡吊雪梅,"踏遍北邙三十里,不知何处葬卿卿","弥天幽恨,正未有艾"。因此可见,审美式的抒情贯穿了全篇,佛性与人性的交战成为文本叙事的推动力。

在苏曼殊以前,虽然"僧与性"是一个民间传统话题,但未曾有"情僧"以一个"人之子"的正常形象进入过文学家的悲剧审美观照,在苏曼殊后,"僧与性"的话题才屡次出现在文学作品中。在现代文学史上,对佛教有着敬畏或亲近情感的作家不在少数。"太阳倦了,自有暮云遮着；山倦了，自有暮烟凝着；人倦了呢？我倦了呢？"①这种渴望皈依的情怀在郁达夫、徐志摩、林语堂、俞平伯、许地山、无名氏等作家的诗文中时有出现。但是，现代文学上大多数以佛教入题的小说家对佛教义理并没有全面的了解，他们对佛家的精神境界也缺乏亲证和体验，以佛教为题材的小说，因果报应或人性与佛性对立是其基本的构型模式，常常人性最终战胜佛性，"人性之所以能取得胜利，实际上并非是因为人性在压抑与冲突中积聚了巨大而深刻的力量，而是因为广大慈悲的佛性往往被作家们缩小到了一个或者某几个僵硬而片面的观念上。……对于佛性的有意误解，往往使这些作品在揭示佛性力量与人性力量的冲突主题方面，缺乏一种内在的紧张性与深刻性"②。将"和尚与性"的主题注入比较深厚的哲学文化蕴涵的有施蛰存的《鸠摩罗什》《黄心大师》，王统照的《印空》等。施蛰存利用自己早年研究心理学的学识优势，以现代人格心理学描写佛性与人性的冲突与抗衡，写佛子的忏悔与负罪感，写佛教灵验故事的偶然与荒诞，每每能够触及人物心灵深层的人格建构，因而总有震撼人心的审美效果。王统照的《印空》有着浓厚、深邃的悲剧性，小说写道行很高的印空和尚相信佛法与佛法的经验皆须实证，于是到娼寮与一女子一夜风流，而觉悟了不少人间生活与悲慧的确解，但是灵慧而光明无碍的心灵却起了反动，苦闷时时缠绕日渐垂老的他。这个久有定力的师傅看到他适的"恋人"带着儿子来寺院祈福，明了那次实证造下了"孽债"，他再也无法通过叩念佛法而"明心见性"。"恋人"临终告诉儿子印空是他的生父，当参加革命党的儿子在兵荒马乱中逃往寺院逃避追捕，寻求父子相认，印空得知"恋人"病故的噩耗，佛家的悲苦无常感和"老年得子"的人间温热在他衰老的内心激

---

① 俞平伯：《凄然》，见《俞平伯诗全编》，第 99 页，浙江文艺出版社 1992 年版。
② 谭桂林：《20 世纪中国文学与佛学》，第 141 页，安徽教育出版社 1999 年版。

烈冲撞,人性呼唤他尽力妥善安排落难的儿子,佛性昭示他拒绝纳子,风烛残年的老法师难忍悲喜交集的煎熬而终至圆寂。儿子被乡民告发而斩首,悬挂在山麓高枫之上的头颅圆睁着石卵般的怒目,正俯瞰着印空遗骨的上层塔顶。这个可塑性很强的故事结尾明显受到了苏曼殊小说的启发,即在佛性与人性冲突达到极致、既不能恰切安排人性战胜佛性也不能使佛性成为赢家,主人公最终以"坐化"为结局。这种处理与那些轻而易举地宣告人性胜利的小说比较,意义蕴藉无疑更为深刻。但是与苏曼殊小说不同,这些小说的僧人都"大智大勇",即便有复杂的感情世界,在不知就里的众人眼中他们依然是超凡入圣、法力无边的大师。因此,苏曼殊所塑造的"情僧"是中国文学史上独一无二的佛徒形象。

佛教对死之意义是非常讲究的。生与死一向是各种宗教所关心的首要问题,同时也是情感丰富、心思细腻的文人骚客反复咏叹的主题,他们是整个社会最敏感的神经。当年梁启超曾经依佛学种子义谈自己的生死观,并名之曰"死学",由此可见佛学对死亡之探究实在儒道之上。它把人生的趋向归结为两条相反的途径,一条是陷入轮回道中随波逐流,听任环境的支配,称为"流转";另一条是对"流转"的反动,即破坏它、变革它,使之逆转,称为"还灭"。有了这两种相反的人生趋向,也就有了两种不同的死亡境界。在轮回道中流转,死亡并无意义,因为作为前世惑业造成的果报身即肉身虽然不复存在,但业力有增无减,新的果报又将实现。而在"还灭"途中,生命的最高境界就在于证得涅槃之际那一刹那的圆满、光明、寂静、真性湛然、周遍一切。不仅灭除生死的因,而且灭尽生死的果,从而超越于轮回之上。所以,死亡在俗世凡人看来是大悲痛,是生命的衰朽与结束,而在得道的修行者而言,死亡则是灭度,是圆寂,是生命的极致与飞扬,是生命的大欢喜。生命无往而不紧张,当你在刹那间结束了生命,苦痛势力便失去了肆虐的对象,为苦痛所折磨而又无法可想的生命便以最极端也最简捷的方式复了仇。生命本身的意义也就达到飞扬与极致，于是有大欢喜。① 我们以尘世的眼光来框定佛教的因缘，把遁入空门视为悲剧，以佛教齐生死等时差观观之，苏曼殊小说人物无疑也是在死的刹那超越了轮回，走向了永恒。

理解至此还并不透彻。我们谈苏曼殊与通俗文学的纠葛缠绕，很明显是将民初写情文学的产生置于传统文化即晚明"以情抗理"的社会思潮和西方个性解放的人文主义社会思潮共同作用的历史语境下说长道短的。我想强调的是，中国文学发展到苏曼殊，产生曼殊体的悲剧审美叙事，是中西文化交流会通、冲突撞击的结果，并不是传统或者现代所能单独成就的。对于深藏佛性、根器深厚的苏曼殊言，钟鼓梵音对他富有神性因素的精神有着摇荡性灵的震撼力。但是在一个乱世背景中，他的渴望自我实现的灵魂不能在梵音呗声中安妥。苏曼殊寻找到了文学这样一种抱慰生命悖论的途径，正如我们前文所言，文学使苏曼殊拥有一种类似于最健康、最有价值的"高峰体验"的感觉，这种激昂、亢奋、扩张，或者也可能是平和、宁静、顺从、守护的"高峰体验"，使创作中的苏曼殊近乎实现了在宗教中渴望"羽化"、"圆寂"的倾向，也曲尽了他在现实人生中对家国个人无法实现的苦闷排遣，或者也可以说苏曼殊深感于人生的苦痛，觉悟了生命的悲剧本质，于是发菩提心寻求生命的解脱，以超凡的悲剧精神"肢解"他主人公的爱情。这就是我对他的诗和小说爱情神秘、混沌、陶醉、不自觉的悲剧的认识。爱情在苏曼殊的内心和笔下是至上的，但却不是生命的唯一要义，如哈姆雷特一样，"生存还是毁灭"才是他所思索的最重大的人生问题。因此，苏曼殊的悲剧已经远远超越了一般言情小说"情死"或佛教小说"人性与佛性冲突"的拘囿，在已经透露了中国传统审美意识与现代审美意识相交会的天机，开始迈出铸造

---

① 谭桂林：《20 世纪中国文学与佛学》，第 204～205 页，安徽教育出版社 1999 年版。

中国文化新的审美意识的探索脚步。因此,苏曼殊小说的情劫母题在中国文学从古典到现代的悲剧审美叙事中具有特殊的文本意义。

亚里士多德在《诗学》里指出悲剧是"模仿比我们今天的人好的人",同时又"遭受厄运"与我们相似的人,通过他们的毁灭引起人们的"恐惧之情"和"怜悯之情"①。此后历代西方美学家从各种不同的角度依据各种不同的理论为悲剧作过不同的界定。黑格尔的悲剧理论是运用辩证法中的矛盾冲突学说来建构的,他淡化悲剧的个人偶然性,淡化现实生活中的矛盾和斗争,认为悲剧根源于两种具有普遍意义的社会义务和现实的伦理力量之间的冲突,并且强调这种冲突及其导致的悲剧具有合乎规律的必然性。马克思、恩格斯第一次不从纯精神的发展而从人类历史辩证发展的客观进程中揭示悲剧冲突的必然性。他们认为悲剧是新的社会制度代替旧的社会制度的信号,是社会生活中新旧力量矛盾冲突的必然产物,所以"伟大的世界历史事变和人物"往往"第一次是作为悲剧出现"的②,而悲剧冲突的实质则在于"历史的必然要求和这个要求的实际上不可能实现之间的悲剧性冲突"③。1925 年鲁迅在《再论雷峰塔的倒掉》中从尊重个体存在的价值出发,提出了"悲剧将人生的有价值的东西毁灭给人看"④的著名论题。上边这些有代表性的悲剧理论都承认由于受历史必然性与自身缺陷的制约,人类社会生成和发展的历史本身充满着悲剧性。从大的范围来讲,生存与毁灭的不可规避、理智与情感的交锋冲突、现实与理想的不易谐和长期地困扰着整个人类的精神世界;与此同时,小而言之,每个个人生来即是孤独的个体,在成长和自我实现的道路上,寻觅和焦虑、尝试和恐惧、追慕与绝望将始终伴随

---

① [古希腊] 亚里士多德:《诗学》,人民文学出版社 1962 年版。
② 《马克思恩格斯选集》第 1 卷,第 603 页,人民出版社 1972 年版。
③ 《马克思恩格斯选集》第 4 卷,第 346 页,人民出版社 1972 年版。
④ 鲁迅:《再论雷峰塔的倒掉》,载于《语丝》周刊第 15 期(1925 年 2 月 23 日)。

着特定时期的每一个生命主体。在现代的意义上,后者可能更为凸显。而对于晚清以来的中国,悲剧的意识更为凸显的是两者的交织:生命主体企图以自身的力量突破历史必然性的制约而又分明意识到这种突破是何等力不从心,因而绝望与抗争成为难免的精神现象,也是生命主体当特定社会历史时期因有价值的生命被毁灭时对人类自身存在和社会存在进行否定性认识和评价的外部表现。①

悲剧意识是人类独特的派生于事实或美学范畴的精神现象,就本书而言,更指向后者。大体上来讲,悲剧意识与中国传统文化是互为异质的哲学审美存在。中国古代哲学以崇尚中庸之道的儒家为核心、以道家和佛学思想为补充。儒家作为中国文化的正统,从维护和促进现存有机系统的和谐稳定的目标出发,强调人类社会与自然世界的和谐统一,强调个体的生命欲求必须符合社会的伦理道德规范,排除和反对个体与社会、人类与自然之间的矛盾斗争、胜败成毁。道家讲究人向自然回归,与自然合一而又超越自然,讲究无为寡欲、激流勇退、洁身自好,它实际上使封建时代的士大夫们麻醉在逃避现实的所谓超脱中而失去抗争的勇气和意志。佛学强调因果轮回报应,人在现实生活中的苦难与不幸将会在来世得到补偿,面对人生悲剧只有认命、忍耐、自省自责、退避忍让、泯灭哪怕是处于萌芽状态中的对灾难的反抗。无论是内容还是形式,它都强调把杂多或对立的元素组成一个均衡、稳定、有序的和谐整体,排除和反对一切不和谐、不均衡、不稳定、无序的组合方式。中国古代文学生存于以儒家为主体、以道家和佛学为补充的文化氛围中,"乐而不淫,哀而不伤"、"发乎情,止乎礼"是文学艺术最基本的美学标准。优秀的古典文学作品如《孔雀东南飞》《窦娥冤》《赵氏孤儿》《牡丹亭》《长生殿》和《桃花

---

① 陈咏芹:《论"五四"新文学悲剧意识的历史生成》,《中国现代文学研究丛刊》1994年第 4 期。

扇》等,虽然表现出创作主体在严酷现实面前某种无可奈何的人生伤感,甚至是对现存制度的愤怒控诉,悲凄艳绝,催人泪下,但在这些作品中根本找不出生命主体企图以自身的力量突破历史必然性的制约、而又明确地意识到不能突破时交织着绝望与抗争的精神现象;根本找不出生命主体当特定社会历史时期因有价值的生命被毁灭时对人类自身存在和社会存在的否定性认识和评价。从本质上说,这些作品大致逃不出"始于悲者终于欢,始于离者终于合,始于困者终于享"①,曲终奏雅、苦尽甘来的模式,悲剧意识一再被创作者所消解。直到18世纪中叶《红楼梦》的出现才打破了这种现象,对于中国文化作了一种"挽歌式处理"②,《红楼梦》最显著的美学意义就在于它在暮霭沉沉的中国传统文化的氛围中传达出变革民族传统审美意识的最初信息。后来高鹗根据原书线索将宝黛爱情写成悲剧,使小说成为一部结构完整、故事首尾齐全的文学名著。但贾府复兴,兰桂齐芳,尤其是宝玉中举和出家成佛被封为文妙真人,显然背离了曹雪芹的悲剧意识。中国传统文化使高鹗在完成自己的同时又限制了自己。令人深思的是,从《红楼梦》流传时起,竟出现30多种以大团圆为结尾的续作。鲁迅《中国小说史略》记有"《后红楼梦》,《红楼后梦》,《续红楼梦》,《红楼复梦》,《红楼梦补》,《红楼重梦》,《红楼再梦》,《红楼幻梦》,《红楼圆梦》,《增补红楼》,《鬼红楼》,《红楼梦影》等"③,这种现象充分说明中庸与和谐仍然是当时普遍的文化审美意识。

鸦片战争后,西方列强以坚船利炮打开了中国的大门,中国在世界版图上的中心位置在国人心中摇晃起来,各种社会思潮、文化思潮

---

① 王国维:《〈红楼梦〉评论》,见《中国近代文论选》,第752页,人民文学出版社1959年版。
② 李欧梵:《漫谈中国现代文学中的"颓废"》,见王晓明主编:《二十世纪中国文学史论》,第62页,东方出版中心1997年版。
③ 鲁迅:《中国小说史略》,第182页,百花文艺出版社2002年版。

蜂拥而来。在民族灾难和耻辱之阴影笼罩下，具有救国救民思想的中国人第一次开始睁眼看世界，中国开始了艰难的追求现代化的历史进程，这批先进知识分子传达了中国人走向世界时最初的"立场"和心情的"标本"。和苏曼殊同属于广东香山的容闳是鸦片战争后最早到西方接受西学的中国人之一。是时，中国为纯粹之旧世界，仕进显达，赖八股为敲门砖，梁启超记载：

> 光绪二年，有位出使英国大臣郭嵩焘，做了一部游记，里头有一段，大概说：现在的夷狄和从前不同，他们也有二千年的文明。嗳呦，可了不得。这部书传到北京，把满朝士大夫的公愤都激动起来了。人人唾骂，日日奏参，闹到奉旨毁板才算完事。①

而在美国，电话已经装起来了，留学西方的中国人学习的是拉丁、希腊文化和数学、生理学、心理学、哲学等学科。自然的，用异质的西方文化作为参照系来重新审视两千多年来一直被视为神圣经典的中国传统文化是必然的思路。"以西方之学术，灌输于中国，使中国日趋于文明富强之境"是容闳矢志不渝的理想。他言道："以故人人心中咸谓东西文化，判若天渊；而于中国根本上之改革，认为不容稍缓之事。此种观念，深入脑筋，无论身经若何变迁，皆不能或忘也。"②容闳最终走上维新道路，为清政府所通缉，避难美国直到终老，他把"寻找"留给了后来者。1898 年戊戌维新失败后，由严复译述的《天演论》把人们从现实生活中获得的民族危机感提到了科学理论的高度。"物竞天择，适者生存"的生物进化论对整个 20 世纪中国民族心理和民族文化产生的巨大而深刻的影响怎么估计都不为过分

---

① 梁启超：《五十年中国进化概论》，见吴其昌：《梁启超传》，第 17 页，百花文艺出版社 2004 年版。
② 容闳：《西学东渐记》，湖南人民出版社 1981 年版。

（虽然它所导致的绝对化历史线形发展观也不是没有应该纠偏处），它使中国先进的知识分子从全人类历史的发展中看到了中华民族被淘汰的危险。那么，在这样一个背景上，那个时期的作家是如何寻求与西方现代文明沟通的？

以《天演论》和《巴黎茶花女遗事》等西方现代哲学和文学艺术的大规模译介为标志，中国文化真正开始了由封闭走向开放，由传统走向现代，由陈腐走向鲜活的痛苦而艰难的蜕变。中国传统以中庸和谐为理想的审美意识也随之发展到它质变的临界点。王国维在1904 年第一次破天荒地将悲剧作为一种美学范畴从西方输入中国，并且用西方现代悲剧观念来观照中国古典文学。他以叔本华的哲学与美学观点为依据，以《红楼梦》的悲剧故事和自己对人生的绝望之情为经验，把悲剧看成是生命个体先天的生命欲望与客观现实矛盾冲突所产生的无法自我解脱的人生苦痛，即主体的欲望受到客观现实存在的阻厄所产生的人生苦痛：压抑、焦虑、忧愁、恐惧乃至绝望等等。正如丁帆所剖析的："王国维基于西方悲剧观对文本的研究可能是错位的，但是他引进这种思维方式的意义却至关重要。"①王国维这种主观唯心主义的悲剧观念启发了后来关注变革现实和确证个体存在价值的先进知识分子对社会人生的悲剧性思考。但是，王国维的悲剧意识主要是表现在理智层面上，苏曼殊的爱情小说却在感性层面上第一次冲破了中华民族"让天下有情人终成眷属"的传统梦幻。悲剧意识发源于生命个体与外部世界的对立冲突，是否具有悲剧意识是衡量生命个体深浅和丰啬的标准之一，"凡始终都是肯定的东西，就会始终没有生命。只有通过消除对立和矛盾，生命才变成对它本身是肯定的"②。苏曼殊不仅写出了在特定社会历史条件下男

---

① 丁帆：《20 世纪后半叶中国文学研究的价值立场》，见《重回"五四"起跑线》，人民文学出版社 2004 年版。
② ［德］黑格尔：《美学》，第 1 卷，第 206 页，商务印书馆 1981 年版。

女主人公的爱情悲剧,而且还通过小说创作痛苦地探索着人生最难解之问题"爱与死"的形上含义。有学者将《断鸿零雁记》与《少年维特之烦恼》相提并论,指出:"这位'少年三郎的悲哀',使读者想到《少年维特之烦恼》,二者同为悲剧式的、热情冲激、撼人心弦的爱情小说,自传性质的、划时代的作品。"①从其对悲剧审美的开拓意义言,所谓"划时代"的评价也绝非溢美之词。邵迎武详尽地比较了两部小说的异同,并发掘、整合此中的文化意义,认为"蕴涵在《断鸿零雁记》《少年维特之烦恼》之中的深刻的表现性质、强烈的悲剧意识、丰厚的象征意蕴、审美的纯粹性,使得这两部作品都超越了'历史的外在现象的个别定性'而具有一种'普遍性意蕴'(黑格尔语)——这种'共相性',正是《断鸿零雁记》《少年维特之烦恼》能够经受时间跨度的考验,且为不同时代不同民族的读者所欣赏的深层原因。"②个人与社会的冲突、传统思想与近代意识的冲突、理智与情感的冲突,构成了苏曼殊小说男女主人公悲剧生涯和个体孤独感的根源。这种新的生活图景、人生观念和情感体验标志着苏曼殊在自我意识觉醒的同时悲剧意识的苏生。这就为后来的五四新文学奠定了以更敏感更复杂的心态去抒写文化转型期的人生与爱情体验的基础。

当然,无论怎么强调西方悲剧观念对中国现代文学悲剧意识形成的影响,我们也并不能完全漠视在中国传统文论中所固有的一些悲剧因素。透视苏曼殊哀情小说对"悲哀之美"的艺术追求和审美指向,以及对"为爱的死亡"的钟情,我们分明感悟到传统美学的因子广泛地参与了苏曼殊文本的悲剧建构。《昭明文选》显然以哀伤为特色,其以"悲哀之美"所建立的审美范式奠定了中国文学的美学基调之一,魏晋文艺和晚唐诗歌代表了中国悲剧审美意识的潜在形态。

---

① 柳无忌:《苏曼殊研究的三个阶段》(《苏曼殊文集》序),见马以君编:《苏曼殊文集》。
② 邵迎武:《苏曼殊新论》,第 171 页,百花文艺出版社 1990 年版。

苏曼殊小说通过爱情小说这个形式，使时代的情绪和悲哀之美的审美传统找到了契合之点。小说中的人物形象是蕴纳了几千年历史中某类文化内涵的符号，也是中国民众某类情感的代言者。《断鸿零雁记》等哀情小说以诗化和雅化的手段强化了才子和佳人的悲哀，达到了本质意义上的悲哀之美。

随着历史的脚步迈进了中西文化大碰撞、大交流的五四时代，从传统文化营垒中冲闯出来的青年深刻地意识到封建传统文化及其民族审美意识强大的历史惰性，采取"矫枉必先过正"的战略，对传统的中国文学特别是对占据着主导地位的中和美学观念及其文艺上的"团圆主义"进行彻底清理，还通过对中国人文化心理结构的剖析来追溯产生"大团圆"情结的社会历史根源。胡适指出：

> 中国文学最缺乏的是悲剧的观念。……"团圆的迷信"乃是中国人思想薄弱的铁证。做书的人明知世上的真事都是不如意的居大部分，他明知世上的事不是颠倒是非，便是生离死别，他却偏要使"天下有情人都成了眷属"，偏要说善恶分明，报应昭彰。他闭着眼睛不肯看天下的悲剧惨剧，不肯老老实实写天公的颠倒惨酷，他只图说一个纸上的大快人心。这便是说谎的文学。更进一层说：团圆快乐的文字，读完了，至多不过能使人觉得一种满意的观念，决不能叫人有深沉的感动，决不能引人到彻底的觉悟，决不能使人起根本上的思量反省。①

鲁迅更进一步分析：中国的文人，对于人生，至少是对于社会现象，向来就多没有正视的勇气。然而敏感的文人，虽不正视，却要身

---

① 胡适：《文学进化观念与戏剧改良》，载《新青年》第 5 卷第 4 号（1918 年 10 月 15 日）。

受由本身的矛盾或社会的缺陷所生的苦痛,于是在作品中,有些人会表达一些不满。可是一到快要显露缺陷的危机千钧一发之际,他们总即刻闭上眼睛,假装无事,聊以自欺。① 五四文学家还对悲剧理论问题作出了自己的理解和探讨。周作人认为现代人"生的意志与现实之冲突,是这一切苦闷的基本;人不满足于现实,而复不肯遁于空虚,仍就这坚冷的现实之中,寻求其不可得的快乐与幸福"②。对悲剧意识的热情呼唤和自觉的理论建构,是五四作家正视社会存在和个体存在悲剧现实的表现,是民族觉醒精神和自我意识在文学艺术领域的反映。其不仅是对悲剧意识自觉的理论建构,而且从五四到20年代中期的中国新文学作家在观察生活的角度、认识生活的参照系和评判生活的价值标准等方面都出现了根本性的变化,创作主体将悲剧意识与自己对社会人生的悲剧体验相融合,创造出跟传统中国文学迥然相异的悲剧作品,即便那些非自觉创作的悲剧甚至是喜剧的作品,悲剧意识也深深地蕴含其内。无论是对封建宗法专制主义及其社会文化心理极端漠视个体存在价值与残酷虐杀个体生命的历史与现实的强烈关注,还是对历史—文化转型期思想先觉者既与传统对立又与传统联系的历史命运的严峻审视,抑或是对中华民族蜕旧变新的悲剧性感受和对人类生存悲剧问题的哲学探询,都不仅说明王国维的理论呼唤和苏曼殊的艺术追求第一次在中国文学史上变为活生生的现实,而且还标志着中华民族的审美意识真正开始它艰难的历史性蜕变。

当然,张定璜在评价《狂人日记》时所说的话我们这里也有重提的必要,他说:"两种的语言,两样的感情,两个不同的世界! 在《双秤

---

① 鲁迅:《论睁了眼看》,载《语丝》周刊第38期(1925年8月3日),这里录自严家炎编:《二十世纪中国小说理论资料》(第2卷),第403页。
② 仲密(周作人):《沉沦》,载《晨报副镌》(1922年3月26日),本书录自严家炎编:《二十世纪中国小说理论资料》(第2卷),第214页。

记》《绛纱记》和《焚剑记》里面我们保存着我们最后的旧体的作风，最后的文言小说，最后的才子佳人的幻影，最后的浪漫的情波，最后的中国人祖先传来的人生观。读了他们再读《狂人日记》时，我们就譬如从薄暗的古庙的灯明底下骤然间走到夏日的炎光里来，我们由中世纪跨进了现代。"①悲剧意识的普遍觉醒，使创作主体获得了不同于中国古代作家的崭新的艺术思维方式，具体的表现即为创作主体大胆正视悲剧冲突的艺术思维方式内化在其精神产品中，使五四新文学表现出不同于前此文学的崭新的美学风格。中国文学开始真正意义上与推崇悲剧意识的西方文学对话交流。但是，对于普通民众来说，这种悲剧审美仍是异质的精神现象。在审美意识上企图与传统全面决裂的五四新文学并不代表最终完成了重铸民族审美意识的历史任务，更不代表中国审美意识的未来方向。世代相延的中和审美意识虽然经过 20 世纪初期那场欧风美雨的冲击刷洗，但它已经内化并积淀在中华民族的集体无意识之中，仍然继续规约着创作主体和创作风貌。当历史的脚步迈进 21 世纪的门槛，在全球化与民族化的语境中，我们反观苏曼殊在文艺领域的"不土不洋、又中又西"的审美探索，思考中国文学从苏曼殊以来的审美追求的波折和成效，我们究竟该怎样把脚步迈得更为稳健和洒脱？一往情深地关注中国文化前进步履的文学批评界无疑担当着"思"的重任，要实现"中国传统的创造性转化"，重铸中华民族新的审美意识不可能毕于一役，审慎地总结并理智地面对我们民族的审美传统，在中外文化断裂、碰撞与更生中建立中国特色的审美批评话语体系应该说是文学审美建构的当务之急。

---

① 张定璜：《鲁迅先生》，《现代评论》1925 年第 1 卷第 7、8 期。

第五章
现代之省：苏曼殊与清末民初研究的文化反思

20世纪80年代以前，中国新文学史的写作机械遵照"新民主主义论"对新文学的性质阐释和历史分期，具体体现为以政治革命立场、阶级斗争理论和阶级分析方法为特征的主导性的观念建构。1951年至1953年出版的王瑶的《中国新文学史稿》是以这一文学史观念为统帅的扛鼎之作，稍后出版的丁易的《中国现代文学史略》等史著在以政治审美、道德批评替代文学审美的路子上走得更远。这种文学史观给新文学研究所带来的功过是非已经为学界所公认。80年代中期，学界以拨乱反正的姿态提出"20世纪中国文学"的整体性概念，试图打通"近代文学"、"现代文学"与"当代文学"研究状态的人为分割，使"文学史从社会政治史的简单比附中独立出来"①。"20世纪中国文学"的思路以一个预设的五四文学价值坐标重新体认和强调五四启蒙文学立场，把五四启蒙文学"国民性改造"的主题推衍成20世纪以来中国文学的总主题。这种以"文化启蒙主义"为基点的宏观历史叙事的视角和框架开辟了一条富有新意的研究思路，也是许多学者所追趋逐骛的方向。不过，这种基于五四文学模式的线

---

① 黄子平、陈平原、钱理群：《论"20世纪中国文学"》，《文学评论》1985年第5期。

性文学史观忽略了作为五四"启蒙"主题预演的始自梁启超时代的"开启民智",其设置的打通以往文学史时空局限的理想也只能落为空谈,也不可能对 20 世纪中国文学整体发展中的诸种缠绕、分裂、变异的深层关系作出更切近于史实的辨析和整合,更无力对历史—文化—文学运行的内在机制进行有效寻绎。以政治革命和文化启蒙为认知和评价模式的两种史学观念有着内在理性规范的深刻相悖,不过,它们都是从所选择的历史行为的单向度上探究文学在某一阶段历史进程中的同构性价值意义,"在中国历史现代转型的过程中,文化启蒙和政治革命虽属两种不同的历史行为,解决历史问题的聚焦点、价值建构和行为方式也各不相同,但在民族自救、弃旧图新的深层历史性目的上却是一致的,只不过是历史转型变革之诸种诉求在悖论性结构里对不同行为方式和手段的选择变换而已",这两种思维模式都"把文学设定在服务其历史选择的工具层面上加以理解"。①20 世纪 90 年代,学界在"20 世纪中国文学"概念的基础上对 20 世纪文学发生发展的辩证性结构作出了具有史学品格的梳理和描述,指出了历史乃至文学的基本变动形式决不是单一的线性脉络,而是复杂而多元的动态结构,揭示了"历史结构的悖论性与文学的补偿式调整和发展"的文学史图式。这种文学史重构思路提倡以文化—文学的"现代转型"作为价值重建和文学史重构的新视点,完全打通"近代"、"现代"和"当代"的条块分割,把新文学的起点确定在 19 世纪末到 20 世纪初的时空范畴,使 20 世纪中国文学史研究获得了完整的历史性标尺;在关注历史现代性、启蒙现代性的同时,把审美的现代转换纳入评价体系,将雅俗文学形态拉回文学史视野,为 20 世纪中国文学研究提供了共时性多元空间对象。

　　学界要重新厘清中国文学现代转型的道路,重新肯认 20 世纪文

---

① 孔范今:《论中国文学的现代转型与文学史重构》,《文学评论》2003 年第 4 期。

学史上一些文学流派和社团的文学价值观念，就必须破除长久形成的狭隘、封闭的"二元对立"的文学史观，确立文学研究的现代理性精神，消除文学史研究从结构形态到话语方式上依然存在的"整体叙事"的元话语性质和意识形态叙述形成的线型结构造成的现代文学研究中的诸多"盲点"，从而在新的历史视野中建构现代文学史的新结构、新形态，使许多曾经在中国文学现代转型的发展过程中影响深远的"非主流"作家和流派进入文学史的"结构性存在"。面对乡土中国现代化的艰难嬗变，在今天的文学研究中，我们非常明了文化启蒙依然任重而道远，而我们又不得不正视新文学的现代化既有文学市场的需求，也有审美向度的追求，亦有思想启蒙的历史要求，历史功利性文学、现代都市通俗小说、"为艺术而艺术"的文学一起构成了新文学史多边对峙的文学空间。本书从选题到构思都是依照这一文学史整合的思路，把在 20 世纪 90 年代以前政治革命和文化启蒙文学史范型内隶属于"近代文学"的苏曼殊置于 20 世纪中国文学的宏大历史背景中，以"中国文学现代转型"为理论依据，考察和阐释苏曼殊的翻译和创作在中国古典文学向现代文学审美转换之初的重要驿站作用。"现代转型"研究尊重在文学发展过程中的任何有价值的创造，相对来说不再偏重对某一种文学范式的研究和价值执着，正是从这一原则出发，笔者归纳整合了苏曼殊文学翻译、诗歌和小说创作在引进新的文学价值观念和批评思路、开启五四浪漫抒情文学以及对鸳鸯蝴蝶派哀情小说最终确立的独特价值。正如柳亚子所言：苏曼殊是清末民初文坛"不可无一"的文学家①——在中国文学现代转型的起点，从创作实践上体现文学现代审美价值诉求的苏曼殊成为研究中国文学现代转型一条不可逾越的风景带，他的文本对于历史的

---

① 柳亚子：《〈苏曼殊大师纪念集〉序》，见柳无忌编：《苏曼殊研究》，第 435 页，上海人民出版社 1987 年版。

双向叩问丰富了中国文学的历史维度。在本章,我将再进一步从宏观的文化史整体性视角对苏曼殊其人其文所包容的历史价值内蕴作些胪陈归纳。

第一节　由苏曼殊看20世纪
初文化生态

苏曼殊留给我们的除了文学史意义向度上的价值以外,还有另一份宝贵的文化遗产,这是我们以往的研究或语焉不详或言不由衷甚至忽略不计的一份历史真实——那就是我们透过他放达的人生姿态和艰难的生存抉择看到了20世纪初文化—文学空间的多元化生态,它所打开的历史的包容性和复杂性丰富了20世纪中国文学的思想内涵。我们在把苏曼殊作为一个带有启蒙意识的审美主义者分析打量时看到:他公然以阴冷颤抖的线条来表现自己的情欲苦闷和感情颓波,以崇尚个性、肯定自我的浪漫精神,来对抗一个扼杀个性的社会。确实,苏曼殊有所有追求精神自由的知识分子的个性力量,不过我们透过苏曼殊的言语织体和行为线索恰恰看到了一个充满个性张扬的、多元的文化空间,也看到了文学现代性追求的缤纷头绪。

我们在第一章曾经谈到,与文学史的剪裁截然相反,当时自由不羁的苏曼殊在文化圈可谓如鱼得水,在笔者的行文中对苏曼殊与陈独秀、章太炎、刘师培、周作人、南社等的报缘、佛缘、译缘、诗缘等20世纪初的文坛佳话屡有述及。苏曼殊性格上有不少怪僻,轶事颇多,罗建业说苏曼殊"洁其志而秽其迹,清其志而秽其文",可谓解语。章太炎为苏曼殊作有《〈初步梵文典〉序》《〈曼殊画谱〉序》《〈曼殊遗画〉弁言》《为曼殊题〈师梨集〉》《书苏元瑛事》等,他认为苏曼殊的本性始终是一个天真未泯、行事浪漫的人。其实，这也正是浪漫主义者的典型特征。浪漫主义要求形式上的绝对自由，他们偏爱自然，崇尚任性放达，他们装疯卖傻、招摇过市的奇行怪举都是与他们追求个性自由的精神相关联的。苏曼殊出入于各种领域、各个阶层，大家都没有把他的难舍情爱和出世为僧作为"污点"而疏远他，而我们都清楚，中国历史的大多时期是决不容忍"革命"与"遁世"、"情爱"与"和尚"共存一体的。

在易代之际，士人常常有两种人生目的：一者避世守节，"其无关于天下者，乃其有关于后世者也"；一者入世弘道，为当世道德楷模。这两种人都是"见道之大"者①，士与隐、通与穷，几千年来中国文人对生存生态的选择变化微弱。而在外患日逼、内乱频仍、人心日非、世衰道丧的晚清时空之下，一代文人骤然遭遇了从历史惯性中甩出的剧痛，历史的诗意与荒唐结伴而至，逢缘时会的狂热和英雄失路的悲凉相映而生。面临急剧动荡和分裂的世界，这代知识者不得不在困惑、痛苦与焦躁之中建立起自己的价值标尺，社会上出现了各种各样的价值观、人生观，而任何形式的抉择都必然面临纠缠和围剿。苏曼殊与刘师培、章太炎均为最早期的革命者，刘师培、章太炎交恶，苏曼殊受到很大打击，最后刘师培附逆、章太炎事功，苏曼殊依然"行云流水"。苏曼殊与刘师培的差异是思想观点与文化选择上的差异，而苏曼殊与章太炎的不同是处世方式上的不同。苏曼殊在他同代人的眼中，很难厘定为"避世守节"或是"入世弘道"。他的卓然自洁的品格（所谓"避世守节"）是有道德感的知识者最可贵的精神资源，他的对于世间诸事的不能忘情（所谓"入世弘道"）实在是每一个有良心的学者的人间情怀。1905 年，苏曼殊在南京陆军小学与赵伯先、伍

---

① 黄宗羲：《寿徐掞青六十序》，见《南雷诗文集》（下），第 64 页，浙江古籍出版社 1993 年版。

仲文谈论佛学,苏曼殊说:"世人学佛,注重经典文字。究其实际,即心即佛。我辈读经,祈求增长智能。……能无执著而后心无所依恋。这就是佛经上说的无我相、人相、众生相、寿者相那一番道理。只有真正认识到这一点,才可以谈到革命。……茫茫苦海,谁是登彼岸者?像那些蚩蚩者氓,实在缺乏人类应有的常识。如果世人能够各亲其亲,仁其人,爱其国,那社会就会无不安宁,国家就没有治理不好的。"①听到武昌起义胜利的消息,他致柳亚子等人的书信大有杜甫"闻官军收河南河北"时的"漫卷诗书喜欲狂"之态,这是中国文人在对政治的疏离中的念挂,确实类儒者禅的"本色"。在辛亥革命胜利后发表的《讨袁宣言》中,他道透了这种曲折的心声:"衲等虽托身世外,然宗国兴亡,岂无责耶?今直告尔,甘为元凶,不恤兵连祸结,涂炭生灵,即衲等虽以言善习静为怀,亦将起而褫尔之魄!尔谛听之!"一个弱势民族兵荒马乱年代的青年,把生命希冀归于沉默和无奈,但有时又自觉自愿地在疯狂中把人生的意义抵押给时代的命运,那么摈弃先前的理想,现实打动他的要素是什么?是争取"恶"退潮后真善美的曙光。他在自审中实现了两个"我"的对话,显露出社会现实与个人精神间令人惊叹的矛盾逻辑。章太炎在苏曼殊圆寂后曾经说:"香山苏元瑛子谷,独行之士,不从流俗。……凡委琐功利之事,视之蔑如也。虽名在革命者,或不能得齿列。……可谓厉高节、抗浮云者矣。"②叶楚伧也说:"近世片珍,我数曼殊,非惟其文,行亦足以疗末世病症也,有日月之昭明,乃可与语,挥浮云,口禳妖星而目眯沉霾者,我见之矣,读此片书,瑞霞绕吾庐矣。"③通过这些来自不同的"文化阵营"代表人物的言论,我们可以发现在中国现代性诞生之初对于"歧义的宽容"。

---

① 李蔚:《苏曼殊评传》,第116页,社会科学文献出版社1990年版。
② 章太炎:《书苏元瑛事》,见《苏曼殊全集》(四),第134页。
③ 1913年7月14日《民立报》《与某公书》信末叶楚伧《题记》。

　　以文学创作论,20 世纪初也并非新小说和革命文学的一统天下,
而是一个多样并存的空间。就拿诗歌论,在以后的文学史模式中,世
纪初只有南社诗人一笔,其实直到五四新诗诞生,"同光体"等诗派一
直占据着诗坛要位,五四运动的骁将鲁迅、陈独秀等都依然把古体诗
作得很顺手,苏曼殊诗在五四以前即便在五四落潮之后依然获得了
许多作家和读者的偏爱。白话新诗在新文化运动开始根本不显山不
露水,直到 1920 年胡适的《尝试集》出版,也不过是一次大胆的"尝
试"而已。以小说论,在新时期文学史模式中屡遭挞伐的苏曼殊的抒
情小说《碎簪记》在 20 世纪初却能大摇大摆、堂堂正正地刊登在《新
青年》上,而且是《新青年》第一篇创作小说;同时也可以发表在作为
通俗文学阵地的《小说大观》和后来被贬为"保守主义""国粹派"的
章士钊的《甲寅》上,这充分说明了新文化运动在初始阶段并不是
"一刀切"地对于一切当时所谓的"旧文学"。

　　对那个时代的曲解和遮蔽还有不少。鲁迅在给日本朋友的信
中屡次谈到苏曼殊,称"曼殊是我的朋友"①,可惜在以后政治革命
和文化启蒙的史学模式中,我们过滤掉了中国文化—文学现代转
型初这些很有价值的存在。长期以来的文学研究和文学教学输入
给了我们惯性的思维,二元对立的结构模式决不允许把"革命家、
思想家"的鲁迅与苏曼殊并置考察,其实"苏曼殊这个名字,在早年
的文化人士中,几乎无人不知。以至后来重建的光复会,也郑重其
事地追认他为与'思想导师'鲁迅并列的'文化导师'"②。陈方竞
在《多重对话：中国新文学的发生》自序中说:"在中国近现代之交
最足以显现鲁迅之为'鲁迅'的,在'五四'人物中,最足以显现鲁迅
与其他人的不同的,是他在早期论文中反复提到并作为立论根基的

① 增田涉：《苏曼殊是鲁迅的朋友》,见《鲁迅的印象》(钟敬文译),湖南人民出版社
　　1980 年版。
② 马以君：《苏曼殊文集·前言》。

'神思'和'白心'。"①而借助真诚、丰富的艺术想象、"不累于俗、不饰于物、不苟于人、不忮于众",直白心声,也是苏曼殊终其一生而不移的文艺观和文学实践,这也正是当初在文化语境混乱、价值虚无主义盛行与文明失范下苏曼殊和鲁迅能够共谋《新生》的基础,也是他们共同倾情于西方"摩罗诗人"的精神相通处。苏曼殊在1907年至1909年以大量的浪漫主义诗歌的翻译,鲁迅以《河南》上的论文表明了他们"文学家"对文艺共同的见解:以本于诚之"天性",刚健不挠、抱诚求真、不媚于群,"人各有己","声发自心"。②他们差不多与王国维同时共同关注了"纯文学"观念。苏曼殊的基于彰扬个性、崇尚主观的浪漫主义的纯文学观念我们曾详细论述过,同样的意见也鲜明地出现在鲁迅的《摩罗诗力说》中,他写道:"由纯文学上言之,则以一切美术之本质,皆在使观听之人,为之兴感怡悦。文章为美术之一,质当亦然,与个人及邦国之存,无所系属,实例离尽,究理弗存。"正是由于文艺的本质与个人得失、国家兴亡没有直接关系,"故其为效,益智不如史乘,诚人不如格言,致富不如工商,弋功名不如卒业之券"。但是,文艺的功用却决不次于"衣食、宫室、宗教、道德",因为它能够"涵养吾人之神思……,使闻其声者,灵府朗然,与人生即会"。③ 这种对"纯文学"价值的肯认和苏曼殊对文学翻译"必关正教"和"志不在文字"的批评异曲同工。

以"文学革命"或者"革命文学"的单向度标准评价苏曼殊并非肇始于1949年以后。苏曼殊生前的"寂寞"和身后的"热闹"所形成的强烈反差是一个耐人寻味的话题,"寂寞"并不代表受冷落,恰恰昭

---

① 陈方竞:《多重对话:中国新文学的发生》自序,人民文学出版社2003年版。
② 鲁迅:《集外集拾遗补编·破恶声论》,《鲁迅全集》第8卷,人民文学出版社1981年版。
③ 鲁迅:《集外集拾遗补编·摩罗诗力说》,《鲁迅全集》第8卷,人民文学出版社1981年版。

示了文化环境的包容与宽松；"热闹"并不代表多元空间的充分展开，恰恰因为文化—文学多元共存受到了威胁，文学的审美性价值受到了践踏。在苏曼殊去世仅仅两年的 1920 年，便有蔡哲夫所辑的《曼殊上人妙墨》、王德钟编的《燕子龛遗诗》和沈尹默选的《曼殊上人诗稿》出版，但"曼殊热"真正的导火索是胡适 1922 年发表的《五十年来中国之文学》对苏曼殊只字不提，引起当时爱好文学的青年学生的极大不满，大量的纪念文章和评论文字出现在《语丝》等杂志上。1925 年上海商务印书馆刊行了梁社乾《断鸿零雁记》的英译本，也就在当年，黄嘉漠、郑江涛又将该小说改编成剧本，交思明出版社出版。接着在 1927 年，《苏曼殊年谱及其他》、《曼殊逸著两种》，1928 年至1929 年柳亚子和柳无忌的《曼殊全集》5 卷本由北新书局出版，1933年开华书局又出版了普及本《曼殊全集》。在上海沦为孤岛期间，柳亚子又将收集到的有关苏曼殊的材料和大量考证文章编成手录的13 册《曼殊余集》行销全国，位列当时畅销书榜首。20 世纪 30 年代初，日本汉学界召开"曼殊研究会"，鲁迅在回答增田涉信中说："对汉学大会，请尽力参加。研究曼殊和尚确比研究《左传》、《公羊》等更饶有兴味。……最近此地曼殊热，已略为降温了，全集出版后，拾遗之类，未见出现。北新已无生气。"①这一阶段的"曼殊热"更看中他的多为"浪漫风度"，正如郁达夫在《杂评曼殊的作品》中所谓"他的浪漫风度比一切都好"。在狂飙猛进的启蒙岁月和革命年代，民族的生存、政治的挤压，生命个体完全遮蔽在时代狂潮中，个体是缺位的，人们渴望寻找个体的位置，"个人"的发现也正是现代性的要义。于是，"曼殊热"成为一部分知识分子对抗主流文化—文学的一种姿态。

_____

① 《鲁迅致增田涉书信选》，第 147 页，1934 年 9 月 12 日信，文物出版社 1975 年版。《曼殊全集》由北新书局出版，鲁迅开始与李小峰关系比较密切，支持李开设该书局，鲁迅著作多在该书局出版。

　　对文化—文学多元形态的扼杀有其深刻的历史动因。鸦片战争以后中国内忧外患的历史事实使晚清和五四两代知识分子历史性地投入现代文化启蒙运动的狂潮中,五四人所提倡的文化启蒙运动和梁启超在戊戌变法失败后逐渐走出今文经学的笼罩、发动以"新民"为主题的文化启蒙一脉相承,都是通过对本土传统价值观念和民族文化心理的根本性否定、以西方文化价值观念的全面替代为目标的。他们大部分人眼中的西方是一个统一的、进步的西方,他们渴望通过向大众灌输西洋"先进"的理论,通过社会改造使中国走向富强民主的现代化之路。文学既是文化变革的一个重要方面,也是实现启蒙蓝图的重要手段。要实现这一历史目的,就要求有合乎目的的文学观念和文学范式。自然地,苏曼殊感伤、忧郁、典雅的抒情文字怎么也不合乎胡适的审美理想,把苏曼殊排除在五十年文学史外并不偶然。任何历史功利性的文学目的都会"祛魅",而一味祛魅的结果却不能不伤害到文学的感性特征和作为审美文化生成的特质——这实在是中国现代文学进程中一个难以疏解的悖论。在启蒙运动落潮后,曾于启蒙高涨时指点江山、激扬文字的青年意识到文艺救国实在有着太浓的书生意气,如果说梁启超时代出现的多是知识信仰危机,此刻他们出现了伦理信仰危机,抒发个人性情、郁闷的文字成了风潮,纯文学社团和刊物得以创办,如创造社、沉钟社、湖畔诗社等。这便是1923年前后"曼殊热"的原因,这股"曼殊热"伴随着创造社浪漫抒情文学风起云涌的辉煌和现代文学多元化格局的初显。

　　1927年左右新文学界对苏曼殊的评价和1923年有着很大不同。1927年文学革命已经向革命文学转向,20世纪文学从所谓的"资产阶级文学"开始一步步走向深化的"无产阶级文学"。跟随这一思潮转换,苏曼殊的身价也在变动。即便像郁达夫这样和苏曼殊在禀性气质、天赋才情、审美追求上颇为相类且在创作上深受苏曼殊文艺熏染的作家,在 1927 年"革命文学"高扬而"曼殊热"高涨时,他也以"比较随便"①的态度批评苏曼殊小说"许多地方太不自然,太不写实"。郁达夫明明知道苏曼殊最足以留世的是他的浪漫气质,却为什么以写实主义来框定浪漫主义的苏曼殊小说呢？ 他的理由是"因为近来有一般殉情的青年,读了他的哀艳的诗句,看了他的奇特的行为,就起了狂妄的热诚,盲目地崇拜他,以为他做的东西,什么都是好的,他的地位比屈原李白还要高,所以我想来做一点批评,指点指点他的坏处,倒反可以把他的真价阐发出来"。② 我们便明白了郁达夫用心并非纯粹的文学审美批评。在 1927 年革命文学正如火如荼、大行其道的前夜,郁达夫作为当时这场文学运动的参与者,试图引导文学向革命方向靠拢,其良苦用心可见一斑。

在"革命文学"成为主流话语,有人指责苏曼殊"给予青年以不良的影响"时,同样作为"五四人"的语丝社的周作人站出来说"我与先生意见不同",他抱定"并没有一个固定的要宣传或打倒的东西,大家只在大同小异的范围内各自谈谈"。他指出:"现今的青年多在鸳鸯蝴蝶化,这恐怕是真的。但我想其原因当别有在,便是(1)上海气之流毒,(2)反革命势力之压迫,与革命前后很有点相像。总之,现在还是浪漫时代,凡浪漫的东西都是会有的。"③这种更为自由和宽泛的文艺观在以后对五四文学的书写中被遮蔽了。南社革命诗人柳亚子在五四后也很清醒,他认识到:"我们以为值得介绍的是曼殊在文学上的工作……我们是把他当作歌德拜伦等一流人物,享受他的诗文,阐扬他在文学史上的贡献。维特出版后自杀者纷纷,然而其在文学界地位并不以此降低,更况曼殊的思想亦没有那样颓荡。(我始终主张'文学为文学'的主义,亦所以始终

---

① 谭桂林:《二十世纪中国文学与佛学》,第 64 页,安徽教育出版社 1999 年版。
② 郁达夫:《杂评曼殊的作品》,见《苏曼殊全集》(五)。
③ 周作人:《答芸深先生》,见《苏曼殊文集》(五)。

不赞成现今乱嚷的所谓革命文学,血泪文学,甚至于投机文学也。文学一成工具,这样像什么文学?)"①

　　生命的哲学本质上就是艺术的,是通过艺术才能完整地予以表现的。它是欲望、情感、理性和行为表现的综合体,而不是纯粹理性的选择,不是理性的语言所能够充分阐述的。可惜直到 20 世纪 90 年代,史学家仍然缘木求鱼般企图在苏曼殊浪漫抒情的诗歌、翻译和小说中寻找现实主义的因素,他们从作品中寻找支支离离的片段。例如《断鸿零雁记》的行文中间穿插明末抗清义士陆秀夫和朱舜水在南粤和海外的遗迹、点缀当年革命志士狂热的拜伦的《赞大海》,强调他的主观情绪、个人理想乃至他的乌托邦似的梦幻都打着现实主义的烙印,与现实社会有着不可分割的关系。因为《断鸿零雁记》"抒写了在旧家族制度和婚姻制度压迫和损害下的一个天资俊爽的青年的凄苦身世和愁苦情怀,虽然不能说已具有彻底的反封建性质,但毕竟尖锐地批评了制造婚姻悲剧的旧家族制度,批评了与新思潮势不两立的封建主义道德观念";《碎簪记》"把自由恋爱和用情专致在一定的政治、家庭背景下结合起来,以一桩婚姻误死三条人命的悲剧,抨击封建主义伦理观和婚姻制度的腐朽、野蛮和残酷"。这种努力把浪漫主义文学贴上现实主义标签的原因在于我们的文学批评已经把"现实主义伦理化"了,这我们可以从批评家所言"苏曼殊受时代限制,不可能提出切实地改造社会的方案"②中看出端倪,这无疑是一种以现实主义的斗争精神框定浪漫抒情文学审美诉求的夫子自道。现实主义与中国现当代小说有着宿命的契合,从五四的"为人生"的小说派,到革命文学风潮中的"新写实主义",再到 20 世纪 30 年代至 20 世纪 40 年代"社会主义现实主义"的提出和政令化,到"十七年文

---

① 柳亚子:《苏和尚杂谈》,见《苏曼殊文集》(五)。
② 参阅陈平原:《二十世纪中国小说史》第 1 卷第 1 章第 3 节,北京大学出版社 1989 年版。

学"现实主义成为文学创作的典律范式,以至到 20 世纪 80 年代中后期的"现实主义冲击波","现实主义"在中国被深刻的"伦理化"了。正是由于现实主义的伦理化取向,在政治意识形态与文学本体争夺话语权的过程中,文学创作遭逢了蜕变与断裂,"审美"成为一种道德评判,以"伦理的态度"代替"审美的批评"制约了现代文学的美学立场。梳理这些正反批评,我们发现苏曼殊最值得肯定的依然是蕴涵在其文本之内的清新的现代意识和浪漫气息——郁达夫所谓"不太写实,不太自然"的批评正成为苏曼殊文本审美价值的注解。

当然,这里我们应该强调的是对于审美主义的辩证立场,只把文艺作为"自我的私事",单向度地强调其本体的美学意义也未必就是好事。例如周作人在五四后文艺观的急转直下也并非没有其问题,他为郁达夫和苏曼殊的辩护也明显地出于对于自己转向"自己的园地"、闭起眼睛躲在苦雨斋里静品苦茶的"闲适风"的自卫。针对当下的文学生态讲,"为艺术而艺术"、形式主义至上走得过火可能消泯了人文学者对当下的关注意识和批判立场,纵容了文艺者放弃职业操守和专业志趣,委身于全裸的文化娱乐资讯市场。在对苏曼殊文学价值的梳理中,我们虽然一贯强调把文学的纯审美立场从历史功利的钳制中释放出来,反对拿现实主义的标准来评定苏曼殊的浪漫主义创作,还原作为文学家的苏曼殊的真相,但并不是取其反,孤立强调艺术的审美功能。换言之,浪漫主义是另一形式的现实人生。文学终究是"人学",讲究审美价值不代表不关涉"当下","去政治化"或者说"返魅"的本质并不意味着"反启蒙",却正在于知识者独立自主的人文精神的张扬。正如人不能完全脱离社会而存在,孤立的文艺审美走向极端也是对文学本质的毁灭,作家如果只沉醉于形式主义的花样翻新,放弃言说"主体"高迈恒定的价值立场,那么文学只能沦为个人感官体验或隐私展览的展板,没有了普世关怀功能的文学审美终究要消失在欲望和消费的劫持下——这无关于它是现实主义还是浪漫主义。厘清苏曼殊对审美转型的意义在于那是在中国纯文艺观念的萌芽时代,我们有必要寻找现代文学这个端绪。当中国的浪漫抒情小说从苏曼殊走向创造社的时候,我们能清晰地感到它参与文化历程的愿望,但是到创造社后期的张资平和叶灵凤,这条线路无疑是误入了歧途。

从以上分析可以看出,20 世纪初文化生态和文艺形式的宽容,我们也应该明确,正是在宽松和丰富间,我们看到了苏曼殊文化选择的艰难和生命形态的萧索,我们透过苏曼殊所展开的历史空间的丰富看到了一个世纪前中国知识分子在思想文化抉择上的艰窘。这不能不让人反思。实际上人生抉择的两难境地绝不只存在于曼殊一代"佛与爱"、"革命与逃遁"、"文化启蒙与审美创造"的对立中,也存在于我们每一个平凡人的日常生活中。苏曼殊在两种诱惑间的徘徊和挣扎,他的一切苦痛和尴尬,是我们在追求生存价值之实现和生命意义之饱满的过程中难免的困境。苏曼殊的人生图式跨越了时代和国界的局限,切入人类生命的本质,引起我们心灵的强烈共鸣,所以"曼殊热"在 20 世纪 90 年代才会重新莅临。

第二节　苏曼殊与清末民初研究热的文化动因辨析

20 世纪 90 年代以来的苏曼殊热与清末民初研究热深刻的文化动因是一个值得学界深入思考的论题,我想可以从几个方面讨论:

(一)苏曼殊作为一个言说对象,他所生活的时代存活了百年沧海桑田的变迁,它是中国走向"现代"的童年经验,正因如此,苏曼殊作为一个文化符号,他的"家国想象"可以导引对中国政治历史的文化探索。

　　清末民初，以强调文化的转型性而成为一个承上启下的关键性
历史阶段，当代中国几乎所有政治、经济、文化问题的症结都可以在
那里找到探索的源头，整整一个世纪的几代知识分子几乎一直未能
摆脱20世纪初的余荫。如果我们能够说康德曾以他的思维方式，以
他强烈而鲜明的对于个人价值的肯认规范了近现代西方的人文人格
走向，把人类的智慧表达式提高到前所未有的高度，那么五四一代知
识分子以狂飙式的气魄动摇了东方传统的思维之树，颠覆了古老的
生存童话，把人的存在秩序引上了现代之路，而我们更不能忘记的是
清末民初的文化探索者的艰难找寻。那是一个以多元性、含混性见
称的时期，它对西方文化的吸纳和排斥、对民族前景的想象与盲动、
对传统文化的批判和依恋、对现代性的追求和误读，一个世纪以来依
然是弥久不衰的历史叙事语境。举一个简单的例子，1915年苏曼殊
曾因在东京城外小庙"解衣觅虱"与日本人起争执，感叹"吾是弱国
之民，无颜以居，无心以宁"①。郁达夫在日本因为自己是弱国子民，
在感情上很受歧视，觉得"支那或支那人的这一个名词，在东邻的日
本民族，尤其是妙年少女的口里被说出的时候，听取者的脑里心里，
会起怎么样的一种被侮辱、绝望、悲愤、隐痛的混合作用，是没有到过
日本的中国同胞，绝对想象不出来的"。②郭沫若把留学日本的生活
总结为"读的是西洋书，受的是东洋气"③。可见得，两代知识者面对
的是多么雷同的文化语境，而直到今天，我们依然感同身受他们的
处境。中国现代化的步伐迈了一个世纪，为什么我们依然没有走
进一个清朗的图景？我们不得不反省我们曾经走过的弯路甚至倒
退。由此，清末民初那个历史阶段的文人如容闳、王韬、康有为、梁

---

① 苏曼殊：《致郑桐荪、柳亚子》，见《苏曼殊文集》，第613页。
② 郁达夫：《雪夜》，载1936年2月《宇宙风》第11期。
③ 郭沫若：《致宗白华信》（1920年3月3日），见《三叶集》，安徽教育出版社2006
　年版。

启超、章太炎、刘师培、鲁迅等作为一个个文化符号,他们的"家国想象"可以导引后来的知识者对中国政治历史的参与意识和探索精神。洋务运动、维新变法、佛学救国、三界革命、辛亥革命、新文化运动、五四文学革命……一拨拨知识精英们展开和收束了一次次悲壮的尝试,美国新历史主义理论家路易·芒特罗斯说:"我们的分析和我们的理解,必然是以我们自己特定的历史、社会和学术现状为出发点的;我们所重构的历史,都是我们这些作为历史的人的批评家所作的文本建构。"①我们正是在对于这些悲剧不断的反刍之中,寻找着我们切入国家民族政治历史的话语路径和方式。

(二)在我们向西方寻经问典一个多世纪后的今天,越来越多的学者意识到"说自己的话"的必要——不管是从何种文艺价值观为出发点,但是作为我们研究者主体,我们无论如何都要受制于文化语境的制约,我们从对苏曼殊行云流水的浪漫和冥鸿物外的放达的解读中来感受我们今天作为认识主体所依然存在的巨大的非自足性,这也是一个颇有兴味的研究入口。

20 世纪初所镂刻的文人志士一次次的精神创伤,永远给我们构成一种深层文化语境,这就形成了研究对象与研究者之间的精神纽带,研究者主体与被研究对象的交互作用。苏曼殊作为那个时代的代表性人物,他身上所具有的兼容性的文化景观即使在今天看来也是令人兴奋不已、愿意思忖的。"最伟大的历史学家总是着手分析他们文化中的'精神创伤'性质的事件"②,在克罗齐"一切历史都是当代史"的大胆论断下,历史的回忆构成了人们自身生存的一种基本元素。从精神分析学讲,当我们在 21 世纪的初阳中追思作为文艺家的

---

① 盛宁:《二十世纪美国文论》,第 258 页,北京大学出版社 1994 年版。
② [美]海登·怀特:《作为文学虚构的历史文本》,见张京媛主编:《新历史主义与文学批评》,第 167 页,北京大学出版社 1993 年版。

苏曼殊在 20 世纪初涌动的心潮，精神上的沧桑感不禁油然而生。苏曼殊的新文学朋友周作人、刘半农的一生是逐渐由叛徒走向隐士的，巨大的复杂性体现在苏曼殊早年的朋友鲁迅身上。在坚定地作出社会批评、文明批评时，鲁迅对自我生命的关注充满了矛盾和痛苦，充满了反抗绝望的悲剧性。《野草》是非常边缘化的文体，其《朝花夕拾》更是鲁迅从"纷扰"中寻出"闲静"、由对国民性的批判转为对"永逝韶光的悲哀吊唁"。而天不假年、生命短暂的苏曼殊没有那么优裕的时间来到五四后完成这个转变，他成年后匆匆忙忙的闯荡间心里即并藏着叛徒和隐士两个"鬼"。无论是晚清还是五四的文化革新，在文学上促生的新意义就是人的主体的发现。只有有了主体自我的发现，然后文学的范围、思想、形式也才能相随着丰富起来。作为新文学的始作俑者，苏曼殊将"自我"置于各类文体的轴心位置，充分展现自我精神追求，肯定和弘扬独立意识，我所看重的正是他这一点——虽然我们能看到在作为审美主义艺术家、启蒙主义者抑或佛子之间的他矛盾重重，他的主体性建构显示着无法克服的虚症；而我们也正是在这重重叠叠的悖论中，看到了从晚清到五四的那些文人对主体意志的强烈渴望和维护意识。

作为研究者主体，我们无论如何都得受制于文化语境的制约，主体意识的介入无疑需要一种巨大的解放精神与勇气。但是，越来越多的学者还是意识到了"说自己的话"的必要，因为"要克服'文化滞差'所带来的人文理论困惑，仅仅期望于人文主义与物质主义的协和共存是不够的"①。正如卡西勒所言，认知主体"必须而且应该拒绝来自上面的帮助；他必须自己闯出通往真理的道路，只有当他能凭借自己的努力赢得真理，确立真理，他才会占有真理"②，那么我们审

① 丁帆：《重回"五四"起跑线》自序，第 4 页，人民文学出版社 2004 年版。
② ［德］卡西勒：《启蒙哲学》，顾伟铭译，第 131 页，山东人民出版社 1988 年版。

视、叙述苏曼殊,在不同的时期可能强化他不同的侧面,或启蒙,或审美,或革命,或宗教,我们通过自己的叙述参与了历史的重构,为后来的历史叙事提供了新的话语资源。

(三)20 世纪90 年代的"曼殊热"包括整个清末民初研究热也是建立在全球化语境下的现代化反思基础上的,建立在一种对人与自然的紧张关系的恐惧上的。

面对着工业化的急剧发展和人类对自然非理性的掠夺,地球作为人类的家园正遭遇着日益严重的生态危机,人们寻找的不再是民族的"根",而是整个人类所面临的"失根"的威胁。以心物、主客二元对立为前提的本体论、认识论的探索被撇开,代之而起的是存在论的追问——绕了一个世纪,我们又回到了"存在"的追问中。西方思想界试图从东方哲学思维中找寻救世的良方,他们发现了儒学和佛学,特别是中国佛学禅宗。其实,不仅苏曼殊,不少具有逃禅意识的文人或逃向禅悦的佛子都受到前所未有的关注,例如寒山,寒山诗体现了山居乐道的禅学思潮,不过也正是他最早涉及日常生活中求佛得道的主题,不论山居野处还是混迹市廛,诗僧始终能够将"禅家本色"即如寒山的话"可贵天然无价宝"贯穿在艺术创作中。他对于"天然"的标榜既符合禅家的生活原则,又符合禅家的审美理想,但是他的诗通俗无典、粗俚不训,正统的封建士大夫一向推崇趣味典雅,对其不感兴趣。在 20 世纪50 至 60 年代,不登大雅之堂的寒山诗竟然成为美国文学研究的热门话题,美国青年一代特别是 Beat Generation(垮掉的一代)和 Hippies(嬉皮士)甚至将其作为崇拜的偶像。无疑,对于在现代高科技、物质文明拥挤下生活的人们来说,任运自由、天然无价的人性精神具有原始主义的魅力,这些诗作的审美意境满足了读者对于自然和人性的呼唤。这也许就是苏曼殊诗文在当今引起更多关注和喜爱的原因之一,也体现了苏曼殊表现的清新、天然、本色在现代的深刻意义。

　　苏曼殊给人们留下了开掘不尽的言说空间，他复杂的精神意象所散发出的诸种不确切性的光芒常常使他成为令人困惑的现象之谜。在官方和民间，在孤独的艺术家与学院的思想者那里，这个有着丰富的心理层次的短命文学家被撕扯着、被组合着：有人从他身上解读浪漫，有人阐释爱情，有人附会革命，有人寻绎启蒙，有人感喟生之艰窘，有人慨叹佛义之深邃，有人看到人性之磊落，有人探寻文学现代化之源流……而在文坛上，无论你赞扬还是否定，无论你怎么肢解、误读或者还原着苏曼殊，实际上在中国人精神的现代化之旅中，至今为止人们也无法躲避开苏曼殊所曾经遭遇的价值困惑，这是被困在了漫长的历史隧道里的中国现代文人之宿命。这里有一个深刻的关于中国如何在西方夹击下、"被现代化"过程中确立中国人生存意义的话题，也即是一个"精神"的话题。苏曼殊在入世与出世、真爱与绝情间的艰难挣扎穿透了历史的时空，成为一种民族生存和个人生存的基本图景。大而言之，如中国"现代性"的实现。新旧文化模式的转换需要反观与远瞻，我国传统的文化模式的主导动机是以客观意志支配个体的生命意志，注重共性整体的统一谐和，国家、民族、家族或社团的意愿完全取代个我的主体性，蔑视个性独立、激情冲突和超越欲望。这种政治伦理化或伦理政治化的文化模式有其独特的优越性，使中国"井然有序"地运作了 2 000 多年。在西方人眼里，这简直是人类史上的奇迹。因为在他们看来，中国是一个没有多大宗教情结的国度，没有上帝和信仰，一个国家的正常运转是不可思议的。他们曾经试图把他们的基督信仰推广到中国来，他们忽略了中国文化模式对社会具有的强大的整合能力。但是这种"整合"到了晚明，当中国处身世界之中，就无法适应现实的要求。晚明以来，从中国文化内部诞生的对传统社会约束机制叛逆的力量，和近世从西方传来的人文思潮在晚清强烈撞击，立即爆发出强劲的毁灭攻势。经过清末民初到五四新文化运动，整个社会的文化价值取向开始走向开放,打破常规界限和生存限制,追求永恒无限的超越,渴望个我情感的宣泄和价值的张扬,越来越成为一种社会习尚。而苏曼殊的言与行其实也正是这种开放习尚的推动者以及逻辑结果。

我们认为苏曼殊遗产的广阔性与深邃性,至今尚是一个文化之谜。也许,苏曼殊文本的"叙述语态"使他不能够矗立在历史的源头而成为不尽的光源,如果说从古今中外的文化夹击中抽绎出多元意识下的健全理性,或者说抽象出一套沉重的人文话语,苏曼殊很是力不从心,我们甚至无法用一些光度较亮的炫目词汇来解说他,而单是从苏曼殊诗文小说的审美特征言,也暴露着过渡时期新旧混杂的特征。但是在苏曼殊文化抵牾的痛苦里,在他启蒙与艺术独立的悖论式抉择中,既有五四式的对人的本体价值的形而上的渴望,又有对个体生存意义的深切怀疑,使他的文本呈示出一个现代知识分子人文精神和人道主义的拷问,虽然这个问题直到五四时期的鲁迅才真正成为历史话语的巨响。如果说鲁迅的伟大在于他对中国人灵魂的审视中,在于他对人类苦难的洞悉上,在于他那种在没有路的地方踏出新路的悲壮之举,他的《呐喊》与《彷徨》对于国民性的深刻批判,他那"两间余一卒,荷戟独彷徨"的理性执着显示了一个启蒙主义者的决绝和对于启蒙命运的深层认知,那么苏曼殊的不凡在于他上接欧洲浪漫诗学传统,旁及印度、日本等古国的传统文化时空,他自叙的、感性的笔触并不妨碍他为五四新文学家作一些精神内省的准备。即便在当今的文化语境下,苏曼殊作为一个清醒而无奈的先行者,他对自我人格的维护、自我价值的一次次悲情寻找和失落,仍然在昭示着无尽的思索。"历史不是一元的线性发展,历史进步行为与人文文化尤其是具有生命丰富内涵的人文精神传统常常表现为一种逆向的复调结构。历史的进步常以人文精神传统不同程度的沦落为代价,而要保持人们生存或曰历史行进的健全发展,就须找回失落的东西作当代的强调。"①我们后人尽可以带着遗憾或感喟去批评苏曼殊"既没有梁启超那种建立世界文化理想的宏愿，也没有严复那种构筑新的政治结构的民族精神、文化心理和价值观念的主动意识，更无鲁迅那种重塑国人的深层文化结构的卓识和哲学意义上的怀疑精神"②，但是在东方与西方文化、传统与现代文化的冲突中，苏曼殊以自己的方式找到了一种新的融合点和立足点，那就是以文学审美的方式切入现代性个人价值的道德肯认，以自己的姿态投入文化去承担过渡时代所赋予的除旧布新和自我启蒙的双重任务：以中国传统文化之重要部分的佛学中的精粹"我心即佛"、"见性成真"去拯救世道即"同圆种智"，以西方浪漫主义人文精神的"爱和自由"去重建人心——尽管是力所不能及的。还是陈平原说得好——虽然他的话惹人心痛，他说：

> 在中国，再也不会有那样毫不造作的"不僧不俗、亦僧亦俗"的奇人；即使有这样的奇人，也不会有那样绚烂瑰丽的"不僧不俗、亦僧亦俗"的作品；即使有这样的作品，也不会有那样热情真挚的"不僧不俗、亦僧亦俗"的读者！③

我们探索过往的文学、过往的文学家的审美理想，归根结底在于当下文艺生态的健康多元发展和中国文化模式的重建。但是新的文化模式的娩出也必将伴随着痛苦的挣扎和摸索，任何重建都包含解构和建设，也就意味着意义的增殖或者丢失。一个多世纪以来的中国文化就是在这种中西冲撞、融合的过程中寻求并重建新的秩序。

---

① 孔范今：《论中国文学的现代转型与文学史重构》，载《文学评论》2003 年第 4 期。
② 邵迎武：《苏曼殊新论》，第 84 页，百花文艺出版社 1990 年版。
③ 陈平原：《论苏曼殊、许地山小说的宗教色彩》，见《中国现代文学研究丛刊》1984 年第 3 期。

直到今天,一个适合于中国的文化模式的涅槃也并不可能一蹴而就。
如今的文艺传播比起百年前的文坛,确实绚丽极了,有种种的样式,
种种的旗号,表现着、批评着、沉溺着、慵懒着,文学的独立性或曰文
学的生存空间似乎获得了历史未有的广阔,但总觉得缺少些什么。
是因知识分子的"边缘化"促使创作主体远离"中心"后躲进了泛文
化的怪圈,还是正企图以社会批评、文化批评打破思想界的沉闷与浑
浊?是知识分子的人格矛盾在当今文学与经济的热烈媾和中显得更
为深刻和复杂,还是大众消费文化的狂潮下文艺的良心越走越远?
20 世纪末的中国文学终于摆脱了历史强加的沉重负荷,但决不是走
上了文学前行的康庄大道。作为一个历史阶段性事件,视觉传媒的
后果是意味深长的。文学,还有文学批评,需要摸索的路还很长。作
为一位所谓的文化人,我猛然有一种无所归依的危机感,我甚至有些
恐惧,这是否一个世纪前的苏曼殊曾经体悟过的?我们可以从现代
理性的批判视角出发,探究苏曼殊文本思想性的脆弱和文学性的不
足,却无法求全责备,否则显得对中国历史,或者只是对文学是多么
苛刻。正如鲁迅所说:"我以为就是圣贤豪杰,也不必自惭他的童年;
自惭,倒是一个错误。"①所以我们毫不夸张地说:五四酝酿阶段的苏
曼殊为我们打开了历史的丰富性,在启蒙文学变革和革命文学诉求
的场域外,他展现给了我们历史转折过程的复杂性和悖论性。我们
通过聆听他向历史所发出的抑郁的叩问,通过对他所留下的文化资
源的开掘,窥得了历史面目的多姿多彩、玄奥神妙,这也正是"现代转
型"的文学史观建构所看重的多维度因素介入的结构性意义所在。
而我们也不能不认为,在中国迈进"现代"的初途,苏曼殊和王国维、
鲁迅等文人一样,以他们文学中不懈的历史追问和生存玄思度过了

---

① 鲁迅:《中国新文学大系·小说二集》导言,吴福辉:《二十世纪中国小说理论资
　料》(第 3 卷),第 352 页,北京大学出版社 1997 年版。

悲剧式的人生,他们是人类史上旷古的孤独者,其高迈孤绝的灵魂至今在中国文化史、文学史上汹渡！无论是思想性还是艺术性,他们悲壮激烈的理想绝唱和文学悟解也必将是一代又一代知识分子的精神资源。

参考文献

文化史与思想史类：

季羡林：《中印文化关系史论文集》，北京：生活·读书·新知三联书店1982年版。

[美] 费正清、刘广京编：《剑桥中国晚清史》，北京：中国社会科学出版社1985年版。

[德] 尼采：《悲剧的诞生》，周国平译，北京：生活·读书·新知三联书店1986年版。

[德] 海德格尔：《存在与时间》，北京：生活·读书·新知三联书店1987年版。

[美] 马斯洛：《人的潜能和价值》，北京：华夏出版社1987年版。

[美] 贝尔：《资本主义文化矛盾》，赵一凡等译，北京：生活·读书·新知三联书店1989年版。

[美] 费正清编：《剑桥中华民国史》，北京：中国社会科学出版社1994年版。

熊月之：《西学东渐与晚清社会》，上海：上海人民出版社1994年版。

高瑞泉编：《中国近代社会思潮》，上海：华东师范大学出版社1996年版。

高峰、业露华等编著：《禅宗十日谈》，上海：上海书店出版社1996

年版。

[英] 阿伦·布洛克：《西方人文主义传统》，北京：三联书店 1997
　　年版。

傅谨：《感性美学：一种人性的美学观》，长春：东北师范大学出版社
　　1997 年版。

刘小枫：《现代性社会理论绪论》，上海：三联书店 1998 年版。

叶舒宪主编：《文学与治疗》，北京：社会科学文献出版社 1999 年版。

李泽厚：《中国思想史论》（上、中、下），合肥：安徽文艺出版社 1999
　　年版。

刘小枫：《沉重的肉身》，上海：上海人民出版社 1999 年版。

赵园：《明清之际士大夫研究》，北京：北京大学出版社 1999 年版。

陈福康：《民国文坛探隐》，上海：上海书店出版社 1999 年版。

[美] 爱德华·W. 萨义德：《东方学》，王宇根译，北京：生活·读
　　书·新知三联书店 1999 年版。

冯友兰：《中国哲学史》，上海：华东师范大学出版社 2000 年版。

[美] 李欧梵：《现代性的追求》，北京：生活·读书·新知三联书店
　　2000 年版。

周宪：《现代性的张力》，北京：首都师范大学出版社 2001 年版。

[加]查尔斯·泰勒：《现代性之隐忧》，北京：中央编译出版社 2001 年版。

[美] 泰德·彼得斯、[香港]江丕盛、[美] 格蒙·本纳德：《桥：科
　　学与宗教》，北京：中国社会科学出版社 2002 年版。

吴冠军：《多元的现代性》，上海：三联书店 2002 年版。

陈平原、王德威、商伟编：《晚明与晚清：历史传承与文化创新》，武
　　汉：湖北教育出版社 2002 年版。

文学史与文学理论类：

胡适：《胡适选集》，台北：传记文学出版社 1969 年版。

郭绍虞：《中国文学批评史》（上、下），上海：上海古籍出版社 1979
　　年版。

夏志清：《中国现代小说史》，台北：传记文学出版社 1979 年版。

阿英：《晚清小说史》，北京：人民文学出版社 1980 年版。

[日]增田涉：《鲁迅的印象》，钟敬文译，长沙：湖南人民出版社
　　1980 年版。

宗白华：《美学散步》，上海：上海人民出版社 1981 年版。

魏绍昌、吴承惠编：《鸳鸯蝴蝶派研究资料》，上海：上海文艺出版社
　　1984 年版。

钱锺书：《谈艺录》，北京：中华书局 1984 年版。

中国翻译工作者协会《翻译通讯》编辑部编：《翻译研究论文集
　　1894—1948》，北京：外语教学与研究出版社 1984 年版。

陈平原：《在东西方文化碰撞中》，杭州：浙江文艺出版社 1987 年版。

杨义：《中国现代小说史》，北京：人民文学出版社 1986 年版。

陈平原：《中国小说叙事模式的转变》，上海：上海人民出版社 1988
　　年版。

范伯群：《礼拜六的蝴蝶梦——论鸳鸯蝴蝶派》，北京：人民文学出
　　版社 1989 年版。

严家炎：《中国现代小说流派史》，北京：人民文学出版社 1989 年版。

方锡德：《中国现代小说与文学传统》，北京：北京大学出版社 1992
　　年版。

陈福康：《中国译学理论史稿》，上海：上海外语教育出版社 1992
　　年版。

温儒敏：《中国现代文学批评史》，北京：北京大学出版社 1993 年版。

王尧：《乡关何处：20 世纪中国散文的文化精神》，北京：东方出版社
　　1996 年版。

孔范今：《走出历史的峡谷》，济南：山东文艺出版社 1997 年版。

孔范今：《二十世纪中国文学史》，济南：山东文艺出版社 1997 年版。

陈伯海编：《近四百年中国文学思潮史》，上海：东方出版中心 1997 年版。

杨义：《中国叙事学》，北京：人民出版社 1997 年版。

陈平原：《二十世纪中国小说史》（第一卷），北京：北京大学出版社 1997 年版。

陈平原、夏晓虹编：《二十世纪中国小说理论资料》（第一卷），北京：北京大学出版社 1997 年版。

严家炎编：《二十世纪中国小说理论资料》（第二卷），北京：北京大学出版社 1997 年版。

吴福辉编：《二十世纪中国小说理论资料》（第三卷），北京：北京大学出版社 1997 年版。

[丹麦] 勃兰兑斯：《十九世纪文学主流》（第三分册），北京：人民文学出版社 1997 年版。

刘扬体：《流变中的流派——"鸳鸯蝴蝶派"新论》，北京：中国文联出版公司 1997 年版。

[法] 波德莱尔：《波德莱尔美学论文选》，郭宏安译，北京：人民文学出版社 1987 年版。

胡适：《胡适文集》，北京：北京大学出版社 1998 年版。

程文超：《1903：前夜的涌动》，济南：山东教育出版社 1998 年版。

钱理群、温儒敏、吴福辉：《中国现代文学三十年》（修订本），北京：北京大学出版社 1998 年版。

刘纳：《嬗变：辛亥革命时期至五四时期的中国文学》，北京：中国社会科学出版社 1998 年版。

南帆：《文学的维度》，上海：三联书店 1998 年版。

葛兆光：《中国宗教与文学论集》，北京：清华大学出版社 1998 年版。

郭延礼：《中国近代翻译文学概论》，武汉：湖北教育出版社 1998

年版。

谭桂林:《20 世纪中国文学与佛学》,合肥:安徽教育出版社 1999
　　年版。

［美］李欧梵:《铁屋中的呐喊》,长沙:岳麓书社 1999 年版。

陈国恩:《浪漫主义与 20 世纪中国文学》,合肥:安徽教育出版社
　　2000 年版。

孔慧怡:《翻译・文学・文化》,北京:北京大学出版社 1999 年版。

钱锺书:《七缀集》,北京:生活・读书・新知三联书店 2002 年版。

范伯群主编:《中国近现代通俗文学史》,南京:江苏教育出版社
　　2000 年版。

徐德明:《中国现代小说雅俗流变与整合》,北京:社会科学文献出
　　版社 2000 年版。

［美］李欧梵:《上海摩登:一种新都市文化在中国》,北京:北京大
　　学出版社 2001 年版。

胡适:《白话文学史》,天津:百花文艺出版社 2002 年版。

胡适、周作人:《论中国近世文学》,海口:海南出版社 2002 年版。

陈子展:《中国近代文学之变迁》,上海:上海古籍出版社 2000 年版。

［美］王德威:《被压抑的现代性:晚清小说新论》,台北:麦田出版
　　社 2003 年版。

王晓明主编:《20 世纪中国文学史论》修订版,上海:东方出版中心
　　2003 年版。

陈方竞:《多重对话:中国新文学的发生》,北京:人民文学出版社
　　2003 年版。

王义军:《审美现代性的追求——论中国现代写意小说与小说中的
　　写意性》,上海:上海文艺出版社 2003 年版。

孙之梅:《南社研究》,北京:人民文学出版社 2003 年版。

陈炎、李红春:《儒释道背景下的唐代诗歌》,北京:昆仑出版社 2003

年版。

丁帆：《重回"五四"起跑线》，北京：人民文学出版社 2004 年版。

孔范今：《孔范今自选集》，济南：山东文艺出版社 2004 年版。

作品资料类：

梁启超：《饮冰室合集》，上海：中华书局 1936 年版。

阿英编：《晚清文学丛钞》，北京：中华书局 1961 年版。

林以亮编：《美国诗选》，张爱玲译，香港：今日世界出版社 1972
　　年版。

季羡林译：《罗摩衍那》，北京：人民文学出版社 1978 年版。

赵家璧主编：《中国新文学大系》，上海：上海文艺出版社 1980 年影
　　印本。

鲁迅：《鲁迅全集》，北京：人民文学出版社 1981 年版。

郁达夫：《郁达夫文集》，广州：花城出版社 1982 年版。

郭沫若：《郭沫若全集》，北京：人民文学出版社 1983 年版。

郭沫若：《郭沫若文集》，成都：四川人民出版社 1984 年版。

归庄：《归庄集》，上海：上海古籍出版社 1984 年版。

玄奘：《大唐西域记校注》，季羡林等校注，北京：中华书局 1985
　　年版。

黄宗羲：《黄宗羲全集》，杭州：浙江古籍出版社 1985 年版。

严复：《严复集》，北京：中华书局 1986 年版。

鲁迅：《鲁迅致增田涉书信选》，北京：文物出版社 1975 年版。

陈独秀：《独秀文存》，合肥：安徽人民出版社 1987 年版。

梁启超：《饮冰室合集》，北京：中华书局 1989 年版。

荀子：《荀子》，上海：上海古籍出版社 1989 年版。

张贤亮：《习惯死亡》，天津：百花文艺出版社 1989 年版。

朱光潜：《朱光潜全集》，合肥：安徽教育出版社 1992 年版。

施蛰存主编:《中国近代文学大系·翻译文学集》,上海:上海书店
　　出版社 1995 年版。

包天笑:《钏影楼回忆录》,太原:山西古籍出版社 1999 年版。

周作人:《周作人自编文集》,石家庄:河北教育出版社 2002 年版。

张爱玲:《张爱玲典藏全集》(散文卷),哈尔滨:哈尔滨出版社 2003
　　年版。

附录一
苏曼殊研究资料汇编

1. 苏曼殊文集、画集及研究论著类:

段庵旋编:《燕子山僧集》,长沙:湘益出版社1926年版。

柳亚子编:《苏曼殊全集》,上海:北新书局1947年版,北京:中国书店1985年影印本。

柳亚子编:《曼殊全集》(普及版),上海:北新书局1933年版。

柳无忌编:《曼殊大师纪念集》,重庆:正风出版社1944年版。

黄鸣岐:《苏曼殊评传》,上海:百新书店1949年版。

[美] 李欧梵: *The Romantic Ceneration of Modern Chinese Writers*, Harverd University, 1973。

朱传誉编:《苏曼殊传记资料》,台北:天一出版社1979年版。

唐润钿:《革命诗僧——苏曼殊传》,台北:近代中国出版社1980年版。

刘斯奋注:《苏曼殊诗笺注》,广州:广东人民出版社1981年版。

裴效维编:《苏曼殊小说诗歌集》,北京:中国社会科学出版社1982年版。

苏曼殊:《苏曼殊小说集》,浙江文艺出版社1983年版。

马以君注:《燕子龛诗笺注》,成都:四川人民出版社1983年版。

刘心皇:《苏曼殊大师新传》,台北:近代中国出版社1984年版。

中国人民政治协商会议珠海市委员会编:《苏曼殊诞生一百周年纪念专刊》,1984 年编。

陈平原编:《苏曼殊小说全编》,珠海:珠海出版社 1985 年版。

曾德珪编注:《苏曼殊诗文选注》,西安:陕西人民出版社 1986 年版。

[美]柳无忌编:《苏曼殊研究》,上海:上海人民出版社 1987 年版。

宋益乔:《情僧长恨:苏曼殊》,太原:北岳文艺出版社 1987 年版。

李蔚:《苏曼殊评传》,北京:社会科学文献出版社 1990 年版。

[日]饭冢郎:《诗僧苏曼殊》,甄西译,太原:山西教育出版社 1990
　　年版。

邵迎武:《苏曼殊新论》,天津:百花文艺出版社 1990 年版。

马以君编:《苏曼殊文集》,广州:花城出版社 1991 年版。

柳无忌:《苏曼殊传》,王晶垚、李芸译,北京:生活·读书·新知三联
　　书店 1992 年版。

张国安:《红尘孤旅——苏曼殊传》,台北:业强出版社 1992 年版。

朱少璋:《苏曼殊散论》,香港:下风堂文化事业出版公司 1994 年版。

陈星:《孤云野鹤苏曼殊》,济南:山东画报出版社 1995 年版。

陈星:《多情乃佛心——曼殊大师传》,台北:佛光出版社 1995 年版。

王长元:《沉沦的菩提——苏曼殊全传》,长春:长春出版社 1995
　　年版。

毛策:《苏曼殊传论》,北京:中国人民大学出版社 1995 年版。

慕容羽军:《诗僧苏曼殊评传》,香港:当代文艺 1996 年版。

朱少璋:《燕子山僧传》,香港:获益出版事业有限公司 1997 年版。

邵盈午:《苏曼殊传》,北京:团结出版社 1998 年版。

姜静楠编著:《苏曼殊评传·作品选》,北京:中国文史出版社 1998
　　年版。

黄永健:《苏曼殊诗画论》,北京:中国社会科学出版社 2001 年版。

汪树东、龙红莲选编:《苏曼殊作品精选》,武汉:长江文艺出版社

2003 年版。

刘诚、盛晓玲：《情僧诗僧苏曼殊》，上海：学林出版社 2004 年版。

北京大学中文系一九五五级《中国小说史稿》编辑委员会：《中国小说史稿》，北京：人民文学出版社 1973 年版。

游国恩等主编：《中国文学史》（第 4 卷），北京：人民文学出版社 1979 年版。

杨天石、刘彦成：《南社》，北京：中华书局 1980 年版。

冯自由：《革命逸史·苏曼殊之真面目》，北京：中华书局 1981 年版。

鲁迅：《鲁迅全集（第一卷）·杂忆》，北京：人民文学出版社 1981 年版。

马以君：《生母·情僧·诗作——苏曼殊研究三题》，《中国近代文学研究第一辑》，中山大学中文系《中国近代文学研究》编辑部，广州：广东人民出版社 1983 年版。

任访秋：《苏曼殊》，《中国近代文学作家论》，郑州：河南人民出版社 1984 年版。

中山大学中文系：《中国近代文学研究》（第二辑），广州：广东人民出版社 1985 年版。

裴效维：《苏曼殊研究中的几个问题》，时萌编《中国近代文学论稿》，上海：上海古籍出版社 1986 年版。

时萌：《晚清文坛论翻译》，《中国近代文学论稿》，上海：上海古籍出版社 1986 年版。

时萌：《苏曼殊诗漫评》，《中国近代文学论稿》，上海：上海古籍出版社 1986 年版。

裴效维：《苏曼殊研究中的几个问题》，中国社科院文学研究所近代文学研究组编《中国近代文学研究集》，北京：中国文联出版公司 1986 年版。

陈平原：《论苏曼殊、许地山小说的宗教色彩》，《陈平原自选集》，桂林：广西师范大学出版社 1997 年版。

王霆：《诗僧苏曼殊》，牛仰山编《中国近代文学论文集 1919—1949》（概论、诗文卷），北京：中国社会科学出版社 1988 年版。

裴效维：《略论苏曼殊作品的爱国主义》，郭延礼主编《爱国主义与近代文学》，济南：山东教育出版社 1992 年版。

孙之梅：《论苏曼殊诗歌的近代性现代味》，郭延礼主编《爱国主义与近代文学》，济南：山东教育出版社 1992 年版。

张如法：《处于中西文化夹流中的苏曼殊的小说》，马以君主编《南社研究第 2 辑》，广州：中山大学出版社 1992 年版。

郭长海：《苏曼殊集外书信一则》，马以君主编《南社研究第 2 辑》，广州：中山大学出版社 1992 年版。

朱少璋：《〈苏曼殊年谱〉补遗》，马以君主编《南社研究第 2 辑》，广州：中山大学出版社 1992 年版。

朱少璋：《苏曼殊诗格律与声律的特点》，马以君主编《南社研究第 2 辑》，广州：中山大学出版社 1992 年版。

朱少璋：《两份雷同的苏曼殊史料》，马以君主编《南社研究第 2 辑》，广州：中山大学出版社 1992 年版。

马以君：《苏曼殊与南社》，马以君主编《南社研究第 2 辑》，广州：中山大学出版社 1992 年版。

李炳华：《柳亚子〈苏曼殊之我观〉考》，马以君主编《南社研究第 6 辑》，广州：中山大学出版社 1994 年版。

朱少璋：《曼殊研究琐记》，马以君主编《南社研究第 6 辑》，广州：中山大学出版社 1994 年版。

马以君：《陈去病与苏曼殊》，马以君主编《南社研究第 6 辑》，广州：中山大学出版社 1994 年版。

章培恒、骆玉明主编：《中国文学史》，上海：复旦大学出版社 1996 年版。

张正吾主编:《晚清民国文学研究集刊》(4),桂林:漓江出版社 1996
　　年版。

陈平原:《关于苏曼殊小说》,《文学史的形成与建构》,南宁:广西教
　　育出版社 1999 年版。

范伯群:《袈裟点点疑樱瓣,半是脂痕半泪痕——近代哀情小说先驱
　　者苏曼殊》,《中国近现代通俗文学史》,南京:江苏教育出版社
　　2000 年版。

郭延礼:《苏曼殊、马君武和辜鸿铭》,《中国近代文学发展史》(第三
　　卷),北京:高等教育出版社 2001 年版。

华南师范大学中文系中国近代文学研究室编:《中国近代文学评林
　　1.2.3.4.5.7 辑》,广东高等教育出版社 1993 年版。

2. 苏曼殊研究资料论文类:

柳无忌:《苏曼殊的年谱》,《清华周刊》第 27 卷第 12、13 号。

杨鸿烈:《苏曼殊传》,《晨报副刊》1923 年 11 月 28 日。

柳弃疾:《苏玄瑛传》,《小说世界》第 13 卷第 19 期,1926 年 5 月。

章炳麟:《苏玄瑛传》,《小说世界》第 13 卷第 19 期,1926 年 5 月。

柳亚子:《关于段庵旋〈燕子山僧集〉的我见种种》,《语丝》第 101 期,
　　1926 年 10 月。

赵景深:《关于曼殊大师》,《语丝》第 105 期,1926 年 11 月。

柳亚子:《苏曼殊之我观》,《语丝》第 108 期,1926 年 12 月。

柳无忌:《日本僧飞锡〈潮音跋〉及其考证》,《语丝》第 109 期,1926
　　年 12 月。

柳亚子:《对于飞锡〈潮音跋〉的意见》,《语丝》第 109 期,1926 年
　　12 月。

柳亚子:《苏曼殊〈绛纱记〉之考证》,《语丝》第 112 期,1927 年 1 月。

玄瑛:《曼殊大师遗牍(三通)》,《语丝》第 119 期,1927 年 2 月。

学昭：《关于曼殊大师的卒年》,《语丝》第 124 期,1927 年 3 月。

沈燕谋：《谈曼殊弄玄虚》,《世界日报副刊》1927 年 5 月 3 日。

罗建业：《曼殊研究草稿》,《世界日报副刊》1927 年 5 月 3 日。

庐冀野：《曼殊研究草稿》,《世界日报副刊》1927 年 5 月 3 日。

柳无忌：《曼殊及其友人》,《语丝》第 131、132、135 期,1927 年 5、6 月。

柳无忌：《关于焚剑记等》,《语丝》第 140 期,1927 年 7 月。

何世玲：《关于曼殊大师的几句话》,《语丝》第 140 期,1927 年 7 月。

亚子：《苏曼殊年谱后记》,《北新月刊》第 3 卷第 1 号,1929 年 1 月。

林晓：《曼殊作品及其品质之评价》,《益世报》1929 年 8 月 20 日。

柳亚子：《重订苏曼殊年表》,《文艺杂志(沪)》第 1 卷第 2 期,1931 年 7 月。

柳亚子：《苏曼殊略传》,《文艺茶话》第 1 卷第 4 期,1932 年 11 月。

诸宗元：《曼殊逸事》,《珊瑚》第 5 卷第 3 期,1933 年 9 月。

杨霁云：《曼殊诗出封神榜考》,《逸经》第 12 期,1936 年 8 月 20 日。

孙湜：《关于苏曼殊之点点滴滴(附柳亚子考证函)》,方纪生译,《逸经》第 12 期,1936 年 8 月 20 日。

温一如：《曼殊逸事》,《逸经》第 12 期,1936 年 8 月 20 日。

冯自由：《苏曼殊之真面目》,《逸经》第 21 期,1937 年 1 月 5 日。

丁丁：《诗僧曼殊》,《作家》1942 年第 2 卷第 4 期,牛仰山编《中国近代文学论文集 1919—1949 概论、诗文卷》,北京：中国社会科学出版社 1988 年版。

补拙：《关于苏曼殊的二三事》,《文艺学习》1957 年第 1 期。

徐敏：《苏曼殊的遗物〈室利诗集〉》,《光明日报》1961 年 7 月 15 日。

徐重庆：《鲁迅论苏曼殊》,《语文教学研究》1978 年第 3 期。

锡金：《鲁迅与苏曼殊》,《东海》1979 年第 9 期。

《有关苏曼殊的诗文》,《中国诗季刊》1980 年第 1 期。

任访秋：《苏曼殊论》，《河南大学学报》（社会科学版）1980 年第
　　2 期。

曹旭：《苏曼殊诗歌简论》，《上海师范大学学报》（哲学社会科学版）
　　1981 年第 4 期。

张如法：《略论苏曼殊的创作》，《中州学刊》1982 年第 1 期。

姜乐赋：《苏曼殊》，《天津师大学报》1982 年第 5 期。

时萌：《苏曼殊诗漫评》，《南京大学学报》（哲学社会科学版）1983 年
　　第 4 期。

林辰：《评新编两种苏曼殊诗集》，《文学遗产》1983 年第 1 期。

裴效维、艺谭：《苏曼殊作品辨误二则》，《艺谭》1983 年第 4 期。

黄忏华：《苏曼殊生平》，《文化史料丛刊》第 4 辑，1983 年 1 月。

林岗之：《彷徨于两个世界之间——苏曼殊小说浅评》，《光明日报》
　　1983 年 8 月 9 日。

周荷初：《古典之美与近代之美的巧妙结合——苏曼殊诗歌试论》，
　　《零陵师专学报》1984 年第 2 期。

张如法：《〈河南〉杂志上苏曼殊的画及画跋》，《中州今古》1984 年第
　　3 期。

苏曼殊：《〈潮音〉序》，王晶垚译，《社会科学战线》1984 年第 4 期。

柳无忌：《苏曼殊研究的三个阶段》，《华南师大学报》（社会科学版）
　　1984 年第 3 期。

陆草：《论苏曼殊的诗》，《中州学刊》1984 年第 5 期。

柳亚子：《曼殊佚诗存疑》，《社会科学战线》1984 年第 4 期。

王玉祥：《苏曼殊的感时忧国诗》，《北方论丛》1984 年第 5 期。

章明寿：《古代第一人称小说向现代发展的桥梁——谈苏曼殊的〈断
　　鸿零雁记〉》，《淮阴师专学报》（社会科学版）1984 年第 3 期。

柳无忌：《苏曼殊与拜伦"哀希腊"诗——兼论各家中文译本》，《佛
　　山师专学报》1985 年第 1 期。

克石:《千秋绝笔曼殊画》,《华声报》1985 年 6 月 4 日。

邵迎武:《"凡心"与"禅心"的搏击——论苏曼殊的爱情诗》,《徐州
　　师院学报》1986 年第 2 期。

邓经武:《芒鞋破钵无人识——记传奇人物苏曼殊》,《文史杂志》
　　1987 年第 2 期。

毛策:《苏曼殊〈断鸿零雁记〉最初发表时地考》,《中国文学研究》
　　1987 年第 3 期。

陆惠云:《其哀在心　其艳在骨——简谈曼殊的爱情诗》,《昆明师专
　　学报》1989 年第 4 期。

毛策:《苏曼殊史事考辨五题》,《中国文学研究》1989 年第 3 期。

王永福:《苏曼殊研究述评》,《广东社会科学》1990 年第 2 期。

台静农:《酒旗风暖少年狂》,《联合报》(台湾)1990 年 11 月 10 日。

徐重庆:《陈独秀与苏曼殊》,《香港文学》1990 年第 10 期。

李存煜:《苏曼殊论》,《徐州师范学院学报》1991 年第 1 期。

马以君:《苏曼殊年谱》(十),《佛山科学技术学院学报》(社会科学
　　版)1991 年第 1 期。

蔚江:《章太炎与苏曼殊在东京》,《名人传记》1991 年第 2 期。

朱小平:《曼殊大师在香港》,《团结报》1991 年 3 月 9 日。

蔚江:《秋月夜曼殊悲歌》,《西湖》1991 年第 4 期。

王辽生:《灼见缘情——邵迎武和他的〈苏曼殊新论〉》,《文艺学习》
　　1991 年第 5 期。

王永福:《水云深处着吟身——南社作家苏曼殊艺术风格初探之
　　一》,《广东社会科学》1991 年第 5 期。

荻枫:《性格怪异　文章千古——读〈苏曼殊评传〉》,《博览群书》
　　1991 年第 6 期。

林辰:《赵伯先与苏曼殊》,《团结报》1991 年 11 月 27 日。

张目寒:《江楼话曼殊遗事》,《流畅》(台湾)第 4 卷第 9 期。

王建明:《从苏曼殊的小说看他的爱情婚姻理想》,《中国文学研究》
　　1992 年第 4 期。

丁赋生:《苏曼殊诗歌新探》,《南通师专学报》1992 年第 3 期。

宋益乔:《论佛教对王国维、苏曼殊、李叔同思想和创作的影响》,《徐
　　州师范学院学报》1992 年第 4 期。

陈重:《无计逃禅奈有情——漫论苏曼殊的诗》,《贵州大学学报》
　　(社会科学版)1993 年第 2 期。

蒋淑贤、邓韶玉:《苏曼殊的悲剧与创作》,《贵州师范大学学报》1993
　　年第 1 期。

王建明:《战友·文友·畏友——苏曼殊与陈独秀》,《中国现代文学
　　研究丛刊》1993 年第 4 期。

李康化:《荒野孤魂——论苏曼殊对生命价值真实的追求》,《枣庄师
　　专学报》1994 年第 3 期。

金勇:《情与佛: 走不出的生存困境——苏曼殊小说新论》,《河南大
　　学学报》(社会科学版)1994 年第 1 期。

何建明:《清末苏曼殊的振兴佛教思想简论》,《华中师范大学学报》
　　(哲学社会科学版)1994 年第 5 期。

袁凯声:《文化冲突·二元人格·感伤主义——苏曼殊与郁达夫比
　　较片论》,《江海学刊》1994 年第 1 期。

程翔章:《近代翻译诗歌论略》,《外国文学研究》1994 年第 2 期。

靳树鹏、李岳山:《诗人陈独秀和他的诗》,《新文学史料》1994 年第
　　1 期。

谭桂林:《郁达夫与佛教文化》,《东岳论丛》1994 年第 2 期。

李坚:《柳亚子——与南社广东社友》,《岭南文史》1994 年第 2 期。

郑逸梅:《我所知道的刘三》,《民国春秋》1994 年第 3 期。

柳无忌:《姚鹓雏诗词集》序,《南京理工大学学报》(社会科学版)
　　1994 年第 6 期。

谭桂林:《陈独秀与佛教文化》,《青海师范大学学报》(哲学社会科学版)1994 年第 2 期。

骆寒超:《论中国诗歌向现代转型前夕的格局》,《浙江学刊》1994 年第 5 期。

伍立杨:《参尽情惮空色相》,《时代潮》1994 年第 12 期。

冯坤:《多才多艺的南社作家——苏曼殊》,《百科知识》1994 年第 5 期。

许淇:《淇竹斋随笔三题》,《朔方》1994 年第 11 期。

袁荻涌:《苏曼殊与英国浪漫主义文学》,《岭南文史》1995 年第 1 期。

陈平原:《关于苏曼殊小说》,《杭州师范学院学报》(社会科学版)1995 年第 2 期。

丁赋生:《陈独秀对苏曼殊文学创作的贡献》,《南通师范学院学报》(社会科学版)1995 年第 2 期。

张国安:《苏曼殊的生平及与鸳鸯蝴蝶派之关系论考》,《通俗文学评论》1995 年第 1 期。

伍立杨:《风檐展书读》,《当代文坛》1995 年第 4 期。

陈建中:《诗歌翻译中的模仿和超模仿》,《外语教学与研究》1995 年第 1 期。

王宝童:《也谈英诗汉译的方向》,《外国语》(上海外国语学院学报)1995 年第 5 期。

区鉷:《敞开历史的襟怀——评〈岭南文学史〉》,《学术研究》1995 年第 1 期。

徐剑:《初期英诗汉译述评》,《中国翻译》1995 年第 4 期。

武华:《绿柳深处佛子归》,《佛教文化》1995 年第 5 期。

台益燕:《杖藜原为文字交——陈独秀与台静农》,《江淮文史》1995 年第 2 期。

王尔龄:《柳亚子"孤岛"诗五首考述——因校读而钩稽史事》,《天津师范大学学报》(社会科学版)1995 年第 1 期。

杨天石:《苏曼殊、陈独秀译本〈惨世界〉与近代中国早期的社会主义思潮》,《中国社会科学院研究生院学报》1995 年第 6 期。

鲁德俊:《论旧格律的新影响》,《常熟高专学报》,1995 年第 2 期。

周安平:《天国的断想——梵蒂冈散记》,《世界博览》1995 年第 12 期。

余平:《名人怪癖》,《心理世界》1995 年第 4 期。

任广田:《论苏曼殊的思想》,《西北大学学报》(哲学社会科学版)1996 年第 1 期。

刘勇:《对现实人生与终极人生的双重关注——试论中国现代文学的一个重要特征》,《北京师范大学学报》(社会科学版)1996 年第 5 期。

郭长海:《试论中国近代的译诗》,《社会科学战线》1996 年第 3 期。

郭延礼:《中国近代文学翻译理论初探》,《文史哲》1996 年第 2 期。

朱徽:《20 世纪初叶英诗在中国的传播与影响》,《外国语》(上海外国语学院学报)1996 年第 3 期。

钟杨:《从〈惨世界〉到〈黑天国〉——论陈独秀的小说创作》,《安庆师范学院学报》(社会科学版)1996 年第 4 期。

贺祥麟:《跑马看花:文学翻译今昔谈》,《南方文坛》1996 年第 5 期。

晏立豪:《"南方才子"何诹与〈碎琴楼〉》,《文史春秋》1996 年第 1 期。

沈潜:《乌目山僧黄宗仰与南社》,《常熟高专学报》1996 年第 3 期。

史雯:《一代诗僧苏曼殊的爱情足迹》,《中国电视戏曲》1996 年第 3 期。

李河新:《与时俱进　精益求精——评彭斯诗〈一朵红红的玫瑰〉不同时期的几个版本》,《大同高专学报》1996 年第 1 期。

陈九安：《试论珠海近代名人思想之成因》，《广东史志》1996 年第
　　4 期。

武在平：《柳亚子与毛泽东、鲁迅、苏曼殊》，《党史博采：理论版》
　　1996 年第 3 期。

符家钦：《拜伦诗最早译者》，《译林》1996 年第 2 期。

符家钦：《曼殊月旦英诗坛》，《译林》1996 年第 2 期。

符家钦：《译诗之妙在传神》，《译林》1996 年第 2 期。

非文：《佛家的级别》，《领导文萃》1996 年第 5 期。

王建平：《〈断鸿零雁记〉艺术得失谈》，《阅读与写作》1996 年第
　　5 期。

马以君：《关于刘三与苏曼殊的两组唱和诗》，《华南师范大学学报》
　　（社会科学版）1996 年第 6 期。

张征联：《苏曼殊审美心理与创作》，《广西师范大学学报》1997 年
　　增刊。

丁赋生：《苏曼殊小说中的少女形象》，《南通师范学院学报》1997 年
　　第 3 期。

陈世强：《苏曼殊与南京》，《紫金岁月》1997 年第 5 期。

马以君：《论苏曼殊》，《文艺理论与批评》1997 年第 5 期。

武润婷：《"鸳鸯蝴蝶派"小说与明清"以情抗理"的文学思潮》，《山
　　东大学学报》（哲学社会科学版）1997 年第 4 期。

余杰：《论苏曼殊小说〈碎簪记〉中尴尬的叙述者》，《海南大学学报》
　　（人文社会科学版）1997 年第 4 期。

袁荻涌：《苏曼殊——翻译外国诗歌的先驱》，《中国翻译》1997 年第
　　2 期。

晏立豪：《〈碎琴楼〉作者何诹考评》，《明清小说研究》1997 年第
　　3 期。

孙玉石：《读林庚的〈秋之色〉》，《名作欣赏》1997 年第 3 期。

许淇:《弘一和曼殊》,《文学自由谈》1997 年第 1 期。

子云:《自笑禅心如枯木　花枝相伴也无妨——读〈燕子龛随笔〉》,《中国图书评论》1997 年第 3 期。

陶尔夫:《〈中国古典诗歌的自我审视〉序》,《北方论丛》1997 年第 4 期。

陈思和:《雨果及其作品在中国》,《中国比较文学》1997 年第 4 期。

李长林、杜平:《中国对莎士比亚的了解与研究——〈中国莎学简史〉补遗》,《中国比较文学》1997 年第 4 期。

张家康:《陈独秀的五次日本之行》,《党史纵览》1997 年第 1 期。

袁荻涌:《苏曼殊与中外文化交流》,《岭南文史》1998 年第 1 期。

袁荻涌:《苏曼殊与印度文学》,《贵州文史丛刊》1998 年第 6 期。

丁赋生:《论苏曼殊的“难言之恫”》,《齐齐哈尔大学学报》1998 年第 4 期。

石在中:《论苏曼殊与佛教——兼与弘一大师(李叔同)比较》,《华中师范大学学报》(人文社会科学版)1998 年第 4 期。

石在中:《论拜伦对苏曼殊的影响》,《培训与研究——湖北教育学院学报》1998 年第 3 期。

一勺:《苏曼殊·章太炎·陈独秀》,《了望》1998 年第 17 期。

余杰:《尴尬的叙述者:苏曼殊〈碎簪记〉细读》,《中国现代文学研究丛刊》1998 年第 1 期。

程文超:《〈惨世界〉的“乱添乱造”》,《南方文坛》1998 年第 2 期。

紫衣:《“牧师”与“神父”的不同》,《了望》1998 年第 21 期。

石在中:《试论日本私小说对苏曼殊的影响》,《外国文学研究》1998 年第 2 期。

刘纳:《说说〈新青年〉的关系稿》,《书屋》1998 年第 4 期。

吴澄:《主体价值的凸现——评邵盈午的〈苏曼殊传〉》,《上海师范大学学报》(哲学社会科学版)1998 年第 4 期。

张家康:《陈独秀的日本之行》,《文史精华》1998 年第 1 期。

陈世强:《叶楚伧与〈汾堤吊梦图〉》,《南京理工大学学报》(社会科学版)1999 年第 1 期。

丁赋生:《〈断鸿零雁记〉:佛教文学的一朵奇葩》,《南通师范学院学报》(哲学社会科学版)1999 年第 1 期。

金建陵、张末梅:《"南社"小说的勃兴和创作成就》,《南京理工大学学报》(社会科学版)1999 年第 2 期。

孙宜学:《断鸿零雁苏曼殊的感伤之旅》,《中国文学研究》1999 年第 2 期。

王萌:《无法超越的自卑——浅析苏曼殊小说的创作心理》,《中州学刊》1999 年第 1 期。

吴京:《诗僧苏曼殊还画债》,《文史精华》1999 年第 4 期。

余杰:《狂飙中的拜伦之歌——以梁启超、苏曼殊、鲁迅为中心探讨清末民初文人的拜伦观》,《鲁迅研究月刊》1999 年第 9 期。

金梅:《文坛随感录(续)》,《文学自由谈》1999 年第 2 期。

肖向明、杨林夕:《论郁达夫文艺观对传统诗学的认同及转化》,《广东社会科学》1999 年第 6 期。

李海珉:《〈新黎里〉报风波》,《民国春秋》1999 年第 6 期。

李继凯:《趋向主动接受的文化姿态——略论清末民初的翻译文学》,《咸阳师范专科学校学报》1999 年第 5 期。

朱少璋:《舞台上的苏曼殊——简报〈小谪红尘〉的排演点滴》,《纪念南社成立 90 周年暨学术讨论会论文集》1999 年。

寇加:《彭斯〈红红的玫瑰〉汉译评述》,《湖州师范学院学报》2000 年第 5 期。

陈世强:《论苏曼殊的绘画》,《南京理工大学学报》2000 年第 3 期。

沈庆利:《从〈断鸿零雁记〉看苏曼殊独特的文化心理冲突》,《中国现代文学研究丛刊》2000 年第 4 期。

孙绪敏:《苏曼殊诗文中的佛教意识》,《南京师范大学学报》(社会科学版)2000 年第 2 期。

王向阳、易前良:《转型期的小说叙事——苏曼殊〈绛纱记〉细读》,《娄底师专学报》2000 年第 3 期。

武润婷:《论苏曼殊的哀情小说》,《河北师范大学学报》(哲学社会科学版)2000 年第 2 期。

金梅:《柳亚子诗中的李叔同》,《文学自由谈》2000 年第 4 期。

袁荻涌:《苏曼殊与日本私小说》,《毕节师专学报》2000 年第 2 期。

王晓初:《中西悲剧艺术之比较与中国悲剧艺术的发展》,《重庆大学学报》(社会科学版)2000 年第 2 期。

金克木:《自撰火化铭》,《民主与科学》2000 年第 5 期。

陈东林、薛贤荣:《柳亚子编辑生涯论要》,《南京理工大学学报》(社会科学版)2000 年第 4 期。

金建陵、张末梅:《南社与五四运动》,《南京理工大学学报》(社会科学版)2000 年第 5 期。

常景忠:《苏曼殊与华夏国学名学》,《西安电子科技大学学报》(社会科学版)2000 年第 3 期。

朱曦:《达夫情结与新文学浪漫主义的流变》,《云南师范大学学报》(哲学社会科学版)2000 年第 3 期。

吴清波:《亦诗亦画亦情的苏曼殊》,《民国春秋》2001 年第 5 期。

王向远:《近百年来我国对印度古典文学的翻译与研究》,《北京师范大学学报》(人文社会科学版)2001 年第 3 期。

王少杰:《断鸿零雁:佛光学影里的弥天幽恨》,《新疆大学学报》(哲学社会科学版)2001 年第 1 期。

陈世强:《末世异才　恨海悲歌——论苏曼殊的绘画》,《美术研究》2001 年第 2 期。

陈世强:《早期南社画家行状考》,《东南文化》2001 年第 1 期。

胡青善:《论苏曼殊的悲剧精神》,《岭南文史》2001 年第 1 期。

丁赋生:《苏曼殊文章署时点评》,《齐齐哈尔大学学报》(哲学社会科学版)2001 年第 1 期。

杨丽芳:《论苏曼殊在中西文化冲撞中的心灵眩晕》,《晋东南师专学报》2001 年第 2 期。

袁荻涌:《苏曼殊研究三题》,《贵州师范大学学报》(社会科学版)2001 年第 2 期。

袁荻涌:《苏曼殊与外国文学》,《青海社会科学》2001 年第 5 期。

[日]实藤惠秀、苑利、高木立子:《鲁迅与日本歌人——论〈集外集〉中的诗》,《鲁迅研究月刊》2001 年第 9 期。

许海燕:《论〈巴黎茶花女遗事〉对清末民初小说创作的影响》,《明清小说研究》2001 年第 4 期。

乐黛云:《真情　真思　真美——我读季羡林先生的散文》,《中国文化研究》2001 年第 3 期。

陈星:《弘一大师交游四题》,《杭州师范学院学报》2001 年第 6 期。

王少杰:《城市旅居与留学生作家的精神个性》,《苏州铁道师范学院学报》(社会科学版)2001 年第 1 期。

游友基:《超越鸳蝴派　走向浪漫抒情——苏曼殊小说论》,《漳州师范学院学报》(哲学社会科学版)2001 年第 3 期。

蒲昭和:《苏曼殊英年早逝的教训》,《医药与保健》2001 年第 3 期。

唐月琴:《苏曼殊塑造的女性形象及他的女性观》,《阅读与写作》2001 年第 5 期。

李诠林:《论苏曼殊对中国 20 世纪通俗小说发展的影响》,《甘肃教育学院学报》(社会科学版)2001 年第 4 期。

游友基:《古典向现代的转型——苏曼殊小说论》,《福建师专学报》2002 年第 3 期。

丁赋生:《〈潮音跋〉的作者就是苏曼殊》,《南通师范学院学报》2002

年第 3 期。

龚喜平:《南社诗人与中国诗歌近代化》,《兰州大学学报》(社会科学版)2002 年第 2 期。

李金涛、李志生:《苏曼殊诗歌的现代特征》,《河北学刊》2002 年第 1 期。

卢文芸:《爱情、死亡与革命——论苏曼殊小说及其他》,《南京理工大学学报》(社会科学版)2002 年第 1 期。

马以君:《诠诗反疑》,《广东广播电视大学学报》2002 年第 1 期。

聂鑫森:《中国老玩意》(三则),《鸭绿江》(上半月版)2002 年第 10 期。

曾远鸿:《苏曼殊诗歌的"情""佛"冲突及意义》,《淮北煤炭师范学院学报》(哲学社会科学版)2002 年第 2 期。

倪正芳:《国内近二十年来拜伦研究述评》,《娄底师专学报》2002 年第 3 期。

刘立、张德让:《权力话语理论和晚清外国诗歌翻译》,《山东师范大学外国语学院学报》(基础英语教育)2002 年第 4 期。

熊罗生:《守护心灵》,《书屋》2002 年第 1 期。

林威:《苏曼殊:一个失落精神家园的漂泊者》,《江西教育学院学报》(社会科学版)2003 年第 5 期。

丁富生:《悲苦身世的艺术再现——论苏曼殊小说人物形象的主观色彩》,《前沿》2003 年第 11 期。

戴从容:《拜伦在五四时期的中国》,《苏州大学学报》2003 年第 1 期。

白忠懋:《暴饮暴食惹的祸——诗人苏曼殊之死》,《科学养生》2003 年第 5 期。

王世家:《林辰先生书信笺释——读札忆往之一》,《鲁迅研究月刊》2003 年第 8 期。

龚喜平:《南社译诗与中国诗歌近代化简论》,《外国文学研究》2003
　　年第 1 期。

郑波光:《20 世纪中国小说叙事之流变》,《厦门大学学报》(哲学社
　　会科学版)2003 年第 4 期。

李怡:《〈甲寅〉月刊:五四新文学运动的思想先声》,《中国现代文学
　　研究丛刊》2003 年第 4 期。

夏新宇:《英国浪漫主义诗歌对五四时期中国新诗的影响》,《重庆工
　　学院学报》2003 年第 1 期。

唐月琴:《论苏曼殊的小说创作》,《湖南社会科学》2003 年第 3 期。

倪正芳、唐湘从:《〈哀希腊〉在中国的百年接受》,《湖南工程学院学
　　报》(社会科学版)2003 年第 2 期。

袁获涌:《雨果作品在近代中国》,《文史杂志》1993 年第 6 期。

伍立杨:《愁如大海酒边生——论郁达夫的旧体诗》,《海南师范学院
　　学报》(社会科学版)2003 年第 4 期。

林威:《苏曼殊作品的感伤之因》,《南通师范学院学报》(哲学社会
　　科学版)2003 年第 4 期。

王珂:《论新诗诗人误读西方浪漫主义诗歌的原因及后果》,《首都师
　　范大学学报》(社会科学版)2003 年第 6 期。

高志林:《苏曼殊与李叔同的玄妙人生》,《文史精华》2003 年第
　　4 期。

李特夫:《诗歌翻译的社会属性》,《云南师范大学学报》(哲学社会
　　科学版)2003 年第 6 期。

郑欢:《关于翻译的对话性思考——从巴赫金的超语言学看翻译》,
　　《乐山师范学院学报》2003 年第 5 期。

张家康:《陈独秀与苏曼殊的真挚友情》,《党史博采》2003 年第
　　11 期。

唐月琴:《特立独行　始终如一——论苏曼殊小说的人物设置》,《广

东青年干部学院学报》2003 年第 3 期。

黄永健:《苏曼殊诗画的禅佛色彩》,《深圳大学学报》(人文社会科
　　学版)2003 年第 6 期。

李诠林:《谈苏曼殊作为世界华文文学学科研究对象的可行性——
　　兼论该学科的研究范畴》,《华文文学》2004 年第 4 期。

黄轶:《苏曼殊与中国文学现代转型》,《南都学坛》2004 年第 4 期。

达亮:《走近大师苏曼殊》,《甘露》2004 年第 1 期。

龚喜平:《南社译诗与中国诗歌近代化简论》,《中国近代文学学会第
　　十二届年会暨翻译文学与中国文学近代化学术研讨会诗文集》
　　2004 年。

罗嘉慧:《悲哀之美的历史投影——重读民初哀情小说》,《中山大学
　　学报》(社会科学版)2004 年第 1 期。

刘纳:《现代文学研究与学术资料问题(笔谈)——研究的根据》,
　　《学习与探索》2004 年第 1 期。

高珊:《论苏曼殊小说的悲剧性》,《青海师专学报》2004 年第 2 期。

杨联芬:《逃禅与脱俗:也谈苏曼殊的"宗教信仰"》,《中国文化研
　　究》2004 年第 1 期。

杨联芬:《苏曼殊与五四浪漫文学》,《陕西师范大学学报》(哲学社
　　会科学版)2004 年第 3 期。

梁涛:《烟雨人生:迷茫在探寻之后——苏曼殊情感历程探析》,《吕
　　梁高等专科学校学报》2004 年第 1 期。

陈国恩:《20 世纪中国浪漫主义文学思潮概观》(上),《四川外语学
　　院学报》2004 年第 3 期。

达亮:《解读曼殊五部曲》,《五台山研究》2004 年第 2 期。

童然星:《诗僧·画僧·情僧·革命僧——记苏曼殊》,《档案与史
　　学》2004 年第 2 期。

卢天玉:《走不出的情与佛——从〈绛纱记〉看苏曼殊的思想矛盾》,

《广东工业大学学报》(社会科学版)2004 年第 3 期。

吴冠民:《谈谈苏曼殊的绝句》,《纪念南社成立 90 周年暨学术讨论
　　会论文集》1999 年。

达亮:《解读曼殊五部曲》(续),《五台山研究》2004 年第 3 期。

王平:《论古今"自叙传"小说的演变》,《文学评论》2004 年第 5 期。

左文、毕艳:《苏曼殊:无法救赎的自我——兼与李叔同比较》,《湖
　　南文理学院学报》(社会科学版)2004 年第 4 期。

丁磊:《边缘世界的呻吟——苏曼殊诗歌浅论》,《重庆工学院学报》
　　2004 年第 5 期。

严家炎:《论 20 世纪中国文学的现代性——兼〈晚清至五四:中国文
　　学现代性的发展〉序》,《东方论坛》2004 年第 3 期。

龙应台:《诗人刚走,马上回来》,《福建论坛》(社科教育版)2004 年
　　第 5 期。

王卫民:《古代戏曲考辨三题》,《戏曲艺术》2004 年第 4 期。

邱冠、佘爱春:《蜕变、逆转中的现代曙光——论苏曼殊小说的现代
　　性品格》,《玉林师范学院学报》(哲学社会科学版)2004 年第
　　2 期。

董艳:《论苏曼殊爱情小说中的佛性》,《韶关学院学报》(社会科学
　　版)2004 年第 11 期。

丁富生:《苏曼殊"难言之恫"新解》,《南通大学学报》(哲学社会科
　　学版)2004 年第 4 期。

李金涛:《略论苏曼殊诗歌的艺术创新》,《青年思想家》2004 年第
　　1 期。

廖楚燕:《从创作及翻译作品对比看苏曼殊翻译思想》,《韶关学院学
　　报》2005 年第 11 期。

王本道:《辜负韶光二月天——漫说苏曼殊》,《鸭绿江》(上半月版)
　　2005 年第 7 期。

王向阳:《孤独·颓废·情爱世界——苏曼殊、郁达夫情爱小说比较论》,《吉首大学学报》(社会科学版)2005 年第 2 期。

李金涛:《苏曼殊诗歌的艺术创新》,《河北师范大学学报》(哲学社会科学版)2005 年第 1 期。

张恩和:《林辰〈跋涉集〉书后》,《鲁迅研究月刊》2005 年第 1 期。

武延康:《太虚大师与祇洹精舍》,《法音》2005 年第 2 期。

王开林:《尚留微命做诗僧》,《书屋》2005 年第 2 期。

韩雪涛:《透过精神分析的镜片　解读苏曼殊人格之谜》(一),《医学心理指导》(校园心理)2005 年第 2 期。

韩雪涛:《透过精神分析的镜片　解读苏曼殊人格之谜》(二),《医学心理指导》(校园心理)2005 年第 3 期。

邢博:《解读苏曼殊的人格之谜》,《临沂师范学院学报》2005 年第 1 期。

丁磊:《矛盾的独行者——苏曼殊思想管见》,《成都教育学院学报》2005 年第 4 期。

夏雨清:《诗僧西湖》,《风景名胜》2005 年第 3 期。

王向阳:《文化价值取向·个性主义·情爱世界——苏曼殊、郁达夫情爱小说比较论》(四),《淮北煤炭师范学院学报》(哲学社会科学版)2005 年第 2 期。

王琼:《雨果作品在旧中国的译介和研究》,《同济大学学报》(社会科学版)2005 年第 2 期。

吴颖:《无端狂笑无端哭——苏曼殊与魏晋风度》,《成都教育学院学报》2005 年第 6 期。

陈捷:《接受与过滤:审视苏曼殊与拜伦之间的传承关系》,《龙岩师专学报》2005 年第 2 期。

杨洪承:《传统与现代的抉择——中国现代文学文化资源的精神寻踪之一》,《内蒙古师范大学学报》(哲学社会科学版)2005 年第

3 期。

吴松山：《论苏曼殊小说的悲剧意识及其形成原因》,《广东行政学院
　　学报》2005 年第 3 期。

袁荻涌：《苏曼殊的比较文学研究及其特点》,《贵州师范大学学报》
　　(社会科学版)2005 年第 4 期。

王向阳：《个性主义与情爱世界——苏曼殊、郁达夫情爱小说比较
　　论》(三),《广西社会科学》2005 年第 7 期。

孙聆波：《苏曼殊的绝笔画》,《钟山风雨》2005 年第 4 期。

孙盛仙：《"半"字诗趣》,《语文天地》2005 年第 15 期。

刘纪新：《以小说抒情——评苏曼殊小说的抒情化追求》,《哈尔滨学
　　院学报》2005 年第 12 期。

吴松山：《论苏曼殊小说的悲剧意识》,《广州大学学报》(社会科学
　　版)2005 年第 6 期。

张琴凤：《个性·矛盾·悲鸣——论苏曼殊的感伤之旅》,《江西教育
　　学院学报》2005 年第 10 期。

李丽：《从意识形态的视角看苏曼殊翻译的〈悲惨世界〉》,《外国语
　　言文学》2005 年第 4 期。

廖楚燕：《从创作及翻译作品对比看苏曼殊翻译思想》,《韶关学院学
　　报》2005 年第 11 期。

陈星：《苏曼殊图话》(一),《荣宝斋》2005 年第 6 期。

李金涛：《苏曼殊诗歌的艺术创新》,《河北师范大学学报》(哲学社
　　会科学版)2005 年第 1 期。

赵焕冲：《论苏曼殊对拜伦的接受》,《福建论坛》(社科教育版)2005
　　年 S1 期。

张家康：《陈独秀与苏曼殊》,《党史文苑》2005 年第 9 期。

李威：《王国维、苏曼殊的文本创作与中国文化现代性转向之初的个
　　性化思潮》,《河北师范大学学报》(哲学社会科学版)2005 年第

6 期。

刘运峰:《〈苏曼殊全集〉为鲁迅所拟考》,《鲁迅研究月刊》2006 年第
　　1 期。

卢晶:《从审美活动的自律性和他律性看苏曼殊对拜伦诗的译介》,
　　《天津外国语学院学报》2006 年第 1 期。

吴福辉:《"五四"白话之前的多元准备》,《中国现代文学研究丛刊》
　　2006 年第 1 期。

张琴凤:《论苏曼殊的感伤之旅》,《青海师专学报》2006 年第 2 期。

陈星:《苏曼殊图话》(二),《荣宝斋》2006 年第 1 期。

高力夫:《名园与古刹》,《散文百家》2006 年第 3 期。

代亚松:《苏曼殊与无政府主义》,《台声·新视角》2006 年第 1 期。

张家康:《陈独秀与苏曼殊》,《文史天地》2006 年第 3 期。

张文举:《笑对人生》,《江淮》2006 年第 4 期。

丁富生:《苏曼殊:〈惨世界〉的译作者》,《南通大学学报》(社会科学
　　版)2006 年第 3 期。

张静:《自西至东的云雀——中国文学界(1908—1937)对雪莱的译
　　介与接受》,《中国现代文学研究丛刊》2006 年第 3 期。

黎小冰:《从苏曼殊的小说看情僧之"情"》,《湛江海洋大学学报》
　　2006 年第 2 期。

王玉祥:《诗僧苏曼殊的自伤身世诗》,《海内与海外》2006 年第
　　7 期。

王向阳:《悲剧人生与情爱世界——苏曼殊、郁达夫情爱小说比较
　　论》,《湖南社会科学》2006 年第 5 期。

陈亚平:《从苏曼殊到郁达夫的现代感伤》,《中国现代文学研究丛
　　刊》2006 年第 6 期。

黄轶:《苏曼殊与〈拜伦诗选〉》,《文艺报》2006 年 4 月 30 日。

黄轶:《对"意译"末流的抵制——苏曼殊译学思想论》,《郑州大学

学报》(哲学社会科学版)2006 年第 6 期。

黄轶:《苏曼殊小说的悲剧意识及其意义》,《山东大学中国小说古今
　　通识国际学术研讨会论文集》2006 年 9 月。

黄轶:《苏曼殊思想新论》,《中州学刊》2006 年第 6 期。

胡翠娥:《拜伦〈赞大海〉等三诗译者辨析》,《南开学报》2006 年第
　　6 期。

张淑君:《近代浪漫主义文学的先驱——苏曼殊》,《时代文学》2006
　　年第 6 期。

陈星:《苏曼殊图话》(三),《荣宝斋》2006 年第 6 期。

张松才:《论苏曼殊小说的漂泊感和孤独感》,《番禺职业技术学院学
　　报》2006 年第 4 期。

黄轶:《苏曼殊印度文学译介论》,《中国比较文学》2007 年第 1 期。

黄轶:《苏曼殊与"五四"浪漫抒情文学的勃兴》,《文艺理论与批评》
　　2007 年第 1 期。

黄轶:《重论苏曼殊与鸳鸯蝴蝶派之关系》,《江苏社会科学》2007 年
　　第 3 期。

黄轶:《苏曼殊文本的自叙性及文学转型意义》,《郑州大学学报》
　　2008 年第 1 期。

黄轶:《出入古典与现代审美间的浪漫绝句——苏曼殊诗论》,《福建
　　论坛》(人文社会科学版)2007 年第 12 期。

黄轶:《抱慰生存悖论中的个体生命——苏曼殊文学审美论》,《语文
　　知识》2007 年第 2 期。

黄红春:《情佛两难的矛盾与天性自然的和谐——苏曼殊〈断鸿零雁
　　记〉与汪曾祺〈受戒〉文化意识比较》,《南昌大学学报》(人文社
　　会科学版)2007 年第 1 期。

徐军新:《苏曼殊的性格与其小说创作》,《甘肃政法成人教育学院学
　　报》2007 年第 5 期。

邓庆周：《翻译他者与建构自我——论拜伦、雪莱对苏曼殊的影响》，《河南社会科学》2007 年第 3 期。

李玉华、赵述颖：《苏曼殊的佛学思想与其人格》，《兰台世界》2007 年第 18 期。

胡方红：《"情"为核心的生命之旅——以〈绛纱记〉为例重读苏曼殊》，《重庆工学院学报》2007 年第 6 期。

廖七一：《现代诗歌翻译的"独行之士"——论苏曼殊译诗的"晦"与价值取向》，《中国比较文学》2007 年第 1 期。

卢晶晶、张德让：《"文化过滤"在苏曼殊的〈哀希腊〉译本中的体现》，《合肥工业大学学报》（社会科学版）2007 年第 2 期。

张晴：《论苏曼殊的拜伦情结》，《湖南工业职业技术学院学报》2007 年第 4 期。

黎小冰：《"孤愤"与"酸情"——苏曼殊诗歌论》，《成都大学学报》（教育科学版）2007 年第 2 期。

彭映艳：《论佛学思想对苏曼殊诗歌的影响》，《湖南学院学报》2007 年第 1 期。

熊龙英：《情与佛的冲突——苏曼殊小说的情感探析》，《湖南科技学院学报》2007 年第 10 期。

戴惠：《苏曼殊小说新论》，《学海》2008 年第 3 期。

陈庆妃：《士大夫理想的现代变异——论苏曼殊的社会人格》，《重庆工学院学报》（社会科学版）2008 年第 7 期。

倪进：《苏曼殊的文学翻译与英国浪漫主义》，《南京理工大学学报》（社会科学版）2008 年第 3 期。

倪进：《论苏曼殊与英国浪漫主义》，《徐州师范大学学报》（哲学社会科学版）2008 年第 4 期。

冯新华：《苏曼殊与印度文化》，《怀化学院学报》2008 年第 8 期。

鹿义霞：《苏曼殊：近代浪漫主义文学的先行者》，《语文知识》2008

年第 4 期。

陈春香:《苏曼殊的外国诗歌翻译与日本》,《长江学术》2008 年第
　　4 期。

齐瑞成:《论〈茶花女〉对〈断鸿零雁记〉创作的影响》,《山东省青年
　　管理干部学院学报》2008 年第 4 期。

冯永玲:《论苏曼殊〈碎簪记〉的叙事艺术》,《盐城师范学院学报》
　　(人文社会科学版)2008 年第 6 期。

李萱:《殊途却同归——苏曼殊〈断鸿零雁记〉与郁达夫早期小说比
　　较》,《广东广播电视大学学报》2008 年第 1 期。

向贵云:《〈断鸿零雁记〉之转型期叙事特征》,《沧桑》2008 年第
　　4 期。

陈庆妃:《苏曼殊禅诗的士大夫品味》,《安徽文学》(下半月)2008 年
　　第 4 期。

刘雪琪:《译介主体的"前理解"和苏曼殊对爱情诗的译介》,《吉林
　　省教育学院学报》2008 年第 7 期。

李金凤:《〈断鸿零雁记〉与五四浪漫小说——以"飘零者"形象为
　　例》,《濮阳职业技术学院学报》2009 年第 4 期。

蒋芬:《从政治审美到文学审美——论苏曼殊的翻译》,《玉林师范学
　　院学报》2009 年第 1 期。

毛闯宇:《诗僧苏曼殊轶事》,《世纪》2009 年第 2 期。

彭林祥:《辑佚当求证据——〈《苏曼殊全集》为鲁迅所拟考〉质疑》,
　　《博览群书》2009 年第 11 期。

丁富生:《苏曼殊:〈娑罗海滨遁迹记〉的创作者》,《南通大学学报》
　　(社会科学版)2009 年第 4 期。

孙鑫熠:《现代意识与传统观念的碰撞——苏曼殊小说思想观念上
　　的两重性》,《河北经贸大学学报》2009 年第 3 期。

李慧娟、刘洪亮:《试论苏曼殊的革命文化活动及业绩》,《长春师范

学院学报》(人文社会科学版)2009 年第 6 期。

李红梅:《主客观因素驱动下译者的创造性叛逆——马君武、苏曼殊
〈哀希腊〉译本对比分析》,《辽宁工业大学学报》(社会科学版)
2009 年第 4 期。

李敏杰、朱薇:《近代外国文学译介的先驱——苏曼殊》,《长春工业
大学学报》(社会科学版)2009 年第 3 期。

顾玉凤、丁富生:《苏曼殊对译介外国文学文本的选择》,《安徽文学》
(下半月)2009 年第 3 期。

刘茉琳:《戴着镣铐跳舞的苏曼殊》,《名作欣赏》2010 年第 12 期。

苟欢:《生命真实与人格理想的分野——苏曼殊创作与译诗》,《濮阳
职业技术学院学报》2010 年第 4 期。

黄元军、覃军:《苏曼殊翻译实践述评》,《佛山科学技术学院学报》
(社会科学版)2010 年第 1 期。

敖光旭:《苏曼殊文化取向析论》,《历史研究》2010 年第 5 期。

谭君华:《由诗文看苏曼殊的传奇人生》,《科教导刊(中旬刊)》2010
年第 8 期。

林进桃:《论苏曼殊性格的复杂性与矛盾性》,《赤峰学院学报》(汉
文哲学社会科学版)2010 年第 10 期。

刘云:《〈惨世界〉:启蒙文本的根本性阙失》,《明清小说研究》2010
年第 4 期。

谢颖:《从〈惨世界〉看苏曼殊翻译选材的动机》,《宁波工程学院学
报》2010 年第 3 期。

薛祖清:《苏曼殊和郁达夫早期小说中"哭泣"意象之比较》,《福建
论坛》2010 年第 6 期。

李莉:《文学翻译中译者的目的性——苏曼殊翻译〈悲惨世界〉的个
案研究》,《湖北广播电视大学学报》2010 年第 2 期。

邓红顺:《论意识形态对苏曼殊翻译的影响》,《郑州航空工业管理学

院学报》(社会科学版)2010 年第 1 期。

萧晓阳:《苏曼殊诗歌的现代情韵》,《衡阳师范学院学报》2010 年第
　　1 期。

罗文军:《最初的拜伦译介与军国民意识的关系》,《中国现代文学研
　　究丛刊》2010 年第 2 期。

廖七一:《〈哀希腊〉的译介与符号化》,《外国语(上海外国语大学学
　　报)》2010 年第 1 期。

李公文、罗文军:《论清末"拜伦"译介中的文学性想象》,《西南大学
　　学报》(社会科学版)2010 年第 2 期。

潘艳慧、陈晓霞:《〈哀希腊〉与救中国——从翻译的角度看中国知识
　　分子对拜伦的想象》,《浙江工业大学学报》(社会科学版)2010
　　年第 1 期。

李莉:《文学翻译中译者的读者意识——苏曼殊翻译的个案研究》,
　　《吉林省教育学院学报》2010 年第 5 期。

戴海光:《论苏曼殊小说中的恋母仇父情结》,《铜仁学院学报》2011
　　年第 4 期。

曹晓丽:《诗意的悲哀——论苏曼殊小说的悲哀之美及其成因》,《名
　　作欣赏》2011 年第 23 期。

肖赛辉:《从诗学角度看苏曼殊译作〈惨世界〉》,《宿州教育学院学
　　报》2011 年第 3 期。

肖赛辉:《论意识形态对苏曼殊翻译〈悲惨世界〉的影响》,《湖北广
　　播电视大学学报》2011 年第 5 期。

孙放远、赵亚宏:《苏曼殊"三次出家"考及出家深层原因探析》,《通
　　化师范学院学报》2011 年第 9 期。

尹穗琼:《旧瓶新酒话心声——曼殊译雪莱的描写性研究》,《北京第
　　二外国语学院学报》2011 年第 8 期。

陈巧玲:《唐寅与苏曼殊比较浅论》,《齐齐哈尔师范高等专科学校学

报》2011 年第 1 期。

李俊丽:《苏曼殊的浪漫主义情怀》,《电影文学》2011 年第 16 期。

古明惠:《苏曼殊及〈苏曼殊全集〉散议》,《河南工业大学学报》(社
　　会科学版)2011 年第 3 期。

罗兰:《论苏曼殊翻译的政治性》,《兴义民族师范学院学报》2011 年
　　第 1 期。

陈杨桂:《孤僻怪异的苏曼殊轶事》,《文史天地》2011 年第 2 期。

孙宜学:《"婆须蜜多":苏曼殊的涅槃情结》,《同济大学学报》(社会
　　科学版)2011 年第 2 期。

徐旭水:《苏曼殊爱情诗的现代审美意蕴》,《剑南文学:经典教苑》
　　2011 年第 2 期。

江南:《我再来时君已去》,《文史月刊》2011 年第 8 期。

佚名:《贪吃害死苏曼殊》,《文史博览》2011 年第 8 期。

赵华:《论苏曼殊绘画的现代感伤》,《文艺研究》2011 年第 9 期。

王雪琴、彭静飞:《拜伦〈哀希腊〉四篇译文的比较分析》,《长春理工
　　大学学报》(社会科学版)2011 年第 9 期。

郭建鹏:《觉世与规避:南社小说的爱情观》,《安庆师范学院学报》
　　(社会科学版)2011 年第 8 期。

谢锦文:《苏曼殊〈吴门依易生韵〉咏史怀古诗中的爱国情怀》,《北
　　方文学旬刊》2011 年第 5 期。

伍丽云、张汩:《从语言顺应论看苏曼殊翻译的创作性叛逆》,《湖南
　　工业职业技术学院学报》2011 年第 4 期。

王恒展:《近代"新体文言小说"散论》,《山东师范大学学报》(人文
　　社会科学版)2011 年第 4 期。

王东风:《一首小诗撼动了一座大厦:清末民初〈哀希腊〉之六大名
　　译》,《中国翻译》2011 年第 5 期。

钱雯:《"五四"新小说与苏曼殊资源》,《文学评论》2011 年第 6 期。

唐丽丽:《从斯坦纳阐释翻译理论看〈别雅典女郎〉的汉译》,《内蒙古农业大学学报》(社会科学版)2011 年第 5 期。

肖霞:《论〈绛纱记〉的自叙性及悲剧意蕴》,《天水师范学院学报》2011 年第 6 期。

朱兴和:《论苏曼殊笔墨中的忠烈与遗民意象》,《中山大学学报》(社会科学版)2012 年第 2 期。

敖光旭:《文学革命与苏曼殊之文坛境遇》,《学术研究》2012 年第 8 期。

敖光旭:《苏曼殊与早期新文化派》,《中山大学学报》(社会科学版)2012 年第 4 期。

孟晖:《苏曼殊传记研究探析》,《忻州师范学院学报》2012 年第 4 期。

夏莲:《作为一个革命者和佛教徒的翻译——苏曼殊翻译作品解读》,《名作欣赏》2012 年第 9 期。

葛胜君:《论苏曼殊小说的张力构成》,《通化师范学院学报》2012 年第 11 期。

罗春磊:《浅谈〈红楼梦〉对苏曼殊小说的影响》,《广西职业技术学院学报》2012 年第 2 期。

司聃:《试论苏曼殊对李商隐诗风的继承与创新》,《理论界》2012 年第 10 期。

向阳:《苏曼殊诗歌翻译选材原因探析》,《湖南工程学院学报》(社会科学版)2012 年第 3 期。

闫晓昀:《"新文学之始基"——从小说创作看苏曼殊的文学史意义》,《中国现代文学研究丛刊》2013 年第 9 期。

李静、屠国元:《人格像似与镜像自我——苏曼殊译介拜伦的文学姻缘论》,《湖南科技大学学报》(社会科学版)2013 年第 6 期。

陈春香:《苏曼殊早期文学活动与日本》,《山西大学学报》(哲学社会科学版)2013 年第 5 期。

王念益:《论苏曼殊对民歌、爱情类诗歌的关注》,《科技风》2013 年
　　第 20 期。

卢文婷、何锡章:《从"哀希腊"的译介看晚清与"五四"时期的浪漫
　　主义革命话语建构》,《外国文学研究》2013 年第 6 期。

王娟娟:《女性意识与苏曼殊小说中的女性建构》,《湖北广播电视大
　　学学报》2013 年第 3 期。

付贵贞:《字字珠玑　声声哀婉——苏曼殊〈断鸿零雁记〉初探》,
　　《安徽文学》2013 年第 9 期。

伍丽云、张汨:《从布迪厄社会学理论视角看苏曼殊〈惨世界〉的翻译
　　动机和策略》,《井冈山大学学报》2013 年第 4 期。

蔡报文:《徘徊在新旧之间的感伤——苏曼殊的美学风格初探》,《中
　　共珠海市委党校珠海市行政学院学报》2014 年第 1 期。

曹艳艳:《苏曼殊翻译实践与翻译成就述论》,《兰台世界》2014 年第
　　13 期。

张更祯:《凄苦人生的艺术再现——试论苏曼殊小说中的男性形
　　象》,《甘肃广播电视大学学报》2014 年第 6 期。

张更祯:《苏曼殊小说中的人物形象》,《兰州文理学院学报》(社会
　　科学版)2014 年第 2 期。

乔佳:《苏曼殊佛教改革思想探析——以〈儆告十方佛弟子启〉和〈告
　　宰官白衣启〉为例》,《青藏高原论坛》(社会科学版)2014 年第
　　3 期。

姚明明:《岭南近代文学研究综述(1919 ~ 1979)》,《西华大学学报》
　　(哲学社会科学版)2014 年第 4 期。

唐珂:《兼译而作的互文系统——再论苏曼殊的诗歌翻译》,《信阳师
　　范学院学报》(哲学社会科学版)2014 年第 4 期。

唐珂:《论苏曼殊小说的空间表意实践——一种地志符号学的考

察》,《齐鲁学刊》2014 年第 5 期。

李静、屠国元:《近代拜伦〈哀希腊〉译介的救国话语书写》,《文艺争鸣》2014 年第 7 期。

孙宜学:《中国的雪莱观与雪莱的中国观》,《上海师范大学学报》(哲学社会科学版)2014 年第 4 期。

张晶、钟信跃:《从生态翻译学视角看苏曼殊的外国诗歌翻译》,《宁夏大学学报》(人文社会科学版)2014 年第 4 期。

彭松:《文明危机年代的全球体验与空间重塑——论晚清文学中的海洋书写》,《中国文学研究》2014 年第 4 期。

宋慧平:《苏曼殊的小说创作摭谈》,《文学教育》(上)2014 年第 11 期。

陶禹含:《以情求道的哀婉和以理入禅的冲淡——苏曼殊的〈断鸿零雁记〉与废名的〈桥〉之比较》,《景德镇高专学报》2014 年第 4 期。

邓若文:《论苏曼殊小说的价值体现——以〈碎簪记〉为例》,《安阳师范学院学报》2014 年第 4 期。

王桂妹、林栋:《论〈甲寅〉月刊中的小说》,《长江学术》2014 年第 3 期。

李静、屠国元:《借译载道:苏曼殊外国文学译介论》,《东疆学刊》2015 年第 3 期。

常洪欢:《论苏曼殊小说中的女性观》,《淄博师专学报》2015 年第 3 期。

孙嘉雯:《苏曼殊的文学翻译与英国浪漫主义》,《普洱学院学报》2015 年第 2 期。

梁春丽:《冲突标准,力臻完美:谈苏曼殊诗歌翻译风格》,《语文建设》2015 年第 23 期。

邹本劲、蓝色:《从生态翻译学视角看苏曼殊的翻译实践》,《河池学院学报》2015 年第 3 期。

韩旭：《浅析苏曼殊诗歌翻译思想》，《赤子》（上中旬）2015 年第
6 期。

朱兴和：《论苏曼殊小说的〈断鸿零雁记〉中的水云意象及其生成原
因》，《河南师范大学学报》（哲学社会科学版）2015 年第 5 期。

黄轶、张杨：《从〈哀希腊〉四译本看清末民初文学变革》，《江苏社会
科学》2015 年第 6 期。

3. 苏曼殊研究学位论文类：

易前良：《论苏曼殊、郁达夫的情爱小说》，湖南师范大学 2001 年硕
士学位论文。

倪正芳：《拜伦悲剧精神论》，湘潭大学 2002 年硕士学位论文。

李丽：《苏曼殊译作的多维度描述性研究》，广东外语外贸大学 2003
年硕士学位论文。

左文：《二十世纪中国文学与佛教应对苦难的三种方式》，湖南师范
大学 2003 年硕士学位论文。

陈庆妃：《论苏曼殊的多元人格与艺术的多元选择》，华侨大学 2004
年硕士学位论文。

李敏杰：《苏曼殊翻译的描述性研究》，华中师范大学 2004 年硕士学
位论文。

张松才：《苏曼殊小说创作病态心理论》，华南师范大学 2004 年硕士
学位论文。

林威：《颓废与抗争的双重变奏——论苏曼殊》，山东师范大学 2004
年硕士学位论文。

朱晨：《苏曼殊与英国浪漫主义》，华中科技大学 2005 年硕士学位
论文。

黄轶：《苏曼殊文学论》，山东大学 2005 年博士学位论文。

黄进:《文化迁移、文本误读与翻译策略》,西南交通大学 2005 年硕士学位论文。

张娟平:《拜伦的形象:从欧洲到中国》,首都师范大学 2006 年硕士学位论文。

邓晶华:《和汉合璧苏曼殊》,四川大学 2007 年硕士学位论文。

程月利:《朦胧的觉醒——论民初言情小说中“情”与“理”的冲突》,河北师范大学 2007 年硕士学位论文。

邓庆周:《外国诗歌译介对中国新诗发生的影响研究》,首都师范大学 2007 年博士学位论文。

熊娟:《情佛困境下的诗性矛盾——苏曼殊文学研究》,华中科技大学 2008 年硕士学位论文。

郝长柏:《“难言之恫”与“悲欣交集”——苏曼殊与李叔同比较论》,苏州大学 2009 年硕士学位论文。

万文娴:《苏曼殊小说“六记”之研究》,复旦大学 2009 年硕士学位论文。

肖赛辉:《论意识形态、诗学对苏曼殊翻译〈惨世界〉的影响》,中南大学 2009 年硕士学位论文。

尹巍:《苏曼殊与中国文学的现代转型》,延边大学 2009 年硕士学位论文。

张晴:《翻译诗歌与近代诗歌革新研究》,西北师范大学 2009 年硕士学位论文。

夏维红:《翻译他者　构建自我》,四川外语学院 2010 年硕士学位论文。

张弄影:《从操纵角度看苏曼殊译拜伦诗歌》,长沙理工大学 2010 年硕士学位论文。

陈毅清:《宗教视域中的审美世界》,陕西师范大学 2011 年硕士学位论文。

黄朵朵:《译者主体性发挥与苏曼殊诗歌翻译》,湘潭大学 2011 年硕士学位论文。

陈雪梅:《苏曼殊小说中的女性崇拜和死亡意识》,广西师范大学 2011 年硕士学位论文。

贾国宝:《传统僧人文学近代以来的转型》,复旦大学 2011 年博士学位论文。

苏金玲:《苏曼殊及他的"六记"在中国小说史上的影响研究》,西北大学 2012 年硕士学位论文。

陈孟清:《从改写理论看苏曼殊译作〈拜伦诗选〉》,苏州大学 2012 年硕士学位论文。

马尔克:《论苏曼殊作品中的佛教精神》,杭州师范大学 2013 年硕士学位论文。

刘建树:《印度梵剧〈沙恭达罗〉英汉译本变异研究》,陕西师范大学 2013 年博士学位论文。

芦海燕:《论苏曼殊"六记"中的女性恐惧意识》,广西师范大学 2014 年硕士学位论文。

吴丹丹:《论苏曼殊的悲剧意识及其小说创作》,陕西师范大学 2014 年硕士学位论文。

刘晨:《论诗歌的汉译与诗体移植问题》,天津商业大学 2014 年硕士学位论文。

陈志华:《宗教视野中的文学变革(1915—1919)》,山东师范大学 2015 年博士学位论文。

唐珂:《重访苏曼殊:一种语言符号学的探索》,复旦大学 2015 年博士学位论文。

附录二
苏曼殊创作年表①

1903 年(光绪二十九年癸卯)二十岁

《留别汤国顿》(画)

《儿童扑满图》(赠包天笑)

《吴门闻笛图》(授课画稿)

《敬告日本广东留学生》(杂论),刊于《国民日日报》

《以诗并画留别汤国顿》(诗二首),刊于 10 月 7 日《国民日日报》

《女杰郭耳缦》(杂论),连载于 10 月 7、8、12 日《国民日日报》

《惨世界》(翻译雨果小说),连载于 10 月 8 日至 12 月 1 日《国民日
    日报》

《呜呼广东人》(杂论),刊于 10 月 24 日《国民日日报》

1904 年(光绪三十年甲辰)二十一岁

《赠西村澄图》

《登祝融峰图》

《龙华归棹图》(赠少芳)

《远山孤塔图》(李文昭戏夺之)

---

① 备注:本年表不含书信部分,书信可参阅马以君编《苏曼殊文集》目录。

《岳麓山图》

1905 年(光绪三十一年乙巳)二十二岁
《落花不语空辞树,明月无情却上天》(授课画稿)
《游同泰寺与伍仲文联句》(诗)
《莫愁湖寓望》(诗)
《终古高云图》(为赵伯先绘)
《登鸡鸣寺观台城后湖图》(赠刘三),后刊于《天义报》16、17、18、19
　　合卷
《白门秋柳图》(赠刘三)
《为刘三绘纨扇》(赠刘三)
《西湖泛舟图》(又名《挐舟金牛湖图》,赠陈独秀)
《住西湖白云禅院》(诗)
《剑门图》(被香客盗)

1906 年(光绪三十二年丙午)二十三岁
《晨起口占》(诗)
《花朝》(诗)
《春日》(诗)
《渡湘水寄怀金凤图》
《须磨海岸送水野氏南归图》
《迟友》(诗)
《莫愁湖图》(赠刘师培)
《绝域从军图》(赠赵伯先)

1907 年(光绪三十三年丁未)二十四岁
《过马关图》

《代柯子柬少侯》(诗),刊于6月19日《民呼日报》

《梵文典》(译著)

《猎胡图》,刊于4月25日《民报·天讨》

《岳鄂王游池州翠微亭图》,刊于4月25日《民报·天讨》

《徐中山王莫愁湖泛舟图》,刊于4月25日《民报·天讨》

《陈元孝题奇石壁图》,刊于4月25日《民报·天讨》

《太平天国翼王夜啸图》,刊于4月25日《民报·天讨》

《女娲图》,刊于6月10日《天义报》第1卷

《孤山图》,刊于6月25日《天义报》第2卷

《邓太妙秋思图》,刊于7月10日《天义报》第3卷

《江干萧寺图》(拟赠钵逻罕,转赠周柏年),刊于7月25日《天义报》
　　第4卷

《海哥美尔氏名画赞》(赞),刊于7月25日《天义报》第4卷

《长松老衲图》(即《赠西村澄图》重绘,赠沈尹默)

《灵山振衲图》(赠何合仙)

《东来与慈亲相会,忽感刘三、天梅去我万里,不知涕泗之横流
　　也》(诗)

《代何合母氏题〈曼殊画谱〉》(诗),刊于8月10日《天义报》第5卷

《〈曼殊画谱〉序》(序),刊于8月10日《天义报》第5卷

《代何合母氏撰〈曼殊画谱序〉》(日文,周作人译),刊《天义报》第
　　5卷

《清秋弦月图》,刊于8月10日《天义报》第5卷

《〈秋瑾遗诗〉序》(序),刊于8月10日《天义报》第5卷

《白马投荒图一》

《〈梵文典〉自序》(序),刊于《天义报》第6卷

《〈梵文典〉启事》,刊于《天义报》第6卷

《儆告十方佛弟子启》(杂论,与章太炎合著)

《告宰衣白官启》(杂论,与章太炎合著),与《儆告十方佛弟子启》合
　　印散发

《松下听琴图》

《夕阳扫叶图》(赠黄晦闻)

《露伊斯·美索尔遗像赞》(论),刊于 10 月 30 日《天义报》第 8、9、10
　　合卷

《为高吹万绘折扇》

《登峰造极图》(赠邓秋马)

《江山无主图》

《茅庵偕隐图》(又名《悼亡友念安图》)

《寄邓绳侯图》,后刊于《天义报》第 16、17、18、19 合卷

《卧处徘徊图》,后刊于《天义报》第 16、17、18、19 合卷

《寄钵逻罕图》,后刊于《天义报》第 16、17、18、19 合卷

1908 年(光绪三十四戊申年)二十五岁

《万梅图》(赠高旭)

《潼关图》(1 月赠何合若子),后刊于《文学因缘》和《河南》第 3 期

《洛阳白马寺图》,刊《河南》杂志第 3 期

《〈岭海幽光录〉自序》(序),刊于 4 月 25 日《民报》第 20 号

《岭海幽光录》(辑录),刊于 4 月 25 日《民报》第 20 号

《天津桥听鹃图一》,5 月刊《河南》第 4 期

《嵩山雪月图》,6 月刊《河南》第 5 期

《婆罗海滨遁迹记》(原署印度人瞿沙"笔记",实为小说),刊于 7 月、
　　8 月《民报》第 22、23 号

《〈文学因缘〉自序》(序)

《文学因缘》在日本出版

《阿输迦王表彰佛诞生碑》(译文),载《文学因缘》

《〈沙恭达罗〉颂》(译歌德诗),载《文学因缘》

《拜伦诗选》(译诗集),10 月在日本出版

《星耶峰耶俱无生》(译拜伦诗),载《拜伦诗选》①和《文学因缘》,
　　1911 年并入《潮音》

《去国行》(译拜伦诗),载《拜伦诗选》,1911 并入《潮音》

《赞大海》(译拜伦诗),载《拜伦诗选》,1911 入《潮音》,题为
　　《大海》

《哀希腊》(译拜伦诗),载《拜伦诗选》,1911 并入《潮音》

《答美人赠束发带诗》(译拜伦诗),载《拜伦诗选》,1909 年刊于 6 月
　　26 日《民呼日报》,1911 并入《潮音》

《古寺禅声图》(9 月赠意周和尚)

《深山松涧图》(又名《赠得山山水横幅》)

《西湖韬光庵夜闻鹃声柬刘三》(诗)

《天津桥听鹃图二》

《南浦送别图》

《楼观沧海日,门对浙江潮图》(赠石井生)

1909 年(宣统元年己酉)二十六岁

《久欲南归罗浮不果,因望不二山有感,聊书所怀,寄二兄广州,兼呈
　　晦闻、哲夫、秋枚三公沪上》(诗)

《风絮美人图》(赠黄晦闻)

《文姬图》

《题〈静女调筝图〉》(诗)

《次韵奉答怀宁邓公》(诗)

---

① 《拜伦诗选》出版时间一直聚讼颇多,笔者在论文中以现存的最早版本 1914 年版底
　　页"注":"戊申(1908)九月十五日初版发行,壬子(1912)五月初三日再版发行,甲
　　寅(1914)八月十七日再版发行。""九月十五日"即公历 10 月19 日。

《去燕》(1909 年译豪易特诗),1911 年载《潮音》

《颍颍赤墙靡》(1909 年译彭斯诗),1911 年载《潮音》

《乐苑》(1909 年译陀露哆诗)

《赠张卓身山水立轴》

《华罗胜景图》

《读晦公见寄七律》(诗)

《游不忍池示仲兄》(诗)

《樱花落》(诗)

《为刘三绘折扇》

《柬金凤兼示刘三》(诗二首),刊于 6 月 19 日《民呼日报》

《冬日》(译雪莱诗),刊于 6 月 19 日《民呼日报》

《本事诗》(诗十首),6 月 19 日《民呼日报》

《落日》(诗),6 月 19 日《民呼日报》

《淀江道中口占》(诗),6 月 19 日《民呼日报》

《过平户延平诞生处》(诗),6 月 19 日《民呼日报》

《集义山句怀金凤》(诗)

《失题》(诗二首)

《水户观梅有寄》(诗)

《西京步枫子韵》(诗)

《过若松町有感示仲兄》(诗),刊于 6 月 26 日《民呼日报》

《金粉江山图》(赠百助眉史)

《调筝人将行,出绡属绘〈金粉江山图〉,题赠二绝》,6 月 26 日《民呼日报》

《题〈雪莱集〉》(诗),刊于 6 月 26 日《民呼日报》

《一顾楼图》(赠张倾城)

《寄广州晦公》(诗)

《过莆田》(诗)

《〈拜伦诗选〉自序》

《〈潮音〉自序》(英文)

《题〈担当山水册〉》(诗)

《题〈拜伦集〉》(诗)

《为屠仲谷绘折扇》

1910 年(宣统二年庚戌)二十七岁

《步元韵敬答云上人》(诗三首)

《耶婆提病中,末公见示新作,伏枕奉答,兼呈旷》(诗)

《牧童衔笛骑牛图》(赠郑元明)

《孔雀图》(赠苏金英)

1911 年(宣统三年辛亥)二十八岁

《莫愁湖图》(赠许绍南)

《束装归省,道出泗土,会故友张君云雷亦归汉土,感成此绝》(诗)

《燕子笺》(汉文戏曲英译)

《断鸿零雁记》(小说),秋期连载于爪哇《汉文新报》,

　　　1912 年 5 月 12 日至 8 月 7 日重刊于上海《太平洋报》,

　　　1919 年上海广益书局刊印单行本,

　　　1924 年商务印书馆出版英文版

《南洋丛书》(编辑)

《〈潮音〉跋》

《潮音》(诗歌翻译集),在日本出版

1912 年(民国元年壬子)二十九岁

《南洋话》(杂论),刊于 4 月 7 日《太平洋报》

《春郊归马图》(赠邵元冲)

《云岩松瀑图》(赠邵元冲)

《荒城饮马图》(4 月嘱友焚赵伯先墓前)

《冯春航谈》(杂论),4 月 20 日《太平洋报》

《汾堤吊梦图》(5 月赠叶楚伧),刊《太平洋报》

《华洋义赈会观》(杂论),刊于 5 月 28 日《太平洋报》

《梦谒母坟图》(5 月,赠黄侃)

《题〈雪莱诗选〉赠季刚》(题辞,6 月赠黄侃)

《柬法忍》(诗),刊于 6 月 9 日《太平洋报》

《黄叶楼图》(6 月赠刘三)

《为陆灵素折扇》(6 月)

《枯柳寒鸦图》(6 月)

《赠郑佩宜纨扇》(6 月)

《为郑绣亚绘纨扇》(6 月)

《为姚锡钧绘纨扇》(6 月)

《为朱少屏绘纨扇》(6 月)

《篷瀛饕史》(6 月赠孙伯纯)

《以胭脂为某君题扇》(诗)

《碧阑干》(诗)

《东居》(诗十九首),后刊于 1914 年《南社》第 13 集

1913 年(民国二年癸丑)三十岁

《赠易白沙山水立轴》(1 月)

《为郑式如绘纨扇》(1 月)

《赠张倾城画》(1 月)

《为玉鸾女弟绘扇》

《为玉鸾女弟绘扇》(诗)

《葬花图》(赠邓以蛰)(夏)

《江湖满地一渔翁图》(夏)

《吴门》(诗十一首),后刊于 1914 年 5 月《南社》第 9 集

《讨袁宣言》(杂论),刊于 8 月 22 日《民立报》

《海上》(诗八首),后刊于 1914 年 5 月《南社》第 9 集

《何处》(诗)

《南楼寺怀法忍》(诗)刊于 11 月 3 日《生活日报》

《彦居士席上赠歌者贾碧云》(诗)

《燕子龛随笔》刊于 11 月 7 日至 12 月 10 日《生活日报》

《燕影剧谈》(杂论),刊于 11 月 17 日《生活日报》

《东行别仲兄》(诗),后刊于 1914 年 5 月 10 日《民国》杂志第 1 号

《芳草》(诗)

1914 年(民国三年甲寅)三十一岁

《高士煎茶图》

《古墟渔隐图》

《佳人》(诗)

《雪蝶倩影图》,刊于《中国近代文学研究》第 2 集

《憩平原别邸赠玄玄》(诗),刊于 5 月 10 日《民国》杂志第 1 号

《天涯红泪记》(小说),刊于 5 月 10 日《民国》杂志第 1 号

《偶成》(诗),刊于 7 月《民国》杂志第 3 号

《〈双枰记〉序》,刊于 8 月 27 日《甲寅》杂志第 1 卷第 4 号

《拜伦诗选》(翻译诗集),在日本出版

《汉英三昧集》(翻译诗集),在日本出版

1915 年(民国四年乙卯)三十二岁

《〈三次革命军〉题辞》(序)

《绛纱记》(小说),刊于 7 月 10 日《甲寅》第 1 卷第 7 号

《焚剑记》(小说),刊于 8 月 10 日《甲寅》第 1 卷第 8 号

　　1916 年 9 月上海亚东图书馆刊印《绛纱记》、《焚剑记》合本

1916 年(民国五年丙辰)三十三岁

《碧伽女郎传》(小传)(初夏)

《碎簪记》(小说),刊于 11 月 1 日、12 月 1 日《新青年》第 2 卷第 3、

　　4 期

1917 年(民国六年丁巳)三十四岁

《送邓邵二君序》(序),刊于 2 月 11 日《国民日报》

《非梦记》(小说),刊于 12 月《小说大观》第 12 期

后　记

　　《苏曼殊与中国文学现代转型研究》一书原为我的博士学位论文。弹指一挥间,成稿至今已经十余年了! 其间,此书曾经以《中国现代启蒙语境下的审美开创——苏曼殊文学论》为题出版,赢得学界关注和好评,而关于苏曼殊与中国文学现代转型的话题仍有待深入探讨。今天,修订后的小书有机缘再次出版,这是这本小书的福分,更是我的福分。

　　十余年间,或读书或工作,自己走过了几座城市,即郑州、济南、南京、苏州、上海,每一个地方都令我难以忘怀,每一段人生也都留下了踏实的脚印,而忆起来更多的是对命运的感恩——感恩那么多相伴与鼓励,感恩那些玫瑰之手,感恩辜负的和被辜负的,感恩天性中的执着和愚顽,感恩每一寸阳光和风雨……记得在小书《中国当代小说的生态批判》结稿时,我写下不伦不类、有悖常理的“后记”——《自然的恩宠》。在那里,我幻想自己是一棵树,一棵嫁给秋光的树,在夕阳下,从容地看细水长流。一位朋友读后,毫不理性地点“赞”:“多么不羁! 多么唯美!”有一点吧,那里有我对生命恩典无限的珍重,有我对岁月静好殷殷的期许,也有神经质般的倔强和不可理喻的偏执。此刻,为这本小书点下句号的瞬间,莫名其妙地,我遽然想到《自然的恩宠》里“那棵树”应该是一株枫树,一株长在记忆深处的孤枫！

　　那该是一个晴好的午后吧？炫目的骄阳下，苍林如盖，飞也似的车轮碾过林间散落的阳光，碎碎的，一路逶迤。而我却恰恰望见——在重重叠叠的苍翠外，一棵枫树，在古拙的城墙之上、城垛之角，独自览胜，孑然而卓立！

　　——你是否总在烟花怒放中看到清月孤悬？也总在鱼龙飞舞间听到骊歌独奏？不！请看呐，春将至，必是又一年山高水长，芳草萋萋……

2016 年 2 月 26 日

图书在版编目（CIP）数据

苏曼殊与中国文学现代转型研究/黄轶著. —上海：
东方出版中心，2016.7
　　ISBN　978－7－5473－0976－6

　　Ⅰ.①苏…　Ⅱ.①黄…　Ⅲ.①中国文学—现代文学—
文学研究　Ⅳ.①I206.6

　　中国版本图书馆 CIP 数据核字（2016）第 130725 号

苏曼殊与中国文学现代转型研究

出版发行：东方出版中心
地　　址：上海市仙霞路 345 号
电　　话：(021)62417400
邮政编码：200336
经　　销：全国新华书店
印　　刷：常熟新骅印刷有限公司
开　　本：640×960 毫米　1/16
字　　数：240 千字
印　　张：19.25
版　　次：2016 年 7 月第 1 版第 1 次印刷
ISBN 978－7－5473－0976－6
定　　价：55.00 元

东方出版中心邮购部　电话：(021)52069798